Börge Hellström (1957) is oprich organisatie die ex-gevangenen helpt terug te keren in de samenleving. Journalist **Anders Roslund** (1961) maakte over deze organisatie de documentaire *Lock 'em up*. Zo leerden ze elkaar kennen. Met de thriller *Vaderwraak* legden ze de basis voor een gezamenlijk schrijverschap. Het duo staat garant voor spanning van de bovenste plank met een intellectuele schrijfstijl en baseert zich op actuele morele kwesties.

Roslund & Hellström bij De Geus

Vaderwraak
Kluis 21
De uitlevering
Het meisje onder de straat
Drie seconden
Twee soldaten

ROSLUND & HELLSTRÖM

KLUIS 21

Uit het Zweeds vertaald
door Edith Sybesma

DE GEUS

Zevende druk

Oorspronkelijke titel *Box 21*, verschenen bij Pirat

Published by agreement with Salomonsson Agency, Stockholm

Omslagontwerp Mijke Wondergem
Omslagillustratie © Eric Thunfors
ISBN 978 90 445 2556 4
NUR 331

UIT EEN STATUS

SÖDERZIEKENHUIS, STOCKHOLM

...Bewusteloze vrouw, identiteit onbekend, binnengekomen per ambulance 09.05 uur, aangetroffen in appartement aan Völundsgatan 3, buren hebben het alarmnummer gebeld.

Algemene indruk:	*Niet aanspreekbaar, reageert niet op prikkels. Bleek en koud. Tientallen centimeters lange, recente rijtwonden op de rug en veel blauwe plekken en kleinere schaafwonden in het gezicht. Bovendeel van linkerhumerus sterk gezwollen.*
Pulm.:	*Oppervlakkige zelfstandige ademhaling met verhoogde frequentie. Geen bijgeluiden.*
Cor:	*Regelmatige, maar oppervlakkige/zwakke hartslag. Frequentie 110.*
Bloeddruk:	*95/60*
Abd.:	*Plankharde, gespannen buik.*

Voorlopige beoordeling: Vrouw van in de twintig, die blootgesteld lijkt te zijn aan meervoudig uitwendig geweld (zweepslagen?). Vertoont tekenen van beginnende shock. Verdenking van intra-abdominale bloeding, mogelijk letsel aan de milt en fractuur humerus sin. Wordt overgebracht naar de intensive care voor verdere behandeling.

ELF JAAR EERDER

ZE HIELD HAAR moeders hand stijf vast.

Dat had ze het afgelopen jaar vaak gedaan, de zachte hand van haar moeder stijf vastgepakt en een stevige kneep in haar hand teruggekregen.

Ze wilde er niet heen.

Ze heette Lydia Grajauskas en had al buikpijn sinds ze thuis in Klaipėda bij het lelijke busstation waren ingestapt, en hoe verder ze kwamen, hoe erger het werd.

Ze was nooit eerder in Vilnius geweest, ze had erover gefantaseerd, ze had foto's gezien en anderen erover horen vertellen, maar nu wilde ze beslist niet, het was geen plaats voor haar, ze had daar niets te zoeken.

Het was meer dan een jaar geleden dat ze hem voor het laatst had gezien.

Ze werd toen negen en ze had bedacht dat een handgranaat best een mooi cadeau zou zijn.

Haar vader had haar natuurlijk niet gezien, hij had met de rug naar haar toe gezeten in het smerige vertrek en hij was bezig met de anderen, de mannen die dronken en schreeuwden en de Russen haatten. Zij had bij Vladi op de bank gelegen, hun voeten bij elkaars hoofd, een groot bruin meubel met versleten, stinkende manchesterbekleding, daar lagen ze wel vaker als de school dicht was en haar vader aan het werk was. Ze luisterden. Iets aan de pistolen, de kisten met kruit en de luide stemmen van de mannen fascineerde hen en maakte dat ze daar vaker lagen dan misschien goed voor hen was. Vader had zulke rode wangen, dat had hij anders eigenlijk nooit, alleen een enkele keer thuis als hij zo uit de fles dronk en op haar moeder af sloop en zich tegen haar achterste aan duwde. Ze dachten natuurlijk dat zij het niet zag en dat liet ze ook niet merken. Dan dronk hij altijd nog wat meer en moeder proefde er ook van, met haar mond aan de hals van de fles, en ze gingen het kleine slaapkamertje binnen, stuurden iedereen weg en trokken de deur achter zich dicht.

Lydia vond het mooi als hij rode wangen had. Thuis en daar bij de andere mannen met wapens voor zich, die ze aan het poetsen waren. Dan zag hij er blakend uit en niet zo oud als anders. Jezus, hij was bijna negenentwintig.

Ze keek voorzichtig uit het raam van de bus.

Ze had nu meer last van buikpijn, nu de bus zich in beweging had gezet en snel over wegen reed met veel kuilen erin; telkens als een van de voorwielen tegen een asfaltrand aan reed ging er een lichte schok door de stoel waarop ze zat en voelde ze een harde steek ergens vlak onder haar ribben.

Dus zo zag het er in het echt uit. In haar nog onontdekte wereld, het hele lange stuk tussen Klaipėda en Vilnius. Ze was nog nooit eerder mee geweest. Dat mocht niet, het was immers duur en het was het belangrijkste dat haar moeder ging, die ging er al bijna een jaar om de andere zondag heen, met het eten en het geld waar ze op de een of andere manier aan had weten te komen. Lydia dacht dat ze niet wist hoe haar vader eigenlijk was, wat hij zou zeggen, hij miste moeder waarschijnlijk het meest.

Op die dag van de handgranaten had hij haar niet eens gezien.

Ze lag op de bank en leunde voorover om in de verschillende kisten met kneedplastic en handgranaten te graaien en ze hield een vinger voor haar mond om Vladi stil te houden, hij moest stil zijn, ze wilden niet gestoord worden, de vaders. Zij wist hoe het allemaal werkte. Zowel het kneedplastic als de handgranaten en de kleine pistolen. Ze keek altijd toe als ze oefenden en ze had net zoveel verstand van hun wapens als sommigen van de mannen zelf.

Ze staarde nog steeds door het ene raam van de bus waar viezigheid op zat.

Het regende hard, de ruiten zouden er schoon van moeten worden, maar in plaats van het stof weg te spoelen, deden de harde druppels bruine modder tegen het raam opspatten en het werd nog moeilijker dan eerst om iets van het landschap te zien. Maar de weg was nu beter, geen kuilen, geen gehots, geen steken onder haar ribben.

Ze had de handgranaat nog in haar hand gehad toen de politie de deur had ingeslagen en de grote kamer was binnengestormd.

Haar vader en de andere mannen hadden naar elkaar geroepen, maar ze waren traag geweest en binnen een minuut waren ze tegen een muur aan gedrukt en hadden ze handboeien om gekregen en een heleboel klappen op hun lichaam geïncasseerd. Ze herinnerde zich niet hoeveel er de kamer in gekomen waren, misschien tien, misschien twintig, ze wist alleen nog dat ze keer op keer '*zatknis*' hadden geroepen, en dat ze net zulke pistolen hadden gehad als haar vader had verkocht en dat ze gewonnen hadden nog voordat ze goed en wel waren begonnen.

Hun geschreeuw had zich vermengd met gekletter van wapens en flessen die kapot werden gesmeten.

Al die geluiden die in haar oren hadden gesneden waren daarna overgegaan in een plotselinge, eigenaardige stilte, toen haar vader en de andere mannen waren gaan liggen.

Dat herinnerde ze zich nog het best. Dat de stilte het gewoon had overgenomen.

Ze kneep weer in moeders hand. Ze trok hem naar zich toe en liet hem rusten op de zitting van het bankje, hield hem vast totdat de huid wit werd en ze niet meer harder kon knijpen. Zoals ze ook had gedaan toen ze voor de rechtszaal van Klaipėda hadden gezeten tijdens het proces tegen vader en de andere mannen. Moeder en zij hadden daar gezeten en ze hadden elkaars hand vastgehouden en moeder had een hele poos gehuild toen een bode in een grijs pak uit een rechtszaal was gekomen en had verteld dat ze stuk voor stuk waren veroordeeld tot eenentwintig jaar gevangenisstraf.

Ze had hem al een jaar niet gezien. Hij zou haar wel niet herkennen.

Lydia hield de stoffen tas die moeder meegenomen had stevig vast. Er zat een heleboel eten in, hij zat boordevol. Moeder had verteld wat voor eten ze kregen, bijna alleen pap, iedere dag een soort bloempap. Moeder had het over vitamines, dat je anders ziek werd en dat iedereen die daar zat meer eten nodig had en dat ook kreeg van de mensen die op bezoek kwamen.

De bus reed nu best hard, over een wat drukkere, bredere weg. De gebouwen achter de bemodderde ruit werden groter naarmate ze dichter bij Vilnius kwamen. De gebouwen die ze eerst had gezien, ongeveer daar waar de weg vol kuilen had gezeten, waren in slechte staat. Maar nu zag ze flatgebouwen met grijze muren en plaatijzeren daken, die vooral aan veel mensen onderdak moesten bieden, maar toch zoveel moderner waren dan die andere. Algauw kwamen ze bij nog wat duurdere huizen en toen bij een heleboel tankstations vlak bij elkaar, ze glimlachte en wees, ze had nog nooit zoveel benzinepompen gezien.

Het was inmiddels bijna droog, daar was ze blij om, ze wilde geen nat haar krijgen, vandaag niet.

De Lukuskeles-gevangenis lag maar een paar honderd meter van de bushalte. Het was een grote inrichting, een heel complex eigenlijk, met een hoge muur rondom. Het was vroeger een Russische kerk geweest, nu was hij verbouwd en er waren meer gebouwen bij gekomen, er zaten meer dan duizend gevangenen.

Er stond al een rij voor een zware, grijze ijzeren deur in het midden van de betonnen muur. Andere moeders met andere kinderen. Er mocht één gezin tegelijk naar binnen, geüniformeerde bewakers met wapens wachtten in het donkere vertrek binnen. Ze moesten vragen beantwoorden. Hun identiteitsbewijzen tonen. Laten zien wat ze bij zich hadden. Een van de bewakers lachte naar haar, maar ze durfde niet terug te lachen.

'Als er iemand hoest, moet je meteen weggaan. Dan ga je de zaal uit.'

Moeder keek haar aan toen ze dat zei. Ze keek streng, net als altijd als ze het meende. Lydia wilde vragen waarom, maar ze deed het niet, moeder liet duidelijk blijken dat ze het er niet verder over wilde hebben.

Ze werden door een gang uit het hoofdgebouw geleid, prikkeldraad boven op een hek waar witte honden blaffend tegenaan sprongen. Achter een raam met tralies ervoor zag ze twee gezichten die hen volgden, die zwaaiden en naar haar riepen.

'Lief meisje, kijk eens deze kant op, lief meisje.'

Ze liep gewoon door, keek gewoon voor zich, het was niet zo ver naar het volgende gebouw.

Moeder droeg de tas in haar armen en Lydia zocht naar haar hand, die er niet was. Ze kreeg weer een steek in haar maag. Net zoals in de bus toen de wielen tegen de rand van een gat in het asfalt bonkten. Ze liepen een trap op met steriel groene wanden, het was zo'n felle kleur dat ze liever naar de rug van haar moeder keek, waar ze haar hand tegenaan zette toen ze doorliepen naar boven.

Op de derde verdieping bleven ze staan, volgden de bewaker, die een lange, donkere gang in wees, waar het muf rook en tegelijkertijd naar schoonmaakmiddel. Voor iedere deur waar ze langs kwamen stonden tonnen met de letters 'tbc' erop, ze keek in een ton die een eindje openstond: papier met bloedklonters.

Ze hadden allemaal kaalgeschoren hoofden, ze zagen bleek, ze waren vast moe.

De een lag, de ander zat met een laken om zich heen geslagen, en een paar stonden bij een raam te praten. Acht bedden op een rij langs de muur, het werd de ziekenafdeling genoemd. Vader zat op het achterste bed.

Lydia keek stiekem naar hem en had het idee dat hij kleiner was geworden.

Hij had haar niet gezien. Nog niet.

Ze wachtte een hele poos.

Moeder liep het eerst naar hem toe, ze zeiden iets tegen elkaar, bespraken iets wat zij niet kon horen. Lydia keek nog steeds naar hem en werd zich er na een tijdje van bewust dat ze zich niet schaamde, niet meer. Ze dacht aan het voorbije jaar, aan de spottende blikken van haar klasgenoten, die haar nu geen pijn deden, niet nu ze hier stond, vlakbij. Zelfs de steken in haar maagstreek, die zoveel pijn deden, waren weg.

Toen ze hem daarna knuffelde, moest hij hoesten, maar ze ging de zaal niet uit, zoals ze haar moeder had beloofd. Ze hield hem stevig vast en liet hem niet los.

Ze haatte hem, hij moest mee naar huis.

NU

EERSTE DEEL

MAANDAG 3 JUNI

HET WAS STIL in het appartement.

Ze had een hele tijd niet meer aan hem gedacht, aan niemand die deel uitmaakte van wat was geweest. Nu deed ze dat wel. Ze dacht aan de laatste knuffel, aan hoe hij daar in de Lukuskelesgevangenis had gestaan. Ze was tien jaar en hij had er zo klein uitgezien en had gehoest met zijn hele lichaam en moeder had hem een stuk papier aangegeven dat helemaal vol zat met klodders bloed toen hij er een prop van maakte en die in een van de grote tonnen op de gang gooide.

Ze had niet begrepen dat het de laatste keer was. Ze had het waarschijnlijk nog steeds niet begrepen.

Lydia haalde diep adem.

Ze schudde het gevoel van onbehagen van zich af, glimlachte naar de grote halspiegel. Het was nog vroeg in de ochtend.

Er werd aangeklopt. Ze hield de borstel nog steeds in haar hand. Hoe lang zat ze daar eigenlijk al? Ze keek nog een keer in de spiegel. Haar hoofd wat schuin. Ze glimlachte weer, wilde er mooi uitzien. Ze droeg een zwarte jurk, de donkere stof tegen haar lichte huid. Haar lichaam, ze keek ernaar, het was nog steeds het lichaam van een jonge vrouw, ze was niet zoveel veranderd sinds ze hier gekomen was, aan de buitenkant niet.

Ze wachtte.

Er werd weer geklopt, harder ditmaal. Ze moest opendoen. Ze legde de borstel op een plankje naast de spiegel, begon te lopen. Ze heette Lydia Grajauskas en dat zong ze altijd, nu ook, op de melodie van een kinderliedje dat ze nog kende van school in Klaipėda, het refrein had drie regels, ze zong op elk ervan 'Lydia Grajauskas', dat deed ze altijd als ze zenuwachtig was.

Lydia Grajauskas.
Lydia Grajauskas.
Lydia Grajauskas.

Toen ze bij de deur was hield ze op met zingen. Hij stond immers aan de andere kant. Als ze haar oor ertegenaan hield, kon ze na een poosje horen hoe hij ademhaalde, ze herkende zijn ritme goed, hij was het. Ze hadden elkaar nu een paar keer ontmoet, was het acht keer, negen? Hij rook anders. Ze kende zijn geur al, hij rook net als een van de mannen met wie vader had samengewerkt in die vuile kamer met de bank waar ze op had gelegen toen ze klein was, bijna net zo, naar sigaren en mannenparfum en zweet onder de dichte stof van het colbertje.

Hij klopte aan. Voor de derde keer.

De deur ging open. Daar stond hij. Donker pak, lichtblauw overhemd, gouden dasspeld. Zijn blonde haar was kort. Hij was bruinverbrand, het regende al vanaf half mei, maar toch was hij nazomerbruin, dat was hij altijd. Ze glimlachte, net als zonet tegen de spiegel, ze wist dat hij dat graag wilde.

Ze raakten elkaar niet aan.

Nog niet.

Hij verliet het trappenhuis, stapte over de drempel, het appartement binnen. Ze keek snel naar de kapstok, naar de hangertjes daar, zal ik je jasje aannemen, dat doe ik graag. Hij schudde zijn hoofd. Hij was waarschijnlijk een jaar of tien ouder dan zij, ruim dertig schatte ze, ze wist het niet echt.

Ze wilde weer zingen.

Lydia Grajauskas. Lydia Grajauskas. Lydia Grajauskas.

Hij stak zijn hand uit, zoals hij altijd deed, zijn vingers voorzichtig over haar zwarte jurk, langzaam langs de schouderbandjes, naar haar borsten, de hele tijd aan de buitenkant van de stof.

Ze bleef onbeweeglijk staan.

Zijn hand in een wijde boog om de ene borst, al op weg naar de andere. Ze hield haar adem in, haar borstkas stil, ze moest glimlachen, ze moest doodstil blijven staan en glimlachen.

Ze glimlachte ook toen hij spuugde.

Ze stonden nog steeds dicht bij elkaar, het leek eerder alsof hij de klodder liet vallen dan dat hij echt spuugde, zelden in haar gezicht, meestal kwam het voor haar voeten terecht, voor de zwarte schoenen met hoge hakken.

Het duurde hem te lang.

Hij wees.

Met zijn vinger recht naar de grond.

Lydia bukte, glimlachte nog steeds naar hem, ze wist immers dat hij dat graag wilde, soms glimlachte hij dan zelf ook. Haar knieën kraakten een beetje toen haar benen tegen elkaar gedrukt werden, ze ging op handen en voeten zitten met haar gezicht naar voren. Ze vroeg om vergeving. Dat moest ze van hem. Hij had geleerd hoe je dat in het Russisch zei, het stak heel nauw, hij wilde zeker weten dat ze het goede woord gebruikte. Ze liet zich langzaam door haar armen zakken, zakte bijna in elkaar, haar neus raakte de vloer, haar tong raakte de koude ondergrond, toen ze de klodder spuug in haar mond nam en doorslikte.

Vervolgens stond ze op. Dat wilde hij zo. Ze deed haar ogen dicht, ze raadde er altijd naar welke wang het werd.

De rechter, het werd vast de rechter.

De linker.

Hij gaf haar een klap met zijn open hand, die bedekte dan haar hele wang. Het deed niet erg veel pijn. Het werd een roze vlek en hij had fors uitgehaald met zijn arm, maar het schrijnde vooral, het schrijnde als je maar wilde dat het alleen maar schrijnde.

Hij wees weer.

Lydia wist wat ze moest doen, dus het was onnodig, maar toch wees hij elke keer weer, zwaaide met een vinger in haar richting, ze moest de kamer in lopen en voor de rode sprei gaan staan. Ze liep voor hem uit, ze moest langzaam lopen en verstrooid over haar achterste wrijven, hij wilde dat ze hijgde en ze voelde zijn ogen op haar rug, het deed bijna pijn, die ogen die haar lichaam aanraakten.

Ze bleef staan bij het bed.

Ze maakte drie knopen op de rug van de jurk los, schoof hem over haar heupen naar de vloer.

Haar bh, haar slip – zwarte kant zoals hij had verordonneerd – die hij voor haar had gekocht en haar had gegeven, die zij had beloofd alleen bij hem te zullen gebruiken, dan alleen.

Hij ging boven op haar liggen en zij had geen lichaam.

Zo deed ze dat. Zo deed ze dat altijd.

Ze dacht aan thuis en aan wat was geweest en wat ze miste, iedere dag, zolang ze hier was.

Hier, hier en nu bestond ze niet. Hier was ze slechts een gezicht zonder lichaam. Ze had geen hals, geen borsten, geen onderlijf, geen benen.

Dus toen hij iets hard aanraakte, toen hij ergens binnendrong, toen zij bloedde uit haar achterste had dat niet met haar te maken. Ze was immers ergens anders en er lag alleen nog maar een gezicht dat 'Lydia Grajauskas' zong op een refrein dat ze lang geleden had geleerd.

HET REGENDE TOEN hij de lege parkeerplaats op reed.

Het was zo'n zomer waarin de mensen zodra ze wakker waren voorzichtig naar het slaapkamerraam slopen, de adem inhielden en hoopten dat vandaag de zon in de aanval zou zijn achter de luxaflex. Het was zo'n zomer waarin de regen buiten vrij spel had, iedere ochtend vermoeide blikken, die alweer genoeg wisten zodra ze de grijze regen tegen het raam zagen tikken.

Ewert Grens zuchtte. Hij parkeerde zijn auto, zette de motor uit en bleef op zijn stoel zitten totdat hij niets meer zag buiten, de waterdruppels waren een rivier die hem het zicht benam. Hij kon niet in beweging komen. Hij wilde het niet. Het gevoel van onbehagen greep hem overal vast waar het maar kon, er was weer een week voorbij en hij was haar bijna vergeten.

Hij ademde zwaar.

Hij zou het nooit vergeten.

Hij was nog steeds bij haar, iedere dag, zo goed als ieder uur, vijfentwintig jaar, het hielp geen donder.

De regen werd iets minder, hij kon het gebouw vaag onderscheiden door de voorruit. Een grote bakstenen villa, rood, jaren zeventig, een mooie tuin die bijna te goed onderhouden werd. Hij vond de appelbomen het mooist, er stonden er zes, die net hun witte bloesems hadden verloren.

Hij haatte dit gebouw.

Hij liet zijn harde greep om het stuur los, deed het portier open en stapte uit. Grote waterplassen op het ongelijke asfalt, hij zigzagde ertussendoor en hij had het water al in zijn schoenen staan voordat hij ook maar halverwege was. Hij kwam dichterbij, probeerde de gedachte kwijt te raken dat er met iedere stap die hij dichter bij de ingang kwam, weer een stukje leven voorbij was.

Het rook naar oude mensen. Hij kwam hier iedere maandagochtend, maar hij was nog steeds niet aan die lucht gewend. De mensen hier, in rolstoelen en achter rollators, waren niet eens zo oud, hij begreep niet waar die geur vandaan kwam.

'Ze zit binnen. In haar kamer.'

'Dank u.'

'Ze weet dat u komt.'

Ze had er geen idee van dat hij kwam.

Maar hij knikte naar de jonge medewerkster, die hem inmiddels herkende. Ze wilde alleen maar aardig zijn en kon niet weten hoeveel pijn het deed.

Hij liep langs de glimlachende man van zijn eigen leeftijd, die altijd in een leunstoel in de hal zat en vrolijk zwaaide naar iedereen die voorbijkwam. Toen langs de vrouw die Margareta heette en altijd hard schreeuwde als je niet naar haar keek en vroeg hoe het met haar ging. Iedere maandagochtend, ze zaten er altijd, als een deel van een foto die niet genomen hoefde te worden. Hij vroeg zich af of hij hen zou missen als ze een keer weg waren, of dat hij opgelucht zou zijn dat het niet meer allemaal zo voorspelbaar was als hij hier binnenstapte.

Hij wachtte even rustig voor haar kamer.

Hij werd 's nachts soms bezweet wakker; dan had hij haar duidelijk 'welkom' horen zeggen, dan had ze zijn hand vastgepakt, blij dat ze iemand kon vasthouden die van haar hield. Daar dacht hij aan, aan de steeds terugkerende droom, en hij kreeg de moed om haar deur open te doen zoals altijd, om haar leven binnen te gaan, veertien vierkante meter, een raam dat uitkeek op de parkeerplaats.

'Hallo.'

Ze zat midden in de kamer. De rolstoel was naar de deur gericht. Ze keek hem aan. Maar niets in haar ogen wees op herkenning, ze had zijn groet niet eens gehoord. Hij liep naar haar toe, een hand tegen haar koude wang, hij praatte weer met haar.

'Hallo, Anni. Ik ben het, Ewert.'

Ze lachte. Een misplaatste, veel te harde lach, een kinderlach, net als altijd.

'Herken je me vandaag?'

Ze lachte weer, plotseling en te hard. Hij pakte de stoel die voor het bureautje stond dat ze nooit gebruikte en ging bij haar zitten. Hij pakte haar hand, hield die vast, legde hem in de zijne.

Ze hadden haar mooi opgedoft.

Haar blonde haar gekamd, het met speldjes vastgezet, aan elke kant één. Een blauwe jurk, die hij lang niet had gezien, hij rook frisgewassen.

Hij verbaasde zich erover hoe onveranderd haar uiterlijk eigenlijk was. Vijfentwintig jaar in een rolstoel, in het onbewuste land, ze leek niet veel ouder dan toen. Zelf was hij twintig kilo aangekomen, was zijn haar kwijtgeraakt, kon de vele rimpels in zijn gezicht voelen. Zij was zo onaangetast. Alsof de beloning voor het niet kunnen deelnemen aan de echte wereld een zorgeloosheid was die jeugdigheid bracht.

Ze probeerde iets te zeggen. Dat gebrabbel, ze keerde zich naar hem toe en hij kreeg altijd het idee dat ze echt iets bedoelde. Hij kneep in haar hand, slikte de pijnlijke brok in zijn keel weg.

'Hij wordt morgen vrijgelaten.'

Ze brabbelde en kwijlde, hij haalde zijn zakdoek uit zijn zak, veegde het speeksel af dat over haar kin liep.

'Begrijp je dat, Anni? Morgen komt hij vrij. Dan bevuilt hij onze straten weer.'

Haar kamer zag er net zo uit als toen ze erin getrokken was. Hij had zelf de meubels uitgezocht die ze van huis mee zou nemen en hij had ze hier zelf neergezet, hij was immers de enige die wist waarom het zo belangrijk voor haar was om met haar hoofd naar het raam te liggen.

De eerste nacht leek ze al helemaal gewend.

Hij had haar naar haar bed gedragen en haar erin gelegd, de sprei om haar tengere lichaam. Hij was naast haar blijven zitten tot het minder donker werd, ze had diep geslapen en hij had haar 's ochtends verlaten toen ze wakker was, hij had de auto laten staan en had het hele eind naar het politiebureau in Kungsholmen gelopen, het was al laat in de ochtend toen hij daar was aangekomen.

'Deze keer pak ik hem.'

Ze keek hem aan alsof ze luisterde. Hij wist dat het niet zo was, maar aangezien het zo leek, deden ze soms net of ze een gesprek hadden, zoals toen, zoals vroeger.

Haar ogen, misschien vol verwachting, misschien gewoon leeg.

Had ik nog maar kunnen stoppen.

Had die klootzak jou er maar niet uit getrokken. Was je hoofd maar niet zachter geweest dan het wiel.

Ewert Grens boog zich naar haar toe, zijn voorhoofd tegen het hare, een kus op haar wang.

'Ik mis je.'

DE MAN IN het donkere pak en met de gouden dasspeld, die altijd voor haar op de vloer spuugde, was net weg. Deze keer had het niet geholpen dat ze aan Klaipėda dacht en de rest van haar lichaam uitschakelde, dat ze alleen nog maar een gezicht was. Ze had hem in zich gevoeld, soms gebeurde dat, dat ze voelde hoeveel pijn het deed als iemand bij haar binnendrong en ondertussen tegen haar schreeuwde dat ze moest bewegen.

Lydia vroeg zich af of het door zijn geur kwam.

De geur die ze herkende en die leek op de geur van de mannen om haar vader heen in die vieze wapenkamer. Ze vroeg zich af of het positief was dat ze die herkende, of het betekende dat ze nog steeds hoorde bij wat toen was en waar ze zo naar verlangde, of dat het haar alleen nog maar meer te pakken had, of haar nog meer onder de neus werd gewreven wat ze had kunnen hebben en wat nu ver weg was.

Naderhand had hij niet veel gezegd. Hij had haar aangekeken en nog een laatste keer gewezen, niet meer, een enkel woord. Hij had niet eens omgekeken toen hij wegging.

Lydia lachte.

Als ze een schoot had gehad, zou ze er verdrietig om zijn geweest dat zijn lichaamssappen die vulden. Dan had ze zijn orgaan nog meer gevoeld. Nu was dat niet zo. Ze was immers alleen maar een gezicht.

Ze lachte en wreef met een wit stuk zeep over het ene lichaamsdeel na het andere, er kwamen rode vlekken op haar huid, ze duwde de zeep hard tegen haar hals, haar schouders, haar borsten, in haar vagina, op haar dijen, haar voeten.

De verstikkende schaamte.

Die spoelde ze weg. Zijn handen, zijn adem, zijn geur. Het water was zo heet dat het bijna pijn deed, de schaamte een vieze laag die er niet afging.

Ze ging op de vloer van de douchecabine zitten en zong het refrein van het kinderliedje uit Klaipėda:

Lydia Grajauskas.
Lydia Grajauskas.
Lydia Grajauskas.

Ze was dol op dat liedje. Het was hun liedje geweest, van haar en Vladi, ze hadden het iedere ochtend luid gezongen wanneer ze tussen de flatgebouwen door naar school liepen, een lettergreep op iedere stap, hun namen hard, keer op keer.

'Hou op met zingen!'

Dimitri schreeuwde vanuit de hal met zijn mond naar de deur van de badkamer, maar ze ging door. Hij beukte tegen de muur, schreeuwde weer, ze moest eruit komen, als de bliksem. Ze bleef op de natte vloer van de cabine zitten, maar brak het lied af, haar stem kwam maar net door de deur heen.

'Wie komt er nu?'

'Je staat in de schuld, verdomde hoer.'

'Ik wil weten wie er komt.'

'Was je kut! Je hebt een nieuwe klant.'

Lydia hoorde de woede in zijn stem en stond op, droogde haar natte lichaam af, ze ging voor de spiegel staan, die boven de wastafel hing, maakte haar lippen rood, laag op laag. Ze kleedde zich aan, het bijna roomwitte ondergoed gemaakt van een dunne, fluwelige stof, dat iemand die nu kwam van tevoren had gestuurd en dat Dimitri haar vanochtend had gegeven.

Vier rohypnol en een valium. Ze slikte, glimlachte naar de spiegel, mengde de tabletten met een half glas wodka.

Ze opende de deur van de badkamer en liep de hal in. De volgende klant, de tweede die dag, een nieuwe die ze nog nooit eerder had gezien, stond al in het trappenhuis te wachten. Dimitri zat in de keuken, ze zag dat hij kwaad naar haar keek toen ze langsliep, de laatste stappen naar de voordeur.

Ze liet hem nog een keer aankloppen. Toen deed ze open.

Hilding Oldéus krabde hard aan de wond op zijn neus.

Een chronische infectie aan zijn rechterneusgat, van de heroïne, als hij dat spul had genomen krabde hij daar, het was jaren geleden dat hij een neus zonder diepe wond had. Het was net of het brandde, hij moest wrijven, wrijven; zijn wijsvinger pulkte, peuterde steeds meer huid weg.

Hij keek om zich heen.

Het was lelijk hier bij de sociale dienst, hij haatte het en hij kwam er altijd weer terug, hij was nog maar net vrij en dan zat hij hier alweer, bereid om te glimlachen voor meer geld. Het was een week lang goed gegaan. Hij had een buiging gemaakt voor de bewaarders in de Aspsåsinrichting, hij had Jochum haastig gegroet, Jochum Lang, wiens hielen hij de laatste maanden had gelikt, hij had iemand nodig gehad om zich achter te verstoppen en Jochum was daar groot genoeg voor, niemand zou zelfs maar op het idee komen om hem daar lastig te vallen, in Jochums schaduw. Jochum had teruggegroet, hij hoefde toen nog maar een week – Hilding besefte plotseling dat die morgen om was, morgen was er een week voorbij, verdomme – en ze zouden elkaar vermoedelijk buiten de muren nooit meer zien. Jochum was een tijdje zijn beschermer geweest; hij gebruikte niet en degenen die niet gebruikten, waren daarna zomaar weg, naar elders.

Er zaten weinig mensen.

Een paar zigeunerwijven, een klote-Fin en twee kutbejaarden. Wat moesten die hier nou?

Hilding krabde weer aan de wond op zijn neus. Er waren verdomd veel mensen die alleen maar in de weg zaten en tijd in beslag namen.

Het was weer zo'n dag waarop hij voelde. Hij wilde niet

voelen, mocht niet voelen, en dan kwam er zo'n kutdag waarop hij voelde, voelde, voelde, hij had een dosis nodig, hij moest van die ellende af, hij had die verduvelde horse nodig en al die rotlui die in de weg zaten in dit lelijke klotehok van de sociale dienst, hij was aan de beurt, het was nu verdomme zijn beurt.

'Ja. Wie volgt?'

Ze had de deur weer opengedaan. De dikke, vette sociaal werkster.

Hij stond snel op en liep naar haar deur. Zijn magere lichaam bewoog schokkerig en iedereen zag dat hij nog jong was, nog geen dertig, kinderlijke trekken in combinatie met een kapotgebruikte huid, op weg naar iets, en dat was niet richting leven.

Hij krabde weer aan zijn neus, voelde hoe hij zweette. Het was juni en verdomd regenachtig en hij liep rond in een lange regenjas. Die ademde voor geen meter en hij had hem uit moeten trekken; dat had hij ook overwogen, maar het was te veel moeite geweest. Hij ging op de bezoekersstoel voor een kaal bureau en een paar lege boekenkasten zitten. Hij keek zenuwachtig om zich heen in het vertrek. Er was niemand anders, geen andere sociaal werkster, ze waren anders altijd met zijn tweeën.

Klara Stenung kwam uit de deuropening en ging tegenover hem zitten, aan de andere kant van het bureau. Ze was achtentwintig jaar, even oud als de verslaafde die ze tegenover zich had. Ze had hem eerder ontmoet en wist wie hij was en waar hij op afstevende. Zulke lieden waren er meer. Ze had een paar jaar maatschappelijk werk gedaan in andere stadsdelen en nu werkte ze alweer drie jaar hier, bij de sociale dienst van Katarina-Sofia. Het was een komen en gaan van magere, gestreste, schreeuwerige, pas vrijgelaten figuren. Ze bleven wel eens tien maanden achtereen weg, maar kwamen altijd terug.

Ze stond op, strekte haar arm uit over de tafel. Hij keek naar haar hand, overwoog erop te spugen, pakte die ten slotte aan, gaf een slap handje.

'Ik heb geld nodig.'

Ze keek hem zwijgend aan, wachtte op meer. Ze had haar map, haar archief. Ze wist alles van hem. Hilding Oldéus was net als de anderen. Geen vader. Een moeder aan wie hij niet veel had. Zussen die een aantal jaren ouder waren dan hij en hadden gedaan wat ze konden. Tamelijk slim, tamelijk verward, tamelijk verlaten. Alcohol op zijn dertiende, cannabis op zijn vijftiende. Daarna was het snel gegaan. Hij had heroïne gerookt en gespoten, op zijn zeventiende voor het eerst in de gevangenis gezeten. Nu, op zijn achtentwintigste, had hij tien keer gezeten in elf jaar. Vooral voor diefstallen en een enkele heling. Een kleine dief. Zo eentje die de avondwinkel in rende met een broodmes in zijn hand, de dagopbrengst meegriste en daarna buiten voor de winkel bleef staan terwijl hij een kleine dealer betaalde en de gram in ontvangst nam. Vervolgens ging hij in het eerste het beste portiek zitten spuiten en hij begreep er niets van toen ze in de winkel naar hem hadden gewezen en de politie was gekomen en hij achter in de auto zat, ijlings op weg naar het huis van bewaring.

'Je weet wat het antwoord is. Je krijgt geen geld.'

Hij bewoog onrustig op zijn stoel, wipte ermee, verloor bijna zijn evenwicht.

'Goddomme! Ik kom net uit de bak.'

Ze keek hem aan, hij schreeuwde, hij krabde aan de wond op zijn neus. Die bloedde weer.

'Het spijt me. Je bent niet aangemeld. Niet als werkloze. En je staat ook niet bij het arbeidsbureau ingeschreven als werkzoekende.'

Hij stond op.

'Stomme trut! Ik heb geen rooie cent, verdomme. Ik heb honger.'

'Ik begrijp dat je geld nodig hebt voor eten. Maar je bent niet aangemeld. Dus ik kan je niets geven.'

Het bloed uit de wond op zijn neus druppelde op de grond, het stroomde aardig door, het gele zeil werd rood. Hij schreeuwde, dat deed hij, hij dreigde, dat deed hij ook, maar daar bleef het altijd bij, bij dreigen alleen. Hij bloedde, maar hij ging niet op de vuist, zo was hij niet en dat wist ze, het kwam niet eens bij haar op om versterking te vragen.

Hij gaf een harde klap tegen de boekenkast.

'Ik heb schijt aan jullie kloteregels!'

'Dat zal best, maar je krijgt toch geen geld. Ik kan je wel een bon geven waar je de komende twee dagen eten op kunt krijgen.'

Voor het raam reed een vrachtwagen voorbij, het geluid kon haast niet weg tussen de huizen langs de smalle weg. Hilding hoorde het niet. Hij hoorde helemaal niets. Dat mens tegenover hem had het over een bon voor eten. Sinds wanneer kon je daar heroïne op krijgen? Hij staarde naar de dikke vrouw, die aan de andere kant van het bureau zat en bonnen aanbood, naar haar grote tieten en naar haar kutketting met ronde houten kutkralen. Hij lachte en hij schreeuwde, hij gooide de stoel om waar hij net op had gezeten en schopte die tegen de muur.

'Ik hoef je kutbonnen niet! Ik zal zelf wel aan geld zien te komen. Stomme teef!'

Hij holde bijna de deur uit, zag de Fin, de zigeunervrouwen en de bejaarden in de lelijke wachtkamer. Ze keken allemaal naar hem, maar zeiden niets, ze zwegen, ze doken bijna in elkaar. Hij schreeuwde 'vuile aso's' naar hen terwijl hij langsliep en toen nog iets wat ze onmogelijk konden verstaan; zijn schelle stem liet het afweten, doordat er bloed uit zijn neus in zijn mond liep, en hij liet een spoor achter, de trap af, de deur uit, de hele Östgötagatan over naar Skanstull.

Een zomer van niks.

Winderig, zelden boven de twintig graden, soms toevallig een zonnige ochtend, verder regen op het dak en op de barbecue in de tuin.

Ewert Grens was haar hand blijven vasthouden zolang zij dat toeliet. Toen was ze onrustig geworden, zoals altijd als ze uitgelachen was, als het gebrabbel afgelopen was en er niet alleen maar af en toe wat speeksel over haar kin liep. Hij had haar daarom omhelsd en een kus op haar voorhoofd gedrukt en gezegd dat hij over een week weer zou komen, altijd over een week.

Had je het nog maar even langer vol kunnen houden.

Nu was hij in zijn auto op weg terug over de Lidingöbrug, op weg naar Bengt Nordwall, die tegenwoordig in Eriksberg woonde, tien kilometer ten zuiden van de stad. Hij reed veel te hard en zag zichzelf plotseling achter een ander stuur zitten, iets wat hem wel vaker overkwam.

In het politiebusje van het team waarover hij vijfentwintig jaar geleden het bevel voerde.

Hij zag Lang buiten de bus en hij wist dat hij gezocht werd en hij deed wat ze zo vaak eerder hadden gedaan, hij haalde de rennende man in, terwijl Bengt de zijdeur van het busje opendeed en Anni, die het dichtstbij zat, Lang vastgreep en schreeuwde dat hij aangehouden was, zoals ze dat moest doen.

Zij had op die plaats gezeten.

Daarom had Jochum Lang haar uit het busje kunnen trekken.

Ewert Grens knipperde en ging even aan de kant staan, hij ging uit de rij van gestreste ochtendforenzen. Hij deed de motor uit en bleef stilzitten totdat de beelden waren verdwenen. De laatste jaren was het elke keer dat hij haar bezocht hetzelfde, de herinneringen beukten in zijn hoofd en maakten het ademen moeilijk. Hij bleef daar een poosje staan, trok zich van de toeterende idioten niets aan, wachtte tot hij weer zover was.

Nog een kwartier, dan was hij er.

Ze begroetten elkaar al buiten op de smalle straat voor de eengezinswoningen en bleven naast elkaar in de regen staan en staarden naar de lucht.

Ze lachten geen van beiden erg vaak, of dat nu aan hun leeftijd lag of dat ze altijd al zo waren geweest. Maar om de dichte grijze lucht, de wind en de regen die met bakken naar beneden kwam moesten ze wel lachen, wat kon je anders?

'Wat zeg je?'

'Wat ik zeg? Dat ik me er niet meer druk om kan maken.'

Ze haalden hun schouders op, gingen op de doornatte bekleding van een tuinbank zitten.

Ze kenden elkaar al tweeëndertig jaar. Ze waren toen jong geweest, levens die ze snel hadden opgebruikt, ze waren al over de helft.

Ewert Grens keek zwijgend naar zijn vriend.

Eigenlijk de enige vriend die hij had, iemand met wie hij ook buiten het werk praatte, die hij kon verdragen.

Nog steeds slank, nog steeds een mooie bos haar, ze waren even oud, maar Bengt zag er stukken jonger uit. Dat zou wel door de kleine kinderen komen. Die hielden hem jong.

Ewert had geen kinderen, hij had geen haar en hij was zwaarlijvig. Hij met zijn kreupele been en Bengt met zijn vederlichte tred, ze hadden hun gemeenschappelijke verleden en ze waren nog steeds allebei politieman in de binnenstad van Stockholm; ze hadden ieder hun portie tijd gekregen, maar het leek wel alsof Ewert die harder nodig had gehad, hem sneller had verbruikt.

Bengt zuchtte moedeloos.

'Al die nattigheid. Ik krijg de kinderen niet eens meer naar buiten.'

Ewert wist niet zeker of hij bij zijn oudste vriend thuis werd uitgenodigd vanuit de verwachting dat het gezellig zou worden. Of dat het uit plichtsgevoel was, omdat ze medelijden met hem hadden, zo eenzaam, zo naakt buiten de gangen van het politiebureau. Hij kwam altijd als ze hem uitnodigden, had er nooit spijt van, maar bleef daar toch over piekeren.

'Het ging goed met haar vandaag. Ze groette me. Ik weet het zeker.'

'En met jou, Ewert? Hoe gaat het met jou?'

'Wat bedoel je?'

'Ik weet niet wat ik bedoel. Maar het lijkt wel of je er de laatste tijd... bezwaarder uitziet. Vooral als je het over Anni hebt.'

Ewert hoorde wat hij zei, maar reageerde er niet op. Hij keek ongeïnteresseerd om zich heen, naar het leven in een voorstad dat hij niet begreep. Eigenlijk hadden ze toch een heel aardig villaatje. Gewoon, wat baksteen, een gazonnetje, wat nette struikjes en her en der door de zon verbleekt plastic speelgoed. Als het niet had geregend hadden de beide kinderen achter het huis rondgehold en een spelletje gedaan dat kinderen van die leeftijd spelen. Bengt had laat kinderen gekregen, hij was al bijna vijftig en Lena twintig jaar jonger. Hij had zoals dat heet een tweede kans gekregen. Ewert begreep niet wat een jonge, talentvolle vrouw bij een politieman van middelbare leeftijd te zoeken had; hij gunde Bengt wat hij had, maar hij zou het nooit begrijpen.

Hun kleren waren nat, de stof hing zwaar om hun lichaam. Ze voelden het niet meer, ze waren de regen even vergeten. Ewert boog voorover, keek zijn vriend aan.

'Zeg?'

'Ja?'

'Jochum Lang komt vandaag vrij.'

Bengt schudde zijn hoofd.

'Je moet het een keer van je afzetten.'

'Kun jij makkelijk zeggen. Jij reed toen niet.'

'En het was mijn vriendin niet. Maar dat doet er niet toe. Je moet het laten rusten. Het is vijfentwintig jaar geleden, Ewert.'

Hij had zich omgedraaid, naar de achterbank.

Hij had gezien dat ze het vluchtende lichaam vastpakte.

Ewert Grens haalde diep adem, streek met zijn hand over zijn natgeregende schedel, voelde de woede die bleef stilstaan bij wat er toen was gebeurd.

Jochum Lang had haar hand gevoeld en zich al rennend omgedraaid. Hij had haar vastgepakt, een harde ruk gegeven en Bengt, die naast haar zat, had haar niet bij haar riem weten te pakken.

Ewert zuchtte. Weer die hand over zijn natte schedel.

Op het moment dat zij uit de bus was gevallen en een van de achterwielen over haar hoofd was gereden, had hij beseft dat de rest van hun leven samen voorbij was.

Lang was lachend weggerend en hij had later opnieuw gelachen toen hij werd veroordeeld tot een flutstraf van een paar maanden wegens het veroorzaken van lichamelijk letsel.

Ewert Grens haatte hem.

Bengt maakte een knoopje van zijn natte overhemd los, zocht oogcontact met zijn vriend.

'Ewert?'

'Ja?'

'Waar zit je met je gedachten?'

Ewert Grens keek uit over de van regen doordrenkte grasmat, keek naar de tulpen die in het keurige perkje wegdoken. Hij voelde zich moe.

'Ik pak die klootzak.'

Bengt sloeg een arm om zijn schouder. Grens schrok ervan. Dat was hij niet gewend.

'Laat hem nou, Ewert.'

Hij had zojuist haar hand vastgehouden. Ze had gelachen als een kind en haar hand was koud en slap geweest, als het ware afwezig. Hij kon zich die andere hand nog herinneren, hij kon hem voelen: warm, stevig, aanwezig.

'Vanaf vandaag zwerft hij weer over straat. Snap je? Lang loopt in de stad rond en heeft schijt aan ons.'

'Ewert, was het Lang z'n schuld? Weet je dat zeker? Of was het mijn schuld? Het lukte mij niet haar vast te blijven houden. Misschien zou je mij moeten haten. Misschien moet je mij te pakken nemen.'

De wind stak weer op, hield de regen vast en voerde die mee. De druppels sloegen hun in het gezicht. Achter hen ging de deur naar het terras open. Er kwam een vrouw naar buiten met een paraplu in haar hand; ze was jong, in de dertig, haar lange haar in een staart, ze glimlachte.

'Jullie zijn niet lekker.'

Ze draaiden zich om. Bengt lachte terug.

'Als je één keer nat bent, maakt het niet meer uit.'

'Jullie moeten binnenkomen. Het ontbijt staat klaar.'

'Nu?'

'Nu, Bengt, de kinderen hebben honger.'

Ze stonden op.

Hun broek en jasje plakten aan hun lichaam.

Ewert Grens keek weer omhoog. De hemel was nog even grijs.

HET WAS NOG ochtend. Ze hoorde vogels buiten, ze zongen voor elkaar, dat deden ze altijd om deze tijd. Lydia zat op de rand van haar bed te luisteren, het klonk mooi, ze zongen hier net als tussen de lelijke betonnen huizen in Klaipėda. Ze wist niet hoe het kwam, maar ze was 's nachts een paar keer wakker geworden uit een droom over het bezoek dat haar moeder en zij een paar jaar geleden aan de Lukuskeles-gevangenis in Vilnius hadden gebracht. Ze had gedroomd dat haar vader naar haar stond te zwaaien, ze had hem achtergelaten in die donkere gang voor de tbc-afdeling, ze was langs vijftien andere gevangenen gekomen die langzaam wegteerden in wat 'de hiv-kamer' werd genoemd, toen ze plotseling van een afstand zag dat hij in elkaar was gezakt. Ze was meteen gestopt, bleef even bewegingloos staan. Toen hij niet opstond, was ze teruggerend over de stenen vloer, zo snel als ze kon, ze had aan hem gerukt en getrokken totdat hij weer overeind kwam en bloed ophoestte en dat gele dat eruit moest. In de droom was het precies zo geweest als toen, haar moeder was erbij gekomen, ze had gehuild en geschreeuwd totdat er iemand van de ziekenafdeling was gekomen en hem had meegenomen. Dezelfde droom ging verder, telkens als ze weer in slaap viel, ze had daar nooit eerder over gedroomd.

Lydia zuchtte diep, schoof wat verder naar de rand van het bed en deed haar benen uit elkaar, net zo langzaam als de man tegenover haar wilde.

Hij zat een meter van haar af.

Een man van middelbare leeftijd, rond de veertig, dacht ze, net zo oud als haar vader zou zijn geweest.

Ze zag hem al bijna een jaar lang één keer per week, elke maandagochtend, hij was altijd punctueel. Hij was de derde klant van de dag en klopte altijd aan precies op het moment dat ze de kerkklok achter haar gesloten raam negen hoorde slaan.

Hij spuugde niet. Hij wilde niet in haar binnendringen. Ze hoefde zijn geslacht niet te voelen. Ze kende zijn geur niet eens.

Hij was zo iemand die haar even wilde knuffelen als ze opendeed en haar daarna niet meer aanraakte, die alleen zijn eigen geslacht stijf omklemde met zijn ene hand en met de andere aanwees dat ze zich moest uitkleden.

Hij wilde dat ze met haar onderlichaam heen en weer bewoog en hij hield zijn geslacht nog steviger vast. Hij wilde dat ze jankte als de hond die hij had gehad en zijn geslacht werd bleekrood toen hij erin kneep. Hij leunde achterover in de zwartleren fauteuil toen zijn vocht over het gladde oppervlak liep.

Om twintig over negen was hij klaar en voordat de kerkklok halftien sloeg was hij het appartement weer uit. Lydia bleef op de rand van het bed zitten tot hij wegging, de kwetterende vogels, ze hoorde ze weer.

Uit de wond aan zijn rechterneusgat vielen met regelmaat druppels bloed op het trottoir van Östgötagatan. Hilding rende half, hij had een belabberde conditie, ook al was hij nog maar net vrij. Hij hoorde niet bij de mannen die hun haat verdronken of respect opbouwden in de fitnessruimte van de Aspsåsinrichting, maar desondanks rende hij nu half, in paniek en woede over die trut van een sociaal werkster in Katarina-Sofia en uit verlangen naar die verdomde horse, en daarom kwam hij hijgend bij Ringvägen en metrostation Skanstull aan.

Je kunt de boom in met je bonnen. Ik zal het geld zelf wel bij elkaar zien te krijgen.

'Hé, jij.'

Hilding tikte een van de kinderen die voor hem op het perron stonden op de schouder. Hij schatte haar op een jaar of twaalf, dertien. Ze reageerde niet en hij tikte weer. Ze keek demonstratief de kant uit waar de metro zo meteen vandaan zou komen.

'Jij daar. Ik heb het tegen jou.'

Hij had haar mobieltje gezien. Hij reikte ernaar, deed een stap naar voren, trok het uit haar hand en toetste het nummer in zonder zich iets van haar protesten aan te trekken, wachtte tot het signaal werd doorgegeven.

Hilding schraapte zijn keel.

'Zussie? Met mij.'

Ze zei niets, dus hij ging verder.

'Verdomme, zussie, ik moet wat lenen.'

Hij hoorde haar zuchten voordat ze antwoord gaf.

'Je krijgt geen geld van mij.'

'Voor eten, zussie, en kleren. Alleen daarvoor.'

'Ga maar naar de bijstand.'

Hij staarde kwaad naar het apparaatje dat hij in zijn hand

hield, haalde diep adem en schreeuwde toen met zijn mond vlak bij wat hij dacht dat de microfoon was: 'Verdomme, zus! Dan moet ik zelf verkopen! En dat is jouw schuld!'

Ze gaf precies hetzelfde antwoord dat ze de vorige keer ook had gegeven.

'Dat is jouw keuze. Jouw probleem. Je moet het niet bij mij neerleggen.'

Hilding Oldéus schreeuwde naar de elektronische stilte die ontstond toen zij had opgehangen en smeet de bebloede telefoon op het beton van het perron. Dat stomme kind huilde nog steeds toen hij in de metro stapte die net was gearriveerd.

Hij ging vlak voor een van de dubbele deuren van de wagon staan en krabde dieper in de rode, druppende wond. Bloedspetters en lagen zweet en het magere gezicht waar het leven uit was, hij stonk gewoon.

Hij stapte uit bij het hoofdstation van de metro en ging met de roltrap de onderwereld uit. Het regende nauwelijks, hij wist niet of het die ochtend eigenlijk had geregend. Hij keek om zich heen en bleef zweten in de dichtgeknoopte regenjas, zijn rug was kletsnat, hij stak Klarabergsgatan en het trottoir aan de overkant schuin over. Bij het standbeeld van Ferlin liep hij haastig tussen de gebouwen door en door het hek het St.-Clara-kerkhof op.

Leeg, zo leeg als hij had gehoopt.

Een dronkelap op het gras een eindje verderop, verder niemand.

Hij liep langs de grote steen van Bellman naar het bankje dat erachter stond, onder de boom die volgens hem een iep was.

Hij strekte zijn benen uit, neuriede iets. Zijn ene hand in de rechterzak van de regenjas. Hij voelde het waspoeder, liet zijn vingers er langzaam doorheen glijden. Zijn andere hand in de linkerzak, hij haalde het pakje met de vijfentwintig postzegelzakjes eruit en maakte het open; kleine plastic zakjes van acht bij zes centimeter. Hij mengde het waspoeder met de amfetamine, die amper de bodem van ieder zakje bedekte.

Hij had geld nodig en dat zou hij gauw krijgen.

Het was avond. Ze was klaar voor vandaag, meer kwamen er niet.

Lydia liep langzaam door de flat, aangenaam donker, weinig lampen aan. Het was een tamelijk grote flat, waarschijnlijk de grootste die ze had gehad sinds ze hier kwam, vier kamers.

In de hal bleef ze staan.

Ze wist niet waarom, maar ze zocht in het patroon van het behang, langs de smalle strepen die de lege ruimte tussen vloer en plafond vulden. Dat deed ze vaak, dan stond ze daar en vergat al het andere, ze begreep dat het er iets mee te maken had dat ze soortgelijk behang eerder had gezien, op een andere muur in een andere kamer, lang geleden.

Lydia herinnerde zich die muur, die kamer, zo duidelijk.

De militaire politie die was komen binnenstormen, haar vader en de andere mannen die tegen de muur aangedrukt waren en de stemmen die '*zatknis zatknis*' hadden geschreeuwd en de merkwaardige stilte daarna.

Ze wist toen al dat haar vader een keer eerder in de gevangenis had gezeten. Dat hij thuis een Litouwse vlag aan de muur had gehangen en daarom was veroordeeld tot vijf jaar in de inrichting van Kaunas. Ze was zo klein geweest, één jaar nog maar, maar een vlag, ze schudde haar hoofd, kon het nog steeds niet begrijpen. Hij had natuurlijk zijn baan bij defensie daarna niet teruggekregen en op een keer – ze wist het nog goed: de wodka was op, zijn wangen waren rood en ze zaten in de kamer met het streepjesbehang te midden van gestolen wapens die zo meteen verkocht zouden worden – had hij hardop gevraagd wat hij anders zou moeten. Als de kinderen schreeuwden om eten en de staat weigerde te betalen, wat moest hij dan, verdomme?

Lydia stond nog in de hal. Ze hield van de stilte, het avondlijke duister dat haar langzaam omsloot en tot rust wiegde. De smalle streepjes op de muur reikten hoog, ze volgde ze en moest haar nek achteroverbuigen, het was een hoge ruimte, een oud pand. Ze bedacht dat ze een enkele keer alleen had gewerkt in aanzienlijk kleinere flats, maar dat ze verder meestal met zijn tweeën waren geweest, en dat de mannen die in het trappenhuis stonden en op de deur klopten daarom hadden kunnen kiezen wie van hen ze zouden nemen.

Ze moest er iedere dag twaalf ontvangen.

Soms meer, nooit minder. Dan sloeg Dimitri haar, of hij drong zelf bij haar binnen, zoveel keer als er nog over was, altijd van achteren.

Ze had natuurlijk haar ritueel. Iedere avond.

Ze douchte, en het veel te hete water spoelde hun handen weg. Ze nam haar tabletten in: vier rohypnol en een valium in een beetje wodka. Ze trok ruime kleren aan, ze slobberden om haar lichaam en ze had geen contouren meer, niemand kon iets zien, niemand kon haar vastpakken.

Maar ondanks dat deed haar onderlichaam de ene keer meer pijn dan de andere.

Ze voelde een stekende pijn. Ze wist waarom. Er waren een paar nieuwe bij geweest en die waren altijd te hardhandig. Ze zei er bijna nooit wat van, ze had geleerd hoe belangrijk het was dat ze terug wilden komen.

Lydia kreeg genoeg van de smalle strepen op de halmuur, ze keerde haar gezicht naar de voordeur. Het was een hele poos geleden dat ze buiten was geweest. Hoe lang? Ze wist het niet zeker, vier maanden, dacht ze. Ze was een paar keer van plan geweest het keukenraam kapot te slaan, het kon niet open, net zomin als de andere ramen. Ze was van plan geweest het in te gooien en te springen, maar ze was er te laf voor geweest. Ze zaten op de zesde verdieping en ze wist niet hoe het voelde, springen en op de grond vallen. Ze liep naar de deur, grijs plaatijzer, ze voelde eraan: koud, hard. Ze bleef staan en deed haar ogen dicht, stak haar hand uit naar het rode lampje, ze ademde langzaam en baalde ervan dat ze niet begreep hoe de beide elektronische sloten werkten. Ze had geprobeerd te zien wat Dimitri deed, maar het was haar nooit gelukt, hij stond er altijd voor, hij wist immers dat zij achter hem stond te gluren.

Ze verliet de hal, liep door de kamer zonder meubels, die ze om de een of andere reden woonkamer noemden, toen langs haar eigen kamer, keek naar het grote bed dat ze haatte, maar waarin ze ook moest slapen.

Ze liep door naar de kamer aan het eind, die van Alena.

Haar deur was dicht, maar Lydia wist dat ze klaar was met werken, dat ze had gedoucht en dat ze alleen op haar kamer zat.

Ze klopte aan.

'Ja?'

'Ik ben het maar.'

'Ik probeer te slapen.'

'Weet ik. Mag ik toch binnenkomen?'

Enkele seconden. Lydia wachtte. Totdat Alena een besluit had genomen.

'Natuurlijk. Kom binnen.'

Alena lag naakt op het onopgemaakte bed. Haar lichaam was donkerder dan dat van Lydia, haar lange haar nog vochtig, het zou de volgende ochtend moeilijk uit te borstelen zijn. Zo lag ze vaak als iedereen weg was, dan staarde ze naar het plafond, dacht eraan dat ze nooit tegen hem had gezegd dat ze weg zou gaan, dat er nu jaren voorbij waren, dat ze nog voelde hoe ze elkaar die laatste keer hadden vastgehouden en dat ze ernaar terugverlangde, het had maar een paar maanden zullen duren, ze zou immers bij hem terugkomen, bij Janoz, ze zouden trouwen, daarna.

Lydia bleef staan. Ze zag Alena's naaktheid en dacht aan haar eigen lichaam, dat ze na afloop in slobberige kleren moest verbergen, ze wist wel dat dat was wat ze deed: het verbergen. Ze keek en vergeleek en vroeg zich af hoe Alena daar op datzelfde bed kon liggen zonder kleren aan, ze besefte dat ze haar eigen tegenpool zag, die dat andere als het ware liet blijven, het niet verborg, maar bijna vasthield.

Alena wees naar het bed, het deel ervan dat leeg was.

'Ga zitten.'

Lydia liep de kamer in, net die van haar, net zo'n bed, net zo'n boekenplank, verder niets. Ze ging op het onopgemaakte bed zitten. Waar net nog iemand anders had gelegen. Ze keek even naar het rode behang, bloemetjes als van fluweel, bobbelig. Ze zocht Alena's hand, pakte die vast, kneep erin terwijl ze bijna fluisterde.

'Hoe is het met je?'

'Ach, je weet wel.'

'Hetzelfde?'

'Hetzelfde.'

Ze kenden elkaar al meer dan drie jaar. Ze hadden elkaar op de boot ontmoet. Toen hadden ze gelachen. Ze waren onderweg. Het water dat doorkliefd werd, dat ver in de diepte wit schuimde, ze waren geen van beiden eerder op zee geweest.

Lydia trok de hand van haar vriendin naar zich toe, hield die nog steeds stevig vast, aaide erover met haar andere hand, vlocht hem tussen haar beide handen in.

'Ik weet het. Ik weet het.'

Alena lag stil, met haar ogen dicht.

Haar lichaam had geen blauwe plekken, niet als dat van Lydia, niet op die manier.

Lydia ging naast haar liggen, even deelden ze de stilte, Alena terug bij Janoz, bij wie ze zomaar was weggegaan, die ze niet had gekend in haar plannen, Lydia terug in de Lukuskeles-gevangenis, tussen de hoestende mannen met de kaalgeschoren hoofden op een stoffige ziekenafdeling.

Totdat Alena plotseling overeind kwam en met een kussen achter haar rug tegen de muur ging zitten.

Ze wees naar de vloer, naar een avondblad dat daar lag.

'Pak dat eens op.'

Lydia liet Alena's hand los, bukte en raapte de krant op.

Ze vroeg niet aan Alena waar ze die vandaan had, ze begreep dat die van iemand afkomstig was die vandaag bij haar was geweest, een van de mannen die dingen meenamen, die iets extra's wilden en dat ook kregen. Lydia had niet zoveel mannen die iets meenamen. Ze wilde geld. Ze wilde Dimitri het enige ontfutselen waarin hij in feite was geïnteresseerd. De mannen die bij haar kwamen en wat extra's wilden moesten er een honderdje bijleggen.

'Sla hem eens open. Pagina 7.'

Ze had het aan Alena verteld.

De mannen betaalden vijfhonderd kronen. Ze wist hoeveel twaalf keer vijfhonderd kronen per dag was. Maar Dimitri pikte bijna alles in. Ze mochten tweehonderdvijftig kronen houden voor iedere hele dag. De rest was voor kost en inwoning en afbetaling van hun schuld. In het begin had ze om meer gevraagd, toen had Dimitri haar van achteren genomen, steeds weer, totdat ze had beloofd dat ze het niet meer zou vragen. Dus had ze besloten om af en toe een honderdje extra te nemen. Op haar manier. Meer om Dimitri, die vuile pooier, een loer te draaien dan voor het geld.

Ze kreeg klappen.

Ze nam de klappen in ontvangst.

Ze liet hen slaan en dat kostte honderd kronen extra. De meesten sloegen niet hard, ze wilden alleen eerst slaan, voordat ze bij haar binnendrongen. Ze vroeg zeshonderd, Dimitri kreeg zijn vijfhonderd en had er geen idee van dat ze honderd hield. Ze was al een hele tijd zo bezig, ze had aardig gespaard en Dimitri wist van niets.

Lydia sprak geen Zweeds en kon het al helemaal niet lezen. Ze begreep de kop van het artikel niet, de vette beginletters niet en de lange tekst niet. Maar ze zag de foto. Alena hield de krant zo dat Lydia hem kon zien en ze bleef even naar de foto kijken, gaf opeens een gil, huilde en schreeuwde en rende de kamer uit en weer naar binnen, haar haat gericht op de krant die Alena vasthield.

'Die klootzak!'

Ze wierp zich op het bed, ging weer naast het naakte lichaam liggen, huilde nu meer dan dat ze schreeuwde.

'Die vieze, gore klootzak!'

Alena wachtte even, het had nu nog geen zin om te praten, Lydia moest uithuilen, zoals ze zelf zonet ook had uitgehuild.

Ze sloeg een arm om haar vriendin heen.

'Ik zal het je voorlezen.'

Alena sprak Zweeds. Lydia begreep niet hoe ze het voor elkaar had gekregen om dat te leren.

Ze waren even lang in dit land, hadden evenveel mensen ontmoet, daar zat het hem niet in.

Zij had alleen besloten om zich af te sluiten. Om nooit te luisteren. Om de taal niet te leren waarin ze werd verkracht.

'Wil je dat?'

Lydia wilde het niet. Wilde het niet. Wilde het niet.

'Ja.'

Ze kroop dichter tegen de naakte huid aan, leende haar warmte; Alena was altijd warm, zelf had ze het meestal koud.

Een nogal oninteressante foto van een man van middelbare leeftijd die tegen een huismuur stond geleund. Hij keek tevreden, als iemand die net een compliment heeft gekregen. Hij was slank, had een snor, blond netjes gekamd haar. Alena wees naar hem, naar de kop erboven. Die las ze voor, eerst in het Zweeds en daarna vertaalde ze hem in het Russisch. Lydia bleef stil liggen luisteren, ze durfde zich niet te verroeren. Toen het artikel, onbeholpen geschreven, inderhaast, een drama dat zich vroeg in de ochtend had afgespeeld, slechts een uur voor het ter perse gaan. De man tegen de huismuur, een politieman, had een in paniek geraakte dief, die plotseling achter een gesloten deur in een bankkluis vijf personen had gegijzeld, ertoe bewogen een dialoog aan te gaan, vervolgens terug te trekken en het al snel op te geven. Het was niet bijzonder. Een politieman, een doordeweekse dag, pagina 7; morgen was hij weer vervangen door een andere politieman op een andere doordeweekse dag.

Maar hij glimlachte.

De politieman op de foto glimlachte en Lydia huilde weer van haat.

Sergels Torg zat er vol mee. Een plein vol met junks. Die drugs nodig hadden.

Hilding deed een paar stappen opzij, ging op de trap staan die naar Drottninggatan leidde. Daar stond hij altijd, het was belangrijk dat ze hem konden zien. Hij had volkomen lak aan de smerissen die er met hun kijkers rondliepen.

Ze stond een stukje verderop te wachten, bij de ingang van de metro. De kleinste allochtoon die hij kende. Niet meer dan één meter vijftig lang. Ze was niet oud, vast niet ouder dan twintig, maar ze was lelijk als de nacht met die grote bos haar en de vettige trui en na drie, vier dagen zonder stuff was ze chagrijnig en geil en wilde spuiten en neuken en spuiten en neuken. Hij wist dat ze Mirja heette en een vreselijk accent had; ze was moeilijk te verstaan en als ze lang niet had gebruikt verstond je haar helemaal niet, dan was het alsof haar mond het niet meer deed.

'Wat?'

Hij lachte haar uit.

'Hoezo wat?'

'Heb je wat?'

'Of ik wat heb? Wat moet je hebben dan?'

'Een gram.'

Stom wijf. Drugs en neuken. Hilding ging rechtop staan voordat hij verderging, keek uit over het plein, in de richting van de smerissen, die zich nergens druk om maakten.

'Methanol of gewoon?'

'Gewoon, voor driehonderd.'

Ze bukte, groef met haar hand in haar ene schoen, bij de veter ergens. Ze haalde een paar kreukelige bankbiljetten tevoorschijn, gaf hem er drie.

'Alleen gewoon.'

Mirja had bijna een week niets gehad.

Ze had niet gegeten, ze moest meer hebben, meer, meer, ze moest van die brommende hoogspanningsleidingen in haar hoofd af zien te komen, van de gekte die meer pijn deed dan wat dan ook.

Ze liep zo hard mogelijk weg van Hilding, de trap op naar Drottninggatan, naar het standbeeld voor de kerk en het kerkhof op.

Ze hoorde duidelijk hoe mensen die ze passeerde over haar praatten. Hun luide stemmen, die mensen die alles wisten, die haar geheimen kenden, die praatten, praatten, praatten, maar die straks zouden verdwijnen, in ieder geval een paar minuten.

Mirja ging op het bankje het dichtst bij de ingang zitten. Ze had haast, haalde de stoffen tas van haar schouder, haalde een tot de helft met water gevuld Coca-Colablikje tevoorschijn, hield dat in haar ene hand, een injectienaald in de andere. Ze zoog het water op met de punt van de naald, liet het in het plastic zakje lopen.

Ze verlangde er zo naar, ze had zo lang niets gehad, ze merkte niet dat de inhoud van het zakje begon te schuimen.

Ze glimlachte en zette de canule erop, hield die even stil.

Ze had het zo vaak gedaan. Ze bond haar arm af, zocht een ader, prikte, injecteerde.

De pijn kwam onmiddellijk.

Ze kwam snel overeind, haar stem deed het bijna niet, ze probeerde terug te halen wat ze al had geïnjecteerd.

De ader was opgezwollen, een ribbel van een centimeter dik van de pols tot aan de elleboog.

Het deed geen pijn meer toen de huid opeens zwart werd, toen het waspoeder de wanden van de ader aanvrat.

DINSDAG 4 JUNI

JOCHUM LANG SLIEP niet. De laatste nacht was altijd het ergst.

Vanwege de geur. Toen de sleutel een laatste keer was omgedraaid in het slot, rook hij die weer. De kleine cellen roken altijd hetzelfde, welke bajes het ook was, zelfs in het huis van bewaring roken de muren, het bed, de kast en de tafel en het witgesausde plafond hetzelfde.

Hij ging op de rand van zijn bed zitten. Stak een sigaret op. Zelfs de luchtdruk was hetzelfde. Het was zo idioot dat hij het tegen niemand kon zeggen, maar het was wel zo, in iedere cel in iedere bajes en in elk huis van bewaring had je dezelfde luchtdruk, die andere kamers, ergens anders, niet hadden.

Hij belde, dat deed hij de laatste nacht altijd, hij liep naar de metalen plaat aan de wand en hield de rode knop een hele poos ingedrukt.

Het duurde lang voor de bewaker reageerde.

'Wat wil je, Lang?'

Het rode lampje brandde en de centrale bewaking had gereageerd. Jochum boog naar voren en duwde zijn mond tegen de waardeloze microfoon.

'Ik wil deze rotlucht van me af douchen.'

'Vergeet het maar. Je bent nog steeds net zo opgesloten als de rest.'

Jochum haatte hen. Hij had zijn jaren uitgezeten, maar die eikels moesten tot op het laatst de baas spelen.

Hij bleef op bed zitten, keek om zich heen in de cel. Hij zou tien minuten wachten. Dan zou hij weer bellen. Meestal gaven ze hem dan zijn zin. Drie, vier keer, dan deden ze meestal een stap opzij, zodat hij er net langs kon, ze snapten wel dat hij niet zo stom zou zijn om te dreigen als hij nog maar één nacht hoefde, maar ze begrepen ook dat ze elkaar al de volgende dag in de stad tegen konden komen en dat het soms verstandig was om zo weinig mogelijk verleden te hebben.

Hij stond op. Een paar stappen naar de tralies voor het raam, een paar stappen daarvandaan naar de ijzeren deur.

Hij pakte twee boeken in, vier pakjes sigaretten, zeep, tandenborstel, radio, een stapeltje brieven en een onaangebroken zakje tabak, hij stopte twee jaar en vier maanden in een plastic tas en hij deed dat zo langzaam mogelijk en zette hem op tafel.

Hij belde, siste geërgerd met zijn mond nog dicht tegen de microfoon en de metalen plaat eromheen, het oppervlak besloeg door zijn adem. Die eikel deed er weer lang over.

'Ik wil mijn kleren hebben.'

'Om zeven uur.'

'Ik maak de hele vleugel wakker.'

'Je doet maar.'

Jochum bonsde op de deur. Iemand aan het andere eind van de gang bonsde terug. Toen nog een. Dat was goed te horen. De bewaker was er dit keer sneller bij.

'Je maakt iedereen wakker.'

'Dat zei ik toch.'

De bewaker zuchtte.

'Natuurlijk. Dus. We gaan naar de zakken beneden. En naar het magazijn. Je mag wat passen. Dan weer naar boven. Je komt er niet eerder uit dan om zeven uur.'

De gang was leeg.

Niemand die haast had. Degenen die achter de andere deuren zaten moesten nog een paar jaar wachten, wie had dan behoefte aan de vroege ochtend? Hij liep over de afdeling, zestien cellen, aan iedere kant acht, langs de keuken, langs de snookertafel, langs de tv-hoek. Hij liep vlak achter de bewaker aan, staarde naar zijn rug, een dunne vent, hij had hem in een mum van tijd in elkaar kunnen slaan, tien minuten nadat hij zijn straf had uitgezeten, dat had hij wel eerder gedaan.

Ze gingen door de gesloten afdelingsdeur naar buiten, door een van de lange, onderaardse gangen waar hij zo vaak doorheen gekomen was, naar de centrale bewakingspost. Het magazijn zat daar vlakbij, aan de andere kant van de muur van de bewakerskamer met de monitoren. Dat was het eigenlijke vrijkomen. Dat je tussen de jutezakken mocht lopen, die naar kelder roken, die van jou tussen honderden andere uit haalde, hem openmaakte, de kleren mocht passen die erin zaten. Te klein, ze waren altijd te klein. Deze keer was hij zeven kilo aangekomen, hij had getraind als een bezetene, hij was forser dan ooit. Hij keek om zich heen. Geen spiegel. Hij zag de dozen met naamkaartjes, gevangenen met een lange straf die geen flat hadden; alles wat ze hadden zat hier in een paar kartonnen dozen in het magazijn van de penitentiaire inrichting Aspsås.

Hij had het flesje Karl Lagerfeldt uit de zak gehaald, de bewaker had het niet gezien, of het had hem niet kunnen schelen. Jochum Lang had niet meer als een man geroken sinds ze hem bij de inschrijving op de eerste dag alles hadden afgenomen, geen flesjes alcohol op de afdeling. Nu kleedde hij zich helemaal uit, draaide de dop eraf en hield de opening van het flesje boven zijn kaalgeschoren hoofd. Hij schudde het flesje leeg, de inhoud ervan liep van zijn hoofd over zijn schouders, over zijn bovenlichaam, het drupte op zijn voeten en op de vloer, een stank van parfum toen hij de gevangenislucht van zich afspoelde.

Tien voor zeven. Hij was punctueel, die klerelijer.

De deur wijdopen, Jochum pakte de plastic tas, spuugde op de vloer van de cel en liep naar buiten.

Hij hoefde alleen de gang maar door te lopen en de krappe kleren aan te trekken die hij net had gepast, de ellendige driehonderd kronen en het treinkaartje in ontvangst te nemen, de bewaarder een verwensing toe te werpen terwijl het hek langzaam openging en vervolgens met de tas in zijn hand naar buiten te lopen, zijn middelvinger op te steken naar de bewakingscamera en door te lopen naar de dichtstbijzijnde muur, zijn gulp open te doen en tegen het grijze beton te pissen.

Buiten waaide het.

Achteraan in het onderste gedeelte van het politiebureau zong de ochtendschemering om het hardst met Siw Malmkvist. Zo ging het altijd. Ewert Grens had er al drieëndertig jaar bij de politie op zitten, waarvan dertig met een eigen kamer. Hij had een even oude cassetterecorder, met een ingebouwde monoluidspreker; die had hij gekregen toen hij dertig werd en bij elke reorganisatie droeg hij hem voorzichtig in zijn armen naar zijn nieuwe kamer. Hij luisterde alleen naar Siw Malmkvist. Hij had een hele serie verzamelbandjes, allemaal met dezelfde inhoud: haar hele repertoire, al haar klassiekers steeds in een andere volgorde opgenomen op verschillende bandjes.

Vanochtend, *Dunne plakjes, 1960, origineel: Everybody's somebody's fool*. Hij was er altijd als eerste en dan zette hij zijn muziek zo hard als hij wilde. Er klaagde wel eens iemand over het geluidsniveau, maar zolang hij zo chagrijnig was als de pest lieten ze hem met rust. Met de deur dicht en Siwan op hoog volume kon hij zich in zijn zaken begraven en het leven het leven laten.

Hij zat nog met zijn hoofd bij gisteren. Anni, die zo mooi was geweest toen hij kwam, haar haar pas gekamd, haar jurk gestreken. Ze had vaker dan anders naar hem gekeken, het was net of ze contact hadden gemaakt, alsof hij heel even meer was geweest dan een vreemde die op een stoel bij haar zat en haar hand vasthield. Daarna Bengt in de keurige villa vol leven. Ontbijt met knoeiende kinderen en welwillende blikken. Hij was even dankbaar geweest als altijd en had vrolijk geknikt zoals altijd en hij was door Bengt en Lena en de kinderen als een lid van de familie behandeld, net als eerdere keren, en hij had zich eenzamer gevoeld dan ooit. Hij zat nog met dat rotgevoel en zette het geluid nog wat harder om het te verdringen.

Hij stond op van zijn bureaustoel, liep langzaam heen en weer over het versleten linoleum van zijn kamer. Hij moest aan iets anders denken. Maakte niet uit waaraan, zolang het niet daaraan was. Geen twijfel, vandaag niet, niet meer. Hij had alles laten liggen en had voor het werk gekozen, voor het dagelijks leven van een politieman; voor dit leven. Het was eigenlijk gewoon zo gelopen. Eerst één dag, toen nog een, toen drieëndertig jaar, geen vrouw, geen kinderen, geen echte vrienden en lange, trouwe dienst, die over minder dan tien jaar afgelopen zou zijn; dan zou hij stoppen.

Ewert Grens keek om zich heen. Zijn kamer, die slechts van hem was zolang hij zijn tijd eraan gaf en die daarna de kamer van iemand anders zou worden. Hij bleef erin rondlopen, met zijn manke gang, zijn forse, zware lichaam, dat onhandig omkeerde bij de boekenkast en het raam. Hij was niet knap, dat wist hij, maar hij was altijd sterk geweest, gevaarlijk, je kon niet om hem heen; nu was hij vooral kwaad. Hij ging met zijn hand over wat eens haar was geweest, maar wat nu grijze, kortgeknipte plukjes waren. Hij luisterde

je stuurde mij de mooiste tulpen
en vroeg me gisteren te vergeten

en dat deed hij, even was hij in het hier en nu bij de stapels op zijn bureau, die dossiers waren die gelezen en gesloten moesten worden, ook al was het het laatste wat hij deed.

Er werd aangeklopt. Te vroeg. Hij reageerde niet.

Iemand deed de deur open, gluurde naar binnen. Sven.

'Ewert?'

Ewert Grens zei niets. Hij wees naar de bezoekersstoel. Sven Sundkvist kwam de kamer binnen, een generatie jonger dan zijn collega, kort, blond haar, lenig, rechte rug. Hij was slim, Sven, de enige op het bureau, afgezien van Bengt Nordwall, aan wie Ewert geen hekel had. Sven ging zitten, hij zei niets, want hij wist, dat had hij een hele poos geleden al begrepen, dat Siwan voor Ewert een andere tijd was, een gelukkige tijd, herinneringen waarover Sven nooit iets had gehoord, maar waarvan hij toch had beseft hoe sterk ze waren.

Ze zwegen, alleen de muziek klonk.

Toen het geruis dat ontstaat als een bandje bijna aan het eind is en de korte klik van een verouderde cassetterecorder die de playknop weer omhoog laat springen.

Tweeënhalve minuut.

Ewert stond nog steeds. Hij schraapte zijn keel, hij had die dag nog niets gezegd.

'Ja?'

'Goeiemorgen.'

'Ja?'

'Goeiemorgen.'

'Goeiemorgen.'

Ewert liep naar het bureau, naar zijn stoel. Hij ging zitten, keek Sven aan.

'Wat kom je doen? Behalve "goeiemorgen" zeggen?'

'Je weet dat Lang vandaag wordt vrijgelaten?'

Ewert wuifde geïrriteerd met zijn hand.

'Ik weet het.'

'Dat was het enige. Ik ben eigenlijk onderweg naar een verhoor. Een heroïneverslaafde die waspoeder heeft verkocht.'

Een seconde. Toen sloeg Ewert Grens met beide handen keihard tegen de stapels papier voor zich. Ze vlogen van het bureau, verspreidden zich over de vloer.

'Vijfentwintig jaar.'

Hij gaf nog een klap. Op de lege plek waar de dossiers zojuist nog lagen. Zijn handen op het houten oppervlak.

'Vijfentwintig jaar, Sven.'

Ze lag onder de auto.

Hij was gestopt, naar haar stille lichaam gerend, naar het bloed dat ergens uit haar hoofd gutste.

De stapels papier bedekten nu grote delen van de vloer. Sven Sundkvist zag dat Ewert vastzat in een gedachte die hij niet zou uitspreken. Hij bukte en raapte lukraak enkele verspreide documenten op, las hardop.

'Een student aan een lerarenopleiding naakt in het Rålambshovspark. Onderbeen afgehouwen. Twee gebroken duimen. Misdrijf niet bewezen.'

Hij ging met zijn wijsvinger naar het volgende vel papier.

'Verzekeringsdeskundige in het Eriksdalsbos. Vier messteken in zijn borst. Negen omstanders. Niemand heeft iets gezien. Misdrijf niet bewezen.'

Ewert voelde de razernij. Die kwam uit zijn buik, deed pijn in zijn lichaam, moest eruit. Hij wapperde met zijn hand naar Sven, gebaarde dat hij een paar stappen naar achteren moest doen, uit de weg moest gaan. Sven ging aan de kant, hij wist wat er kwam. Ewert nam een aanloop, schopte de prullenmand door de kamer, de inhoud viel in een stille regen op de vloer. Zwijgend, bijna mechanisch, bukte Sven weer, raapte lege tabaksdoosjes en gebruikte koffiebekertjes op. Hij stond op, las weer verder.

'Verdenking van zware mishandeling; misdrijf niet bewezen. Verdenking van poging tot doodslag; misdrijf niet bewezen. Verdenking van moord; misdrijf niet bewezen.'

Sven wist niet hoe vaak hij Jochum Lang al had verhoord. Hij had iedere verhoortechniek uit het boekje gebruikt en daarnaast nog andere. Hij was er een paar jaar geleden dichtbij geweest, hij had bijna zijn vertrouwen gewonnen door hem duidelijk te maken dat hij overal tegen kon; als hij wilde praten, dan kon Sven Sundkvist luisteren. Lang had dat wel begrepen, maar was op het laatste moment teruggedeinsd en doorgegaan met bedelen om sigaretten en uit het raam kijken en was toen weer overgegaan op volledige ontkenning, nooit iets bekennen, niet eens dat hij naar de wc ging.

Sven wendde zich tot zijn chef.

'Ewert, die stapel papier die je over de vloer hebt uitgespreid, ik kan zo nog wel even doorgaan.'

'Het is wel genoeg zo.'

'Belemmering van de rechtsgang, ontvoering... twintig keer op goede gronden verdacht.'

'Het is genoeg zo, zei ik.'

'Drie keer veroordeeld, korte straffen. Eerste keer... hier... veroorzaken van lichamelijk letsel...'

'Nou hou je je mond!'

Sven Sundkvist schrok ervan, herkende het gezicht niet dat

tegen hem schreeuwde. Hij had Ewert Grens tegen veel mensen zien schreeuwen, maar nooit tegen hem, nooit, dat was gewoon zo. Nu keerde Ewert hem de rug toe en liep naar de cassetterecorder, dezelfde cassette in de antieke muziekmachine, luid genoeg om hardop lezen te overstemmen.

Je gaat in dunne plakjes, nu helpt je smeken niet.

Nooit zal ik meer naar je lachen, je gaat in dunne plakjes.

Grens luisterde, haar stem kwam in de plaats van de razernij. Ik kan er niet meer tegen, dacht hij. Misschien houdt het hier en nu op. Jochum Lang was iemand die voeding gaf aan drieëndertig jaar politiewerk, die hem had gedwongen om het nooit op te geven, om nooit opgelucht adem te halen voordat het vonnis was geveld, en als hij niet meer tegen dat soort uitschot kon, moest hij stoppen, naar huis gaan, durven leven. Die gedachten hadden het afgelopen jaar steeds vaker postgevat, hij duwde ze weg en ze kwamen weer terug, duidelijker, vaker.

Sven ging tegenover hem zitten, wreef over zijn kin, haalde zijn vingers door zijn blonde haar.

'Ewert.'

Ewert hief zijn hand.

'Ssjj.'

Nog een minuut.

En denk niet dat ik spijt krijg, ik wil je in dunne plakjes.

Sven wachtte. Siw zweeg. Ewert keek op.

'Ja?'

'Ik weet niet. Zomaar een idee. De Aspsåsinrichting. Ik denk aan Hilding Oldéus. Die graatmagere heroïneverslaafde die ik zo meteen moet verhoren.'

Hij keek naar Ewert, die knikte, hij wist wie Hilding Oldéus was. Sven ging verder.

'We weten dat hij tegelijk met Lang zat. We weten zelfs dat ze tamelijk goede vrienden zijn geworden, voorzover je goed bevriend kunt raken met iemand als Jochum Lang. Hilding slijmde door hem alcohol aan te bieden, die ze hadden verstopt in een brandblusser, en na een paar keer waren ze er gloeiend bij toen een bewaarder tegen twee halfbeschonken figuren aanliep.'

'Hilding bood alcohol aan en Jochum bood bescherming.'

'Ja.'

'Je had een idee?'

'Na het verhoor over het waspoeder. Dan gaan we het over Lang hebben. Oldéus zal ons naar hem toe brengen.'

De muziek was gestopt. Ewert liet Siwan wachten. Hij keek weer om zich heen door het vertrek. Het was niet groot, het was totaal niet persoonlijk. Afgezien van de muziekmachine stond er niets persoonlijks in dit kantoor, een vertrek met Kinnarps-kantoormeubelen in licht berken, een vertrek dat even goed in het Belastingkantoor aan Götgatan had kunnen zitten of in het kantoor van de Sociale Verzekeringsbank in Gustavsberg. Maar hij bracht hier meer tijd door dan thuis. Hij kwam 's ochtends als het licht werd, ging laat weg – als hij al wegging – hij bleef vaak slapen op het bankje voor het raam, een heel stuk kleiner dan zijn grote lichaam, maar eigenaardig genoeg sliep hij er desondanks veel beter op dan thuis in zijn eigen bed. Hier had hij geen lange, slapeloze nachten, bleef hij niet urenlang getergd wakker, als hij het duister achternajoeg en niet tot rust kwam. Hij wist niet hoe het kwam, wist alleen dat het met een enkel nachtje begon en dat hij dan soms weken achtereen niet naar huis ging.

'Oldéus en Lang. Vast niet. Ze leven in verschillende werelden. Oldéus is verslaafd, heeft niets behalve de drugs, wil niets anders. Lang is een crimineel, geen verslaafde, hij zal in Aspsås wel eens positief geplast hebben op hasj, maar meer ook niet. Ze hebben niets gemeen. Hierbuiten niet.'

Sven ging verzitten, leunde achterover in de bezoekersstoel. Hij zuchtte. Leek plotseling moe.

Ewert keek een hele poos naar hem.

Hij herkende het. De moedeloosheid.

Hij dacht aan Oldéus, dat hij het inmiddels goed zat was zijn tijd te verspillen aan junkies die een gat in hun neus krabden, want daarvoor waren de dagen te kort en waren er te veel idioten.

'Maar wat maakt het uit. We doen het. Een gek meer of minder. We vragen hem ook naar Lang.'

De auto die langzaam op het grote hek in het midden van de muur af kwam rollen glom als nieuw. Het was zo'n wagen waarvan je de leren bekleding en het onaangeroerde dashboard rook als je het voorportier opende.

Jochum Lang zag hem meteen toen hij door de centrale bewakingspost het binnenplein op liep. Hij had niet met hen gesproken en hij had hem niet besteld, maar had evengoed begrepen dat ze daar zouden staan, dat hoorde er gewoon bij.

Hij groette met een korte hoofdknik, de man achter het stuur knikte even kort terug.

De motor draaide stationair, terwijl Jochum zijn middelvinger opstak naar de bewakingscamera terwijl hij tegen het beton waterde. Hij mocht het ritueel afmaken, de auto wachtte en hij kon zijn vinger rustig nog een keer opsteken voordat hij ophield met pissen. Daarna trok hij zijn broek verder naar beneden en ging met zijn kont naar het hek toe staan, dat nu langzaam dichtging. Hij wist dat het nergens op sloeg en dat het kinderachtig was, maar hij was nu vrij en had de drang te markeren dat helemaal niemand hem meer kon vernederen, nu was hij het die vernederde, hij had twee jaar en vier maanden gewacht en het was net of hij nu pas echt vrij was, urine tegen de muur, een blote kont naar de centrale bewaking.

Hij liep naar de auto, deed de deur aan de passagierskant open, stapte in en ging zitten.

Ze namen elkaar zwijgend op, taxeerden elkaar zonder te weten waarom.

Slobodan was ouder geworden, hij was nog maar vijfendertig, maar zijn lange haar was grijs aan de slapen, zijn ogen hadden er nieuwe rimpels bij, hij had een snorretje laten staan, dat ook peper en zout was.

Jochum klopte na een tijdje zacht met zijn ene hand tegen de voorruit.

'Je bent erop vooruitgegaan.'

Slobodan knikte, keek tevreden.

'Wat vind je ervan?'

'Te veel een joegobak.'

'Het is niet mijn auto. Hij is van Mio.'

'De vorige keer had je er een die je net had gestolen, met een schroevendraaier als contactsleutel. Die paste beter bij je.'

De auto kwam weer langzaam op gang, de voet voorzichtig op het gaspedaal. Jochum Lang haalde een treinkaartje uit de ene achterzak van zijn broek, scheurde dat in kleine stukjes en stak zijn hand door het geopende zijraampje. Hij schreeuwde luid iets in een onmiskenbaar Uppsala-dialect wat erop neerkwam dat de afscheidscadeautjes van het gevangeniswezen nog niet goed genoeg waren om je reet mee af te vegen en liet de snippers toen los op de krachtige bries. Slobodan nam het mobieltje op, dat al een tijdje rinkelde, ging tegelijkertijd harder rijden, ze lieten het hek en de hoge, grijze muur achter zich. Een paar honderd meter, toen kwam de regen, de ruitenwissers eerst rustig, maar al snel gejaagder.

'Ik haal je niet omdat ik dat wil. Mio heeft het me gevraagd.'

'Je opgedragen.'

'Hij wil je zo gauw mogelijk spreken.'

Jochum Lang was fors, brede schouders, kaalgeschoren hoofd, een litteken van zijn linkeroor naar zijn mond, een of andere stumper die had geprobeerd zich te verdedigen met een scheermes. Hij nam veel plaats in op de voorstoel van de auto, hij praatte met zijn handen, zwaaide door de lucht voor hem, had meer ruimte nodig nu hij verontwaardigd was.

'Hoor es, de laatste keer dat ik wat voor hem heb gedaan, heeft het mij dit verblijf opgeleverd.'

Ze verlieten de smalle weg vanaf de inrichting, een bredere nu, er was al wat verkeer, mensen op weg naar hun werk.

'Je hebt gezeten. Maar wij hebben voor jou en je gezin gezorgd. Toch?'

Slobodan Dragovic keerde zich met een glimlach naar Jochum, liet zijn slecht gerepareerde tanden zien en nam het mobieltje op, dat weer rinkelde. Jochum zei niets, hij staarde voor zich uit, naar de ruitenwisserbladen die het water over de zijkanten van de voorruit verspreidden. Hij wist dat het zo was. Het was misgelopen bij het innen van een schuld en die ellendige getuige die zijn klep had moeten houden, was blijven praten tot aan een identificatie en een vonnis toe. Jochum volgde de regendruppels die tegen de ruit sloegen en bedacht dat hij dat allemaal wel wist, dat *shit happens* en dat Mio daarom de hele tijd in de buurt was geweest, als het ware met andermans ogen en oren had gewaakt iedere ochtend al dat hij net uit zijn slaap om zich heen keek in de cel, zorgen voor, zorgen voor, ja, dat deden ze wel.

De nieuwe, glimmende auto ging steeds harder rijden, zocht zich een weg door het landschap, dat geleidelijk van plattelandsidylle veranderde in grote stad, door de noordelijke voorsteden, naar Stockholm.

De verhoorkamer zat op de verdieping onder de politiecellen. Niet veel bijzonders eigenlijk.

Smerige muren die ooit wit waren geweest, het raam in de hoek met dikke tralies, een tafel in het midden, een soort keukentafel met een versleten grenen blad, vier stoelen in een eenvoudige uitvoering van een andere houtsoort, het kon uit iedere schoolkantine komen.

Ondervrager Sven Sundkvist (ov): Ik wil dat je blijft zitten.

Hilding Oldéus (ho): Waarom pakken jullie verdomme onschuldige mensen op?

ov: Amfetamine vermengd met waspoeder, noem je dat onschuldig?

ho: Daar weet ik niets van.

ov: Je hebt versneden troep verkocht. We hebben inmiddels drie personen met aangevreten aderen. Die hebben jouw naam genoemd.

ho: Waar heb je het over, verdomme?

ov: Je had versneden troep bij je.

ho: Dat was niet van mij.

ov: We hebben de zakjes wit poeder die je bij je aanhouding bij je had door het Forensisch Instituut laten controleren. Zes zakjes.

ho: Niet van mij, verdomme.

ov: Twintig procent amfetamine. Tweeëntwintig procent Koffazon. Achtenvijftig procent waspoeder. Nu gaan zitten, Oldéus.

Ewert Grens deed de deur open en ging naar binnen. Vanaf zijn kamer was hij langs acht gesloten deuren gelopen voor hij hier aankwam, maar was zich daar niet van bewust. Hij had zijn hoofd nog bij de zaken. Hij had het Sven weer hardop horen voorlezen, het maalde door zijn hoofd, van het veroorzaken van lichamelijk letsel, van een politiebusje dat te laat was gestopt, hoe hij haar in zijn armen had gehouden totdat de ambulancebroeders haar op een brancard hadden gelegd en waren verdwenen, weg.

Hij vocht tegen Svens stem, probeerde ervan af te komen, staarde een tijdje naar het felle licht van de plafondlamp, toen naar het magere gezicht tegenover Sven, naar de man die onrustig aan een wond op zijn neus krabde, naar druppels die naar zijn mond liepen, over zijn kin.

OV: Inspecteur Ewert Grens komt het vertrek binnen om negen uur tweeëntwintig.
HO: (onverstaanbaar)
OV: Wat zei je, Hilding?
HO: Niet van mij, verdomme.
OV: Hilding, luister nou. We weten dat je versneden troep hebt verkocht op het Plein.
HO: Jullie weten geen donder.
OV: We hebben je daar aangehouden. Met de zakjes. Waspoeder.
HO: Niet van mij, verdomme. Toen ik daar kwam heb ik ze van een vent gekregen. Ellendeling. Mij versneden troep verkopen. Ik pak die klootzak als ik hieruit kom.
Ewert Grens (EG): Je komt hier niet uit.
HO: Waar heb je het over, smeris?
OV: Er zijn een boel mensen die jou graag in hun vingers willen krijgen. Als wij een aangifte binnenkrijgen van iemand die jouw troep heeft gekocht, beschouwen wij het als een poging tot moord. Zes maanden tot acht jaar.

Het dunne lichaam dat schreeuwde om heroïne, dat at en uitkotste, dat uit elkaar viel waar ze bij stonden. Hij stond op, liep met houterige bewegingen door het krappe vertrek, zwaaide plotseling met een arm, trok die weer terug, liep een paar stappen, bleef staan en sprak onsamenhangend, schokte met zijn hoofd, wierp het naar voren en weer terug. Ewert keek naar Sven. Dit hadden ze wel eerder gezien. Het kon zijn dat hij tegenover hen kwam zitten om hun alles te vertellen wat ze wilden weten. Maar hij kon evengoed in foetushouding op de grond gaan liggen en al schuddend en trillend bewusteloos raken.

EG: Van zes maanden tot acht jaar. Maar we zijn vandaag in een verdomd goed humeur. Jouw in beslag genomen versneden heroïne zou dan ook kunnen verdwijnen.
HO: Hoezo verdwijnen?
EG: We willen wat weten. Over een kerel die Lang heet. Jochum Lang. Die ken jij wel.
HO: Nooit van gehoord.

Hildings gezicht verkrampte hevig. Hij grimaste, sloeg zijn ogen ten hemel, draaide zijn hoofd een paar keer heen en weer. Krabde aan zijn wond. Hij was bang. Jochums naam trok aan hem, hij wilde hem weggooien, wilde die hier niet. Hij wilde net gaan protesteren toen er op de deur werd geklopt. Een vrouwelijke collega, Ewert herinnerde zich niet hoe ze heette, als zomerkracht in Stockholm, Skåns dialect.

'Sorry, inspecteur Grens. Ik denk dat het belangrijk is.'

Ewert wenkte haar naar binnen.

'Maakt niet uit. Dit wordt toch niks. Deze heroïnejunk wilde net weg; hij heeft haast om dood te gaan.'

Even een blik op Sven, die knikte, ze kwam binnen, ging achter Hilding in het krappe vertrek staan. Hilding stond op, wees naar haar en maakte flauwe stootbewegingen met zijn onderlichaam.

'Tjonge, Grens, een nieuw politiekutje.'

Ze gaf met de palm van haar hand een harde klap tegen Oldéus' wang.

Hij verloor zijn evenwicht, struikelde. Hij boog voorover, hield beide handen tegen zijn wang, langzaam ontstond er een grote rode vlek.

'Stomme fascist!'

Ze keek hem aan.

'"Agent Hermansson" voor jou. Dan mag je nu weg.'

Hilding hield nog steeds een hand tegen de rode plek, hij vloekte aan één stuk door terwijl hij het vertrek uit liep; Sven, meteen achter hem, hield hem stevig bij één arm vast, duwde hem voor zich uit.

Ewert zocht verbaasd de blik van Sven, keerde zich toen naar zijn jonge collega.

'"Hermansson", zei je?'

'Hermansson.'

Ze was jong, rond de vijfentwintig, geen twijfel in haar ogen. Ze liet niets blijken. Geen verbazing of woede. Niet over Hildings 'politiekutje', niet over haar harde klap in zijn gezicht.

'Het was belangrijk, zei je.'

'Van de centrale. Ze willen dat u naar Völundsgatan 3 gaat. Een straat in de Atlasbuurt.'

Ewert luisterde, doorzocht zijn geheugen, hij was er eerder geweest, niet zo lang geleden.

'Bij het spoor? Bij St.-Eriksplan?'

'Ja, precies. Ik heb op de kaart gekeken.'

'Waar gaat het om?'

Ze hield een blaadje uit een schrijfblok in haar hand, keek er snel even op, wilde het niet verkeerd zeggen, niet tegenover Ewert.

'Enkele collega's zijn een pand binnengegaan na een zware mishandeling in een flat op de zesde verdieping.'

'Ja?'

'Er is haast bij.'

'Ja?'

'Ze hebben problemen.'

Het was een oud pand in een mooie buurt.

Elke gevel zorgvuldig gerenoveerd, ieder gazon voor iedere voordeur goed verzorgd, rood en geel in de smalle perkjes, een paar kleine boompjes waar eigenlijk geen plaats voor was.

Ewert Grens opende het portier, speurde het gebouw af, de rijen ramen. Een gebouw van rond 1900, waar je de buren kon horen als ze zware stappen in de keuken zetten, als ze het geluid harder draaiden voor het nieuws van halfacht, als ze langzaam van hun verdieping kwamen en een halve etage lager de stortkoker voor het vuilnis opendeden. Hij zocht tussen ramen met dure gordijnen. De ene verdieping na de andere, mensen hadden hun eigen wereld daarbinnen, werden geboren en stierven, al die levens die zich op een paar ademhalingen afstand van elkaar voltrokken, zonder dat ze ooit bij elkaar kwamen, niemand die ook maar iets wist van de mensen naast hem.

Sven Sundkvist had de auto geparkeerd, hij kwam naast Grens staan en mompelde: 'Völundsgatan 3. Ziet er duur uit. Wie is rijk genoeg om hier te wonen?'

Zesde verdieping. Acht ramen. Een ervan. Ewert Grens vergeleek ze, bekeek ze een voor een goed, ze zagen er allemaal hetzelfde uit, dezelfde gordijnen en bloempotten, verschillende kleuren en motieven, maar toch hetzelfde.

Hij haalde diep adem, haalde toen zijn neus op voor de keurige façade.

'Ik moet niks hebben van mishandeling. Niet binnen zulke muren. En toch gebeurt het daar altijd.'

Hij keek om zich heen. Een ambulance, twee politieauto's, beide met koud blauw zwaailicht. Nieuwsgierige buren, een tiental nu, ze bleven tenminste bij de auto's staan, een soort respect dat niet altijd vanzelfsprekend was. Ewert en Sven liepen over het stenen pad naar de openstaande voordeur, de deurklink was met een touw gevangen en vastgemaakt aan een fietsenrek. Ze gingen naar binnen, Ewert knikte tevreden bij zichzelf, het gebouw stamde inderdaad van rond de vorige eeuwwisseling, 1901 stond er met grote ijzeren cijfers op de muur tegenover de deuropening. Hij richtte zijn aandacht op het tableau ernaast, de huurders, per verdieping. Zesde verdieping, vier achternamen: Palm, Nygren, Johansson, Löfgren.

Zo ontzettend Zweeds.

Zo'n flat was het.

'Zie jij er een bekende bij, Sven?'

'Nee.'

'Ze zetten hun naam niet op de deur.'

'Jij?'

'Geen idee.'

De lift stelde niet veel voor. Smal, met een deur van zwart traliewerk, die je opzij moest schuiven: ten hoogste drie personen of tweehonderd en vijfentwintig kilo. Er stond iemand in uniform voor, een oudere collega, die Ewert al een poos niet meer had gezien.

Ik vergeet welke idioten er allemaal in dit korps zitten, dacht hij, deze hier was ik bijvoorbeeld vergeten; als je die sukkels een tijdje niet ziet, bestaan ze niet meer.

Ewert Grens glimlachte, nam de man tegenover hem op.

Zo iemand die wijdbeens stond, net als agenten op tv als ze iets belangrijks moeten bewaken en er dreigende strijkmuziek klinkt, zo iemand die zijn hakken tegen elkaar klakte als hij een vraag beantwoordde, zo iemand die hardop spelde als hij rapporten schreef, iemand die nooit iets anders zou mogen doen dan liften bewaken, zo iemand was het.

De collega die wijdbeens stond glimlachte niet terug, hij had de minachting gevoeld en wendde zich daarom demonstratief tot Sundkvist toen hij verslag uitbracht.

'De melding is een uur geleden binnengekomen. Een stomdronken pooier en een bont en blauw geslagen hoer.'

'Ja?'

'Buren hebben gebeld. Hij had haar met een zweep danig toegetakeld. Ze is bewusteloos. Ze heeft medische verzorging nodig. Er is nog iemand binnen. Ook een hoertje, schijnt het.'

'Mishandeld?'

'Ik geloof het niet. Daar zal hij wel niet aan toegekomen zijn.'

Ewert Grens had gezwegen terwijl Sven met de sukkel praatte die de lift bewaakte. Nu hield hij het niet meer uit.

'Een uur! Waar wachten jullie dan nog op?'

'We mogen niet naar binnen. We mogen de flat niet in. Iets met Litouws grondgebied.'

'Wat zeg je? Als het mishandeling is, gaan jullie verdomme gewoon naar binnen!'

Ewert Grens had moeite met ademhalen. Iedere tree was een kwelling en het was zes verdiepingen, hij had natuurlijk de lift moeten nemen, maar hij was woedend langs de gek gerend die ervoor stond. Nu hoorde hij de stemmen die boven hem discussieerden, luider naarmate hij dichterbij kwam. Al op de vijfde verdieping kwam hij een arts en twee ambulancebroeders tegen. Hij knikte even naar hen en kreeg een kort knikje terug, liep toen de laatste trap op.

Hij ademde zwaar, zag uit zijn ooghoek hoe Sven met lichte tred dichterbij kwam, hij kon het nu niet opgeven, dwong zijn onwillige benen, voelde ze niet meer.

Er waren vier deuren van appartementen op de bovenste verdieping. In een ervan zat een groot gat, ingetrapt of ingeslagen. Voor die deur stonden drie geüniformeerde agenten te wachten, van wie hij zich niet kon herinneren dat hij ze eerder had gezien, verderop daarentegen een bekend gezicht, Bengt Nordwall, net als Ewert Grens en Sven Sundkvist in burger. Er was ruim een dag verstreken sinds ze elkaar hadden gezien, op die akelig regenachtige ochtend in de tuin van het gelukkige gezin. Ewert had er ontbeten, hij was er uitgenodigd en ze hadden hem in de watten gelegd. Ze zagen elkaar tegenwoordig zelden tijdens het werk, daarom keek hij zo beteuterd naar zijn vriend.

'Wat doe jij hier?'

Ze groetten elkaar, een snelle handdruk, zoals ze altijd deden.

'Russisch. Iets anders spreekt die vent daarbinnen niet.'

Bengt Nordwall was een van de weinige Stockholmse politiemensen die Russisch spraken. Hij schetste de situatie.

'Pooier slaat hoer verrot. Ze schreeuwt moord en brand als de politie hier arriveert en ze slaan de deur in. Dan stuiten ze op hem.'

Bengt Nordwall wees naar de man die in de deuropening stond en het grote gat leek te bewaken, kort van stuk en aan de dikke kant, een jaar of veertig, gekleed in een grijs, glimmend kostuum dat er duur uitzag; het stond hem niet, het hing meer dan het zat.

Hij ging verder.

'Dan wappert hij met een diplomatiek paspoort. Schreeuwt dat dit Litouws grondgebied is en dat de Zweedse politie niet het recht heeft om naar binnen te gaan. Hij weigert het meisje uit te leveren. Hij weigert zelfs onze arts binnen te laten. Als er iemand naar binnen gaat, dan de arts van de Litouwse ambassade. Het mishandelde meisje is niet aanspreekbaar, maar het andere meisje dat daarbinnen zit, heeft een paar keer geschreeuwd. Ze zei Dimitri en "vuile pooier" tegen hem, in het Russisch natuurlijk, hij werd razend, maar heeft alleen maar teruggeschreeuwd, iets anders durft hij niet zolang wij hier staan.'

Sven Sundkvist was een paar treden lager blijven staan, hij stond naast de vuilstortkoker op de overloop tussen de vijfde en de zesde verdieping, met een mobieltje in zijn hand, en hij probeerde nu de aandacht van Grens te trekken, seinde ijverig met zijn ene hand, bezig een eind te maken aan het gesprek. Hij klapte het mobieltje in, liep de laatste treden naar de zesde verdieping op, keek Ewert aan terwijl hij sprak.

'Ik heb net het woningbedrijf gebeld. Het appartement is het eigendom van Hans Johansson. Het is niet onderverhuurd. Dat klopt met het tableau beneden in de hal.'

Ewert Grens keek een tijdje zwijgend naar de deur en naar de man die daar in zijn glimmende grijze kostuum stond en beweerde dat hij als ambassademedewerker het recht had om vrouwen er met een zweep van langs te geven, keek vervolgens naar de mannen in uniform achter Bengt, stak zijn hand uit naar een van hen, vroeg om de wapenstok.

'Oké dan. Die Dimitri met zijn diplomatieke paspoort kan me nog meer vertellen.'

Hij liep naar de deur. De man in zijn grijze, glimmende pak gaf meteen aan dat hij van plan was de doorgang te blijven versperren, hij deed een paar stappen naar achteren en stak zijn armen opzij. Grens liep door, zette het uiteinde van de wapenstok stevig in de onbeschutte kier tussen de knopen van zijn pak, het lichaam tegenover hem klapte meteen dubbel, de man die het net nog over Litouws grondgebied had gehad hield zijn buik krampachtig vast en siste iets in het Russisch. Ewert Grens liep langs hem heen, riep naar de ambulancebroeders en de arts, die een verdieping lager stonden te wachten, gaf de andere politiemensen met een handgebaar te kennen dat ze ook om de man heen moesten lopen en repte zich vervolgens door een lange gang en een lege woonkamer.

Het drong eerst niet tot hem door wat hij zag.

Er lag een rode sprei op het bed en de vrouw in het bed was naakt en lag met haar rug naar hem toe en hij had even moeite om uit te maken waar de stof ophield en het lichaam begon, alsof de verschillende kleuren rood in elkaar overliepen.

Het was een hele poos geleden dat hij iemand had gezien die zo was toegetakeld.

Het licht op de afdeling spoedeisende hulp van het Söderziekenhuis was altijd hetzelfde.

Ochtend, lunch, middag, avond, nacht, altijd was het licht aan.

Een jonge arts met vermoeide ogen en een lang, mager lichaam staarde naar een van de simpele lampen aan het plafond van de gang, hij probeerde zich te concentreren, liep naast een brancard, luisterde naar een verpleegkundige, alleen deze patiënt nog, dan kon hij misschien naar huis, naar dat andere licht, dat wel eens veranderde.

'Bewusteloze vrouw, waarschijnlijk mishandeld, letsel aan de schedel, gebroken arm, vermoedelijk inwendige bloedingen. Kan nauwelijks zelfstandig ademen. Ik schakel het traumateam in.'

De jonge arts keek de verpleegkundige zwijgend aan, hij wilde niet meer horen vandaag, hij wilde niet méér leren over de mens en hoe die zichzelf uitroeide.

'We moeten een buisje inbrengen.'

Hij knikte bevestigend, bleef even bij de brancard van de vrouw staan. Een paar seconden die alleen van hem waren. Het was een lange dag geweest en hij had meer jonge mensen gezien dan gewoonlijk, van zijn eigen leeftijd en jonger, hij had hun kapotte lichamen zo goed en zo kwaad als dat ging opgelapt en hij wist dat ze geen van allen verder zouden leven op de manier zoals ze dat tot nu toe hadden gedaan. Hij wist dat ze wat er vandaag was gebeurd altijd bij zich zouden houden, dat je het aan sommigen zou kunnen zien, terwijl anderen het zouden wegstoppen, het nooit zouden tonen.

Hij bestudeerde haar gezicht. Ze was niet Zweeds, kwam hier niet vandaan, maar ook niet van erg ver, ze was blond en vermoedelijk mooi. Ze leek op iemand, hij kwam er niet op op wie. Hij haalde het papier uit het plastic hoesje dat hij van het ambulancepersoneel had gekregen. Hij las de korte zinnen. Hij wist nu dat ze Lydia Grajauskas heette, dat die informatie was verstrekt door een tweede vrouw die zich in het appartement had bevonden waar de mishandeling was gepleegd.

Hij bekeek haar.

Al die vrouwen.

Hoe had ze gekeken toen hij haar sloeg?

Wat had ze gezegd?

Mensen in het wit en het groen haastten zich door de gangen. Ze wachtten op de arts met de vermoeide, zwarte ogen, ze zochten zijn blik en ze lieten zien dat ze klaar waren. Ze namen de brancard over, rolden die de traumakamer binnen, tilden haar er voorzichtig af en legden haar op een operatietafel. Ze controleerden pols, ecg, bloeddruk. Ze deden haar mond open en pompten haar maag leeg. Ze werd minder lichaam, minder mens, werd statistiek en curves, dat maakte het gemakkelijker ermee om te gaan.

Had ze überhaupt iets gezegd?

Misschien had ze geschreeuwd, wat schreeuw je als iemand meent dat hij je mag slaan?

De man met de vermoeide ogen kon niet weggaan.

Hij wilde het zien, wist niet wat hij wilde zien.

Een van de collega's die de verantwoordelijkheid hadden overgenomen stond een meter voor hem en tilde de vrouw, van wie ze nu wisten dat ze Lydia Grajauskas heette, voorzichtig op, draaide het lichte lichaam op de zij, zag haar kapotte huid vermengd met bloed en riep geschokt: 'Iemand moet me helpen!'

De arts met de vermoeide ogen liep er snel heen. Hij zag wat de arts naast hem zag.

Hij telde ze.

Hij stopte bij dertig.

De striemen waren rood, gezwollen.

Hij voelde dat hij het moest onderdrukken, die drang tot huilen die soms opkwam. Hij voelde hoe hij zich inspande om professioneel te blijven. Ze zou statistiek en curves moeten zijn. Hij probeerde zo te denken, ik ken haar niet, ik ken haar niet, ik ken haar niet, maar het hielp niet, vandaag niet, er waren te veel van dit soort dingen geweest, zinloze dingen die hij niet begreep.

'Rood en kapot', hij zei het hardop; of het was om te horen hoe het klonk of om de anderen te informeren wist hij niet.

'Ze is met een zweep geslagen!'

Hij zei het nog eens. Langzamer, zachter.

'Ze is met een zweep geslagen. Vanaf haar nek tot aan haar billen. Iemand heeft haar huid aan flarden geslagen.'

Het was best een mooie flat, dat vond hij wel, geschuurde houten vloer, in iedere kamer een tegelkachel, een hoog plafond; in zo'n woning zou rust moeten heersen. Ewert Grens zat in de keuken, aan de tafel, op een van de vier plastic klapstoelen. Hij had samen met Sven Sundkvist en twee technisch rechercheurs alle kamers doorzocht om erachter te komen wie de vrouw was die volgens haar vriendin Lydia Grajauskas heette, wie de vriendin was die zei dat ze Alena Sljusareva heette, wie Dimitri, de 'vuile pooier' was, die met zijn diplomatieke paspoort had gewapperd en had geroepen dat dit Litouws grondgebied was.

De beide vrouwen, de in elkaar geslagen Grajauskas en haar vriendin Sljusareva, die op enig moment tussen het tijdstip waarop de brancard naar buiten was gedragen en het moment dat de technische recherche was gekomen, verdwenen was, waren beiden prostituees van de andere kant van de Oostzee, zoveel had hij begrepen. Hij zag ze wel vaker. Altijd hetzelfde verhaal. Arme jonge meisjes uit de Baltische staten, die omgepraat werden door iemand die naar hun dorp kwam, die het mooi wist te brengen en werk en voorspoed beloofde, hen voorzag van valse passen en hen op het moment dat ze de pas in ontvangst namen van hoopvolle tienermeisjes veranderde in zogenaamd geile vrouwen. De valse pas was duur, zodoende kregen ze een schuld en om een schuld af te betalen moest je werken. De weinigen die durfden te weigeren leerden langzaam wat slaag was, werden vervolgens door hun reisleiders verkracht totdat hun onderlijven bloedden, dan het pistool tegen hun hoofd en nog een keer: 'Benen wijd, verdomme, je moet werken om je schuld af te betalen voor een pas en voor een reis over de Oostzee, neuken, verdomme, voor ik hem weer in je reet stop!' De man die hen had omgepraat, geslagen, verkracht en het pistool tegen hun slaap had gezet, verkocht hen vervolgens. Drieduizend euro voor ieder tienermeisje dat van oost naar west werd vervoerd en braaf kreunde als iemand in haar binnendrong.

Ewert Grens zuchtte, keek Sven Sundkvist aan, die de keuken in kwam om te rapporteren over de bergruimte die ze bij de eerste doorzoeking hadden gemist.

'Daar is ook niks. Geen persoonlijke bezittingen of iets.'

Verscheidene paren schoenen, een paar jurken, een heleboel ondergoed natuurlijk, flesjes parfum, plastic tassen met make-up, een doos met condooms, dildo's en handboeien. Meer niet. Ze hadden in het appartement niets gevonden wat ze niet hadden verwacht, niets wat een ander verhaal kon vertellen dan dat van gepenetreerde geslachtsdelen.

Ewert zwaaide ongeduldig met zijn armen.

'Die kinderen zonder gezicht.'

De meisjes bestonden eigenlijk niet. Ze hadden geen werkvergunning, geen identiteit en geen leven. Ze ademden behoedzaam in een appartement met elektronische sloten op de zesde verdieping in een stad die heel anders was dan het dorp dat ze hadden verlaten.

'Ewert, hoeveel hebben we er eigenlijk hier in de stad?'

'Zoveel als waar vraag naar is.'

Ewert Grens zuchtte weer, boog naar voren, pulkte aan het behang. Hier had die verdomde pooier haar met de zweep geslagen. Hij voelde aan het bloed dat op het bloemetjesbehang was gestold, zag hoe het over grote oppervlakken was gespetterd, heel veel bloed tegen het plafond. Hij was kwaad en moe, had eerst zijn stem willen verheffen, maar het werd een fluistering.

'Ze is hier illegaal. Ze moet bewaking krijgen.'

'Ze wordt nu geopereerd.'

'Op de afdeling. Na afloop.'

'Nog een paar uur, volgens het ziekenhuis. Dan zijn ze met haar klaar.'

'Regel jij dat, Sven? Ik wil niet dat ze verdwijnt.'

Het was leeg en stil op straat voor het huis met de mooie gevel.

Ewert Grens zocht in de ramen ertegenover, die ook leeg waren, ook met gordijnen en bloempotten die er allemaal hetzelfde uitzagen.

Hij voelde hoe een gevoel van onbehagen hem bekroop.

De mishandelde vrouw en de pooier in zijn glimmende pak, Bengt en zijn collega's, die bijna een uur buiten hadden staan wachten, terwijl zij daar bewusteloos lag en maar bleef bloeden.

Hij probeerde het van zich af te schudden, hij had het koud, hoe schud je van je af wat je nog niet weet?

Het was halfelf en Jochum Lang at van het ontbijtbuffet dat nog uitgestald stond in restaurant Ulriksdals Värdshus. Dat deden ze altijd, de Joegoslaven. Vorstelijk uitpakken en daarna over zaken praten. Ze waren door de noordelijke voorsteden gereden, op weg naar het gesprek dat ze zo meteen zouden hebben. Nog even een stuk omelet, een kop koffie en een paar tandenstokers met mintsmaak.

Lang keek naar het binnenste deel van de eetzaal. Witte tafelkleden en bestek van nieuw zilver en mensen op conferentie. Vrouwen met rode wangen, die sigaretten opstaken, mannen die zo dicht mogelijk bij hen zaten en een tweede kopje koffie namen. Hij moest lachen om hun vergaderingen en verwachtingen, hij deed aan dat soort dingen niet mee, dat had hij nooit gedaan, hij zag de lol er niet van in aan zo'n voorspelbaar spelletje mee te doen.

'Je wilde iets zeggen.'

Ze hadden nog helemaal niet met elkaar gesproken sinds Slobodan hem bij de poort van de Aspsåsinrichting had opgehaald met zijn glimmende auto en Jochum zich dat had laten welgevallen, en op de leren zitting had plaatsgenomen en het treinkaartje dat je kreeg als je vrijkwam uit het raampje had gegooid toen ze wegreden.

Nu zaten ze afwachtend tegenover elkaar, aan een fraaie tafel in een duur restaurant op tien minuten van de binnenstad van Stockholm.

'Mio wil iets zeggen.'

Jochum zweeg koppig, het grote, kaalgeschoren hoofd, zijn solariumbruine kleur, het litteken dat vanaf de mond tot ver op zijn wang doorliep, hij liet nog steeds niet over zich heen lopen.

Slobodan boog voorover.

'Hij wil dat je met een vent gaat praten die onze heroïne verkoopt, vermengd met waspoeder.'

Jochum Lang wachtte nog steeds. Geen woord. Pas toen het mobieltje midden op tafel overging, reikte hij naar voren en greep Slobodan bij zijn pols.

'Je bent met míj aan het praten. Met die zaakjes van je wacht je verdomme nog maar even.'

Een paar seconden maar, ogen die wilden uitdagen.

Slobodan trok zijn hand terug op het moment dat het elektronische signaal stopte.

'Hij verkoopt troep, zoals ik zei. Onder anderen aan het nichtje van Mio.'

Jochum tilde het zoutvaatje op dat op het gemangelde tafelkleed tussen hen in stond en legde het op zijn kant, rolde het over de tafel, volgde het over het tafeloppervlak totdat het over de rand duikelde, op de grond, richting raam.

'Mirja?'

Slobodan knikte.

'Ja.'

'Mio heeft zich toch nooit eerder om haar bekommerd? Een heroïnehoertje.'

Achtergrondmuziek uit luidsprekers wat hoger aan de muur. De vrouwen met de rode wangen lachten en staken nieuwe sigaretten op, de mannen maakten het bovenste knoopje van hun overhemd los en probeerden hun ringvinger zo goed mogelijk te verbergen.

'Ik geloof dat jij die jongen kent.'

'Kom ter zake.'

'Het is vermengd met waspoeder. Ons spul. Snap je?'

Hij begon harder te praten.

'Ik vind het niks! Mio vindt het niks! Verdomde versneden troep!'

Jochum leunde achterover, zei niets. Slobodan was rood in zijn gezicht.

'Krediet! Dat ben je zo kwijt. Waspoeder in de aderen van een paar mensen en de praatjes zijn in de wereld.'

Jochum begon genoeg te krijgen van de rook van de conferentiedames, van de geur van gebakken worst, van het restaurant, dat iets te beleefde serveersters had. Hij wilde weg, het daglicht in, naar een andere dag. Hij bedacht dat Aspsås je zou moeten doen verlangen naar zulke dingen, maar het was net omgekeerd; als hij een paar jaar had gezeten, kon hij er veel minder goed tegen, tegen dingen die niet echt waren.

'Zeg maar gewoon wat ik moet doen.'

Slobodan zag dat hij ongeduldig was.

'Geen enkele klootzak gaat in onze naam waspoeder verkopen. Een paar gebroken vingers. Een arm. Maar niet meer.'

Ze keken elkaar aan. Jochum knikte.

Muzikaal behang, een piano die al stukgespeelde populaire muziek om zeep hielp, hij stond op, liep naar de auto.

HET CENTRAAL STATION van Stockholm geeuwde nog alsof het net wakker was, hoewel de ochtend al voorbij was. Nooit gesloten, altijd iemand onderweg, altijd een tijdelijke slaapplek, altijd plaats voor de man en de vrouw die worstelden met de eenzaamheid. Het regende al sinds middernacht, de daklozen hadden de enorme deuren opgezocht en waren naar binnen gegaan en op de bankjes midden in de hal gaan liggen, die zo groot was als een voetbalveld. Ze verplaatsten zich regelmatig, voordat de bewakers hen zagen en wegjoegen, ze verstopten zich tussen gestreste reizigers met een koffer in de ene hand en een kartonnen bekertje *caffe latte* met een plastic dekseltje erop in de andere hand.

Hilding Oldéus was net wakker. Twee uur slaap midden op de dag. Hij keek om zich heen.

Zijn lichaam deed pijn, het was een hard bankje en steeds had er wel een of andere ordehandhaver in zijn rug geprikt.

Hij had niets gegeten sinds een van de smerissen hem tijdens het zogenaamde verhoor die ochtend een paar biscuitjes had aangeboden.

Hij had geen honger. Hij was niet hitsig.

Hij was gewoon niets.

Hij lachte luid, een paar wijven staarden hem aan en hij stak zijn middelvinger naar hen op. Hij was niets en hij moest aan meer horse zien te komen, want met meer horse kon hij doorgaan met niets zijn, doorgaan met zich afsluiten en doorgaan met niet voelen.

Hij stond op. Hij stonk naar urine en zijn haar was vet en ongekamd, het bloed uit de wond op zijn neus was net weer gestold, hij was mager en vies en achtentwintig jaar en verder gevorderd dan ooit op de weg naar dat andere.

Hij liep langzaam naar de stilstaande roltrap, kneep in de zwarte rubberen band, bleef een paar keer staan als het te veel schommelde.

De kluisjes lagen een eindje verder de betonnen gang in, tegenover het toilet waar een vrouw voor de ingang zat en vijf kronen vroeg als je moest pissen. Geen wonder dat mensen liever in de gang van de metro pisten.

Olsson lag altijd bij de achterste kluisjes, ergens tussen nummer 120 en 150. Die klootzak lag te slapen. Hilding ging erheen, één blote voet, schoen weg, sok weg, die klootzak had geld, wat maak je je dan druk om een schoen.

Hij snurkte. Hilding trok aan zijn arm, schudde eraan zo goed als dat ging.

'Ik wil m'n centen.'

Olsson keek hem aan, onzeker of hij nog steeds sliep.

'Hoor je me? Ik moet geld hebben. Je had het vorige week moeten geven.'

'Morgen.'

Hij werd 'Olsson' genoemd. Hilding wist dat hij geen Olsson heette, ze hadden samen in het behandelcentrum in Skåne gezeten, maar daarom wist hij verdomme nog niet hoe hij heette.

'Olsson. Duizend kronen, verdomme! Nu! Of heb je de horse zelf genomen, klootzak?'

Olsson ging zitten. Hij geeuwde, zwaaide met zijn armen.

'Verdomme, Hilding, ik heb toch geen rooie cent.'

Hilding Oldéus krabde aan zijn wond. Die klootzak had geen geld. Net als die trut van de sociale dienst. Net als zijn zus. Hij had haar weer gebeld en vreselijk zitten zeuren, net als een paar dagen geleden vanaf het perron van de metro en ze had weer net zo gereageerd als toen, *het is jouw keuze, jouw probleem, je moet het niet bij mij neerleggen.* Hij bleef krabben aan zijn wond, het korstje viel eraf, het bloedde hevig.

'Ik moet geld hebben. Dat snap je toch wel, verdomme?'

'Ik heb niks. Maar ik heb informatie die wel een duizendje waard is.'

'Wat voor informatie?'

'Jochum Lang zoekt je.'

Hilding krabde aan de wond, haalde diep adem, probeerde niet te laten merken dat hij moest slikken.

'Kan me geen reet schelen.'

'Wat wil hij, Hilding?'

'We hebben samen gezeten. In Aspsås. Hij zal wel een praatje willen maken.'

Olsson spande keer op keer zijn wang richting oog, alsof hij knipoogde, gevangene van zijn junk-tics.

'Is dat duizend kronen waard?'

'Ik wil mijn geld.'

'Heb ik niet.'

Olsson gaf een tikje tegen de ene zak van zijn windjack.

'Maar ik heb wel wat spul.'

Hij haalde het plastic zakje tevoorschijn dat hij in de stof had verstopt, hield het zo dat Hilding het kon zien.

'Een gram kun je krijgen. Een gram dan staan we quitte.'

Hilding stopte met krabben aan de wond bij zijn neusgat.

'Een gram?'

'Enorm sterk spul.'

Hilding liet zijn handen zien, wapperde ermee, gaf Olsson een duwtje.

'Laat eens zien.'

'Horse. Sterke.'

'Ik neem een kwart. Is dat goed?'

De trein naar Malmö en Kopenhagen had vertraging, de luidspreker aan het dak schalde door de ruimte, vijftien minuten, gaat u maar weer op de bankjes zitten wachten. In het café een eindje verderop klonk gerammel, de geur van verse koffie en vette koffiebroodjes kroop de hal in en bleef daar hangen. Ze roken het niet. Ze merkten de grote leegte om hen heen helemaal niet op, die gevuld was met forenzen die sprintten om op tijd op het perron te komen, met reizigers met een interrailkaart, die uit het niets kwamen op weg naar ergens met enorme rugzakken met vlaggetjes erop, met gezinnen die op rare tijden reisden en goedkope rode treinkaartjes in hun hand hielden, waar de mensen uit het bedrijfsleven op neerkeken. Ze merkten het niet. Ze liepen schokkerig naar de fotoautomaat die naast een pilaar in de ontvangsthal stond, Olsson ervoor op wacht, hij moest erop letten dat niemand naar binnen probeerde te gaan en dat Hilding, die het hokje in ging, niet overdoseerde. Hilding ging op het lage krukje zitten. Hij trilde.

Hij trok de gordijnen dicht, je zag zijn benen en Olsson schoof een stukje op om ze aan het zicht te onttrekken.

De lepel zat in de binnenzak van zijn regenjas.

Hij vulde die met witte heroïne en een paar druppels citroenzuur, hield die boven het vlammetje van zijn aansteker totdat de inhoud samensmolt, mengde het toen met water en zoog de vloeistof op in zijn spuit.

Hij was erg afgevallen, de riem die anders op het derde of vierde gaatje zat, kon hij nu tot het zevende aantrekken. Dat deed hij, hij trok zo hard aan de riem dat die lang genoeg werd om ook nog een hele slag om de onderarm te kunnen maken, het leer sneed diep in zijn huid.

Hij boog zijn hoofd, hield de riem vast en gestrekt door met zijn tanden in het uiteinde te bijten, sneed de bloedtoevoer af, maar zag desondanks nog geen aderen in zijn armholte. Hij zocht verder met de naald, duwde tegen hard kraakbeen en in het grote gat dat in zijn arm was gevormd op de plek waar jarenlang de ene injectie na de andere een stuk lichaam had weggevreten.

Hij ging een paar keer heen en weer, probeerde het, probeerde het nog eens, voelde plotseling hoe de naald door de aderwand heen ging.

Hij zat goed en hij glimlachte, zo gemakkelijk ging het lang niet altijd, de vorige keer had hij in zijn hals moeten spuiten.

Hij zag het streepje bloed dat in de doorschijnende vloeistof in het plastic van de spuit zweefde, hoe dat eerst één geheel was, vervolgens oploste als de kroonblaadjes van een rode bloem die opengaat, het was mooi.

Na slechts enkele seconden viel hij bewusteloos neer.

Hij lag voorover over de kruk van de fotoautomaat, goed zichtbaar onder het gordijn dat hij had dichtgetrokken, hij ademde niet meer.

WOENSDAG 5 JUNI

Ze werd net wakker.

Lydia probeerde op haar rechterzij te draaien; als ze zo lag brandde haar rug wat minder. Ze lag alleen te wachten in een grote kamer. Ze was een half etmaal bewusteloos geweest, dat had de ene verpleegkundige, die Russisch sprak, haar tenminste verteld.

Haar linkerarm was gebroken. Daar wist ze niets meer van, ze wist niet wat hij ermee had gedaan, ze moest al eerder buiten kennis zijn geraakt. Hij zat in het gips, dat zou een paar weken moeten blijven zitten.

Hij had verscheidene keren in haar buik geschopt. Dat wist ze nog wel. Hij had geschreeuwd dat ze een *hoer* was, dat *hoeren neuken als hun dat gezegd wordt.* Hij had het gedaan, toen hij gestopt was met schoppen, hij was van achteren bij haar binnengedrongen, eerst met zijn geslacht, toen met zijn vingers.

Ze had gehoord dat Alena had geprobeerd hem tegen te houden, dat ze had geschreeuwd en op zijn rug had geslagen totdat hij haar had opgesloten en gedwongen zich uit te kleden. Dat was haar geluk, later.

Lydia wist wat er tot aan de zweep was gebeurd. Alles daarvoor kon ze zich herinneren.

Hij had eerst losjes geslagen, op haar billen, *je reet verniel ik niet, maar je rug neukt niemand, om je rug hoef ik me niet druk te maken.*

Ze had tot elf geteld. Zoveel herinnerde ze zich. Daarna was hij doorgegaan. De verpleegster had het verteld. Dat het er meer dan elf geweest waren, de striemen waren duidelijk zichtbaar.

'Goeiemorgen.'

De verpleegster was donker, heette Irena en kwam uit Polen, dat hoorde je aan het accent waarmee ze Russisch sprak. Ze woonde al bijna twintig jaar in Zweden, ze was getrouwd en had drie kinderen, ze had het hier naar haar zin, zei ze, ze hield van Zweden.

'Goeiemorgen.'

'Goed geslapen?'

'Af en toe.'

Irena waste haar wonden, net zoals ze de vorige dag had gedaan. Eerst haar gezicht, daarna haar rug. Haar benen zaten onder de blauwe plekken, die trokken vanzelf weer weg.

Ze schokte toen de handen haar rug aanraakten.

'Bijt het?'

'Ja.'

'Ik zal zo voorzichtig mogelijk doen.'

Er stond een bewaker voor haar kamer.

Een groen uniform, het leek op de uniformen die ze bewakers had zien dragen bij de Scandinavische treinstations waar ze langs waren gedaverd, elke keer dat Dimitri in paniek was geraakt en haar en Alena had gedwongen om haastig hun spullen te pakken en naar een andere stad te verhuizen, vijf steden in drie jaar. De appartementen leken allemaal op elkaar, altijd op de bovenste verdieping, altijd rode spreien, altijd elektronische sloten.

Lydia voelde de pijn in haar rug, hoe de steriele vloeistof in haar open wonden beet. Ze wist niet waarom, maar ze dacht aan de begraafplaats in het dorp ergens langs de landweg tussen Klaipėda en Kaunas, waar opa en oma lagen, waar haar vader daarom ook moest komen te liggen. Ze bedacht dat ze de man met het kaalgeschoren hoofd, die zo klein geleken had in de gang van de Lukuskeles-gevangenis, niet langer miste. Hij was er niet meer, hij was verdwenen terwijl ze naast haar moeder op het kerkhof had staan huilen, sindsdien had hij voor haar niet meer bestaan.

Lydia bewoog onrustig, smoorde een kreet, de wonden brandden weer, ze keek recht voor zich uit naar de bewaker in het groene uniform, als ze zich op hem concentreerde voelde ze het misschien minder.

Ze wist niet waarom hij daar stond. Of Dimitri de Pooier terug zou komen. Of ze dachten dat ze weg zou lopen.

Irena praatte met haar terwijl ze haar rug waste, ze vroeg naar het notitieboekje dat op het verrijdbare tafeltje lag en wat ze van het eten vond, en ze wisten beiden dat het onzinnige vragen waren die bedoeld waren om Lydia te laten ontspannen, om haar even aan iets anders te laten denken en de pijn te laten vergeten van wat vernield was. Ze antwoordde dat het een notitieboekje was, dat ze gewoon een paar gedachten had opgeschreven, over de toekomst, en dat ze het eten niet zo lekker vond, het was moeilijk te kauwen, haar wangen deden er pijn van.

'Meisje toch.'

Irena keek naar haar, schudde haar hoofd.

'Meisje toch, ik begrijp niet wat jou is aangedaan.'

Lydia antwoordde niet. Zij wist het wel. Ze wist wat haar was aangedaan. Haar lichaam, dat ze anders nooit voelde, ze wist hoe dat er nu uitzag. Ze wist wat ze in haar notitieboekje had geschreven, dat nu op het verrijdbare tafeltje lag.

Ze wist dat het nooit meer zou gebeuren.

'Klaar. Ik doe het later vandaag nog eens, vanmiddag. Het zal iedere keer wat minder schrijnen. Je bent een flinkerd.'

Irena aaide even over haar schouder, glimlachte naar haar, terwijl ze het vertrek uit liep. Bij de deur kwam ze een arts tegen met nog vier mensen, drie mannen en een vrouw. Hij sprak eerst met de bewaker en toen met haar, ze keerde om, liep met hen mee terug.

'Lydia.'

Irena stond weer bij haar bed, wees naar de arts en de vier anderen, die ook witte jassen droegen.

'Dit is de arts. Je hebt hem al eerder gezien, hij heeft je onderzocht toen je hier binnenkwam. Hij heeft vier studenten bij zich, die hier in het Söderziekenhuis een artsenopleiding volgen, zodat ze mensen leren helpen. De arts wil jou aan hen laten zien. Jouw verwondingen. Vind je dat goed?'

Lydia keek naar hun gezichten. Ze kende hen niet. Ze kon het niet opbrengen om te worden bekeken, om weer iemand te zijn naar wie mensen keken; ze had pijn, ze wilde niet dat ze het zagen.

'Ze mogen wel kijken.'

Irena vertaalde het, de arts wachtte, hij keek Lydia aan en bedankte met een knikje.

Hij vroeg of Irena wilde blijven, vroeg haar om door te gaan met vertalen, hij wilde graag dat Lydia het begreep. Hij richtte zich tot de vier medicijnenstudenten, vertelde hoe het toeging als iemand bij de spoedeisende hulp binnenkwam, over Lydia's reis door de gangen van het Söderziekenhuis, van de ambulance naar de afdeling chirurgie. Hij haalde vervolgens een laseraanwijsstok uit zijn zak, wees op haar naakte rug, het rode puntje dwaalde langzaam over de wonden.

'Vuurrood en opgezwollen. Zien jullie?'

'Het zijn fikse klappen geweest. Met een zweep. Zien jullie?'

'We denken dat het een ossenstaartzweep is geweest. Drie, vier meter lang. Zien jullie?'

Hij wendde zich weer tot Lydia, zocht haar ogen. Irena vertaalde. Lydia knikte en bevestigde. De vier die het moesten leren, zwegen, zeiden niets, ze hadden nog nooit eerder zweepstriemen op de rug van een mens gezien. De arts wachtte tot ze klaar waren met denken, ging verder.

'Een ossenstaartzweep is een werktuig dat wordt gebruikt om dieren op te drijven. Ze heeft er vijfendertig slagen mee gekregen.'

Hij praatte nog een tijdje door, maar Lydia kon niet meer luisteren. Toen verdwenen ze, ze had er nauwelijks erg in.

Ze keek naar haar notitieboekje.

Ze wist het.

Ze wist wat haar was aangedaan.

Ze wist dat het nooit meer zou gebeuren.

Een verdieping lager.

Er lagen drie personen, op zaal 2 van een van de verpleegafdelingen van het Söderziekenhuis.

Ze zagen de vrouw boven hen met zweepstriemen over haar rug niet en wisten niet dat ze daar was.

Zij zag hen niet en wist niet van hun bestaan.

Lydia Grajauskas' vloer was hun plafond, verder niet.

Lisa Öhrström stond midden in zaal 2 en keek naar haar drie patiënten. Ze stond daar al even. Ze was vijfendertig en ze was moe, na een paar jaar dienst was ze even moe als haar collega-artsen van dezelfde leeftijd. Ze hadden het er vaak over, ze werkte de hele tijd en het was nooit genoeg; dat gevoel dat ze mee naar huis nam, waar ze mee naar bed ging en mee opstond, was erger dan de lange dagen, het gevoel dat ze nooit lang genoeg met iemand kon praten, dat ze de diagnose, de toestand en de voorgeschreven behandeling oplepelde om zich vervolgens naar het volgende bed te spoeden, naar de volgende zaal, dat ze razendsnel cruciale beslissingen moest nemen, waar ze nooit eens rustig over na kon denken.

Ze keek weer naar de drie, een voor een.

De oudere man bij het raam was wakker, hij zat overeind in bed, had pijn, hield zijn hand tegen zijn buik en zocht naar de bel, die ergens op het nachtkastje op wieltjes moest liggen, met het eten erop dat hij niet had aangeraakt.

De jongeman ernaast, eigenlijk nog maar een jongen, achttien, negentien jaar oud, hij lag al bijna vijf jaar regelmatig in het ziekenhuis en pendelde heen en weer tussen de verschillende afdelingen. Zijn lichaam was nog sterk, toen hij opeens ziek was geworden, hij had vervolgens geweigerd om dood te gaan, hij had gehuild en gevloekt en zich vastgeklampt aan zijn langzame ademhalingen; hij had allang geen haar meer en zijn uiterlijke schoonheid en het grootste gedeelte van zijn gewicht was hij kwijtgeraakt, maar hij moest en zou daar blijven liggen staren naar de muur totdat hij zeker wist dat hij weer een ochtend wakker was geworden.

De derde was nieuw.

Lisa Öhrström zuchtte diep. Van hem werd ze zo moe, door hem stond ze hier stil terwijl de bellen van de patiënten boos rinkelden op de gang.

Hij lag achteraan in een hoek van de zaal, tegenover de oude meneer. Hij was de vorige avond gekomen. Wat vreemd was en oneerlijk – zo zou ze wel niet mogen denken, maar dat deed ze toch – was dat van hen drieën alleen hij zou overleven, dat alleen hij dit ziekenhuis met een kloppend hart zou verlaten. Terwijl hij de enige was die zijn best had gedaan om ermee te kappen.

Hij was degene die haar tijd in beslag nam, haar kracht verbruikte, er niets van snapte. Het maakte totaal niet uit dat hij zonet meer dood dan levend was geweest. Hij begreep het niet, of juist wel, hij zou het immers weer doen, steeds weer en zij of een collega zou daar midden in het vertrek staan, apathisch en kwaad, opnieuw.

Ze haatte hem erom.

Ze liep naar zijn bed. Ze moest immers wel.

'Je bent weer wakker.'

'Shit. Wat is er gebeurd?'

'Je hebt een overdosis genomen. We hebben je er maar net doorheen kunnen slepen.'

Hij trok het verband weg dat om zijn hoofd zat, hij was plat met zijn gezicht op de grond gevallen. Hij trok er met één hand aan en begon met de andere een wond aan zijn ene neusgat open te krabben, die wond had hij al langer en ze had vroeger altijd geprobeerd hem te laten stoppen met krabben, toen ze zich nog druk om hem kon maken. Ze zocht in zijn status. Ze wist alles al. Hilding Oldéus, achtentwintig jaar. Ze telde de genoemde data, ze kende ze uit haar hoofd, het was de twaalfde keer dat hij hier lag, de twaalfde keer dat hij een bed in beslag nam op grond van een overdosis heroïne. Ze was doodsbang geweest en had de eerste vijf, zes keer gehuild. Nu liet het haar koud.

Ze moest haar krachten verdelen, voor iedereen even goed zorgen.

Ze kon er niets aan doen.

Ze kon zich niet bijzonder druk maken om zíjn toekomst.

'Je hebt geluk gehad. Degene die alarm geslagen heeft, een vriend van je geloof ik, heeft ter plekke zowel kunstmatige ademhaling als hartmassage toegepast. Bij een fotoautomaat op het centraal station, schijnbaar.'

'Olsson.'

'Anders had je lichaam het niet gered. Ditmaal niet.'

Hij krabde aan de wond aan zijn neus. Ze wilde hem eerst tegenhouden, net als altijd, maar ze wist dat zijn hand daar meteen weer zou zitten; dan moest hij zijn hele gezicht maar openkrabben, als hij dat nou wilde.

'Ik wil je hier niet meer zien.'

'Toe nou, zus.'

'Nooit meer.'

Hilding probeerde overeind te komen, maar viel meteen weer achterover, hij was duizelig, hield een hand tegen zijn voorhoofd.

'Zo zie je maar. Dit heb je ervan als je mij niets leent. Geconcentreerde heroïne. Snap je?'

'Sorry?'

'Je kunt geen mens vertrouwen.'

Lisa Öhrström zuchtte.

'Luister eens, ik heb die heroïne niet in citroenzuur opgelost. Ik heb dat spul niet in de naald gezogen. Ik heb het niet ingespoten. Dat heb jij gedaan, Hilding.'

'Waar heb je het over?'

'Ik weet het niet. Ik weet eigenlijk niet waar ik het over heb.'

Ze had de energie niet. Vandaag niet. Hij leefde. Dat moest maar genoeg zijn. Ze bedacht hoe zijn verslaving langzamerhand haar verslaving was geworden. Iedere injectienaald die hij had vastgehouden, ieder therapiecentrum waar hij had gezeten, iedere overdosis die haar de adem benomen had. Ze was naar familiesessies geweest, al die zelfhulpcursussen, ze had geleerd dat zij medeverslaafd was en ten slotte had ze begrepen waarom haar eigen gevoelens nooit belangrijk waren geweest, er waren hele perioden geweest dat ze nauwelijks had bestaan, alles in het gezin had om Hildings drugsgebruik gedraaid en dat had ook haar leven bepaald.

Ze was nog maar net bij zijn bed weg en de gang op gelopen, toen hij haar al iets achternariep. Ze had besloten om niet om te keren, om door te lopen naar haar eigen patiënten, dus hij ging door met schreeuwen, steeds luider. Ze hield het maar een minuut vol, ze huilde van boosheid toen ze de zaal weer binnenrende.

'Wat wil je?'

'Toe zus, verdomme.'

'Zeg wat je wilt.'

'Moet ik hier zomaar liggen? Ik heb een overdosis gehad.'

Lisa Öhrström voelde de blikken van de oude man en de jongen die weigerde te sterven, ze keken naar haar en ze moest hun kracht en moed geven, dat kon ze niet, nu niet.

'Zussie, ik wil iets kalmerends.'

'We verstrekken hier aan jóú geen drugs. Maar bespreek het maar met de arts die verantwoordelijk voor je is. Hij zal je hetzelfde vertellen.'

'Stesolid.'

Ze slikte, de tranen liepen haar over de wangen, zover wist hij haar altijd te krijgen.

'We hebben al die jaren voor je klaargestaan. Mama en ik en Ylva. We hebben met jouw verdomde angst geleefd. Dus lig niet te zeuren.'

Hilding hoorde niet wat ze zei. Hij hield er niet van als haar stem zo klonk.

'Of rohypnol.'

'We waren telkens blij als je vastzat. Zoals nu in Aspsås. Snap je dat? Dan wisten we in ieder geval waar je was!'

'Valium? Toe?'

'De volgende keer. De volgende keer doe je het goed. Als je een overdosis neemt, zorg dan dat je genoeg neemt en doodgaat.'

Lisa Öhrström boog voorover, duwde met beide handen tegen haar buik, ze huilde en draaide zich om, hij mocht het niet zien. Ze zei verder niets, ging gewoon bij zijn bed weg, liep naar de oude meneer toe, hij had op de knop gedrukt, het geluid van de bel in de gang kwam van hem. Hij zat in bed, hield één hand tegen zijn borst, hij had meer pijnstillers nodig, de kanker was weer bezig. Ze groette hem, pakte zijn hand, maar draaide zich meteen om naar Hilding.

'Trouwens.'

Haar broer gaf geen antwoord.

'Er is bezoek voor je. Ik zou het zeggen zodra je wakker was.'

Ze liep naar de deur, moest de zaal weer uit, verdween de blauwgroene gang op.

Hilding keek haar na. Hij begreep het niet.

Hoe kon iemand weten dat hij hier lag?

Hij wist het zelf maar net.

Jochum Lang stapte uit de auto, die voor de ingang van het Söderziekenhuis geparkeerd stond en verliet de geur van de zwartleren stoelen die hij binnen een paar uur net zo erg had leren haten als de geur van de cel waar hij net twee jaar en vier maanden in had gezeten. Een andere geur, maar toch gelijk. Een geur die opsloot, die ging over macht en controle, hij liep al zo lang mee dat hij had beseft dat het eigenlijk niet zoveel uitmaakte of hij in gevangenschap de bevelen van een bewaarder opvolgde of in vrijheid die van Mio.

Hij kwam langs mensen die voor de deuren van het ziekenhuis stonden en naar huis verlangden, hij liep door de gang die altijd vol was met mensen die ergens naar onderweg waren, in blinkende liften stapten waar een stem op de band zei op welke verdieping ze zich bevonden.

Hij heeft het aan zichzelf te wijten.

Het is zijn eigen schuld.

Jochum Lang had zijn mantra. Steeds dezelfde procedure, zo

deed hij het altijd, hij wist dat het werkte.
Het is zijn eigen schuld.
Hij wist waar hij lag. Verpleegafdeling. Zesde verdieping. Zaal 2.
Hij liep er snel heen, hij had een opdracht, daar wilde hij vanaf.

Het was te stil in deze kamer. De oude man tegenover hem en de jongen die meer dood dan levend leek waren beiden weggedommeld. De stilte beviel Hilding niet. Van stilte had hij nog nooit iets moeten hebben. Hij keek onrustig om zich heen, naar de deur. Hij wachtte.
Hij zag hem zodra hij de deur opendeed. Zijn kleren waren behoorlijk nat, het regende kennelijk buiten.
'Jochum?'
Zijn hart ging tekeer. Hij krabde diep in de wond op zijn neus. Hij wilde de angst niet voelen die hem verscheurde.
'Kom jij doen, man?'
Jochum Lang zag er net zo uit als altijd. Hij was net zo verdomd groot, net zo verdomd kaal. Hildings gevoel maakte hem gek. Hij kon het nu niet uitschakelen. Hij wilde niet voelen. Dat wilde hij niet. Hij wilde Stesolid. Of rohypnol.
'Kom eens overeind.'
Jochum was ongeduldig, zijn stem niet luid, wel duidelijk.
'Overeind.'
Jochum pakte de rolstoel die bij het bed van de oude man stond. Hij bukte, duwde met zijn hand de rem eraf. Hij reed hem dwars door de zaal, zette hem bij Hilding neer, wachtte tot deze op de rand van het matras was gaan zitten.
Hij wees van het bed naar de rolstoel.
'Je moet hierin gaan zitten.'
'Wat wil je?'
'Hier niet. Bij de liften.'
'Wat wil je!'
'Ga zitten, godsamme.'
Jochum wees weer naar de rolstoel, zijn hand vlak bij Hildings

gezicht. *Hij heeft het aan zichzelf te wijten.* Hilding deed zijn ogen dicht, zijn magere lichaam was zwak, het was nog maar een paar uur geleden dat hij plat voorover was gevallen in een fotoautomaat. *Het is zijn eigen schuld.* Hij bewoog langzaam, van de rand van het bed naar de rolstoel, bleef staan om de wond op zijn neus kapot te krabben, het bloed liep over zijn kin.

'Ik heb niks gezegd.'

Jochum ging achter hem staan, reed de rolstoel door de kamer, langs de oude man en de jonge jongen, die in hun bed lagen te slapen.

'Jochum, verdomd. Ik heb niks gezegd. Hoor je dat? Ze vroegen ernaar, die smerissen, die klootzakken vroegen naar je tijdens het verhoor, maar ik heb niks gezegd.'

De gang was leeg. De blauwgroene vloer, de witte wanden, het was er koud.

'Ik geloof je wel. Daar ben je te laf voor.'

Ze kwamen twee verpleegsters tegen, ze knikten beiden naar de rolstoel, het zou wel een groet zijn. Hilding huilde. Hij had niet meer gehuild sinds hij een kind was, sinds voor de horse.

'Maar jij levert versneden troep. Aan de verkeerde mensen.'

Ze verlieten de afdeling, gingen naar de hal met de liften. De gang werd breder, veranderde van kleur, grijze vloer en gele wanden. Hildings lichaam beefde, hij wist niet dat angst zoveel pijn kon doen.

'De verkeerde mensen?'

'Mirja.'

'Mirja. Die stomme trut.'

'Ze is de dochter van een broer van Mio. En jij bent zo'n sukkel dat je haar waspoeder verkoopt dat je voor de helft hebt gemengd met Joegoslavische heroïne.'

Hilding probeerde het gevoel weg te duwen dat hij moest huilen, hij kende het niet, het was niet van hem.

'Ik snap het niet.'

Ze bleven voor de liften staan, vier waren het er, twee onderweg.

'Ik snap het toch niet!'

'Dat komt nog wel. Wij gaan gewoon samen een praatje maken, jij en ik.'

'Jochum, goddomme, man!'

De liftdeuren. Als hij zijn armen uitstrekte, kon hij ze bereiken, ze vastpakken, zich vasthouden.

Hij wist het toch niet.

Waar dat ellendige huilen vandaan kwam.

Alena Sljusareva rende over de kade van de Värtahaven.

Ze staarde in het donkere water, het regende al de hele ochtend; wat bij felle zon blauw kon zijn, was nu alleen maar zwart, de golven klotsten tegen de betonnen muur, het was meer herfst dan zomer.

Ze huilde, ze huilde al bijna een etmaal. Eerst van angst, toen van boosheid, een beetje van heimwee, nu van wanhoop.

Ze had in dit ene etmaal drie jaar doorleefd. Ze was gaan zoeken door de tijd die was voorbijgegaan sinds Lydia en zij samen aan boord waren gegaan van een Litouws schip. Twee mannen hadden hun de weg gewezen, hun handen die beleefd de deuren voor hen hadden geopend, hun monden die glimlachend hadden verteld hoe mooi ze waren, een van hen was Zweeds en had goed Russisch gesproken, hij had hun valse paspoorten gegeven, sleutels tot hun volgende leven. De hut, die was even groot geweest als de slaapkamer in Klaipėda, die ze met zijn vieren deelden. Alena had zo gelachen, ze was gelukkig, ze waren onderweg naar een andere tijd.

Ze was maagd geweest.

De boot was net de haven uit.

Ze voelde het bloed nog langs de binnenkant van haar dijen lopen.

Drie jaar. Stockholm, Göteborg, Oslo, Kopenhagen, opnieuw Stockholm. Nooit minder dan twaalf. Elke dag. Ze probeerde zich een van hen voor de geest te halen, hun gezichten, degenen die sloegen, degenen die op haar gingen liggen, degenen die alleen maar wilden kijken.

Ze herinnerde zich er niet een.

Ze hadden geen gezicht.

Ongeveer zoals Lydia met haar lichaam, maar dan anders.

Voor Lydia bestond het niet. Alena had het nooit begrepen. Zij had wel een lichaam. Ze wist ook dat het werd gekrenkt, ze telde de keren iedere avond, ze lag altijd naakt te rekenen, vermenigvuldigde drie jaar lang twaalf keer per dag.

Ze had een lichaam, hoe hard ze ook probeerden het af te pakken.

Het waren hun gezichten die niet bestonden; zo was het voor haar.

Ze had geprobeerd Lydia te waarschuwen. Haar te kalmeren. Het was niet gelukt. Het was of ze was veranderd op het moment dat Alena haar het krantenartikel had laten zien. Haar heftige reactie, haar ogen, het was haat, ze had Lydia vernederd zien worden, maar ze had haar nooit zien haten. Alena had er nu spijt van, ze had het moeten verstoppen, weg moeten gooien zoals ze eerst van plan was geweest.

Lydia had tegenover Dimitri gestaan, met een rechte rug, ze had gezegd dat ze vanaf nu het geld zelf hield, dat zij het was in wie ze binnendrongen en dat zij het verdiende. Hij had haar eerst in het gezicht geslagen. Daar had ze waarschijnlijk op gerekend, daar begon hij immers altijd mee, ze was niet opzij gestapt. Toen had ze gezegd dat ze een paar dagen lang geen mannen zou ontvangen, dat niemand boven op haar zou mogen liggen, dat ze moe was, dat ze niet meer wilde.

Lydia had nooit eerder geprotesteerd. Niet hardop, niet tegen Dimitri, ze was bang geweest voor de klappen, de pijn en het pistool dat hij soms tegen hun hoofd zette.

Alena ging op de rand van de kade zitten, haar benen bungelend boven het water. Drie jaar. Ze miste Janoz zo, het verlangen trok weer aan haar, waarom was ze weggegaan, waarom had ze hem niet verteld dat ze weg zou gaan?

Ze was een kind geweest.

Nu was ze iemand anders.

Dat was al begonnen toen de man die Zweeds sprak haar in de hut vasthield en haar vervolgens twee keer in het gezicht spuugde, terwijl hij haar lichaam binnendrong. Daarna was ze doorgegaan met iemand anders worden. Steeds meer met iedere keer dat iemand van haar stal.

Ze had vanuit haar kamer staan toekijken. Toen hij de zweep tevoorschijn had gehaald en die voor Lydia's neus had gehouden was ze haar kamer uit gerend en hem te lijf gegaan. Hij had de zweep nog nooit eerder gebruikt, hem alleen maar laten zien, om hen bang te maken. Nu had hij geslagen en ze had geprobeerd hem de zweep af te pakken, maar hij had haar in haar buik getrapt en haar deur op slot gedaan, hij had gezegd dat zij hierna ook nog wel aan de beurt kwam.

Ze keek naar het water onder haar.

Ze wachtte.

Ze zou teruggaan. Naar Klaipėda. Naar Janoz, als hij daar nog steeds was. Maar nog niet. Pas als Lydia wat van zich had laten horen. Niet eerder.

Ze had de slagen geteld. Een voor een. De politie was gekomen toen Dimitri zesendertig keer had geslagen. Ze had ze stuk voor stuk gehoord door de gesloten deur, eerst hoe hij de zweep had geheven, vervolgens de klap op Lydia's naakte huid.

Als ze zich lang maakte kon ze bijna met haar voeten bij het donkere water komen. Ze kon erin springen. Ze kon opstaan en aan boord gaan.

Nog niet.

Ze hadden elkaar verkracht zien worden. Ze moest wachten.

Iemand had haar kamer van het slot gedaan, ze hadden het appartement doorzocht en Dimitri had in de hal op de grond gelegen met zijn handen tegen zijn buik. Ze had daar een paar seconden alleen gestaan, had plotseling de politieman gezien die ze kenden, was in paniek geraakt en was de laatste paar stappen naar de voordeur gerend, waar iemand een groot gat in had gemaakt en had zich toen omgedraaid, ze had de liggende Dimitri met de punt van haar schoen een harde trap tegen zijn ballen gegeven en was snel doorgelopen, zes verdiepingen naar beneden, een lege, stenen trap af.

Het zat in de tas die over haar schouder hing. Ze hoorde het overgaan.

Ze wist wie het was.

'Ja?'

'Alena?'

'Ja, met mij.'

Ze werd warm bij het horen van Lydia's stem. Ze had pijn, dat hoorde Alena wel. Ze praatte moeilijk, maar haar stem, wat fijn die te horen.

'Waar ben je?'

'In de haven.'

'Je bent onderweg naar huis.'

'Ik heb op je gewacht. Ik wist dat je zou bellen. Daarna. Daarna zou ik gaan.'

Ze had het mobieltje cadeau gekregen. Van een van de gezichten die ze zich niet herinnerde. Lydia vroeg altijd een honderdje extra. Zelf wilde ze geen geld, ze wilde spullen, ze kreeg spullen en dan mochten ze wat extra's. Ze had kleren gekregen, twee keer een ketting, soms oorhangers. Dimitri had er geen idee van. Ook niet van het mobieltje. Het was tamelijk nieuw, het gezicht dat ze zich niet herinnerde had er iets extra's met hun tweeën samen voor gekregen. Het was Lydia's idee geweest, zij wilde dat ze samen een mobieltje zouden hebben, voor het geval dat.

'Wat ga je doen?'

'Wanneer?'

'Als je thuiskomt.'

'Ik weet niet.'

'Heb je veel heimwee?'

Alena hield haar adem in, ze zag het zoals het toen was geweest, nogal donker, nogal rommelig. Klaipėda was niet bijzonder mooi geweest.

'Ja. Ik wil hen weer zien. Kijken hoe ze eruitzien. Hoe wij eruit hadden gezien.'

Ze vertelde hoe ze zonder om te kijken de trappen aan de Völundsgatan af was gevlucht, uit de flat die ze haatte en het gebouw dat ze haatte, over een lang doorwaakt etmaal in de stad, dat ze nu wilde slapen, gewoon even slapen. Lydia zei niet veel. Iets over het ziekenhuis waar ze beiden een paar keer eerder waren geweest. Iets over het bed, het eten, over de verpleegster die uit Polen kwam en Russisch sprak.

Niets over de striemen op haar rug.
'Zeg?'
'Ja?'
'Je moet me helpen.'
Alena keek naar het wateroppervlak, dat eventjes kalm was, ze zag een vaag beeld van zichzelf, van bungelende benen en van de hand die het mobieltje tegen haar hoofd hield.
'Ik zal je helpen. Met wat je maar wilt.'
Lydia haalde langzaam adem in de hoorn. Ze zocht naar woorden.
'Weet je de kelderberging nog?'
Ze wist het nog. De harde vloer, de compacte duisternis, de vochtige lucht. Dimitri had hen er twee dagen opgesloten toen hij bezoek had. Van mensen die hun bedden moesten gebruiken. Hij had nooit verteld wie het waren.
'Ja. Dat weet ik nog.'
'Daar moet je heen.'
Het wateroppervlak, haar beeld verdween, kleine golfjes van een passerende motorboot.
'Ze zitten achter me aan. Misschien word ik gezocht. Ik kan me niet vrij bewegen.'
'Je moet het doen.'
'Waarom?'
Lydia zweeg, gaf geen antwoord.
'Waarom, Lydia?'
'Waarom? Het mag nooit meer gebeuren. Wat is gebeurd mag nooit meer gebeuren. Daarom.'
Alena stond op. Ze liep langs de rand van de kade, heen en weer tussen ijzeren palen van twee meter hoog.
'Wat moet ik doen?'
'In de berging staat een emmer. Er ligt een handdoek in met een wapen eronder. Een revolver. Daarnaast semtex.'
'Semtex?'
'Kneedplastic. En een paar slaghoedjes. Bij elkaar in een plastic zak.'
'Hoe weet je dat?'

'Ik heb het gezien.'

'Hoe weet je wat semtex is?'

'Dat weet ik gewoon.'

Alena Sljusareva luisterde. Ze luisterde, maar hoorde niets. Ze riep 'sst'. Toen Lydia niet stopte met praten riep ze weer 'sst', luider. Ze siste in de telefoon totdat die alleen van haar was.

'Ik hang nu op. Je kunt over twee minuten weer bellen. Aan twee minuten heb ik genoeg.'

Rond het middaguur ging er een boot. Over tweeënhalf uur. Die kon ze nemen. Ze had geld, ze had alles wat ze nodig had in haar tas. Ze wilde naar huis. Naar wat ze thuis noemde. Ze wilde haar ogen dichtdoen en vergeten dat er drie jaar voorbij waren, ze was nog steeds mooi, nog steeds vrolijk, ze was zeventien jaar en had Klaipėda nooit verlaten, zelfs Vilnius nog nooit gezien.

Het was niet zo. Het was een andere tijd. Ze was iemand anders. Het mobieltje ging weer over.

'Ik zal je helpen.'

'Dank je. Ik hou van je, Alena.'

Ze bleef zich onrustig tussen de ijzeren palen langs de kade heen en weer bewegen. Heen en weer, terwijl ze het mobieltje tegen haar oor hield.

'Nummer 46. Kleine cijfers, nogal hoog boven aan de deur. Er zit een klein formaat hangslot op, stelt niet veel voor. De emmer staat vlak achter de deur, meteen rechts als je naar binnen gaat. Het pistool ligt met ammunitie in een zakje. Het kneedplastic daar vlak naast. Dat neem je mee en dan ga je naar het centraal station. Naar ons kluisje.'

'Daar ben ik gisteren nog geweest.'

'Zit alles er nog in?'

Alena aarzelde. Een vierkant kluisje tegen een stenen muur in een van de wachtruimtes. Daar zat hun leven in. In kluis 21.

'Alles is er nog.'

'Dan moet je onze videocassette eruit halen.'

De cassette. Alena was hem bijna vergeten. De man zonder gezicht die altijd per se gefilmd wilde worden. Die haar een keer had gevraagd met Lydia te vrijen. Ze had nee gezegd, maar Lydia had haar over haar wang gestreeld terwijl hij toekeek, had gezegd dat ze elkaar zouden aanraken, dat hij dat mocht filmen, als ze achteraf hun eigen film mochten opnemen.

'Nu?'

'Ja. Nu is het moment gekomen. We gaan hem gebruiken.'

'Weet je het zeker?'

'Heel zeker.'

Lydia kuchte, nam een aanloopje om het uit te leggen.

'Terwijl ik hier lag, heb ik alles nog eens overdacht. Mijn arm doet pijn en mijn rug brandt, ik heb niet veel geslapen. Ik heb het opgeschreven. Gelezen, geschrapt, herschreven. Ja, Alena, ik weet het heel zeker. Iemand moet het te horen krijgen. Dit mag nooit meer gebeuren.'

Alena bleef staan, keek naar de grote blauwe veerpont die een paar honderd meter verderop lag te wachten. Die zou ze niet meer halen. Vandaag niet. Morgen. Dan ging hij weer om dezelfde tijd. Ze hoefde nog maar één nacht onder te duiken, dat zou geen probleem zijn.

'En dan?'

'Dan kom je hier. Naar het Söderziekenhuis. Ik word bewaakt, dus we kunnen niet met elkaar praten. Ik zal in de recreatiezaal voor de tv zitten. Ik zal niet de enige zijn, er zitten altijd nog een paar anderen, patiënten van wie ik niet weet waar ze vandaan komen. Er is een toilet vlakbij. Als ik op de bank zit, zie ik je langskomen. Ga de wc binnen en stop wat je bij je hebt in de afvalbak en leg er een paar papieren handdoeken overheen. Laat de spullen in een plastic zak zitten, anders worden ze misschien vochtig. Het pistool, de ammunitie, het kneedplastic, de videocassette. En een paar stukken touw. Ik wil ook een paar stukken touw, kun je daarvoor zorgen?'

'Dus ik moet langs jou heen lopen, zonder dat ik zelfs maar "dag" kan zeggen?'

'Ja.'

Alena Sljusareva draaide zich om, haar rug naar het water, ze liep weg. Het waaide een beetje toen ze bij de weg kwam die het havengebied doorsneed, die langs de loodsen liep, de kant van Gärdet op.

In de stad was het druk, toeristen die wanhopig consumeerden terwijl de regen viel. Ze was er dankbaar voor. Hoe meer mensen er op straat waren, des te meer tussen wie ze zich kon verstoppen.

Ze ging met de metro, eerst naar Stockholm Centraal en het kluisje daar, ze maakte het open, pakte de cassette en stopte die in haar tas. Ze bleef lang stilstaan voor de open deur van het kluisje, staarde het donker in, naar de twee plankjes met hun gezamenlijke bezittingen. Hun leven. Het enige leven dat ze erkenden. Wat er nog was na drie jaar.

Ze was er maar twee keer eerder geweest: gisteren en toen ze het kluisje had geregeld.

Ze waren overgestapt, al bijna twee jaar geleden, Dimitri had verteld dat ze het werk een paar weken zouden verleggen van de flat in Stockholm naar een andere flat in Kopenhagen, niet ver van de haven en van Strøget, vooral veel dronken Zweden die met de boot uit Malmö kwamen, die naar Toblerone en bier roken en die vaak meteen voor twee keer betaalden, ze zopen nog een nacht en kwamen dan de volgende dag weer om op de terugweg nog eens te slaan, te masturberen of te penetreren.

Toen ze op de trein naar Kopenhagen stonden te wachten had ze gezegd dat ze naar het toilet moest, dat het echt nodig was. Dimitri was alleen geweest met hen beiden en had haar gewaarschuwd dat ze er niet vandoor moest gaan, hij zou Lydia vermoorden als ze niet ruim voor vertrek weer terug was. Ze had zeker geweten dat hij het meende en ze was geen moment van plan geweest haar vriendin in de steek te laten, nooit.

Ze wilde een kluisje hebben, een huis.

Een van haar vaste klanten, een man met een loodgietersbedrijf in Strängnäs die één keer per week ruim een uur in de auto zat om naar Stockholm, naar haar te rijden, had verteld van de kluisjes die je per twee weken kon huren, die bedoeld waren voor tijdelijke gasten in de hoofdstad, maar die vooral door daklozen werden gebruikt.

Ze had haar vijftien minuten gebruikt, niet om naar het toilet te gaan, maar om er een te regelen. Ze was gejaagd maar gelukkig net op tijd terug geweest voor vertrek, met de beide sleutels, in iedere schoen één.

De vaste klant met het loodgietersbedrijf had vervolgens kopieën gemaakt van de sleutels en hij verlengde de huurtermijn elke keer dat die afliep, dat was zijn betaling voor de extra's, ze bloedde achteraf altijd hevig, maar het was het waard.

Nu ze voor de open deur stond, begreep ze dat.

Het was iedere klap waard geweest om te weten dat er een plaats was die alleen van hen was, waar Dimitri de Pooier niet bij kon, hoe hij ook dreigde.

Ze wist dat ze hier nooit meer zou komen. Ze nam alles mee wat van haar was, halskettingen, oorhangers, jurken; ze liet de doos met het geld van Lydia staan, ze hadden elk een sleutel, als ze beter was zou ze hem kunnen ophalen.

Ze deed het kluisje op slot en liep weg.

Weer met de metro, de groene lijn. Ze stond op, stapte bij St.-Eriksplan uit de volle wagon, liep de trap op naar het natte asfalt, zocht het Vietnamese restaurant dat haar baken was. Daar moest ze langs en dan naar de andere trap, een mooie, met grote stenen engelen waar de trapleuning vastzat. Die ging ze af, naar Völundsgatan.

Ze zag de politieauto al toen ze van de laatste traptree stapte. Er zaten twee mannen in, beiden in uniform. Ze bukte, trok haar ene schoen uit, deed net of ze die leegschudde, ze had tijd nodig, ze moest snel nadenken.

Ze kon het niet.

Ze keek naar de twee kinderen die met hun fiets langs de politieauto liepen. Ze zagen hem niet eens.

Ze kon niet nadenken.

Het was gewoon zo. Het was altijd gewoon zo.

Ze trok haar schoen aan, kwam overeind, liep alsof ze zich niets aantrok van de regen die om haar heen viel, rustige passen, recht op de deur af. Ze dacht aan de mannen die altijd op haar kwamen liggen, hun gezichten die ze zich niet herinnerde, ze dacht aan hen en liep rechtdoor, keek alleen voor zich.

Ze bewogen niet. Ze zaten voor in de auto en zagen haar voorbijlopen.

Ze ging de deur in, wachtte.

Niets.

Ze bleven zitten. Ze telde tot zestig. Een minuut. Over een minuut zou ze verdergaan, naar beneden.

Ze was erop voorbereid dat ze voetstappen achter zich zou horen, een stem, een bevel om zich om te draaien en langzaam naar de achterbank van de auto te lopen.

Maar niets.

Ze schudde de sommeringen die niet waren uitgesproken van zich af, en begon de stenen trap af te lopen. Twee verdiepingen. Ze liep niet al te snel, wilde niet hijgen, ze wilde stil zijn, dacht aan de deur op de zesde verdieping.

Het grote gat dat erin had gezeten, een soort vrijheid.

Ze deed haar ogen dicht, kon de slagen van de brandbijl nog horen, toen iemand in uniform de houten omlijsting van de deur kapotsloeg, toen Dimitri Lydia's lichaam op de vloer liet vallen en naar de man toe rende die binnen wilde komen.

Ze bleef even staan, probeerde haar gejaagde ademhaling onder controle te krijgen.

Bijna één jaar van de drie had ze daarbinnen gewacht.

Ze begreep het niet.

Ze liep nu een dag vrij rond in de stad, het leek wel of dat genoeg was om ervoor te zorgen dat een heel jaar nu ver van haar af stond. Ze was daar nooit geweest. Als ze dat besloot, dan was dat zo, ze was nooit in het appartement met de twee grote bedden geweest, ze had nooit in de hal staan staren naar de elektronische sloten.

Ze liep verder, kwam onder aan de onderste trap, op de kelderverdieping. Ze draaide zich om, naar de deur daarboven met het gat erin, ze stak een vinger op naar alle mannen die niet meer kwamen aanbellen.

De deur die de kelder afgrensde was grijs en van koud staal. Ze was niet sterk, maar ze zou hem kunnen openbreken met een koevoet. Dat had ze lang geleden in Klaipėda wel gedaan, dat was een rotnacht geweest toen, maar nu ze terugdacht leek het wel een blije herinnering uit een andere tijd.

Ze haalde de tas van haar schouder, zette die op de stenen vloer. De jurken, de plastic doosjes met halskettingen en oorhangers legde ze aan de kant, de videocassette en de rol touw legde ze ernaast.

De koevoet lag onderin. De man in de ijzerhandel had gelachen: 'Een koevoet en touw, ga je inbreken? Je ziet er niet uit als een inbreker.' Zij had ook gelachen. *'I live in an old house,'* had ze gezegd, *'you know, you just need a strong man and some tools.'* Ze had naar hem gekeken, zoals ze altijd keek naar de mannen die op haar kwamen liggen, van wie ze wist dat ze wilden dat ze zo keek. Hij had de rol touw er gratis bij gedaan en hij had haar veel succes gewenst met het oude huis en de sterke mannen.

Het was een lichte. De kleinste die ze hadden. Ze tilde hem op, zette de beide tanden bij het slot en zette haar hele gewicht erachter. Ze wrikte één keer, twee keer, drie keer. Er gebeurde niets.

Ze was bang dat iemand het kon horen, ze durfde niet harder te duwen.

Maar ze had geen keus.

Ze richtte de ijzeren tanden weer op het deurslot, draaide er op proef voorzichtig mee heen en weer richting deurpost, toen met haar hele gewicht erachter en volle kracht vooruit.

Een doffe knal toen het deurslot meegaf, het geluid schoot door het trappenhuis, iedere huurder die thuis was had het kunnen horen.

Ze ging op de vloer liggen. Alsof ze dan minder goed zichtbaar was.

Ze wachtte. Ze telde weer tot zestig.

Haar pols deed zeer, ze had meer kracht gezet dan haar lichaam wilde.

Toen nog een keer tot zestig.

Het was nog steeds stil. Geen deuren van appartementen die opengingen, geen stappen van iemand die kwam controleren. Ze stond op, raapte haar spullen bij elkaar, stopte ze weer in de tas.

Ze duwde zachtjes tegen de deur, deed hem helemaal open.

Een lange gang, witte betonnen muren die op haar af tuimelden. Achteraan weer een deur. Ze wist dat daarachter de vier gangen met kelderbergingen waren, waarnaar ze op weg was.

De hand als steun tegen het ijzer, ze klemde de koevoet stevig vast en wilde net met dezelfde kracht weer aan het breken slaan als zonet, toen ze besefte dat de deur niet op slot was.

Er was iemand binnen. Iemand die de deur van het slot had gedaan, iemand die straks weer zou komen, de deur weer op slot zou doen, zou weggaan.

Ze deed de deur open.

Het rook er muf, naar berging, vochtige kleden.

Het duurde even voor haar ogen aan het duister waren gewend.

Het rook ook naar iets anders.

Mannenparfum. Zweet. Zo rook Dimitri altijd. Zo roken sommigen van de mannen altijd. Ze stond stil. Haar borst deed pijn. Ze had moeite met ademhalen, ze kreeg bijna geen lucht, hoe ze ook inademde.

Er was daar iemand.

Alena dacht aan de veerpont waarvoor ze een kaartje had gekocht, aan het water waar ze naar had zitten turen.

Voetstappen van iemand verderop.

De voeten van iemand op de ruwe vloer die eruitzag als baksteen.

Ze huilde. Ze huilde en bewoog voorzichtig langs de muur de dichtstbijzijnde gang in, ging zitten bij een berging die een eindje uitstak, ze deed haar ogen weer dicht, die hield ze dicht totdat alles voorbij was.

Ze bleef een hele poos zo zitten, hoe lang wist ze niet. Er liep iemand rond, deed deuren open en dicht, tilde dingen op en zette ze neer, zware dingen zo te horen, geluiden die aan haar trokken totdat ze ze niet meer hoorde.

De stilte daarna was haast nog erger.

Ze hyperventileerde, ze huilde, ze rilde.

Totdat ze zichzelf toestond te begrijpen dat ze alleen was.

Ze stond op, haar benen waren slap, ze had hoofdpijn. Ze

maakte geen licht, ze hoefde het nummer van de berging niet te kunnen zien.

Ze wist welke het was.

Ze had daar immers twee dagen en twee nachten in de vochtige lucht gezeten.

De berging lag in een van de middelste gangen. Wanden van bruingeverfd hout, een smalle opening bovenaan. Te klein voor haar, meer een ventilatiesleuf. Ze woog het slot op haar hand, een eenvoudig klein hangslot. Ze haalde diep adem.

Ze dreef de koevoet tussen het geelgouden vierkant en de stalen beugel. Ze stond vlak bij de deur, zette zich schrap met het gereedschap tegen de houten plank waar de slotbeugel aan vastzat, duwde met heel haar lichaamsgewicht, net zoals ze het zonet had gedaan, één keer.

Ze keek verbaasd naar de slotbeugel en het hangslot dat vrij in de lucht bungelde.

Ze deed de deur open en ging naar binnen.

HET WAS NOG steeds ochtend, woensdag 5 juni, en de regen, die al vanaf de dageraad de dienst had uitgemaakt, danste nog net zo krachtig door de straten, de lucht was donker, als op een slaperige novemberavond. Ewert Grens deed de deur open van een van de burgerauto's van de Citypolitie, en ging op de passagiersstoel zitten. Hij wilde dat Sven zou rijden. Dat wilde hij steeds vaker, hij werd moe als hij zich op de weg moest concentreren, kon niet tegen het licht waarvan zijn ogen gingen tranen. Hij werd snel ouder en daar had hij de pest over in. Niet over het uiterlijke verval van het lichaam, dat maakte hem niet meer uit; hij had haar jaren geleden opgegeven, hij hoefde voor niemand mooi te zijn. Maar wel over het verlies van kracht. Hij had alles gekund. Hij had zijn motor gehad, die hem had gedragen, voortgestuwd, zijn onrust achterna. Zesenvijftig jaar en alleen. Wat moet je dan met het verleden?

Sven reed hard, op weg van vliegveld Arlanda naar de binnenstad van Stockholm. Ze waren laat, het was een eigenaardige ochtend geweest, wat een paar minuten had moeten zijn was een paar uur geworden in vertrekhal 5. Ze hadden erbij willen zijn toen de man, die pooier Dimitri, aan boord ging van het wit met blauwe toestel dat in een uurtje naar Vilnius zou vliegen. Ze hadden er zeker van willen zijn dat hij weg was, hem met het middagrapport willen afsluiten.

Ewert keek naar de tweebaansweg voor zich, hoorde de irritatie in Svens stem niet.

'We moeten opschieten.'

'Wat?'

'Ik moet harder gaan rijden. Nog collega's in de buurt?'

'Niet dat ik weet.'

De uitrit vanaf Arlanda was bijna verlaten. Sven reed veel

harder dan was toegestaan, hij wilde naar huis en had besloten dat hij op tijd zou komen.

De zaak van Dimitri de Pooier was precies zo afgesloten als ze hadden gehoopt.

Hij was door de vertrekhal gelopen met twee kleerkasten naast zich en had aanstalten gemaakt om de gate te passeren. Ewert en Sven hadden op een afstand gestaan, voor de ticketbalies, ze hadden zijn nerveuze hoofdbewegingen gezien, zijn veel te korte passen die nergens kwamen en die zijn begeleiders ergerden. Hij had omstandig in alle zakken van zijn jasje gezocht naar zijn instapkaart, toen een kleine, gezette man in pak van een jaar of zestig naar hem toe was gekomen, luid tegen hem had geschreeuwd, hem op zijn wang had geslagen, een paar minuten alle aandacht op zich gevestigd hield door druk met zijn handen door de lucht te wapperen en te blijven schreeuwen tegen Dimitri, die langzaam in elkaar kroop. De oudere man had hem nog een oorvijg gegeven en een duw in de rug in de richting van het detectiepoortje en de band met de röntgencamera en de volgende wachthal, weg.

Ewert en Sven hadden afgewacht. Er was beveiligingspersoneel dat ingreep als het nodig was. Ze waren hier om zich ervan te vergewissen dat ze in het vervolg de man die jonge vrouwen mishandelde niet meer hoefden te zien, dat was alles.

De oudere man was uitgeschreeuwd, had Dimitri de rug toegekeerd en was recht op Ewert en Sven afgelopen. Hij had niet geaarzeld, was zich er de hele tijd van bewust geweest dat ze daar stonden te kijken.

Nu was hij met verbazingwekkend soepele tred op hen afgelopen, zijn aktetas in de ene hand, een paraplu in de andere. Hij was voor hen blijven staan, had zijn hoed afgenomen, had hun beiden een hand gegeven.

De auto verliet de oprit, ze reden nu op de E4, op weg naar de noordelijke toegangsweg van Stockholm. De regen veroorzaakte slecht zicht, de ruitenwissers op stand drie, maar Sven moest desondanks iets langzamer rijden.

Ewert zuchtte luid, zette de autoradio aan.

De oudere man met de hoed in de hand had zijn naam genoemd, maar die was Ewert het ene oor in en het andere oor uit gegaan. Hij was rustig tegenover hen blijven staan, terwijl late passagiers naast hem hadden lopen vloeken, duwen en trekken, hij was met hen gaan praten op het moment dat Dimitri ergens achter zijn rug was verdwenen. Hij had verteld dat hij de veiligheidschef van de Litouwse ambassade in Zweden was en dat hij hun iets te drinken wilde aanbieden. Ewert had bedankt, hij was moe en dorstig en zou er juist vanochtend niets op tegen hebben gehad om zo vroeg een borrel te nemen, maar met Sven erbij kon dat niet. Een kop koffie dan, de ambassademedewerker had aangedrongen, een kop koffie in de bar op de tweede verdieping waar de roltrap ophield.

Ze hadden een moment te lang geaarzeld en hij had naar een tafeltje bij een glazen wand met uitzicht op de landingsbaan gewezen. Hij was zelf naar de bar gelopen en had drie koffie en evenveel koffiebroodjes gehaald, had hun geserveerd en was toen op de lege stoel gaan zitten met zijn gezicht naar hen toe, had even zwijgend gewacht, zijn kopje voor de helft leeggedronken.

Hij sprak goed Engels, met een zwaar accent, maar voor de rest aanzienlijk beter dan Ewert en Sven. Hij had zijn excuses aangeboden voor zijn optreden van daarnet, hij was tegen geweld en geschreeuw, maar soms moest het en dit was zo'n gelegenheid.

Daarna had hij hen bedankt. Een lange, ingewikkelde tirade, namens het Litouwse volk.

Hij had hen een hele poos zitten bekijken voordat hij had verteld hoe verbijsterd hij was na de ontmaskering van zijn medewerker Dimitri Simait, zoals hij kennelijk heette, hoe pijnlijk het was voor een land dat er langzaam bovenop probeerde te krabbelen na decennia van onderdrukking. Hij had gevist naar hun instemming om het in de doofpot te stoppen, ze konden immers zelf constateren hoe Dimitri de Pooier het land uit werd getransporteerd; daar konden ze het bij laten.

Ewert Grens en Sven Sundkvist hadden beleefd bedankt voor de koffie en het vettige koffiebroodje, maakten aanstalten om op te staan en weg te gaan, hadden zuur verklaard dat zo'n onderzoek niet tegen te houden was, in ieder geval niet met hun medewerking, dat dat met mensenhandel meestal niet kon.

Er klonk muzikaal behang uit de autoradio, Ewert was allang moe van alles wat hetzelfde klonk. Hij hield een van zijn eigen cassettes in zijn hand.

'Sven?'

'Ja.'

'Luister je hiernaar?'

'Ja.'

'Er is niet veel aan.'

'Ik wil verkeersinformatie, we komen zo de stad in.'

'Ik zet nu dit bandje op.'

Grens onderbrak de man die het over gebotste voertuigen had op Radio Stockholm, stopte de cassette van Siw Malmkvist erin, die hij zelf had samengesteld. Haar stem, hij deed zijn ogen dicht, hij kon weer denken.

De Litouwse ambassademedewerker had roze wangen gekregen toen ze abrupt waren opgestaan in het café met uitzicht over de landingsbaan, hij had hun gevraagd alsjeblieft nog even te blijven zitten, om tenminste te luisteren. Hij klonk vermoeid toen hij dat zei; Ewert en Sven hadden elkaar aangekeken en waren weer gaan zitten. Zijn dunne haar hing op zijn voorhoofd, dat glom – hij zweette hevig – in het harde schijnsel van de tl-buizen. Hij had hun handen gezocht, had van ieder de dichtstbijzijnde gepakt, had vervolgens zijn eigen mollige, plakkerige vingers erbovenop gelegd en ze daar laten liggen.

Honderdduizenden jonge vrouwen, had hij gezegd. Uit Oost-Europa. Honderdduizenden levens! In de illegale sekshandel in het Westen. Terwijl ze hier zaten te praten nam hun aantal toe. Het waren er nu alweer meer. Onze meisjes. Onze meisjes!

Hij had in hun handen geknepen, zijn stem wanhopig.

'Het is de werkloosheid', was hij verdergegaan. 'Het is niet moeilijk om een meisje over te halen. Wat denkt u? Ze zijn jong, ze willen graag die baan die op hen wacht, een inkomen, een toekomst. Ze zijn zo geslepen, de mannen die hun de wereld beloven. Ze beloven, ze dreigen en ze verkopen hen aan kamers met elektronische sloten, zoals de beide meisjes in Völundsgatan. Dat was hun adres toch? Als het gedaan is, als de mannen die beloofd en gedreigd hebben hun duizendjes hebben gekregen, verdwijnen ze, u kent dat wel, geen verantwoordelijkheid, geen investeringen, geen risico's. Geld. Geld en dan weg!'

De ambassademedewerker had plotseling hun handen opgetild. Ewert had kwaad naar Sven gestaard en hij had willen protesteren, maar was toch maar blijven zitten, de kleine man had hun handen naar zijn wangen gebracht en had ze daar stijf vastgehouden.

'Begrijpt u het?' had hij gevraagd. 'Begrijpt u het echt?'

'In mijn land, Litouwen, is het een ernstig misdrijf om te handelen in, laten we zeggen, drugs. Veel vonnissen, zware straffen, lange straffen. Maar mensen, handelen in jonge vrouwen, dat is totaal ongevaarlijk. In Litouwen wordt de pooier nauwelijks gestraft. Geen vonnissen, geen straffen.

Ik zie wat er met onze kinderen gebeurt. Ik huil met hen. Maar ik kan niets doen.

Begrijpt u het echt?'

Ze kwamen bij Norrtull, bij de toegangsweg.

Ewert liet langzaam het beeld los van de wanhopige, kleine man die gesmeekt had om begrip, met zijn hoed en zijn aktetas, verwisselde het voor het volgende; lange rijen natgeregende auto's. De stoplichten lieten tien voertuigen per keer door, een snelle schatting en hij constateerde dat er minstens honderd auto's vóór hen stilstonden, ze moesten dus nog meer dan tien minuten wachten. Sven vloekte geërgerd, dat deed hij niet vaak, ze waren al laat, straks waren ze nog later.

Ewert leunde achterover op de passagiersstoel, zette het geluid harder, haar stem

toen je mij voor het eerst bedroog – ging ik naar huis,
huilde een potje op de chaise longue

verdrong het gevloek van Sven en de toeterende idioten. Ewert kwam tot rust, diep, diep in zijn binnenste bij de dag van toen, lang geleden, toen alles simpel was op zwart-witfoto's, toen hij meer leven had, alle tijd die wachtte. Hij keek naar het lege plastic doosje in zijn hand, *Te laat wordt de zondaar wakker, 1964, origineel: Today's teardrops*, naar de foto van Siw die hij zelf had gemaakt in een openbaar park, ze glimlachte recht in de camera, ze hadden elkaar gegroet, ze had later nog naar hem gezwaaid toen ze wegging, hij keek naar de lijst met alle melodieën die hij zelf had gekozen, opgenomen, opgeschreven.

Hij luisterde naar Siwan, maar raakte de kleine ambassademedewerker en zijn wanhoop niet kwijt. Toen de koffie op was, hadden Ewert en Sven hun handen uit de zijne weten los te maken, ze hadden bedankt voor het gesprek en waren net het café uit, toen hij hun iets had nageroepen. Hij had hun gevraagd te blijven staan, te wachten tot hij bij hen was.

Hij had vervolgens tussen hen in gelopen, de trap af, en hij had verteld dat Lydia Grajauskas en haar vader hem goed bekend waren. Dat hij niet alleen op Arlanda was om zich ervan te vergewissen dat Dimitri Simait in het goede toestel terechtkwam, maar dat het ook om respect en verdriet ging, de geschiedenis van haar vader was ongelukkig en er leek nooit een eind aan te komen.

Hij had even gezwegen in de tijd die ze nodig hadden om in de grote entreehal te komen, daar was hij weer verdergegaan, had verteld over een man die gevangengenomen was en zijn gezin had moeten verlaten omdat hij er rond voor uitkwam dat hij de Litouwse vlag met trots liet wapperen in een maatschappij die dat niet toeliet, dat hij nadat hij zijn straf had uitgezeten ontslagen was uit zijn functie bij defensie en een paar jaar later opnieuw tot gevangenisstraf was veroordeeld voor misdrijven tegen de staat; er was veel aandacht besteed aan de manier waarop hij met drie vroegere collega's, die nog steeds bij defensie werkten, wapens had gestolen, gesmokkeld en aan een vreemde mogendheid had verkocht.

Vervolgens had de ambassademedewerker zijn verhaal plotseling afgebroken met de opmerking dat hij het tragische lot van het jonge meisje betreurde, had hun allebei een hand gegeven en was tussen een rij koffers voor de incheckbalies verdwenen. Ewert en Sven hadden hem lang nagekeken, het was of hij had gedaan waarvoor hij eigenlijk was gekomen, hij had een gebeuren verwoord dat hem om de een of andere reden raakte en hij had geprobeerd aan twee Zweedse politiemensen iets kwijt te raken wat hijzelf niet meer kon dragen.

Ewert Grens keek een moment op van de radiocassetterecorder in de auto, keek de rij van stilstaande auto's af, die nog steeds even lang was. Sven schoof onrustig heen en weer op zijn stoel, duwde licht op het gaspedaal, liet de motor brommen.

'Ewert, we halen het niet.'

'Nu niet. Ik luister naar de muziek. Siwan.'

'Ik heb het beloofd. Ik heb het deze keer weer beloofd.'

Sven Sundkvist was jarig; hij werd eenenveertig jaar. Hij had Anita en Jonas vanochtend laten slapen, ze zouden het later vieren, met de lunch zou hij alweer terug zijn in het rijtjeshuis in Gustavsberg. Hij had de hele middag vrij genomen; verjaardagen, ten minste op verjaardagen wilde hij de vrouw in zijn armen houden van wie hij al hield sinds ze elkaar op de middelbare school hadden leren kennen, in ieder geval dan wilde hij er zeker van zijn dat hij bij Jonas kon zitten, zijn hand kon vastpakken totdat hij protesteerde.

Het kind waarop ze bijna vijftien jaar hadden gewacht.

Ze hadden al vroeg besloten dat ze graag kinderen wilden samen. Het was steeds niet gelukt. Anita was drie keer zwanger geweest, ze had de eerste vrucht levenloos gebaard, in de zevende maand. De bevalling was in het ziekenhuis opgewekt; ze had moeten persen en pijn lijden en daarna had ze gehuild in zijn armen, met het dode kleine meisje naast zich. Toen twee late miskramen, hartjes die het plotseling niet meer deden.

Hun verlangen, hij kon het zo weer voelen, hoe het lang alles had besmeurd wat ze deden, hoe het alles had gestolen wat ze samen hadden en hen en hun liefde bijna had verstikt. Tot bijna acht jaar geleden, ze waren samen naar een dorp tweehonderd kilometer ten westen van Phnom Penh gereisd, de beambte op het adoptiebureau had hen van het vliegveld gehaald en hun de weg gewezen door het onbekende landschap. Daar had hij gelegen, in een simpel bed in het plaatselijke kindertehuis, hij had armen en benen en haar, en heette toen al Jonas.

'Ik zou nu in de bus naar Värmdö moeten zitten.'

'Je haalt het nog wel.'

'Ik had in ieder geval bij de bushalte bij Slussen moeten staan.'

'Je bent er zo.'

Hij had het beloofd. Deze keer weer.

Hij herinnerde zich zijn vorige verjaardag, vandaag een jaar geleden, toen hij veertig werd en er een hittegolf was geweest en de marsepeintaart zuur was geworden in de auto terwijl een vijfjarig meisje van onderen werd kapotgesneden en ergens bij Strängnäs in een bos werd gedumpt. Hij was toen onderweg geweest naar huis en Jonas had zitten wachten bij de gedekte tafel en het was moeilijk geweest om over de telefoon uit te leggen waarom iemand een kind kapotsneed, en dat hij, vanwege dat feit, nog niet naar huis kon.

Hij wilde naar hen toe.

'Ik zet het zwaailicht aan. Ze kunnen me wat. Ik moet naar huis.'

Sven keek naar Ewert, die zijn schouders ophaalde. Hij zette de plastic bol op het dak van de auto en wachtte tot het geluid begon. Hij brak uit de stilstaande rij, stak twee doorgetrokken strepen over, zigzagde tussen auto's door die probeerden te vluchten naar een plek die er niet was. Een minuut, toen waren ze de file en de drie stoplichten voorbij en waren onderweg de stad in.

Ongeveer op hetzelfde moment kwam het alarm.

Ze hoorden het eerst niet, door de sirene en Siw Malmkvist, de oproep verdronk in de rest.

Een vrouwelijke arts had Hilding Oldéus gevonden.

Dood, op een trap, vlak voor de afdeling waar hij werd verpleegd na een overdosis.

Oldéus was ernstig verminkt, moeilijk te herkennen. De vrouwelijke arts had met zachte stem verteld dat hij bezoek had gehad, dat had ze zelf binnengelaten. Haar beschrijving – en daarom was de oproep naar Grens en Sundkvist gegaan – was duidelijk: lange man met kaalgeschoren hoofd, solariumbruin, een litteken van de mond naar de slaap.

Ewert staarde recht voor zich uit, het leek wel of hij glimlachte.

'Eén dag, Sven. Het heeft één dag geduurd.'

Sven keek hem aan.

Hij dacht aan Anita en Jonas, die zaten te wachten, maar zei niets.

Hij wisselde van rijstrook, reed richting Västerbrug, richting Söderziekenhuis.

Ze zat helemaal achter in de bus. Zo goed als alleen, een oudere vrouw zat een paar banken voor haar, een vrouw met een kinderwagen op het grote middengedeelte. Verder niemand. Alena Sljusareva had op meer gehoopt, tussen meer mensen kon ze gemakkelijker verdwijnen, maar ze waren allemaal twee haltes hiervoor uitgestapt, bij de Eriksdalshal, mensen in trainingspakken op weg naar een sportevenement.

Ze verlieten Ringvägen, reden voorbij de spoedpost van het Söderziekenhuis, die zij en Dimitri een paar jaar geleden hadden bezocht toen iemand die wat extra's wilde te ver was gegaan en iets had gedaan wat ze niet hadden afgesproken. De helling op en toen een halve draai, de halte was precies voor de hoofdingang, ze had niet op het knopje gedrukt, maar de bus stopte toch wel, hij ging niet verder.

Ze keek om zich heen. Als iemand naar haar keek, dan deed hij of zij dat zonder dat zij het merkte.

Ze hield de paraplu dicht bij haar hoofd, totdat die haar gezicht bedekte. Ze verliet de regen, die nu met bakken naar beneden kwam, en ging de grote entree binnen, zocht voorzichtig langs de wanden, die bedekt waren met kunstwerken van een of ander metaal, gluurde langs de harde bankjes waar bezoekers koffie dronken uit kartonnen bekertjes, toen haastige blikken de gangen in die verschillende kanten op liepen.

Niemand draaide zich om, niemand leek zich iets van haar aan te trekken.

Iedereen had het druk met het helen van zijn eigen leven en lichaam.

Ze liep naar binnen, deed een paar stappen naar rechts, naar de kiosk en het bloemenwinkeltje ernaast. Ze kocht een doos chocolaatjes, een tijdschrift en een kant-en-klaar boeket in een doorzichtige plastic zak. Ze betaalde en droeg alles goed zichtbaar, iedereen moest het zien, ze was op weg naar iemand die pijn had, ze was een van de velen die in de lunchpauze even snel een bezoek konden brengen, gewoon een van de anderen.

De lift naar de afdeling chirurgie was helemaal achteraan. De lange gang die het oneindige gebouw binnendrong, ze kwam mensen tegen die net waren opgenomen, op weg naar een onderzoek, mensen die langzaam wegkwijnden en mensen die niet wisten waar ze waren, die het nooit zouden weten. De gangen die van links en van rechts op elkaar uitkwamen, net zulke gangen als die waar zij doorheen liep, er waren er zoveel, ze vond het vreselijk.

De liftdeuren stonden open. Zeven verdiepingen, ze moest helemaal naar boven. Ze was alleen in de krappe ruimte, zag iemand in de spiegel, iemand van twintig, gekleed in een veel te grote regenjas, die naar huis wilde, die alleen maar naar huis wilde.

De doos chocolaatjes en de bos bloemen, ze pakte ze steviger vast toen de deuren opengingen, hield ze als een schild voor zich. Een arts liep langs haar heen, hij had haast, verdween halverwege de gang een kamer in met een dichte deur. Twee patiënten kwamen vanaf de andere kant in haar richting, eenvoudige ziekenhuiskleding en plastic polsbandjes, ze nam hen vluchtig op, vroeg zich af of ze daar al lang waren, of ze er ooit uit zouden komen.

De tv-kamer lag aan de linkerkant. Toen ze dichterbij kwam klonk het harde geluid van een nieuwsuitzending, die even met veel bombarie haar herkenningsmelodie liet horen. Ze zag de bewaker die er vlakbij stond. Groen uniform, wapenstok, foedraal voor handboeien, armen over elkaar geslagen. Zijn blik gericht op de bank en degenen die erop zaten. Twee jonge jongens met hun eigen kleren aan. Een vrouw naast hen. Haar gezicht onder de schrammen, één arm in het gips, haar ogen stonden afwezig, ze staarde voor zich uit naar de man op het scherm, maar ze zag hem niet. Alena wilde haar blik, al was het maar heel even, maar ze bewoog niet, zat helemaal stil, alsof er niets anders bestond.

Een paar stappen en ze was de bewaker en de drie op de bank

voorbij. Vóór haar hield de gang op, aan het eind ervan een wc met een invalidenbordje. Ze deed de deur open, ging naar binnen, deed hem dicht en op slot.

Ze trilde. Ze liet los wat ze in haar handen had en leunde naar voren, beide handen tegen de muur, steun voor de benen waar ze geen controle over had.

Ze zag weer iemand in de spiegel.

Iemand die naar huis wilde.

Iemand die naar huis wilde.

Ze haalde de tas van haar schouder, zette die op het wc-deksel. De plastic tas die erin zat was opgerold, ze had geprobeerd hem zo klein mogelijk te maken. Ze haalde hem uit de tas, liet hem even op haar hand rusten, legde hem toen in de afvalbak onder de wastafel. Ze zette de kraan aan, dat had ze meteen moeten doen, ze had het water moeten laten stromen, ze baalde van haar domheid en spoelde voor alle zekerheid het toilet door, het soort geluiden dat er moet zijn, anders valt het op. Ze zocht in de bijna lege houder aan de muur naar papieren handdoeken, die ze verfrommelde en in de afvalbak gooide, boven op de weldra onzichtbare plastic tas.

Lydia had pijn.

Haar lichaam strafte iedere beweging af en ze had de Poolse verpleegster net om twee morfinetabletten gevraagd om de pijn te verzachten.

Ze zat op de bank voor de tv naast twee jongens die ze 's ochtends al had gezien, tegen wie ze een paar keer had gelachen, maar met wie ze nog niet had gepraat, ze wilde het niet eens proberen, ze wilde niets van hen weten. Vóór haar was een nieuwsuitzending gaande over iets waar ze geen benul van had, aan de andere kant een bewaker die haar niet uit het oog verloor.

Ze had uit een ooghoek de vrouw voorbij zien lopen met een doos chocola en een bos bloemen in haar handen.

Toen had ze moeite gekregen met ademhalen.

Ze wachtte totdat de deur weer open zou gaan, totdat de voetstappen van de vrouw zouden verdwijnen. Ze wilde haar ogen dichtdoen, ze wilde op haar buik op de bank gaan liggen, ze wilde in slaap vallen en wakker worden als alles voorbij was.

Het duurde niet lang. Of misschien wel. Ze wist het niet.

De vrouw deed de deur van het toilet open. Lydia hoorde het duidelijk, het harde geluid van de tv-uitzending was iets wat uit te schakelen viel, alleen de geluiden vanuit de gang drongen door. De stappen van de vrouw, ze naderden, ze zag weer iets bewegen, zonder haar hoofd om te draaien voelde ze het lichaam langslopen, ving een glimp op van de vrouw die haastig verdween in de richting van waaruit ze zojuist was gekomen.

Lydia gluurde naar de man in het groene uniform.

Hij zag de bezoekster die langsliep wel, maar daar was ook alles mee gezegd, hij volgde haar niet, voor hem hield ze op te bestaan op het moment dat ze de afdeling verliet.

Lydia vroeg of de beide jongens even wilden opstaan, ze wilde van de bank af, voor hen langs. Ze keek naar de bewaker, knikte naar hem, wees op haar onderbuik en naar het toilet. Hij knikte terug, ze kon gaan, hij bleef staan.

Ze deed de deur op slot. Ging op het deksel van de wc zitten. Ze haalde diep adem.

Het zou nooit meer gebeuren.

Ze stond op, hinkte een beetje; Dimitri, die vuile pooier, had hard tegen haar heup geschopt. Ze draaide de kraan open, liet hem lopen. Ze spoelde twee keer door. Ze ging bij de afvalbak staan, duwde met haar gezonde arm de verkreukelde papieren handdoeken die bovenop lagen opzij.

Lydia herkende de plastic tas. Een gewone ICA-tas. Ze haalde hem eruit, maakte hem open. Alles zat erin. Het pistool, het kneedplastic, de videocassette, de rol touw. Ze wist niet hoe, maar Alena had gedaan wat ze had gevraagd, was naar kluis 21 in het centraal station gegaan, had Völundsgatan 3 bezocht, was langs de bewaking gekomen die daar vermoedelijk stond, ze was zelfs naar de kelderverdieping gegaan, twee gesloten deuren door.

Ze had haar deel gedaan.

Nu was Lydia aan de beurt.

De kleren die bijna alle patiënten droegen waren wit en allesbehalve maatwerk. Lydia had meteen al een veel te grote lange jas gekregen, maar had toch gevraagd of ze hem mocht ruilen voor een nog grotere. Die slobberde nu om het lichaam heen dat er niet was. Ze pakte de witte ziekenhuistape die ze in haar ene jaszak had, plakte het pistool aan de rechterkant van haar borstkas vast door de tape twee keer om haar lichaam te winden, nog twee keer en het kneedplastic zat aan de linkerkant vast; de videocassette en de rol touw zaten nog in de plastic tas, die ze ook onder haar jas stopte en tegen haar buik aan duwde, ze trok haar slip een stukje omhoog totdat de tas er stevig in zat.

Ze keek een laatste keer in de spiegel.

Haar kapotgeslagen gezicht, ze voelde voorzichtig met haar vingers aan de grote blauwe plekken rond beide ogen. Haar hals, die in wit verband zat om een steunkraag heen. De rechterarm, die stijf in het gips hing.

Het zou nooit meer gebeuren.

Lydia deed de wc-deur open, liep enigszins mank. Een paar stappen de gang in, de bewaker keek haar kant uit, ze gebaarde met de vingers van de gezonde arm, ze ging niet terug naar de bank voor de tv, ze wilde weer naar haar kamer, naar bed. Hij begreep het, knikte kort. Ze liep langzaam, liet de vingers weer gebaren, ze wilde dat hij mee naar binnen ging, de kamer in. Hij snapte het niet, zwaaide met zijn armen. Ze gebaarde nog een keer, wees naar hem, naar zichzelf en naar de kamer, hij moest daar naar binnen, ze had hulp nodig. Hij stak zijn hand op, hij had het begrepen, ze hoefde het niet verder uit te leggen. Hij mompelde, *okay*, zij glimlachte en maakte een buiging, *thank you*, zo diep ze kon, liep toen voor hem langs door de deuren.

Ze wachtte totdat ze zeker wist dat hij ook binnen de muren van het vertrek was. Totdat ze hem achter zich hoorde ademen.

Toen ging alles snel.

Nog steeds met haar rug naar hem toe trok ze de ziekenhuistape los, die het pistool tegen de rechterzijde van haar borstkas had gedrukt. Ze draaide zich om. Ze toonde de bewaker haar wapen. Ze maakte een weids gebaar, maakte het pistool schietklaar.

'On knee!'

Ze wees met de loop van het pistool op de grond, haar Engels was onbeholpen, haar accent heel sterk.

'On knee! On knee!'

Hij stond voor haar. Hij aarzelde. Hij zag een vrouw die nog maar een dag eerder bewusteloos op de afdeling spoedeisende hulp was binnengebracht. Ze hinkte, had één arm in het gips, haar gezicht was bont en blauw geslagen. In de grote kleren zag ze eruit als een bang vogeltje. Nu richtte ze een wapen op hem.

Lydia zag zijn aarzeling. Ze hief haar arm. Ze wachtte.

Ze was toen nog maar negen.

Ze herinnerde zich dat ze over de dood had nagedacht, dat had ze nooit eerder gedaan, niet op die manier, ze had nog maar negen onnozele jaartjes geleefd en een man in uniform, net zo een als de man die nu tegenover haar stond, had een pistool op haar hoofd gericht en '*zatknis zatknis*' geschreeuwd en het speeksel uit zijn mond was op haar gezicht blijven plakken. Haar vader had getrild en gehuild en geroepen dat als ze wilden dat hij zich overgaf, dan deed hij dat, als ze de loop van het pistool maar niet meer op het hoofd van zijn dochter richtten.

Nu bedreigde ze zelf iemand met een pistool. Ze hield het tegen iemands hoofd, zoals anderen hun wapen tegen het hare hadden gezet. Lydia wist hoe het voelde. Ze wist hoe die verrekte angst alles binnen in je kapotscheurde, één druk met de vinger, het leven kon van het ene op het andere moment wegvluchten, ze wist dat de gedachte nu door hem heen schoot dat hij nooit meer zou ruiken, proeven, zien, horen, voelen, dat hij begreep dat hij nooit meer zou meedoen, dat wat er om hem heen gaande was zou verdergaan, alleen ik hou ermee op, alleen ik.

Ze dacht aan Dimitri en diens pistool, dat hij zo vaak op haar hoofd had gericht dat ze de tel was kwijtgeraakt. Ze dacht aan zijn glimlach, die de glimlach van de militaire politieman was geweest van toen ze negen jaar was en die veel later ook de glimlach was geworden van alle mannen die boven op haar hadden gelegen, haar hadden vastgepakt, in haar waren binnengedrongen.

Lydia haatte hen.

Ze keek naar de bewaker die voor haar stond en ze wist hoe het voelde, ze wist wat hij voelde met het pistool tegen zijn hoofd, ze bleef het wapen hoog houden, ze keek hem zwijgend aan.

Hij zakte op zijn knieën.

Hij vouwde zijn handen in zijn nek.

Lydia wees weer met de loop van het pistool, gebaarde dat hij moest draaien, zijn rug naar haar toe.

'Around! Around!'

Hij treuzelde niet meer. Hij draaide zich om, zat op zijn knieën voor haar, met zijn gezicht naar de deur. Ze draaide haar wapen om, de kolf naar zijn nek toe, ze sloeg zo hard ze kon, trof zijn achterhoofd.

Hij viel achterover; nog voor hij op de vloer neerkwam was hij buiten kennis.

Ze pakte de plastic tas weer op, die hield ze nu zichtbaar in haar hand, als een doodgewone tas, ze haastte zich de kamer door, de gang op, naar de liften. Het duurde een minuut voordat die kwam. Er liepen een paar mensen langs haar heen, ze zagen haar nauwelijks, ze liepen gewoon rechtdoor, druk met eigen verplaatsingen.

Ze stapte in de lift, drukte op het onderste knopje van de rij.

Ze dacht niet zoveel toen ze daar stond. Ze wist wat ze ging doen.

Ze ging helemaal naar beneden; toen de lift stopte, stapte ze uit, liep door de lichte gang naar het mortuarium.

JOCHUM LANG ZAT op een bankje in de grote wachtruimte van het Söderziekenhuis toen Alena Sljusareva langsliep. Hij zag haar niet, gewoon omdat hij niet wist wie ze was. Zij zag hem niet, gewoon omdat ze niet wist wie hij was.

Hij zat op het bankje, probeerde het gevoel van onbehagen van zich af te schudden.

Het was lang geleden dat hij iemand in elkaar had geslagen die hij kende.

Hij heeft het aan zichzelf te wijten. Het is zijn eigen schuld.

Hij had een paar minuten nodig, gewoon even zitten, zijn gedachten op een rijtje zetten, begrijpen waar de stress vandaan kwam.

Hilding had zich wanhopig aan de liftdeuren vastgehouden. Hij had gebeden en gesmeekt en hem bij zijn voornaam genoemd.

Hij wist dat Hilding een junk was. Dat hij drugs gebruikte. Dat hij zou blijven gebruiken totdat zijn magere lichaam het niet meer aankon. Dat hij zijn injecties nodig had en dat hij daarvoor iedereen zou besodemieteren. Maar het was niet zo dat hij bepaalde vijanden had, hij haatte niet, had geen kwade bedoelingen, alleen de behoefte zijn bloed met een chemische substantie te vermengen om alle gevoelens uit te schakelen waar hij geen raad mee wist.

Jochum zuchtte.

Het was niet hetzelfde geweest als eerder. Het had niet uitgemaakt of hij had geweten wie het waren. Het had niet uitgemaakt of ze hadden gehuild en hadden gesmeekt om hun leven.

Dat had nooit wat uitgemaakt.

Het is zijn eigen schuld.

De entree van het ziekenhuis was een merkwaardige ruimte.

Jochum keek om zich heen. Mensen in voortdurende beweging. De een op weg naar binnen met alle ellende nog voor zich, de ander opgelucht op weg naar buiten. Hier lachte niemand, het was een plaats voor het andere. Hij had het helemaal niet op ziekenhuizen. Hier was hij kwetsbaar, hier was hij niet degene die de macht had, hij was naakt en zonder controle over de levens van andere mensen.

Hij stond op, liep naar de deuren, die automatisch opengingen toen hij ze naderde. Het regende nog steeds, het asfalt buiten bestond uit meertjes en stroompjes die ergens naartoe wilden.

Slobodan zat nog in de auto. Een paar meter achter de bushalte, in de taxizone, met twee wielen op het trottoir. Hij draaide zich niet om toen Jochum de deur aan de passagierskant opende, hij had hem al gezien toen hij naar buiten kwam.

'Wat duurde dat lang, verdomme.'

Slobodan staarde voor zich uit, draaide de contactsleutel om, gaf gas. Jochum greep hem bij zijn pols.

'Nog niet rijden.'

Slobodan schakelde de motor uit, keerde zich voor het eerst naar Jochum.

'Wat nou, verdomme.'

'Vijf vingers. Een knieschijf. Volgens tarief.'

'Dat kost het om onze heroïne met waspoeder te vermengen.'

Slobodan was de onderkoning. Hij had maniertjes aangeleerd. Zoals luid zuchten en een wegwuivend handgebaar maken om te laten zien hoe verschrikkelijk weinig het hem interesseerde.

'En?'

Jochum was met dat onderkruipsel rondgereden toen hij nog niet eens een rijbewijs had. Hij kon Slobodans neiging om de grote meneer uit te hangen niet uitstaan en overwoog er wat van te zeggen.

Later, hij zou het hem later vertellen.

'Hij stribbelde enorm tegen en ik ben de lift niet binnengegaan, ik ben buiten blijven staan. Plotseling kreeg hij een wiel te pakken en rukte er een paar keer aan en kieperde de trap af. Tegen de muur aan.'

Slobodan haalde zijn schouders op, draaide de sleutel weer om, gaf gas, zette de ruitenwissers aan. Jochum voelde de woede, kon zich wel opvreten. Hij pakte Slobodan bij zijn arm, duwde die van het stuur, trok de sleutel uit het contact en stopte die in zijn zak. Hij zette zijn hand op Slobodans gezicht, kneep hard in zijn wangen, draaide zijn hoofd om totdat ze elkaar aankeken, totdat Slobodan gedwongen was te luisteren.

'Iemand heeft me gezien.'

Sven Sundkvist reed het Söderziekenhuis binnen via de spoedingang. Dat was hij zo gewend, meestal moesten ze hier zijn, ze kenden hen hier, er was plaats genoeg om de auto te parkeren. Ze zeiden niets tegen elkaar, ze hadden gezwegen sinds ze de melding hadden gekregen en Sven van rijstrook was verwisseld om richting Västerbrug te rijden, weg van de verjaardagslunch waarvoor hij had beloofd op tijd te zullen komen. Ewert begreep dat het belangrijk was voor Sven, en ook al begreep hij niet waarom – hij had zelf een andere keuze gemaakt of misschien was die voor hem gemaakt – hij vond het moeilijk een verstandige opmerking te bedenken, iets troostends, hij probeerde in gedachten verscheidene varianten uit, maar die klonken net zo plat als hij had gevreesd. Wat wist hij ervan hoe het voelde niet bij je vrouw en je kind te zijn?

Alles.

Alles wist hij ervan.

Ze liepen snel het laadbordes op en de afdeling spoedeisende hulp binnen, liepen naast elkaar naar de liften, drukten op het knopje van de verpleegafdeling op de zesde verdieping.

Er stond een vrouwelijke arts op hen te wachten toen ze uit het krappe hokje stapten. Tamelijk lang, tamelijk jong, tamelijk knap. Ewert bekeek haar iets te lang, hield haar hand bij het voorstellen iets te lang vast. Ze voelde het, keek hem snel aan, hij schaamde zich.

'Ik heb de bezoeker binnengelaten. Maar ik heb niet gezien dat ze samen weggingen.'

De arts, die Lisa Öhrström heette, wees naar de trap die zich naast de lift ontvouwde. Oldéus lag op de eerste overloop, met zijn gezicht naar het beton, het bloed bij zijn mond, dat nu gestold was, had een groot oppervlak rond het lichaam rood gekleurd.

Hij lag zo stil, krabde niet aan zijn neus, had niet die onvaste blik, zwaaide niet met zijn armen. Er was een soort vrede over hem die ze nooit eerder hadden gezien, alsof die verdomde onrust en die angst tegelijk met het bloed uit het lichaam gevloeid waren. Ze liepen de twaalf treden af. Ewert ging op zijn knieën zitten, speurde het dode lichaam af, hij had gehoopt iets te vinden, wat dan ook, maar wist dat dat niet zou gebeuren, als het zo iemand was als Lang, dan betekende dat handschoenen en voorzichtigheid en absoluut geen sporen.

Ze wachtten op Ludwig Errfors. Ewert had hem meteen gebeld toen de melding binnenkwam. Hij had een besluit genomen. Als het Lang was, moest het goed gebeuren. En Errfors was de beste. Hij maakte geen fouten.

Een paar minuten. Ewert kon nog even op de tree gaan zitten, kon de dode voor zich goed bekijken. Hij vroeg zich af of Hilding Oldéus er het type voor was geweest om na te denken over de dood. Of hij had geweten waar hij met behulp van de drugs op af holde. Of hij bang was geweest. Of dat hij er zelfs naar had verlangd. Stomme idioot. Met zo'n manier van leven had hij toch kunnen zien aankomen dat hij er nog eens zo bij zou liggen, in de weg en dood op een lelijke trap, nog voor zijn dertigste. Ewert zuchtte, snoof tegen de dode, die het niet kon horen. Ik zou wel willen weten waar ik kom te liggen, dacht hij. Hij stond op, liep weer naar Hilding Oldéus toe. Ik zou wel eens willen weten of ik in de weg zal liggen. En wie er om mij zal snuiven. Altijd is er wel iemand die snuift.

Ludwig Errfors was een lange, donkere vijftiger. Hij was in burger, spijkerbroek en een jasje, zo zag hij er anders ook uit als ze hem bezochten in zijn werkkamer op het Gerechtelijk Geneeskundig Laboratorium in Solna. Hij groette hen allebei, wees toen naar het lichaam dat kortgeleden nog Hilding Oldéus was geweest.

'Ik heb een beetje haast. Kunnen we meteen beginnen?'

Ewert haalde zijn schouders op.

'Iedereen is er.'

Errfors ging op zijn knieën zitten, keek even naar de dode. Hij begon te praten, nog met zijn gezicht naar de vloer toe.

'Wie is het?'

'Een kleine dealer. Heroïneverslaafde. Hilding Oldéus heette hij.'

'Wat doe ik hier dan?'

'We zoeken de slager die hem heeft omgebracht. Die zoeken we al een tijdje. We hebben een correcte lijkschouwing nodig.'

Errfors trok de zwarte tas die hij had gedragen en die nu naast hem stond naar zich toe. Hij opende hem, haalde er een paar plastic handschoenen uit. Hij deed ze aan, wapperde toen geërgerd met zijn witte handen door de lucht, hij wilde dat Ewert opschoof, omhoog, in ieder geval naar de eerste tree.

Hij zocht de pols die was opgehouden.

Hij luisterde naar het geluid van het hart dat er niet was.

Hij scheen met wat op een zaklamp leek in beide ogen, nam de lichaamstemperatuur rectaal op, duwde herhaalde malen met beide handen op de buik.

Hij was niet zo lang bezig. Tien, vijftien minuten. Pas later zou hij hem openmaken, er wat uit tillen, het eigenlijke werk uitvoeren.

Sven Sundkvist zat allang boven aan de trap, hij zat met zijn gezicht naar de blauwe, eindeloze gang die van de liften naar de verpleegafdeling liep. Hij herinnerde zich de vorige keer dat hij Errfors aan het werk had gezien, hij had het vertrek huilend verlaten en het was nu exact even moeilijk, hij kon niet tegen de dood, niet op deze manier, op geen enkele manier. Errfors veranderde van houding, hij keek even naar Ewert Grens, die op de eerste tree stond te wachten en naar Sven Sundkvist, die helemaal bovenaan zat. Hij richtte zich tot Ewert, fluisterde bijna.

'Hij kan er niet tegen. Vorige keer ook al niet.'

Ewert draaide zich om, keek naar zijn jongere collega.

'Sven?'

'Ja?'

'Onze getuigen. Daar moet je nu mee gaan praten.'

'We hebben alleen Öhrström.'

'Mooi.'

'We hebben al met haar gesproken.'

'Doe het nog maar eens.'

Sven Sundkvist baalde van zijn eigen onvermogen om met de dood om te gaan, maar hij was dankbaar dat Ewert het begreep. Hij stond op, liep bij de trap weg, naar het eind van de gang en deed de deuren open naar de afdeling die Hilding Oldéus kort daarvoor in angst had verlaten.

Ludwig Errfors zag hem verdwijnen, keerde zich toen weer naar het lijk dat voor zijn voeten lag. Iemand had het leven gelaten, was overgegaan naar een niets, nu werd hij tot geheugensteuntjes voor een rapport. Hij kuchte, hij had een cassetterecorder in zijn hand, hield die voor zijn mond.

'Uitwendige inspectie van dode man.'

Eén zin tegelijk.

'Verwijde pupillen.'

Pauze.

'Alle vier de vingers van de rechterhand gebroken. Hematomen rondom de fracturen wijzen erop dat het is gebeurd voor het tijdstip waarop de dood is ingetreden.'

Een paar keer ademhalen.

'De linkerknie vertoont breuken met bloeduitstortingen die erop wijzen dat ze voor het tijdstip van overlijden tot stand zijn gekomen.'

Hij was precies. Woog ieder woord. Ewert Grens had hem gevraagd om een schouwing waar niets aan mankeerde. Die zou hij krijgen.

'De onderbuik vertoont veel blauwe plekken, is opgeblazen en klotst bij palpatie. Duidt op verdachte bloedophoping en waarschijnlijk inwendige bloeding.'

'Injectielittekens van uiteenlopende leeftijd, waarvan sommige geïnfecteerd, aannemelijke verklaring: drugsgebruik.'

'Dertig, hooguit veertig minuten dood, afgaand op de schouwing en informatie van getuige.'

Hij bleef nog een minuut hardop in de cassetterecorder spreken. Later, in het laboratorium, zou hij hem openmaken, maar hij wist dat hij dan in principe hetzelfde weer zou zeggen wat hij nu ook had gezegd; hij had er meer gezien.

Jochum haalde zijn hand van Slobodans gezicht. Rode vlekken op de wangen, die bewogen toen hij praatte.

'Heb ik het goed verstaan? Iemand heeft je gezien?'

Slobodan voelde met zijn vingers over wat rood en warm was. Hij zuchtte.

'Dat is niet zo best. Als er getuigen zijn, moeten we met hen spreken.'

'Geen getuigen. Getuige. Eén maar. Een arts.'

De regen die maar bleef vallen maakte het moeilijk buiten iets te zien en toen hun gezamenlijke lichaamswarmte, adem en agressiviteit tegen de binnenkant van de autoruiten kwam, en die besloegen, verdween het kleine beetje zicht dat er nog was geweest. Slobodan wees naar het glazen oppervlak en de ventilator van de auto en Jochum knikte en haalde de sleutel die hij eerder had weggegrist en in zijn zak had gestopt tevoorschijn, hij gaf hem aan Slobodan, die de auto kon starten en de condens kon wegblazen.

'Ik kan niet teruggaan. Niet nu. Die arts is er nog. De kit waarschijnlijk ook al.'

Slobodan wachtte zwijgend terwijl het vocht langzaam van de binnenkant van de voorruit werd verjaagd. Die klootzak mocht best even in de rats zitten. Er was macht en die moest tussen hen beiden worden verdeeld. Slobodan pakte er elke keer een stuk bij en Jochum leverde steeds een even groot stuk in.

Toen er weer door de halve ruit heen te kijken was, draaide hij zich om naar Jochum.

'Ik regel het wel.'

Jochum had er de pest over in dat hij dankbaar moest zijn. Maar het was niet anders.

'Lisa Öhrström. Tussen de dertig en de vijfendertig. Eén meter vijfenzeventig lang. Slank, bijna mager. Donker, halflang haar. Ze draagt een bril, die zit in het borstzakje van haar jas, een zwart montuur met kleine glazen.'

Hij had met haar gesproken. Hij wist hoe ze praatte.

'Een noordelijk dialect. Zachte stem. Ze sliste een beetje.'

Jochum Lang bleef zitten, strekte zijn benen, zette de ventilatie uit.

Hij zag Slobodan in de achteruitkijkspiegel achter de automatische deuren verdwijnen, de entree van het ziekenhuis in.

Ze zong. Zoals altijd wanneer ze ergens over inzat.

Lydia Grajauskas.
Lydia Grajauskas.
Lydia Grajauskas.

Ze deed het zachtjes, ze mompelde bijna, wilde niet het risico lopen dat ze werd ontdekt.

Ze vroeg zich af hoe lang het zou duren voordat de bewaker die ze net bewusteloos had geslagen weer bijkwam. Ze had hem een harde klap op het achterhoofd gegeven, maar het was een forse man, die misschien heel wat kon hebben, misschien had hij al alarm geslagen.

Lydia verliet de lift en liep de lichte gang in helemaal onder in het Söderziekenhuis, maar voelde nog hoe ze het pistool in haar hand had gehouden, vlak bij zijn hoofd, en het hard tegen zijn slaap had geduwd toen hij aarzelde, ze was weer terug in het land van toen ze negen was, in het vertrek met haar vader op zijn knieën en de militaire politieman die hem op het hoofd sloeg en hard schreeuwde dat wapensmokkelaars dood moesten.

Ze bleef staan en deed haar aantekenboekje open.

Ze had de informatiebrochure met de verschillende verdiepingen van het ziekenhuis goed bestudeerd. Ze had de Russisch sprekende verpleegster erom gevraagd en hem mogen lenen. Nu keek ze er weer naar, of liever, naar de bibberige kopie met Litouwse tekst die ze zelf had gemaakt terwijl ze in het ziekenhuisbed lag met een bewaker vlak naast haar.

Het klopte. Dit was de weg naar het mortuarium.

Lydia liep nu snel, ze droeg de plastic ICA-tas in haar ene hand, de linkerhand, die niet in het gips zat. Ze liep zo hard mogelijk, maar haar heup deed pijn, ze liep mank en ze was bang voor het geluid dat wegschoot telkens als ze het niet-pijnlijke been neerzette, het galmde door de gang, ze ging langzamer lopen, wilde niet dat iemand haar hoorde.

Ze wist precies wat ze ging doen.

Geen Dimitri de Pooier die haar ooit nog zou vertellen dat ze al haar kleren moest uittrekken of dat ze een vreemde man moest laten bepalen welk deel van haar lichaam hij mocht aanraken voor zijn geld.

De mensen die ze tegenkwam leken haar niet te zien. Ze voelde hun blikken, had het gevoel dat ze haar doorzagen, totdat ze besefte dat ze niet opviel, ze zag er net zo uit als alle anderen, een patiënt in ziekenhuiskleding in een ziekenhuisgang zag je niet.

Daarom was ze niet goed voorbereid.

Ze was wat van de spanning kwijtgeraakt, maar ze mocht zich niet ontspannen.

Toen ze hem zag, was het te laat.

Het was zijn manier van lopen, van bewegen, die haar het eerst opviel. Hij was lang, daarom waren zijn passen lang en konden zijn armen overal bij. Daarna de stem. Hij liep naast iemand, een andere man, hij sprak luid en ze hoorde zijn stem, die was hoog en nasaal, ze had hem van dichtbij gehoord.

Hij was een van de mannen die haar hadden aangeraakt. Een van degenen die altijd sloegen. Nu had hij een witte jas aan. Ze zouden elkaar over een paar ademhalingen tegenkomen, hij liep rechtuit en zij liep rechtuit en de gang die tussen hen lag was recht en had geen deuren.

Ze probeerde langzaam te lopen, naar beneden te kijken, ze hield haar ene hand onder de dikke ziekenhuisstof, voelde het pistool dat daar zat.

Ze raakte hem bijna aan toen hij langs haar heen liep.

Hij rook net als toen hij in haar was binnengedrongen.

Een ogenblik, meer niet, toen was hij voorbij.

Hij had haar niet gezien. De vrouw bij wie hij tegen betaling het afgelopen jaar om de twee weken was binnengedrongen, droeg altijd een zwarte jurk, ondergoed dat hij had uitgezocht, ze had haar haar altijd los en haar lippen waren rood. De vrouw die net was voorbijgelopen had hij nog nooit gezien, haar gezicht kapotgeslagen, één arm in het verband, witte sloffen met het logo van het ziekenhuis erop, hij zag haar nu ook niet.

Naderhand was ze vooral verbaasd. Het gevoel dat ze had gehad was geen angst, ook geen paniek, eerder verbazing die was overgegaan in woede, hij liep hier rond, zoals de anderen en je zag niets aan hem.

Een laatste stukje ziekenhuisgang.

Lydia bleef staan voor de deur die ze weldra zou openen.

Ze was nog nooit eerder in een mortuarium geweest. Ze had een beeld van hoe het eruit zou kunnen zien, besefte dat dat beeld afkomstig was uit Amerikaanse films die ze had gezien voordat ze Litouwen had verlaten, maar het was het enige beeld dat ze had en daar had ze haar plan op gebaseerd. Ze wist van de schets in haar aantekenboekje hoe groot het was, hoeveel ruimtes er waren, nu zou ze er binnengaan, ze zou rustig zijn en rustig blijven en daardoor in staat zijn om zowel met de levenden als met de doden om te gaan.

Ze hoopte dat er iemand binnen was. Liefst meerdere personen.

Ze deed de deur open. Hij ging zwaar, alsof het tochtte, ook al hadden de kamers geen ramen. Ze hoorde stemmen. Dof, uit het vertrek ernaast. Ze stond stil, er was daar leven, nu kwam het op haar aan, ze had immers het wapen en het kneedplastic dat Alena haar had gebracht, dat ze op de een of andere manier had weten op te halen, en ze had vervolgens zelf de bewaker neergeslagen, ze had hem laten liggen en had de weg naar het mortuarium gevonden, en nu, de stemmen die klonken, ze had geluk, er waren inderdaad mensen binnen.

Lydia haalde diep adem.

Ze zou kunnen uitvoeren wat ze zich had voorgenomen.

Ze zou ervoor kunnen zorgen dat het nooit meer gebeurde.

Er waren meer mensen met elkaar in gesprek, minstens drie. Ze begreep niet wat ze zeiden. Hier en daar een woord, maar geen verband, ze kende eigenlijk helemaal geen Zweeds en daar baalde ze van. Ze trok voor de tweede keer de ziekenhuistape weg die het pistool op zijn plaats hield tegen de zijkant van haar borstkas, droeg het wapen met haar gezonde arm. Ze liep langzaam door het vertrek dat ze was binnengegaan, een leeg, langwerpig vertrek, zoals de gang van een flat ongeveer. Ze liep in de richting van de stemmen.

Nu zag Lydia hen.

Ze stond in de langwerpige, donkere kamer en sloeg hen gade, ze waren druk met elkaar in gesprek, hun aandacht was gericht op iets voor hen, ze kon niet goed zien wat.

Ze waren met zijn vijven en ze herkende hen allemaal.

Ze had hen immers vanochtend vroeg gezien.

Toen hadden ze om haar bed heen gestaan. De ene, die wat ouder was, met grijs haar en een grote bril, was de arts die haar had onderzocht toen ze net de afdeling was binnengebracht en die nog maar een paar uur geleden weer bij haar was geweest, toen hij haar aan vier medicijnenstudenten wilde tonen. Hij had naar haar lichaam gewezen, naar de striemen op haar rug, hij had het gehad over de doorsnee en het genezingsproces en de ossenstaartzweep, terwijl de vier jonge mensen er zwijgend bij stonden en zich afvroegen over hoeveel verschillende lichamelijke mankementen ze zouden moeten leren om ze te kunnen begrijpen en behandelen.

Ze stonden een eindje verderop naar een brancard te kijken. Nu zag Lydia het. De brancard was midden in het vertrek neergezet, twee felle lampen lieten geconcentreerd licht van het plafond vallen. Er lag een lichaam op. Vanaf haar plaats bij de deur hield ze het erop dat het een dode was, de lichte kleur, de afwezigheid van een ademhaling. De grijsharige man met de grote bril wees naar het lichaam, hij gebruikte hetzelfde laserinstrument waarmee hij ook naar haar had gewezen en de vier medicijnenstudenten stonden even zwijgend, even verbeten bij deze dode als eerder bij de mishandelde vrouw.

Lydia bleef staan in het deel van het vertrek dat in het duister rustte. Ze zagen haar niet.

Ze had acht stappen naar voren gezet voordat ze haar ontdekten. Ze stond toen twee, misschien drie meter van hen af.

Ze zagen haar en toch niet.

Ze herkenden haar als de vrouw met de striemen op de rug en de treurig afwezige glimlach in een bed dat was opgemaakt met het effen gekleurde dekbedovertrek van het ziekenhuis. De vrouw die nu voor hen stond zag er eigenlijk hetzelfde uit, maar ze straalde iets anders uit. Ze wilde iets, haar ogen eisten aandacht, ze hief een wapen en richtte het op hen, terwijl ze tegelijkertijd nog een stap naar voren zette. Het schijnsel van de felle lamp aan het plafond viel nu ook op haar gezicht, het was geschramd en blauw geslagen, maar ze leek geen pijn te voelen, ze was alert en tegelijkertijd rustig. De grijsharige arts was net gestoord en begon demonstratief aan een nieuwe zin over het lijk voor hen, maar hield gauw weer op, brak zijn zin halverwege af.

De vrouw tegenover hem had haar pistool doorgeladen.

Ze hief het een paar decimeter, wees ermee naar zijn gezicht, naar dat van de anderen, verplaatste het van het ene paar ogen naar het volgende.

Ze hield het zo lang vast dat ze die verrekte kramp in hun maag konden voelen, die ze zelf steeds had gevoeld als Dimitri de dood op haar slaap richtte.

Niemand zei iets. Ze wachtten af wat zij zou zeggen.

Lydia wees met de loop naar de vloer.

'On knee! On knee!'

Ze gingen allemaal op hun knieën zitten, in een kring op de vloer om de brancard heen met wat ooit een mens was geweest. Ze zocht hun ogen, ze wilde zien of ze bang waren, maar ze keken haar niet aan, geen van allen, twee deden hun ogen dicht, de vrouw en een van de mannelijke studenten, de anderen keken strak voor zich uit, langs haar heen, door haar heen, het ontbrak hun aan kracht om meer te zien dan dat, zelfs de grijsharige had de kracht niet.

Ze was weer negen jaar. Weer die kamer. De militaire politieman met het wapen tegen haar hoofd en haar vader, die ze dwongen op zijn knieën te gaan zitten, hij moest met zijn handen achter zijn rug gebonden met het gezicht naar de vloer gaan liggen en ze herinnerde zich dat hij voorover viel, de bons toen hij met zijn gezicht op de harde vloer neerkwam, een vrije val en het bloed dat uit beide neusgaten stroomde.

Nu stond ze hier. Hield zelf het wapen vast.

Lydia deed een laatste stap naar voren.

Ze struikelde, verloor bijna haar evenwicht. Ze wist dat ze voorzichtig moest zijn. Ze liep niet alleen een beetje mank vanwege de trappen van Dimitri, haar evenwichtsgevoel was ook al bijna twee jaar wat minder. Een hoerenloper die wat extra's wilde en had betaald om haar in het gezicht te mogen slaan, had het bedrag verdubbeld en ze had 'ja' gezegd. Toen hij haar vervolgens op haar linkeroor had geslagen, was de pijn ondraaglijk geweest, ze was een deel van haar gehoor voorgoed kwijt en had tegelijkertijd letsel opgelopen aan iets binnen in het oor dat het gevoel voor evenwicht regelt, ze had niet goed begrepen wat het was, maar het had een grotere klap gekregen dan het kon hebben.

Nu wist ze zichzelf op te vangen, ze verstapte zich, maar viel niet, ze hervond haar evenwicht en bleef het wapen richten op de vijf die in elkaar gedoken voor haar zaten.

Ze zorgde ervoor dat ze een paar meter afstand bewaarde, niet minder, niet dichterbij. Ze controleerde dat ze stevig met hun knieën op de vloer zaten en toen ze daar helemaal zeker van was, stopte ze de hand met het pistool snel onder de ziekenhuiskleren, haalde de plastic zak van haar buik en uit de rand van haar slip, liet hem voor haar voeten op de grond vallen. Ze stak een voet in de plastic zak, bracht de kluwen touw tevoorschijn en schopte die in de richting van de brancard.

Ze wees naar de studente, schreeuwde tegen haar.

'Lock! Lock!'

Ze keek naar de bange vrouw, die zich zo klein mogelijk probeerde te maken. Ze leken wel op elkaar, eigenlijk. Ze hadden allebei blond, halflang haar met wat rood erin. Ze waren ongeveer even lang, ongeveer even oud. Net had Lydia nog in een bed gelegen en had de studente medicijnen over haar heen gebogen in haar gezicht staan kijken.

Lydia glimlachte bijna.

Nu is het andersom, dacht ze.
Nu ligt zij. Nu sta ik hier van bovenaf naar haar te kijken.
'Lock.'
De jonge vrouw staarde afwezig voor zich uit. Ze zag dat iemand een pistool tegen haar hoofd hield. Ze zag ook dat de vrouw die het pistool vasthield iets schreeuwde. Maar ze hoorde het niet, wist niet wat het betekende. Ze kon niet op die manier denken. Dat woorden iets betekenden. Nu niet. Niet met een pistool tegen haar hoofd.
'Last time! Lock!'
De oudere arts met het grijze haar begreep wat er aan de hand was. Hij keerde zich voorzichtig naar de studente medicijnen, hij zocht oogcontact, sprak zachtjes tegen haar.
'Ze wil dat je ons vastbindt.'
De vrouw keek hem aan, maar verroerde zich niet.
'Ze wil dat je ons vastbindt met het touw.'
Hij had een rustige stem, ze leek te luisteren, ze keek hem aan, keek toen verschrikt naar Lydia.
'Ik denk niet dat ze gaat schieten. Begrijp je wat ik zeg? Als jij ons vastbindt, schiet ze niet.'
De vrouw knikte. Langzaam bewoog ze haar hoofd op en neer. Ze knikte ook naar Lydia, wilde tonen dat ze het had begrepen. Ze bewoog voorzichtig naar de kluwen touw. Ze pakte hem vast, kwam overeind uit haar knielende houding, zocht op de brancard, om de dode heen. Ze vond het mes dat zonet was gebruikt om de buik van de dode open te snijden. Ze tilde het op, rolde een stuk touw af, sneed het af. Toen liep ze naar de oudere arts, ging op haar hurken achter hem zitten, deed zijn handen bij elkaar, wikkelde het touw eromheen.
'Hard! Very hard! You lock hard!'
Lydia deed een stap naar voren en zwaaide met het pistool naar de vrouw die bezig was met vastbinden. Ze bleef daar staan totdat ze had gezien dat het touw strak aangetrokken was, dat het diep in de huid van de man sneed.
'Lock!'
De vrouw ging bij de oudere arts weg, nam het scherpe scalpel

mee en liep langs al haar collega-studenten, sneed even lange stukken touw af en trok het touw aan om hun polsen, stopte niet voordat het bij iedere knoop was gaan bloeden. Toen ze klaar was, zocht ze Lydia, ze hijgde en wachtte totdat ze oogcontact hadden.

Lydia wees met het wapen, de studente moest zich omdraaien, moest op haar knieën gaan zitten met de rug naar haar toe. Ze kwam bij haar staan, pakte de kluwen en sneed met steun van haar gegipste linkerarm een laatste stuk af, bond haar handen vast, zoals zijzelf die van de anderen had vastgebonden.

Het had zes, zeven minuten geduurd. Lydia was al iets langer in dit vertrek dan ze van plan was geweest. Ze had nooit gedacht dat er vijf mensen zouden zijn. Eén, misschien twee. Geen vijf.

Iemand moest de bewaker inmiddels hebben gevonden. Iemand wist dat ze weg was. Iemand had de politie gewaarschuwd.

Ze moest snel zijn.

Ze doorzocht haastig vijf witte doktersjassen. De zakken aan de buitenkant, de binnenzakken. Toen hun broeken. Wat ze vond, legde ze op een hoop op de vloer. Een paar sleutelbossen, een paar portefeuilles, wat kleingeld, identiteitsbewijzen, plastic handschoenen, halfvolle doosjes keelpastilles. In de broekzak van de grijsharige vond ze ook een mobiele telefoon. Ze inspecteerde hem, probeerde hem, constateerde dat de batterij nog wel even meeging.

Vijf personen zaten op hun knieën tegenover haar, met hun handen op hun rug gebonden, ze verstopten zich voor het pistool dat ze in haar hand hield. Naast hen een dode, een half opengemaakt mens, op een brancard met een felle lamp erboven.

Ze had mensen gegijzeld.

Met gijzelaars stel je eisen.

Ze huilde.

Het was lang geleden dat hij haar zover had gekregen. Ze haatte hem erom. Lisa Öhrström haatte haar broer.

Het ellendige telefoontje toen hij haar een paar dagen eerder had gebeld van het perron van de metro, ze luisterde er inwendig naar, hoe hij vleide om meer geld zoals hij altijd deed en hoe zij het hem weigerde zoals ze had geleerd op de familiecursussen.

De tranen en de brok in haar keel en haar trillende lichaam. Ze had hem zo vaak opgehaald als hij ergens lag en hij had steeds beloofd dat het de laatste keer was. Hij had haar aangekeken zoals alleen hij dat deed; aan hem had ze langzaam al haar krachten en haar bezorgdheid gespendeerd en hij had, zonder het door te hebben, jaren van haar leven naar de filistijnen geholpen.

Nu lag hij daar.

Op een trap een paar meter van waar ze werkte.

Nu was het echt de laatste keer en ze was een moment lang bijna opgelucht, toen ze begreep dat hij er niet meer was, totdat ze inzag dat dat gevoel nou net het enige was waar ze niet tegen kon.

Ondervrager Sven Sundkvist (ov): Ik weet dat Hilding Oldéus meer was dan een patiënt. Maar ik heb antwoord nodig op een paar vragen.

Lisa Öhrström (lö): Ik wilde net mijn zus bellen.

ov: Ik begrijp dat het moeilijk is. Maar u was als enige hier. U hebt het als enige gezien.

lö: Ik wilde met mijn neefje en nichtje gaan praten. Ze waren dol op hun oom. Hij was altijd net vrij als zij hem zagen. Altijd heel en schoon. Met kleur op de wangen. De man die daar nu ligt, hebben ze nog nooit gezien.

ov: Ik moet weten hoe dichtbij die ander stond. De bezoeker.

LÖ: Ik wilde net gaan bellen. Luistert u niet? Ik probeer het u immers uit te leggen!
OV: Hoe dichtbij?

Ze zaten op harde stoelen in het glazen hokje van de hoofdzuster, midden in de gang op de zesde verdieping van het Söderziekenhuis.

Lisa Öhrström bleef maar huilen, haar waardigheid glipte als het ware uit haar weg, ze probeerde die stevig vast te houden en voelde haar handen over haar lijf glijden.

Het was haar broer.

Maar ze had er gewoon niet meer tegen gekund.

De laatste keren had ze geweigerd hem te helpen en het was net of alle tranen van de hele wereld die schuld niet zouden kunnen verzoenen.

Sven Sundkvist keek haar zwijgend aan, naar de witte jas, die kreukelig begon te worden, hij wachtte terwijl ze haar ogen dichtdeed en haar neus snoot en haar hand door haar lange haar haalde. Hij had haar eerder ontmoet. Niet haar, maar vrouwen zoals zij. Hij had ze zo vaak verhoord, de vrouwen die zich op de achtergrond hielden en voor oponthoud zorgden, die zich overal schuldig aan voelden, als schuldige aangewezen. Hij dacht aan hen als aan 'schulddragers', ze leverden altijd problemen op, hun vermogen om schuld op zich te nemen maakte het ook een ervaren ondervrager moeilijk. Ze gedroegen zich alsof ze overal de schuld van waren, wat hij ook zei, het werd een aanklacht, hun hele leven was eigenlijk één lange aanklacht en ze hadden het vermogen om zonder ook maar in het minst schuldig te zijn, een onderzoek in de weg te staan dat verder moest.

LÖ: Was dat zo?
OV: Wat?
LÖ: Was het mijn schuld?
OV: Ik begrijp dat het gebeurde u een schuldgevoel kan geven. Maar dat ligt aan u – daar kan ik niets aan veranderen.

Lisa Öhrström keek hem aan, keek naar de politieman tegenover haar, die zijn benen over elkaar had geslagen en iets van haar wilde.

Ze mocht hem niet.

Hij was zachtaardiger dan de oudere, maar toch mocht ze hem niet. Politiemensen hadden iets autoritairs en dit, dit was geen verhoor, dit was een confrontatie, zoals het begin van een ruzie die ze er niet bij kon hebben.

OV: De man die hier was. Die waarschijnlijk uw broer heeft doodgeslagen. Hoe dichtbij was hij?
LÖ: Zo dichtbij als u nu.
OV: Zo dichtbij dat u hem duidelijk zag?
LÖ: Zo dichtbij dat ik zijn adem voelde.

Ze draaide zich om, keek door de glazen wand naar buiten. Het was naar om daar te zitten, de mensen die langsliepen keken allemaal naar binnen, een nieuwsgierige blik werd er een die een stukje privacy wegnam. Ze kon zich moeilijk concentreren en vroeg of ze de stoel met de rug naar het raam mocht zetten.

OV: Hoe zag hij eruit?
LÖ: Als iemand om bang voor te zijn.
OV: Hoe lang?
LÖ: Een aardig stukje langer dan ik. En ik ben tamelijk lang, één vijfenzeventig. Zoals uw collega, misschien. Tien centimeter erbij.

Lisa Öhrström knikte naar het eind van de gang, naar het trappenhuis, waar Ewert Grens samen met Ludwig Errfors bij het lichaam stond van een dode man, die op de grond lag. Sven draaide onbewust dezelfde kant op, ging in zijn geheugen na hoe lang Ewert was.

OV: Zijn gezicht?
LÖ: Wilskrachtig, zeg maar. Neus, kin, voorhoofd.

OV: Zijn haar?
LÖ: Had hij niet.

Er werd aangeklopt. Lisa Öhrström zat met haar rug naar de deur, ze had niet gemerkt dat er iemand aan kwam en schrok. Een politieman in uniform deed zelf de deur open en stapte naar binnen. Hij had een envelop bij zich, overhandigde die en ging weer weg.

OV: Ik heb hier nu een paar foto's. Van verschillende personen. Die moet u even bekijken.

Ze stond op. Niet meer. Niet nu. De bruine envelop die op tafel lag kon haar niets schelen.

OV: Ga zitten.
LÖ: Ik moet aan het werk.
OV: Nee, kijk me aan. Het was uw schuld niet.

Sven Sundkvist deed een stap naar voren, sloeg een arm om de schouders van de vrouw die op weg was naar verdriet en schuld, duwde haar voorzichtig terug op de stoel. Hij verschoof twee mappen met patiëntenstatussen, die ook op tafel lagen, maakte het lege oppervlak groter, maakte vervolgens de bruine envelop open en liet de inhoud eruit glijden.

OV: Ik wil dat u de bezoeker probeert te identificeren. De man wiens adem u voelde.
LÖ: Ik krijg de indruk dat u weet wie ik heb beschreven.
OV: Kijk alstublieft even naar de foto's.

Ze pakte de foto's een voor een op. Ze keek ernaar, nam er de tijd voor. Ze legde ze vervolgens op een stapel met de achterkant naar boven. Ze had al ruim dertig foto's bekeken van mannen die tegen een witte wand stonden, toen ze het voelde trekken in haar borst, net als toen ze klein was en bang werd in het donker, ze had het toen beschreven alsof er werd gedanst in haar lichaam, alsof de angst licht was en haar optilde.

LÖ: Hij was het.
OV: Weet u het zeker?
LÖ: Heel zeker.
OV: Voor het verslag, de getuige wijst de man aan op foto nummer 32.

Sven Sundkvist zweeg, wist niet goed wat hij voelde. Hij wist hoe verdriet aan mensen vreet en hij wist dat de vrouw tegenover hem er bijna door werd verstikt, maar toch had hij haar gedwongen het in te slikken en binnen te houden. Hij had begrepen dat ze ieder moment kon instorten en het was zijn plicht om daaraan voorbij te gaan.

En nu.

Nu had ze de persoon aangewezen van wie ze hadden gehoopt dat ze hem zou aanwijzen.

Hij hoopte dat ze sterk was.

OV: U hebt een man geïdentificeerd die als heel gevaarlijk wordt beschouwd. We weten uit ervaring dat iemand die hem heeft geïdentificeerd altijd wordt bedreigd.
LÖ: Wat houdt dat in?
OV: Dat we overwegen u persoonlijke beveiliging te geven.

Ze had het niet willen horen. Ze had alles terug willen draaien. Ze wilde weer naar huis gaan, naar bed, op de wekker wachten, wakker worden als die ging, ontbijten, zich aankleden, naar het Söderziekenhuis gaan.

Zo was het niet.

Zo was het nooit.

Het verleden hield niet op, hoe graag ze ook wilde.

Ze zat op de harde stoel en probeerde te huilen, probeerde datgene wat aan haar vrat naar buiten te persen. Maar het ging niet. Het was er niet meer, dat verdomde huilen. Soms is het er niet meer.

Ze wilde net opstaan en weglopen toen de deur van het glazen hokje van de hoofdzuster weer openging.

Iemand die niet klopte, maar gewoon naar binnen stapte.

Ze zag dat het de oudere politieman van zonet was, de man die haar hand te lang had vastgehouden. Nu was zijn gezicht vuurrood, zijn stem luid.

'Godsamme, Sven!'

Sven Sundkvist ergerde zich zelden aan zijn chef. Niet zoals de anderen. De meeste collega's verafschuwden Grens, een enkeling haatte hem zelfs. Zelf had hij besloten om hem te accepteren, om zijn goede en zijn slechte kanten te nemen voor wat ze waren, hij kon ze accepteren of ervoor weglopen, en hij accepteerde ze.

Met één uitzondering.

'Voor het verslag. Degene die mijn verhoor met getuige Lisa Öhrström onderbreekt is Ewert Grens, inspecteur bij het politiedistrict City.'

'Sorry, Sven. Maar dit heeft verduveld veel haast.'

Sven boog naar de cassetterecorder, zette hem uit. Een handgebaar naar Ewert, vertel het maar.

'De vrouw die we bewusteloos uit de flat in de Atlasbuurt hebben gehaald.'

'Met de zweepslagen?'

'Ze is verdwenen.'

'Verdwenen?'

Ewert knikte.

'Ze lag hier ergens in het ziekenhuis, op de afdeling chirurgie. Tot zonet. Ik ben door de meldkamer gebeld. Ze ligt niet meer in bed. Ze is nu bewapend en heeft de bewaker neergeslagen die voor haar kamer was gezet. Ze is vermoedelijk nog binnen, met een doorgeladen pistool in haar hand.'

'Waarom zou ze zoiets doen?'

'Ik weet alleen wat ik je net heb verteld.'

Lisa Öhrström legde foto nummer 32 op tafel, waar hij zonet had gelegen. Ze keek vervolgens beurtelings naar de beide politiemannen, wees naar het plafond van het glazen hokje.

'Hierboven.'

'Pardon?'

'De afdeling chirurgie zit hierboven.'

Grens keek naar het witte plafond, op weg de kamer uit die hij net was binnengedrongen, toen Sven hem bij de arm pakte.

'Ewert, wacht. We hebben net een volledige identificatie van Jochum Lang gekregen.'

De grote, onhandige man bleef in de deuropening staan. Hij draaide zich om, knikte naar Lisa Öhrström, glimlachte naar Sven.

'Kijk eens aan, Anni.'

'Wat zei je?'

'Niets.'

Sven keek Ewert niet-begrijpend aan, draaide zich om naar Lisa Öhrström, gaf een zacht klopje op de schouder van de vrouwelijke arts.

'Ze moet beveiliging krijgen.'

Het was vlak na de lunch, op woensdag 5 juni.

Ewert Grens en Sven Sundkvist liepen snel een van de vele trappen van het Söderziekenhuis op, die van de zesde naar de zevende verdieping.

Het was een merkwaardige ochtend geweest.

ZE HADDEN ALLEMAAL een paar minuten onrustig heen en weer gedraaid, alle vijf. Voorzichtig een been bewogen, langzaam hun hoofd naar hun schouder gebracht. Alsof hun lichaam pijn deed daar op de vloer, alsof ze haar er niet aan wilden herinneren dat ze er waren en juist daardoor niet stil konden zitten.

Lydia voelde hun angst en liet ze begaan. Ze wist hoe moeilijk het was om te ademen als je opkeek naar iemand die zichzelf zojuist het recht op jouw lichaam had toegeëigend. Ze herinnerde zich de Stena Baltica en hoe bedreiging met de dood de vanzelfsprekende schreeuw om hulp tot zwijgen brengt.

Plotseling duikelde een van hen voorover.

Een van de jongemannen die voor arts studeerden verloor zijn evenwicht en viel uit de kring rondom de brancard met de overledene, waar hij net op zijn knieën in had gezeten.

Lydia richtte snel het pistool op hem.

Hij lag voorover, nog steeds met zijn knieën op de vloer, het gezicht er net boven, zijn handen stijf op zijn rug gebonden. Zijn lichaam beefde, hij kon het niet overeind houden. Hij huilde van angst. Hij had er nooit eerder over nagedacht, het leven ging verder en hij was jong en alles was eeuwig geweest, nu besefte hij dat het hier en nu afgelopen kon zijn, hij was nog maar drieëntwintig jaar, zijn lichaam trilde, hij wilde nog zoveel langer leven.

'On knee!'

Lydia liep naar hem toe, drukte het wapen in zijn nek.

'On knee!'

Hij bracht zijn bovenlichaam langzaam omhoog, zat weer rechtop, hij beefde nog steeds, de tranen liepen over zijn wangen.

'Name.'

Hij keek haar zwijgend aan.

'Name!'

Hij kon haast niet praten, de woorden wilden niet.

'Johan.'

'Name!'

'Johan Larsen.'

Ze boog naar hem toe, drukte de loop van het pistool hard tegen zijn voorhoofd. Zoals de mannen op de Stena Baltica. Ze hield het daar, terwijl ze praatte.

'You on knee! If again. Boom!'

Hij zat met rechte rug. Hij hield zijn adem in. Hij kon zijn lichaam niet laten stoppen met trillen, zelfs niet toen de urine langs zijn ene been liep en zijn broek er nat van werd. Hij merkte het niet eens.

Lydia bekeek hen een voor een. Ze keken nog steeds niet naar haar, ze durfden niet. Ze pakte de plastic tas met het ICA-logo van de vloer, haalde het pakketje met kneedplastic en ontstekingsmechanismen eruit. Ze liep naar een roestvrijstalen tafeltje dat pal naast de brancard stond, verdeelde de beige massa erover, werkte met haar hand, maakte het zo zacht en gewillig dat ze het gemakkelijk kon aanbrengen rondom de deur waardoor ze net naar binnen was geslopen. Ze hield het wapen in haar gezonde hand en duwde tegelijkertijd, met dezelfde hand, de helft van wat ze net had gekneed in een rechte, vrij dunne, ononderbroken streep tegen de deurpost. Ze ging vervolgens verder met de resterende helft, bracht kneedplastic aan op vijf mensen, op elk van hen die op hun knieën tegenover haar op de grond zaten te wachten. Ze zaten in een kring rondom een naakte, zojuist geobduceerde man op een brancard en ze droegen de dood van schouder tot schouder, als een duidelijk, bleekbeige plastic laagje in hun nek.

Ze was al bijna twintig minuten binnen. Het had haar er nog eens tien gekost om van de afdeling chirurgie op de zevende verdieping in het mortuarium achteraan op de kelderverdieping te komen.

Ze begreep dat haar vlucht allang was ontdekt.

Ze begreep dat de politie was gealarmeerd, dat ze haar zochten.

Lydia liep naar de medicijnenstudente, die vrouw die zo op haar leek met haar roodblonde halflange haar en het magere lichaam, die de handen van de anderen had vastgebonden.

'Police!'

Lydia liet het mobieltje zien dat ze in een van de jaszakken had gevonden, hield het voor het gezicht van de vrouw. Ze legde vervolgens haar hand op het kneedplastic dat op de schouders van de studente lag, wilde haar eraan herinneren dat ze moest gehoorzamen, voordat ze voorzichtig het touw om haar polsen losmaakte.

'Police! Call police!'

De medicijnenstudente aarzelde. Ze was bang dat ze het niet goed begreep. Ze keek ongerust om zich heen, zocht de oudere, grijsharige arts.

Hij deed hetzelfde als eerder, praatte met haar, hij slaagde erin zijn stem net zo rustig te houden als toen, verborg zijn angst.

'Ze wil dat je de politie belt.'

De studente had het begrepen, nu knikte ze bevestigend. De oudere arts dwong zijn stem ertoe nog een paar zinnen lang vast te blijven.

'Doe het. Doe wat ze wil. Toets 112.'

Haar hand beefde, ze liet het mobieltje op de vloer vallen, pakte het weer op, toetste eerst een verkeerd nummer in, keek snel naar Lydia en zei 'sorry', toetste toen goed: 112. Lydia hoorde de telefoon overgaan, ze was tevreden, gaf toen aan dat de studente op haar buik moest gaan liggen. Ze pakte haar de telefoon af, liep ermee naar de oudere arts, drukte hem tegen zijn ene oor.

'Talk!'

De oudere arts knikte. Hij wachtte. Zijn voorhoofd glom van het zweet.

Het was helemaal stil in het vertrek.

Eén minuut.

Toen een stem die antwoordde.

Hij sprak met zijn mond vlak bij de microfoon.

'De politie.'

Hij zweeg, wachtte. Lydia, naast hem, hield de telefoon vast. De anderen deden hun ogen dicht of staarden naar de vloer voor hen, ver, ver weg.

Een andere stem.

De grijsharige sprak weer.

'Mijn naam is Gustaf Ejder. Ik ben chef de clinique in het Söderziekenhuis. Ik zit nu in het mortuarium van het ziekenhuis op de kelderverdieping. Ik ben samen met vier anderen gegijzeld door een jonge vrouw die met een pistool is bewapend en die gekleed gaat in patiëntenkleding van het ziekenhuis. Ze heeft het wapen dat ze op ons hoofd richt doorgeladen. Ze heeft ook een of andere springstof op ons lichaam aangebracht.'

De student die zonet niet rechtop had kunnen blijven zitten, die Johan Larsen heette en die voorover op de vloer gevallen was doordat zijn lichaam zo schokte, schreeuwde nu in de richting van de telefoon.

'Semtex kneedplastic! Zo heet het. Ze heeft bijna een pond gebruikt. Het geeft een enorme knal als ze dat laat ontploffen!'

Lydia richtte het pistool eerst op de schreeuwende man, ontspande toen.

Ze had het woord 'semtex' gehoord en zijn stem was ongecontroleerd geweest, de boodschap was overgebracht, de persoon aan de lijn had het begrepen.

Ze haalde de blaadjes tevoorschijn die ze uit haar opschrijfboekje had gescheurd. Ze hield de telefoon nog steeds tegen het oor van de oudere arts en legde de blaadjes voor hem op de vloer, een wit blaadje met maar één regel erop bovenaan. Ze gebaarde dat hij verder moest praten.

Dat deed hij.

'Bent u er nog?'

De stem die antwoordde bevestigde kort dat dat het geval was.

'De vrouw wil dat ik een naam van een blaadje voorlees, waarschijnlijk uit een opschrijfboekje gescheurd. Er staat "Bengt Nordwall" op. Dat is het enige.'

De stem aan de telefoon vroeg hem het te herhalen.

'Bengt Nordwall. Verder niet. Wat ze heeft opgeschreven is moeilijk te ontcijferen, maar ik weet zeker dat ik het goed gelezen heb. Het Engels dat ze spreekt is ook moeilijk te begrijpen. Ik denk dat ze uit Rusland komt of misschien uit een van de Baltische staten.'

Lydia haalde het mobieltje bij zijn oor weg. Ze gaf aan dat hij weer rechtop moest gaan zitten.

Ze had hem de naam horen uitspreken die ze had opgeschreven.

Ze had hem ook 'Baltische staten' horen zeggen.

Ze was tevreden.

Bengt Nordwall staarde naar de lucht. Zo enorm grijs. Tot nu toe had de regen hen op elke stap door de zomer vergezeld; hij zuchtte luid, het was tijd om krachten op te doen, om even te ontspannen om er daarna weer tegen te kunnen. Het werd weer zo'n herfst waarin de mensen zich half oktober al in hun eigen kamer verstopten, alles en iedereen beu, behalve zichzelf.

Het was stil. Geen ander geluid dan dat van de druppels die op de stof van de parasol tikten.

Lena zat naast hem een boek te lezen; ze las altijd. Hij vroeg zich af of ze de verhaaltjes de volgende dag nog wel wist, wanneer ze aan het volgende boek begon, maar het was haar manier om te ontsnappen, ze kroop in een stoel met haar benen onder zich en een kussen achter haar rug en vergat alles om zich heen.

Hij had hier twee dagen geleden 's ochtends ook gezeten, in dezelfde aanhoudende regen. Ewert zat naast hem op de tuinbank, hun kleren waren doorweekt, maar hun gesprekken waren belangrijker geweest, ze stonden elkaar soms zo na, een nabijheid die je alleen maar kreeg als er genoeg tijd voorbij was gegaan.

Hij had er toen niet op gerekend dat hij hem de volgende dag alweer zou zien, voor de flat van het Baltische hoertje.

Bengt zag haar voor zich.

Haar rug en huid waren kapot van de zweepslagen. Hij kreeg een naar gevoel. Niet weer die met de zweep geslagen vrouw, niet weer die rauwe huid, nu niet.

Ze hadden geen grote tuin, maar hij was er trots op. Kinderen konden erin rondhollen. Hij had de afgelopen twee jaar halve dagen gewerkt. Hij was vijfenvijftig en hij zou nooit meer opgroeiend leven meemaken, dit was zijn enige keer en hij wilde er zo veel mogelijk bij zijn. Ze werden groter, konden zich best heel aardig zelf redden, maar hij wilde erbij zijn, hij keek naar hun spelletjes en deed van een afstand mee. De afgelopen zomer hadden ze uiteindelijk genoeg gekregen van het buiten spelen. De verregende grasmat kreeg rust, geen voetbal in het rozenperkje en niemand die zich in de seringenhaag verstopte terwijl iemand anders met zijn ogen dicht tot honderd telde. Nu zaten ze op hun kamer, ieder achter zijn eigen computer, elektronische werelden waar hij geen snars van begreep.

Bengt keek weer naar Lena. Ze was zo mooi. Haar lange blonde haar, haar gezicht dat vrede uitstraalde, de rust die hij nooit had gehad. Hij dacht aan Vilnius, aan de Zweedse ambassade, hij had daar een paar jaar als veiligheidschef gewerkt en op een dag zat ze daar zomaar, een nieuwsgierige jonge ambtenaar. Hij kon niet begrijpen waarom ze hem had uitgekozen. Maar dat had ze wel gedaan, ze had hem gekózen; terwijl hij al was afgeserveerd, was hij nu als het ware weer binnengehaald in de kring van potentiële gezinsstichters.

Een opgebrande politieman, twintig jaar ouder dan zij.

Hij was nog steeds als de dood dat ze op een ochtend wakker zou worden, hem in de ogen zou kijken, zou beseffen dat ze een foutje had gemaakt en hem zou vragen weg te gaan.

'Zeg.'

Ze hoorde hem niet. Hij boog naar haar toe, kuste haar zachtjes op de wang.

'Lena?'

'Ja?'

'Zullen we naar binnen gaan?'

Ze schudde haar hoofd.

'Nog niet. Zo meteen. Nog drie bladzijden.'

De regen, hij had zeker geweten dat het niet erger kon. Nu ging het nog harder regenen, alsof hij door de beschutting boven hun hoofd zou dringen. Het gazon om hen heen liet het langzaam afweten, werd zompige moerasgrond.

Bengt keek naar zijn vrouw. Ze hield het boek met beide handen vast, verborg haar gezicht achter een hoofdstuk met nog drie bladzijden.

Plotseling eiste de andere vrouw zijn aandacht weer op.

Lena zat bij hem, maar zij was het niet, het was de met een zweep kapotgeslagen rug van laatst, het gestolde bloed en de huid die smurrie was geworden, hij probeerde het beeld te verjagen, maar die verrekte hoer nam alle plaats in. Hij deed zijn ogen dicht en ze werd nog duidelijker, de brancard waarop ze lag toen ze bewusteloos naar buiten werd gedragen, hij deed zijn ogen open en daar was ze, ze zweeg en ze was op weg door de ingeslagen deur en hij kroop in elkaar bij het gevoel van onbehagen dat overging in angst toen hij probeerde niets te voelen.

'Wat is er?'

Lena had het boek op de leuning van de tuinstoel gelegd, keek hem nu aan. Hij zweeg eerst, haalde toen zijn schouders op.

'Niets.'

'Ik zie toch dat er iets is. Waar denk je aan?'

Weer schouderophalen, zo nonchalant mogelijk.

'Niets.'

Ze kende hem te goed. Ze wist dat het allesbehalve niets was.

'Het is een hele poos geleden dat je zo bang hebt gekeken.'

Die rottige striemen op de rug van de ene vrouw, vervolgens de andere die gillend door de flat liep, hun naakte, mishandelde jonge lichamen. De beelden achtervolgden hem. Misschien moest hij het vertellen. Lena had er recht op het te weten. Hij was er immers niet op voorbereid geweest hen tegen te komen.

'Je telefoon gaat.'

Hij keek haar aan, keek naar haar vinger, die naar de zak van zijn jasje wees. Hij groef in de stof, de signalen maakten hem zenuwachtig, vier keer, vaker zou hij niet overgaan.

'Nordwall.'

Bengt Nordwall hield de telefoon stijf tegen zijn oor toen hij luisterde. Een minuut en het gesprek was voorbij. Hij keek zijn vrouw aan.

'Er is iets gebeurd. Ze hebben een tolk nodig. Ik moet erheen.'

'Waarheen?'

'Naar het Söderziekenhuis.'

Hij stond op, kuste Lena op dezelfde wang als zojuist, boog

zijn nek toen hij onder de parasol uit stapte, de stromende regen in.

Het Söderziekenhuis. Het Baltische hoertje. Het mortuarium. Hij voelde het weer, de angst.

De bewaker droeg een groen uniform, hij zat op het enige bed van de afdeling, een verband liep van zijn voorhoofd om zijn achterhoofd heen. Hij had hevig gebloed, het witte weefsel was lichtrood gekleurd. Een verpleegster met een Poolse naam op haar borstzakje genaaid stond naast hem, twee bruine tabletten in haar ene hand, Grens nam aan dat het iets pijnstillends was.

Hij had niet veel te vertellen.

Ze had in de recreatieruimte tv zitten kijken. Twee jongens, die op zaal 4 werden verpleegd, zaten daar ook. Er was een nieuwsuitzending aan de gang, lunchnieuws op de een of andere zender, hij wist niet meer welke. Ze wilde naar het toilet, hij had geen aanleiding gezien om haar dat te weigeren, dun en zwak als ze was met één arm in het gips, de heup die haar mank deed lopen, hij had haar als ongevaarlijk ingeschat en hoe dan ook, hij had toch niet mee hoeven gaan de wc in, dat hoefde toch zeker niet?

Ewert Grens glimlachte. 'Natuurlijk moest je dat wel. Je moest haar bewaken. Als ze sliep, als ze zat te poepen.'

De bewaker had pijn, hij greep naar zijn hoofd, naar zijn nek, het was een harde klap geweest. Ze had doorgespoeld, hij had het gehoord, twee keer had ze water door de pot laten spoelen. Ze was naar buiten gekomen, had hem met gebaren duidelijk gemaakt dat ze terug wilde naar haar kamer en haar bed, ze wilde dat hij meeliep. Hij had daar niets vreemds in gezien. Hij was met haar zaal 2 binnengelopen, het vertrek waarin ze nu zaten, hij had net als anders de deur achter zich dichtgedaan.

Toen hield ze plotseling een pistool in haar hand.

Hij begreep niet hoe dat kon. Het enige wat hij begreep was dat ze had geweten hoe je het moest doorladen en dat ze het op zijn hoofd had gericht en dat hij kort daarna had begrepen dat ze het meende.

Het was een kale, armoedige kamer.

De bewaker was weg, had aan zijn nek gevoeld en was zuchtend verdwenen. Grens zat nog op de stoel voor het bezoek, keek om zich heen.

Een metalen ledikant. Een kastje op wieltjes ernaast. Bij het raam een tafeltje en de stoel waarop hij zat. Dat was alles. Zo groot als een woonkamer, bedoeld voor vier patiënten, maar ontruimd en aangepast voor een zwaar mishandelde vrouw.

Hij bleef stil zitten, gedachten die tegen de kale witte wanden ketsten.

Hij wachtte, nam als het ware een aanloop. Hij had kracht nodig, meer dan hij had vermoed toen ze op weg van Arlanda een melding hadden gekregen en van rijstrook verwisseld waren, snel over de Västerbrug waren gereden, naar het Söderziekenhuis. Wat net nog de liquidatie van een junk was geweest en de opening die hij had nagejaagd om eindelijk de man die hem en Anni hun leven samen had ontnomen te kunnen koppelen aan een misdrijf, was snel uitgebreid met een gijzeldrama met genoeg semtex om hele stukken van een dichtbevolkt gebouw op te blazen.

Ewert Grens was inspecteur. Hij onderzocht moorden nadat ze waren begaan en dat deed hij beter dan anderen. Maar de grote operaties had hij allang achter zich gelaten, het uitrukken te midden van de waanzin, op het moment dat die in volle gang was. Daar stond hij dan, met een verse aanwijzing tegen Lang, slechts één verdieping onder een prostituee die een bewaker had neergeslagen en ervandoor was gegaan en slechts zeven verdiepingen boven haar, nu ze in een mortuarium in de kelder vijf personen had gegijzeld en bleekbeige dood op hun schouders had geplakt.

Daarom stuurde hij er een patrouillewagen op uit om het politie-uniform te halen dat in een kast in de kamer in Kronoberg hing.

Hij zou straks tot chef van het arrestatieteam worden benoemd.

Beide drama's waren nu voor hem.

Slobodan draaide zich om en keek naar de auto en naar Jochum Lang, net voordat hij de ingang van het Söderziekenhuis binnenliep. De kaalgeschoren, zongebruinde kop en de brede nek waren vaag te zien door de beregende ruiten. Hij mocht die ellendige kaalkop eigenlijk heel graag, hij was als een grote broer voor hem geweest, iemand tegen wie je opkeek en voor wie je een beetje bang was. Maar het ging om zijn eigen respect, hij was vijfendertig en hij moest aan zichzelf denken, je moest respect afdwingen, ook bij degenen die dat niet verwachtten. En deze keer had Jochum er een puinhoop van gemaakt, toen hij met de waspoederjunk was gaan praten en een getuige had achtergelaten. Deze keer mocht hij de rommel opruimen.

Lisa Öhrström. Noord-Zweeds dialect. Tussen de dertig en de vijfendertig. Eén meter vijfenzeventig lang. Donker haar. Bril in het borstzakje van haar jas, zwart montuur met kleine glazen.

Slobodan nam de lift naar de zesde verdieping. Hij liep naar de deuren een eindje verderop, deed ze open, wandelde langzaam de verpleegafdeling binnen, een lege gang in. Hij bleef ongeveer halverwege staan, bij een glazen hokje met een vrouw erin.

Ze stond met de rug naar hem toe. Hij tikte zacht tegen het raam, totdat ze zich omdraaide. Ze was het niet. Deze was ouder, twintig jaar ouder.

'Ik ben op zoek naar dokter Lisa Öhrström.'

'Die is hier niet.'

Hij glimlachte.

'Dat zie ik.'

Ze beantwoordde zijn glimlach niet.

'Ze is bezig. Waar gaat het over?'

De vrouw, de hoofdzuster, hij zag het bordje op haar borst, was gespannen, haar gezicht bezorgd.

'De politie is hier net geweest. Die heeft met haar gesproken. Met dokter Öhrström. Gaat het daarover?'

'Dat zou je kunnen zeggen. Waar zei u dat ze is?'

'Dat heb ik niet gezegd.'

'Waar?'

'Ze ziet patiënten. Er wachten er nog verscheidene op haar.

Het is hier vandaag wat rommelig geweest, we lopen uit.'

Hij deed een stap achteruit, trok de stoel die tegen de muur naar de gang stond naar zich toe en ging zitten. Hij liet haar zien dat hij niet van plan was te vertrekken.

'U moet haar maar even ophalen.'

Hij had bij het tafeltje aan het raam gezeten in de zaal die daarnet nog aan een slachtoffer had toebehoord, de tijdelijke verblijfplaats was geweest van een mishandelde vrouw; nu was het de kamer van een dader, de plaats delict van een hoer, en via zijn mobieltje had hij zijn opdrachten doorgebeld totdat de batterij leeg was en hij die weer moest opladen.

Ewert had gevraagd of iedere beschikbare politieauto onmiddellijk naar de ingang van de spoedopname van het Söderziekenhuis kon komen en dat was ook gebeurd. Het leek hem dat ze daar op zo'n afstand zaten dat ze weinig last zouden hebben van de gevolgen van een eventuele ontploffing. Hij had het besluit kenbaar gemaakt dat er geen algemeen verkeer meer vanaf Ringvägen naar het ziekenhuis mocht komen, de oprit naar het ziekenhuis was nu afgesloten. Hij had contact opgenomen met de ziekenhuisdirectie en ervoor gezorgd dat het gedeelte van het gebouw dat aan het mortuarium grensde werd ontruimd, alle mensen moesten weg, er zat een vrouw met een wapen en springstof, de mensen moesten weg, nu!

Hij stond op, keek even naar Sven Sundkvist, die de kamer in wilde komen, wees naar de deur. Ze liepen zwijgend de gang op. Het waren een paar intensieve minuten geweest.

'Ik wil ook een explosievendeskundige.'

'Ja.'

'Zorg jij daarvoor?'

'Daar zorg ik voor.'

Ze stonden bij de liften. Sven liep naar de lift die zojuist was gearriveerd.

'Nemen we deze? Of de trap?'

Grens stak een hand op.

'Nog niet.'

Hij hield een envelop in zijn hand. Die gaf hij aan zijn collega.

'Dit heb ik bij haar bed gevonden. Het enige wat er überhaupt lag wat geen ziekenhuiseigendom was.'

Sven Sundkvist nam de envelop in ontvangst, bekeek hem, gaf hem terug. Hij liep de dichtstbijzijnde zaal binnen, zocht even totdat hij vond wat hij zocht. De stapel met plastic handschoenen lag op een plankje boven een wastafel. Hij pakte een paar, trok ze aan.

'Nu. Mag ik hem weer?'

Hij maakte hem open. Een aantekenboekje met een blauwe kaft. Dat was het enige. Hij keek Ewert aan, bladerde er vervolgens in. Er waren een paar blaadjes uit gescheurd. Op vier andere blaadjes dicht op elkaar geschreven tekst. Een Slavische taal, dacht hij.

'Van haar?'

'Dat neem ik aan.'

'Ik begrijp er geen woord van.'

'Ik wil het vertaald hebben, Sven. Regel jij dat?'

Ewert Grens stak zijn hand uit, wachtte totdat Sven het blauwe boekje terugstopte in de envelop, nam die vervolgens aan. Hij wees, voorbij de lift.

'De trap.'

'Nu?'

'We moeten niet vastzitten als er iets gebeurt.'

Ze liepen de steile, betonnen trap naast de lift af. Ze kwamen langs de grote rode vlek die net nog Hilding Oldéus was geweest. Het enige wat er nog over was sinds de mensen in groene kleren hem hadden weggedragen. Ewert haalde zijn schouders op toen ze erlangs liepen.

'Dat doen we later.'

Een paar treden, toen bleef Sven staan. Hij stond een paar seconden stil, keerde terug naar de bloedvlek.

'Wacht even, Ewert.'

Hij staarde ernaar, volgde de omtrek ervan, bloed hoog tegen de muur.

'Wat ons mensen toch drijft?! Zie je het, Ewert? De resten van iemand die net nog leefde.'

'We hebben geen tijd.'

'Ik begrijp het niet. Ik weet precies hoe het werkt, hoe het is, wat het is dat ons drijft, maar ik begrijp het evengoed niet.'

Sven Sundkvist ging op zijn hurken zitten, wiegde zacht met zijn lichaam, verloor bijna zijn evenwicht toen hij weer overeind kwam.

'We weten wie hij was. Hij had mogelijkheden. Hilding Oldéus kon wat. Dat weten we. Maar die verdomde rugzak vol schaamte; die droeg hij mee, net als al die andere gekken. En hoe kwam hij nou eigenlijk aan die schaamte?'

'We hebben ontzaglijke haast.'

'Je luistert niet, Ewert. Schaamte vreet aan je. De schaamte drijft hen allemaal. We zouden geen jacht moeten maken op misdadigers, maar op de schaamte die de misdadigers drijft.'

'Ik heb nu geen tijd, Sven. We gaan.'

Sven Sundkvist bleef staan. Hij voelde Ewerts ergernis, maar negeerde die.

'Hilding Oldéus dacht dat hij wist wie hij in wezen was. Hij dacht dat hij voor geen prijs met die persoon te maken wilde hebben, dat hij hem niet wilde leren kennen, dat hij zich voor hem schaamde. Waarom dacht hij dat?'

Ewert Grens zuchtte.

'Ik weet het niet.'

'Hijzelf vermoedelijk ook niet. Alleen dat heroïne hielp om alles uit te schakelen. Dat wist hij wel. Dat het de schaamte uitschakelde.'

Sven Sundkvist keek naar Ewert Grens. Hij had niet geluisterd.

Hij was al bezig de trap af te lopen.

'We hebben een hoer die met een wapen naar mensen zwaait, daarbeneden. Sorry, Sven. Dit bespreken we later.'

Eén verdieping naar beneden.

Sven had Ewert net ingehaald, ze liepen verder en Ewert zei tegen hem: 'Zeg, Sven?'

'Ja?'

'Een onderhandelaar. Ik moet ook nog een onderhandelaar voor de gijzeling hebben.'

'Die is al onderweg.'

'Onderweg?'

'Dat was een eis die ze stelde.'

Ewert hield midden in een pas in.

'Waar heb je het in godsnaam over?'

'Dat hoorde ik net, toen ik belde om je verzoek om versterking door te geven. Ze had een van de gijzelaars gevraagd om te spreken. Een chef de clinique. Hij had kennelijk de situatie daarbinnen beschreven namens haar. Zij spreekt geen Zweeds. Ook nauwelijks Engels.'

'En?'

'Toen hij uitgesproken was, had ze hem gevraagd een naam voor te lezen die ze op een blaadje had geschreven. Bengt Nordwall.'

'Bengt?'

'Ja.'

'Waarom?'

'Dat was niet duidelijk. In de meldkamer konden ze het niet anders uitleggen dan dat ze hem daar wilde hebben. Ik had waarschijnlijk hetzelfde gedacht.'

Ewert kwam Bengt niet vaak tegen tijdens diensttijd. Tot gisteren, voor de ingeslagen deur in het trappenhuis. Nu zouden ze elkaar weer treffen, nog maar een dag later. Hij gaf de voorkeur aan de privé-ontmoetingen, ontbijt in de regen, zijn enige relatie zonder uniform.

Ze haastten zich over de begane grond. Een paar honderd meter rechte gang, daarna de spoedeisende hulp. Ze groetten de artsen en verpleegsters die ze tegenkwamen kort, hoopten dat hun geen vragen werden gesteld, hadden geen tijd om iets uit te leggen, nog niet. Ze gingen door de buitendeuren naar buiten, het laadbordes op waar anders meerdere keren per dag ambulances stopten om gewonde mensen op zware brancards uit te laden.

Hij had gevraagd of alle beschikbare wagens hierheen konden komen. Er was nog niet zoveel tijd verstreken, maar Sven telde in de gauwigheid veertien stuks op de grote parkeerplaats, vijftien met de wagen erbij die net door het grote automatische hek kwam rijden, met het zwaailicht nog in werking.

Ewert Grens wachtte nog vijf minuten. Achttien voertuigen in politiekleuren stonden dicht naast elkaar. Hij had een kaart van Stockholm uitgevouwen en die op het dak van de voorste auto gelegd.

Ze stonden allemaal op een kluitje achter hem, zeiden niet veel, wachtten op de forse inspecteur met het dunne grijze haar, die een hoop drukte maakte, een beetje mank liep en een stijve nek had, nadat hij eens vast was komen te zitten in een strop, een norse kerel over wie ze allemaal wel gehoord hadden, maar met wie niemand had gewerkt, die niemand zelfs maar had gezien. Ze wisten dat hij het liefst in zijn kamer naar Siw Malmkvist zat te luisteren terwijl hij in zijn eentje het onderzoek deed, dat er niet veel mensen achter zijn deur werden toegelaten, dat het een deur was waar sowieso weinig mensen graag op klopten.

Ze bleven wachten totdat hij zich omdraaide en hen zwijgend aankeek, lange seconden voordat hij het woord nam.

'We hebben een vrouwelijke dader. Een paar dagen geleden hebben we haar bewusteloos uit de flat van haar pooier gehaald. Ze wordt hier in het ziekenhuis verpleegd. Tot zover is het simpel. Tot zover hebben we het allemaal eerder gezien.'

Hij keek om zich heen. Ze stonden zwijgend te luisteren. Ze zijn zo jong, dacht hij. Ze zijn mooi en sterk, maar ze hebben dat vast helemaal niet eerder gezien.

'Maar om de een of andere onduidelijke reden verandert die hoer rond lunchtijd in iets wat we nog nóóit eerder hebben gezien. Ze verschaft zich, Joost mag weten hoe, een handwapen. Ze kan zich nauwelijks bewegen, maar met dat wapen in handen slaat ze godsamme haar bewaker neer. Ze kuiert naar de kelderverdieping, het mortuarium binnen. Ze doet de deur achter zich op slot en gijzelt de vijf personen die daarbinnen zijn. Ze versiert hun lichaam met kneedplastic. Dan belt ze ons.'

Ewert Grens sprak rustig tegen de collega's die hij nog nooit eerder had gezien, die hem vermoedelijk ook nog nooit hadden gezien.

Hij wist wat hij ging doen, wat er van hem verwacht werd.

Hij ontruimde een nog groter deel van het ziekenhuis dan waar hij eerder om had gevraagd. Ze had een halve kilo springstof daarbeneden, met ontstekingsmechanismen. Dat was de hoeveelheid waarvan hij wist. Maar ze kon nog zoveel meer hebben aangebracht of verstopt. Ze had grote afstanden afgelegd op weg daarheen, die rotzooi kon overal zitten.

Hij breidde de afzettingen voor het ziekenhuis uit. Niet alleen meer de oprit, maar hoge hekken langs het hele stuk waar op dit moment forenzen in een dichte stroom langskwamen: Ringvägen vanaf de grasvelden van het Tantobos tot aan het geasfalteerde plein van de school van Eriksdal.

Via de regionale korpschef vroeg hij om het landelijke arrestatieteam, dat binnen zestig minuten een eventuele inval kon voorbereiden. Hij belde persoonlijk naar een van de chefs van het team, John Edvardson, een verstandige man, die Russisch sprak en die hij een paar keer eerder had ontmoet, en nam de situatie voor het eerst door. Met Bengt al ter plaatse kreeg hij nu twee mensen die communiceerden in de taal waarin hij spoedig over levens moest onderhandelen.

Sven Sundkvist stond een paar meter verderop. Hij keek naar zijn collega's, die voor hem op het laadbordes van de spoedeisende hulp stonden, die Ewerts orders in ontvangst namen.

Ze waren er. Ze waren er echt.

Alert, geconcentreerd, hun aandacht alleen hierbij.

Hij was er niet bij met zijn gedachten.

Het kon hem in wezen geen bal schelen dat een prostituee van de andere kant van de Oostzee haar wapen gericht hield op vijf witte jassen die toevallig op het verkeerde moment in een mortuarium waren. Net zo weinig als het hem kon schelen dat Jochum Lang een paar verdiepingen hoger aangewezen was als degene die Hilding Oldéus van het leven had beroofd.

Hij vond zijn werk niet vervelend. Helemaal niet. Hij deed het zelfs graag, hij ging nog steeds fluitend naar zijn werk. Hij had er natuurlijk wel eens over gedacht iets heel anders te gaan doen, iets waarbij je niet naar de gevolgen van gewelddaden hoefde te kijken, iets lichters, maar hij had die gedachten altijd opzijgeschoven, dat was maar fantasie. Hij was politieman. Dat werk beviel hem. Hij had geen zin om opnieuw te beginnen met iets anders.

Maar nu was hij er niet bij.

Hij wilde naar huis. Alleen vandaag. Hij hoorde bij Anita, zij hoorden bij Jonas en hij had het immers beloofd. Vanochtend had hij hun slapende wangen gekust en gefluisterd dat hij meteen na de lunch thuis zou komen, dat ze dan opnieuw konden beginnen met een gezin zijn.

Hij deed nog een paar stappen achteruit, gedeeltelijk verborgen achter een wachtende ambulance, hij belde en Jonas nam op. Met voor- en achternaam. Dat deed hij altijd. 'Hallo, met Jonas Sundkvist.' Sven vertelde het en schaamde zich en Jonas huilde omdat hij het had belóófd en hij schaamde zich nog meer en Jonas schreeuwde dat hij hem haatte, omdat zijn moeder en hij mooi gedekt hadden met taart en kaarsen en Sven kon niet veel meer hebben, hij stond een poosje zwijgend met de telefoon voor zich in zijn hand en gluurde naar Ewert, die de briefing afsloot, en naar de grote groep collega's, die snel oploste en in verschillende richtingen verdween, hij haalde diep adem en vermande zich, bracht de telefoon weer naar zijn mond en fluisterde 'sorry' in de elektronische stilte die volgt wanneer er is opgehangen.

Het was juni en zomer en toen een groot ziekenhuis in het centrum van Stockholm midden op de dag voor de helft werd ontruimd en daarna met hoge hekken voor het verkeer werd afgesloten, jubelde iedere camera, iedere microfoon, iedere pen van vreugde, het rook naar bloed en chaos en naar iets ter opvulling op het moment dat de nieuwsdroogte het vertrouwen wegnam. Ze waren achttien auto's met blauw zwaailicht hierheen gevolgd en stonden nu op een kluitje samen met de nieuwsgierige menigte voor de twee nauwe doorgangen waar agenten in uniform het hek openden en dichtdeden voor het verplegend personeel dat nog steeds naar buiten vluchtte. Ewert Grens had de persvoorlichters van de politie en van het ziekenhuis gevraagd om persconferenties voorzover mogelijk te organiseren op de plek waar ze nu waren en dan zo weinig mogelijk te zeggen. Hij wilde rust in het vertrek op de spoedeisende hulp dat als tijdelijk commandocentrum was ingericht en rust in de keldergangen rondom het mortuarium. Hij herinnerde zich met ontzetting een gijzeldrama een paar jaar geleden aan de westkust, waar de kidnappers in een particuliere villa hadden gezeten en hun gijzelaars met zware wapens onder schot hielden. Ze waren vuurgevaarlijk en bij de politie goed bekend en ze waren net begonnen met onderhandelen en zaten op het volgende contact te wachten, toen een journalist van een Zweedse tv-zender, die achter de identiteit en het mobiele nummer van de bewoner had weten te komen, opbelde en in een rechtstreekse uitzending om een interview vroeg.

Hij wist dat het niet zou helpen. Hij kon ze zo ver wegsturen als hij wilde naar wat voor zinloze persconferenties dan ook.

Een hoer uit een Baltisch land, die is mishandeld en dan mensen gijzelt in het ziekenhuis waar ze wordt verpleegd, is een hot item.

Ze zouden er tot het eind toe blijven staan.

Het commandocentrum was eigenlijk een operatiekamer. De twee operatiekamers van de spoedeisende hulp die normaal in gebruik waren, waren allebei vrij en dit was er nog een, een compleet uitgeruste reservezaal, die zelden werd gebruikt. Ze hadden samen met het personeel zo veel mogelijk opzijgeschoven wat verschoven kon worden; wat ooit steriel was geweest, was nu tijdelijk kantoormeubilair en terwijl politiemensen kwamen en gingen, zat de groep leidinggevenden, die nooit kleiner was dan drie en nooit groter dan vijf, op plaatsen die al de hunne waren geworden.

Ewert Grens had met dreigen en nog eens dreigen een chef

marketing van een telecombedrijf gedwongen het nummer te achterhalen van de mobiele telefoon waarmee om 12.31 uur vanuit het mortuarium naar het alarmnummer van de politie was gebeld. Een nummer met een geheim abonnement, op naam van het Söderziekenhuis en chef de clinique Gustaf Ejder. Hij liet het uitprinten op het kleurenkopieerapparaat en hing het tussen twee roestvrijstalen kasten aan de muur voor zich, naast het briefje met het nummer van de vaste telefoon van het mortuarium, dat iemand er al had opgeplakt.

Hij zat op de plaats die de zijne was geworden, een hoekje bij de operatietafel.

Hij wachtte al bijna twee uur. Hij dronk koffie uit een ziekenhuisbekertje en hij was ongeduldig.

'Ze wil ons zenuwachtig maken.'

Niemand hoorde het. Als dat al zijn bedoeling was geweest; misschien zei hij het alleen hardop om het kwijt te zijn.

'Misschien weet ze heel goed wat ze doet. Dat zwijgen mensen op de zenuwen werkt. Of ze heeft de moed opgegeven, ze heeft ingezien dat het fout gaat en kan het niet meer aan.'

Hij dronk zijn bekertje leeg, verfrommelde het in zijn hand, stond op, liep onrustig door de kamer. Hij keek naar Sven Sundkvist, die in de andere hoek van de kamer zat, met een naar binnen gereden brancard als bureau, een telefoon aan zijn oor, hij had een hele poos met iemand gesproken en hing nu op.

'Dat was Ågestam. Hij kwam net terug van een bespreking met Errfors over de lijkschouwing, kennelijk wilde hij Hilding Oldéus vanmiddag al openmaken. Toen werd hij nieuwsgierig, hij wilde weten wat we verder aan het doen zijn, hij had gehoord van de melding en de ontruiming en heeft wel door dat dit grootse vormen kan aannemen.'

Ewert bleef midden in de kamer staan, smeet het verfrommelde bekertje tegen de muur.

'Dat prutsofficiertje! Het ruikt groots en het ruikt naar carrière, dan komt hij eropaf kruipen. Maar als we hem vragen Lang vast te houden, dan is hij niet thuis, zware jongens van de maffia, die junks in elkaar slaan, leveren niet van die sappige interviews op.'

Ewert Grens mocht Lars Ågestam niet.

Hij had sowieso niets op met jonge officieren van justitie, met een scheve pony en glimmend gepoetste schoenen en de universiteit als enige bron van levenservaring, die hem moesten vertellen wat een redelijke verdenking en voldoende grond voor een aanklacht was. Ze hadden elkaar een jaar geleden voor het eerst ontmoet, ruziegemaakt en een hekel aan elkaar gekregen, toen Ågestam was benoemd als leider van het vooronderzoek in de jacht op een seksuele delinquent. Ågestam had toen de schijnwerpers opgezocht en gestraald voor de camera bij de processen en Ewert Grens had hem herhaalde malen de deur gewezen. Sindsdien had de aspirant-hoofdofficier hem bij verscheidene gelegenheden voor de voeten gelopen en ze waren tegen elkaar blijven schreeuwen. Hij slikte nu van woede; hij had het wel gedacht. Toen hij twee uur geleden wegliep bij het lege bed van Lydia Grajauskas op zaal 12, was de gedachte al bij hem opgekomen: Ågestam krijgt hier lucht van en dan ruikt hij aandacht en meer spotlights, hij gaat buigen en slijmen en als het moet gaat hij in zijn blote reet staan om ook deze keer te worden gekozen als leider van het vooronderzoek.

Hij bleef rusteloos rondlopen in het helder verlichte vertrek, de opdringerige tl-buizen aan het plafond moesten fel zijn om dienst te kunnen doen bij spoedoperaties, maar nu waren ze alleen maar irritant, hij zwaaide ernaar, alsof dat zou helpen.

'Met Grajauskas is het hetzelfde.'

Sven Sundkvist zat nog in de verste hoek van het vertrek, met zijn handen op de brancard die naar binnen was gerold. Hij deed net of hij niet zag dat Ewert naar de lampen aan het plafond bleef wapperen.

'Snap je het, Ewert? Het is eigenlijk weer precies hetzelfde wat nu gebeurt. De schaamte drijft haar en stuurt haar handelen. Net als bij Oldéus.'

'Sven, laat nou. Niet nu.'

'Weet je Völundsgatan nog? Weet je nog de wodka en de rohypnol in de badkamer? Waar denk je dat dat voor was? Ze deed hetzelfde. Ze sloot zich af. Ze schaamde zich. Ze kon er niet tegen zichzelf te voelen.'

Ewert Grens draaide zich demonstratief om, vroeg met zijn rug naar Sven: 'Hoe lang zitten ze daar nu beneden?'

'Je begrijpt het toch, hè? Ze krenken haar keer op keer. Ze vindt het vreselijk wat er gebeurt, maar ze moet doorgaan. Alsof ze zich laat welgevallen wat ze niet wil. Alsof ze iedere keer meedoet. Ze heeft geprobeerd met de schaamte te leven. Het is duidelijk dat dat niet lukt. Ewert?'

Ewert Grens draaide zich niet om. Hij sloeg hard met zijn hand tegen de muur voor zich en hij schreeuwde.

'Ik vroeg hoe lang, Sven? Hoe lang dreigt die hoer al vijf mensen te doden die toevallig haar pad kruisten? Ik wil een antwoord!'

Sven Sundkvist haalde een paar keer diep adem, keek toen naar de man die tegen hem had geschreeuwd. Hij wachtte nog een paar ademhalingen, keek toen op de klok die naast de telefoon op de brits stond.

'De melding is één uur en drieënvijftig minuten geleden binnengekomen bij de alarmcentrale.'

'En hoe lang zitten ze daar?'

'We denken twee uur en twintig minuten. De mishandelde bewaker had een goed idee van de tijd; toen zij naar de wc ging was het lunchnieuws op tv, daar bleef ze een paar minuten en daarna duurde het nog een paar minuten voordat ze hem neersloeg. Wij hebben het stuk naar het mortuarium proefgelopen. Ik denk dat twee uur en twintig minuten een tamelijk correcte tijd is.'

Grens stond stil, keek een hele poos op zijn eigen horloge.

'Twee uur en twintig minuten. In een gesloten kamer, met gijzelaars en zonder echt eisen te stellen. Ze heeft Bengt hier gevraagd vanwege het Russisch. Verder niet. Alleen maar een lange, tergende stilte. Ze weet dat ze ons op de zenuwen werkt. Nu gaan we dat bij haar doen.'

Ewert Grens had Sven Sundkvist aan zijn zij gehad toen hij tot het inzicht kwam dat ze een commandocentrum in het ziekenhuis moesten opzetten. Hij had John Edvardson erbij gehaald, een van de vier chefs bij het nationale arrestatieteam. Hij had ook contact opgenomen met Ernstige Delicten, gevraagd om de jonge, vrouwelijke kracht die een breed Skåns dialect sprak, Hermansson. Hij had al eerder kunnen vaststellen dat ze nauwgezet en systematisch werkte, nu wist hij dat ze ook sterk was, ze had absoluut geen sjoege gegeven toen Hilding Oldéus haar tijdens het verhoor had geprovoceerd met zijn stootbewegingen en zijn 'politiekutje' en ook niet toen ze de verlopen junk een harde klap op zijn wang had gegeven.

Nu had hij de kern van zijn leiding bij elkaar.

Hij keek naar Hermansson, die een provisorisch bureau deelde met Sven, haar papieren lagen op de andere kant van de brancard.

'Ik wil dat je Vodafone belt. Ik heb die klojo van de marketingafdeling aan zijn verstand gepeuterd dat ze aan onze wensen moeten tegemoetkomen. Je moet hem vragen om dat kleremobieltje van die hoer te blokkeren. Voor uitgaande gesprekken. Die alleen. Vervolgens bel je de telefooncentrale hier in het ziekenhuis en je vraagt hun hetzelfde te doen met de vaste telefoon beneden bij de lijken.'

Ze knikte naar hem, ze begreep het. De vrouw, die Russisch sprak en een wapen vasthield, zou niet kunnen communiceren als zij dat wilde, het was hun communicatie, die zou op hun voorwaarden plaatsvinden.

Ewert Grens liep naar de waterkoker die iemand op een hoge kruk had neergezet. Hij vulde die met de kan water die ernaast stond en zette het apparaat aan. Toen pakte hij een plastic bekertje van de stapel op de grond en schepte er drie volle theelepels oploskoffie in.

'Dan bepalen wíj wanneer er wordt gepraat. Wíj gaan háár op de zenuwen werken. Wíj laten háár wachten.'

Hij wachtte niet op een reactie.

'En Bengt? Waar is die?'

Bengt had haar beetgepakt. Zijn handen hadden haar riem gegrepen, maar niet vast kunnen houden; ze was de rijdende bus uit gesleurd.

Vijfentwintig jaar. Bijna. Hij was er bijna.

Als dit met het mortuarium achter de rug was.

Er was een getuige daarboven. De gevangenisstraf die Lang allang had moeten hebben.

Anni's straf.

Sven wees, ergens achter de deur.

'Nordwall zit daar. In de wachtkamer. Op een bankje tussen de patiënten die nog steeds bij de spoedeisende hulp zitten.'

Ewert keek zwijgend in de richting waarheen de arm van Sven wees. Hij wachtte even, zei toen: 'Ik wil hem hier hebben. Het is zover. Over een halfuur hebben we het arrestatieteam in de gang voor het mortuarium staan. Dan moet hij het eerste contact leggen.'

De waterkoker brieste kwaad. Hij zette hem uit, vulde het bekertje met water en roerde er met het theelepeltje in. Hij blies in de vloeistof, die nu bruin was, wilde net proberen van het hete vocht te nippen toen de telefoon, die op een kastje midden in de kamer stond en die voor één doel was bestemd, rinkelde.

Hermansson had de telefonist nog niet gesproken over het blokkeren van gesprekken vanuit het mortuarium.

De alarmcentrale had het nummer herkend en het volgens de instructies doorverbonden.

Ewert Grens pakte de rinkelende telefoon op. Hij hield hem in zijn hand, herkende de cijfers die oplichtten op de display. Ze was hem voor.

Hij bleef staan, liet hem rinkelen.

Hij telde veertien signalen.

Hij glimlachte toen ze stopten.

Lydia Grajauskas keek op de klok die boven een van de deuren hing. Ze had net weer gebeld, net als eerder, de medicijnenstudente had het nummer ingetoetst en ze had de telefoon tegen het oor van de oudere, grijsharige arts geduwd.

Ze had hem veertien keer over laten gaan. Ze had gewacht, de doffe tonen gehoord, een voor een, veertien keer. Geen gehoor. Ze wist niet of er iets mis was met de verbinding, of dat de politiemensen die hadden moeten opnemen, het gewoon niet hadden gedaan.

Ze zat op een stoel, ongeveer drie meter voor hen.

Dat was een goede afstand, ze had volledige controle, zonder dat ze het risico nam te dichtbij te komen. Ze hadden gezwegen, niemand had ook maar één woord gezegd sinds het eerste telefoongesprek. Ze deden hun ogen vaak dicht, de schrik zat er goed in.

Ze keek om zich heen.

Het mortuarium bestond uit een aantal vertrekken.

Eerst de entree, een soort hal, waar zij door naar binnen was gekomen, waar ze een poosje was blijven staan om tot zichzelf te komen, voordat ze het pistool weer uit de plastic tas had gehaald, voordat ze het voor zich uit had gestoken en de volgende ruimte was binnengegaan, die met vijf witte jassen om een brancard met een dode heen.

Een nog grotere ruimte wachtte vervolgens achter de wand waar de vijf nu geknield zaten. Een soort magazijn, archiefkasten en brancards en uitgeschakelde elektronische apparatuur.

Ze had het allemaal al geweten toen ze hier kwam. Ze had de brochure die ze van de Poolse verpleegster had geleend, met informatie over het hele ziekenhuis, nauwkeurig bestudeerd en ze had het kaartje overgetekend in haar aantekenboekje en daar toen de bladzijden uit gescheurd die ze nodig had.

Ze wist ook dat er nog een kamer was.

Daar was ze nog niet in geweest, ze had het te druk gehad met het bewaken van haar gijzelaars en met het afdwingen van respect, maar ze wist dat die kamer er was, achter haar, achter de grote grijze stalen deur.

De grootste kamer. Dat was het eigenlijke mortuarium, bewaarplaats van opgebruikte lichamen.

Plotseling begon een van de drie mannelijke studenten, dezelfde die eerder ongecontroleerd had gehuild en die pas langzaam weer overeind was gekomen toen ze het pistool tegen zijn voorhoofd had geduwd, heftig te ademen, zijn ademhaling werd snel gejaagder, totdat hij hyperventileerde.

Ze bleef zitten, liet het wapen zakken, zag hem voorovervallen zonder dat hij zich kon opvangen, zijn handen vastgebonden achter zijn rug.

Hij beefde hevig toen hij plotseling voorover lag met zijn gezicht tegen de vloer gedrukt.

'Help hem!'

De oudere dokter, die eerder door de telefoon gesproken had, was hees, hij riep, maar kon zich niet bewegen, hij staarde haar aan en hij was vuurrood in zijn hals en op zijn wangen.

'Help! Help him!'

Lydia aarzelde. Ze zag de man die op de grond lag te trillen. Ze stond op van haar stoel, hief het pistool weer, een paar korte stappen en ze was bij hem. Ze volgde de andere gijzelaars met haar blik, wilde weten of ze nog op hun plaats zaten, met hun rug tegen de muur.

Daarom zag ze het niet.

Dat zijn handen los waren.

Dat hij voor haar op de vloer lag te trillen met zijn gezicht naar de vloer en zijn handen los tegen zijn ene heup.

Ze bukte, haar gegipste arm bij zijn nek toen hij zich tegen haar aan wierp. Ze viel achterover, hij boven op haar, hij sloeg haar met één hand op haar hoofd, terwijl hij tegelijkertijd met zijn andere hand het pistool uit haar verkrampte vingers probeerde te trekken.

Hij was veel sterker dan zij. Hij was net als de anderen. Die op haar hadden gelegen en haar hadden geslagen, verkracht, degenen die ze haatte en die ze nooit meer zou toestaan haar te slaan.

Daarom kon ze het waarschijnlijk ook.

Dat dacht ze in ieder geval achteraf.

Zijn hand trok aan het wapen en ze kon lang genoeg weerstand bieden om haar vinger om de trekker te kunnen sluiten. Het schot gierde door het vertrek en de man die haar krenkte liet los, hij viel opzij, hij was zwaar toen hij op de grond terechtkwam en hij vertrok zijn gezicht toen hij begreep dat de pijn uit zijn been kwam.

Ze had hem vlak onder de knieschijf geraakt, hij zou een hele poos niet meer lopen.

De eerste leden van het landelijke arrestatieteam van de politie waren zich gaan groeperen in de onderste gang van het Söderziekenhuis, toen ze een stem hoorden roepen uit de buurt van de deur van het mortuarium. Die was zacht en de woorden waren moeilijk te verstaan; zelfs toen ze langzaam dichterbij kwamen konden ze niet meer onderscheiden dan kort gekreun. Ze zagen hem algauw, hij lag op zijn zij dwars in de gang, met zijn hoofd naar de deur van het mortuarium. Hij bloedde uit zijn been en zijn hoofd, hij had zoveel bloed verloren dat ze begrepen dat hij onmiddellijk verpleging nodig had.

Ze waren op alles voorbereid, maar er gebeurde niets toen ze enkele minuten later bij hem waren en zijn gewonde lichaam op een eenvoudige brancard tilden. De getrainde elitegroep overhaastte niets, ze verplaatsten zich stap voor stap, net zoals ze eerder hadden afgesproken, niet sneller, niet langzamer. Ze wisten dat de naar buiten gegooide man een boobytrap zou kunnen zijn.

Toen ze twaalf minuten later de brancard het provisorische commandocentrum op de spoedeisende hulp binnenbrachten, zat Ewert Grens ongeduldig te wachten. Hij had over de portofoon gehoord dat de man medicijnen studeerde en Johan Larsen heette, dat hij een van de vijf gijzelaars was en dat de vrouw die na de middag, gekleed in ziekenhuiskleren, het mortuarium was binnengegaan, hem zojuist door beide knieschijven had geschoten met een wapen van een zwaar kaliber en vervolgens verscheidene keren met de kolf van het wapen tegen zijn voorhoofd had geslagen. Zodra hij de kamer in werd gedragen, ging Grens bij de brancard staan en probeerde contact te maken, maar hij werd bruusk aan de kant geduwd door een van de spoedartsen, hij moest nog even wachten, de patiënt had meer zorg nodig.

Hij had een heleboel vragen.

Hij had een heleboel antwoorden nodig.

Lydia Grajauskas zat weer op de stoel, voor de vier overgebleven gijzelaars. Ze was moe, het waren een paar ellendige minuten geweest.

Toen ze hem had neergeschoten had ze meteen geweten dat het niet genoeg was. Ze had immers meteen al geprobeerd te laten zien dat het haar ernst was, dat ze respect eiste. Het had niet gewerkt. Toen hij boven op haar lag, net als andere mannen, had ze begrepen dat zij het ook zo moest doen.

Naar beneden drukken, naar beneden drukken, keer op keer opnieuw, zij moest de macht hebben en de anderen moesten de angst voelen.

Ze wilde niet meer oproer, een volgende keer lukte het hun misschien.

Ze had op de grond gelegen, nog steeds met het wapen in haar hand, de student naast zich, hij had gekermd van de pijn en zijn rechterknie vastgepakt. Ze stond op, keek naar de vier die tegen de muur gekropen zaten, keek naar de man die haar had aangevallen. Ze had hun haar wapen laten zien, had ernaar gewezen.

'Not again. If again. Boom.'

Ze had een stap in zijn richting gezet, was over hem heen gaan staan, met aan iedere kant van zijn lichaam een been. Ze liet nogmaals haar wapen zien aan de vier die tegen de muur zaten, zei '*boom*' en had op zijn andere knieschijf gevuurd, zijn linkerbeen. Hij had weer geschreeuwd en ze had zich voorovergebogen, had de vier aangekeken en had '*boom boom*' gezegd en de loop in zijn mond gestopt. Ze had hem daar gehouden totdat hij helemaal stil was, hem er toen uit getrokken en het wapen omgedraaid, had hem met de kolf in zijn gezicht geslagen totdat hij het bewustzijn had verloren. Ze had hem geslagen zoals de anderen haar altijd hadden geslagen. Vervolgens had ze het kneedplastic van zijn schouders gehaald, naar de vrouw gewezen en naar de grijsharige arts, had hun vastgebonden handen tijdelijk losgemaakt en hun beduid dat ze de bewusteloze man naar de hal moesten slepen, de deur naar de gang moesten opendoen en hem in de lege gang moesten leggen.

Ze zat stil, hield het pistool vast, richtte het op hen.

De mensen buiten hadden inmiddels de man die ze had neergeschoten wel gezien, ze hadden hem misschien al opgehaald, waren met hem gaan praten.

Dat was mooi.

Wat hij vertelde zou hun duidelijk maken dat zij het niet op zou geven, dat ze het meende, dat ze zolang dit duurde het respect wilde krijgen dat ze eiste.

Ze wilde met hen praten.

Met de mensen daarbuiten.

Ze wachtte niet langer.

Ze zou hun vertellen wat ze wilde.

Ze gebaarde door de lucht met het pistool. Ze wilde dat de vrouw het mobieltje zou pakken en het nummer zou intoetsen. Het werd de derde keer dat ze belde. Eerst het gesprek om te melden dat ze mensen had gegijzeld. Toen de veertien signalen waar niet op was gereageerd. Nu toetste de jonge studente het nummer weer in, drukte de hoorn tegen het oor van de oudere man.

Hij wachtte, schudde toen zijn hoofd.

'Dead.'

Ze hoorde wat hij zei, maar wist niet zeker of ze had begrepen wat hij bedoelde. Ze zwaaide met het wapen.

'Again!'

'Dead. No tone.'

De oudere arts ging met zijn hand langs zijn keel, als in een

Amerikaanse film wanneer er iemand dood moest, hij deed het weer en zei twee keer '*dead*'.

Ze begreep het. Ze stond op, nog steeds met het wapen op hen gericht, ze liep naar de vaste telefoon, die aan de muur boven hun hoofd hing.

Ze tilde de hoorn op, hoorde de stilte.

Twee telefoons. Haar contactmogelijkheid. Die hadden ze afgesneden.

Ze schreeuwde naar de vier gehurkte personen, in Russisch dat ze niet begrepen, ze schreeuwde en wees naar de deur van de ruimte ernaast, het magazijn met archiefkasten en elektronische apparatuur. Ze stonden op, met zere benen en een zere rug na uren van op de vloer zitten, ze gingen naar binnen en gingen daar weer tegen de muur zitten. Ze wist dat ze nu gehoorzaamden, maar wees toch naar hen met het doorgeladen wapen en zei '*if again, boom*' voordat ze de deur achter zich dichtdeed. Ze liep snel door het vertrek, langs de brancard met het dode lichaam, ze liep naar de blauwe ijzeren deur aan de andere kant.

Ze deed hem open, ging alleen naar binnen, in de grote zaal die het eigenlijke mortuarium was.

John Edvardson was nog maar vierendertig toen hij werd benoemd tot operationeel teamchef van het landelijke arrestatieteam. Een tolkenopleiding, universitaire studies Russisch en staatswetenschap, politieacademie en enkele jaren actieve politiedienst hadden hem langs de rij gevoerd van mensen die zichzelf als kandidaat beschouwden voor de vacante positie. Er was toen flink gemord, zoals altijd wanneer ego's klappen oplopen, maar hij was exact de geslaagde oplossing geweest waarop de politieleiding had gehoopt: verstandig, populair, iemand wie je geen kunstjes hoefde te flikken, iemand die niet hoefde te schreeuwen om dat duidelijk te maken.

Ewert Grens had hem een paar keer ontmoet. Geen vriendschap, daar had Ewert Grens geen belangstelling voor, maar hij had gezien wat voor iemand hij was, had waardering gekregen voor zijn vakmanschap. Hij was blij hem erbij te hebben in het provisorisch ingerichte commandocentrum tussen brancards en scalpels.

Edvardson kwam bij Ewert staan, pakte hem bij de arm, trok hem een stukje bij de student medicijnen vandaan, die een kogel in beide knieën had.

'Je hoeft hem niet te verhoren. Nog niet. Ik heb een van mijn mensen gevraagd met hem te praten onderweg van de gang voor het mortuarium hierheen.'

Ewert luisterde, keek toen naar de arts die beide kniegewrichten onderzocht.

'Ik moet alles weten.'

'Dat kan nu niet. Later. Maar ik kan je nu wel vertellen dat de neergeschoten Larsen zeker weet dat het semtex-kneedplastic is. Hij wil niet vertellen hoe hij dat weet, maar hij lijkt zeker van zijn zaak. Hij beschreef het, een beige goedje, dat klopt. Ze heeft de gijzelaars en elke deur daarbinnen ermee behangen. Ze heeft ontstekingsmechanismen en hij twijfelt er niet aan of ze gebruikt ze als dat nodig is.'

'Hij kan het weten.'

'En je begrijpt wat dat inhoudt?'

'Dat denk ik wel.'

'We kunnen geen inval doen. Dat is onmogelijk. We riskeren de gijzelaars als we naar binnen gaan.'

Ewert Grens keerde zich om naar Edvardson, sloeg geërgerd met zijn hand op een roestvrijstalen tafel op wieltjes. De klap was hard en werd versterkt door het metalen oppervlak, dat bleef natrillen.

'Ik snap er niks van. Sinds wanneer lopen hoertjes gewapend rond en gijzelen ze mensen?'

'Hij had het over haar controle. Ze had de zaken goed onder controle, dat maakte hen bang. Ze had het goed voorbereid, ze had touw bij zich om hen mee vast te binden, genoeg ammunitie voor een poosje en genoeg kneedplastic om ons buiten de deur te houden.'

'Controle.'

'Dat zei hij. Controle en moed. Dat heeft hij een paar keer herhaald.'

'Ze kan de pot op met haar controle. Ik wil dat jij je mannen daar neerzet. Zoals het jou het beste lijkt. En ik wil scherpschutters. Als het nodig is, moeten we haar kunnen neerschieten.'

Edvardson wilde de kamer uit lopen, maar Grens hield hem tegen. De envelop lag op een van de brancards, die tijdelijk aan de kant waren geschoven; Ewert Grens haalde hem op, vroeg Edvardson om plastic handschoenen aan te trekken en liet toen het opschrijfboekje met de blauwe kaft in zijn handen vallen.

'Dit is van Grajauskas. Kun jij het lezen?'

John Edvardson sloeg voorzichtig de ene na de andere bladzij om. Hij schudde zijn hoofd.

'Nee, helaas. Litouws. Dat kan ik niet lezen.'

'Sven, wordt dat nog wat met die tolk, verdomme?'

Ewert Grens keerde zich naar de hoek waar Sven Sundkvist zat, toen de spoedarts die in het aangrenzende vertrek met het eerste onderzoek van de schotwonden van Johan Larsen bezig was, met zijn hand wapperde, zijn aandacht wilde trekken.

'Grens?'

'Ja?'

Ewert liep naar de brancard voor een snel verhoor van de medicijnenstudent. De spoedarts hief zijn hand bij wijze van stopteken.

'Nee. Nog niet.'

'Ik heb meer antwoorden nodig.'

'Nog niet. Hij is niet in staat om te antwoorden.'

'Een paar knieschijven, verdomme! Er zitten meer mensen daar beneden!'

'Het gaat niet om de knieën. Dat ziet u toch. Nu komt de shock. Als we daar geen rekening mee houden krijgt u uw antwoorden nooit.'

Ewert Grens keek naar Larsen, die wit was in zijn gezicht en zijn speeksel over zijn kin liet lopen. Hij kneep even in de zakdoek in zijn zak, waar hij haar mond altijd mee afveegde. Hij deed zijn ogen dicht, keek nog eens naar Larsens open mond en wilde weer op het metalen tafeltje slaan, maar hield in, met zijn arm gestrekt in de lucht.

'Ze gijzelt mensen. Ze zorgt ervoor dat wij het weten. Ze stopt verdomme het hele lijkenhuis vol met springstof. Maar ze stelt geen eisen!'

Hij liet zijn hand verdergaan, het metalen blad schommelde en het geluid kaatste tegen de wanden.

'Sven!'

'Ja?'

'Bel! Bel haar. Het is tijd voor een gesprekje.'

Ze was nog nooit eerder in een echt mortuarium geweest. Ze bleef staan toen de grijze plaatijzeren deur achter haar dichtsloeg en keek om zich heen. Het was groter dan ze had gedacht, een lichtgele zaal met klinische verlichting, witte tegels waar de lijkschouwingen werden gedaan, net zo groot als de twee danszalen in Klaipėda waar Vladi en zij als tieners naartoe gingen. De rij koelboxen nam bijna één hele wand in beslag, staalgrijze deuren, net kleine koelkasten, vijftig bij vijfenzeventig centimeter, drie op elkaar.

Lydia telde vijftien rijen. Vijfenveertig vriesboxen. Er lagen mensen in. Gekoelde lichamen in rusthouding. Ze kon het niet begrijpen, wilde het niet begrijpen.

Ze dacht aan Vladi, dat deed ze soms, ze miste hem. Ze waren samen opgegroeid, waren samen naar school gegaan, ze vond het fijn om zijn hand vast te houden, ze hadden vaak lange wandelingen gemaakt, hadden plannen gemaakt om Klaipėda te verlaten, soms waren ze naar de rand van de stad gegaan, daar waren ze blijven staan en ze hadden zich omgedraaid, naar de stad gekeken, er echt naar gekeken, ze hadden verlangd, dat was wat ze hadden gedaan samen: verlangen.

Ze had hem als de hare beschouwd. Hij had haar als de zijne beschouwd.

Lydia liep langzaam over de harde vloer, grijze plavuizen. Ze had hem al meer dan drie jaar niet gezien. Ze vroeg zich af waar hij was, wat hij deed, of hij wel eens aan haar dacht.

Ze dacht aan haar ouders. Aan haar vader in de Lukuskeles-gevangenis. Aan haar moeder in de flat in Klaipėda.

Ze was blij dat haar moeder niet wist waar ze nu was. In een mortuarium; een mishandelde hoer, die een wapen vasthield en dat op andere mensen richtte. Ze was blij dat Vladi het niet hoefde te weten. Ze vroeg zich af of hij het zou hebben begrepen. Ze dacht van wel. Hij zou begrijpen dat als iemand maar genoeg was gekrenkt, er een moment kwam dat hij of zij die krenking moest beantwoorden. Dat dat gewoon zo was. Dat het gewoon niet meer ging, er was gewoon geen plaats meer voor.

Het duurde enkele seconden voordat ze de telefoon hoorde. De vaste telefoon aan de wand in de tussenkamer, een paar stappen van de dode op de brancard. Ze haastte zich over de stenen vloer, langs de koelboxen, deed de grijze plaatijzeren deur open. Ze dacht dat de telefoon vier, misschien vijf keer was overgegaan.

Ze nam op, wachtte zwijgend. Ze voelde de pijn. De morfine raakte langzaam uitgewerkt, ze begon moeite te krijgen met bewegen, besefte dat het spoedig nog erger zou worden.

Het duurde even, hij sprak Russisch, daar was ze niet op voorbereid, de mannelijke stem sprak Russisch met een Scandinavisch accent en ze had het niet eerder door dan toen hij zich had voorgesteld.

'Bengt Nordwall. Ik ben politieman.'

Ze slikte. Ze had het niet gedacht. Ze had het gehoopt, dat wel, maar niet verwacht.

'Je had me hier gevraagd.'

'Ja.'

'Lydia? Klopt dat? Ik luister zolang je...'

Ze onderbrak hem bruusk, tikte met een vinger op de hoorn en sprak met luide stem.

'Waarom hebben jullie de telefoons afgesloten?'

'We hebben...'

Ze tikte weer hard tegen de hoorn van de telefoon.

'Jullie kunnen mij bellen. Maar ik kan jullie niet bellen. Ik wil weten waarom.'

Hij wachtte even, ze begreep dat hij zich had omgedraaid naar de collega's die om hem heen stonden, hij zocht een soort steun, ze knikten waarschijnlijk naar elkaar, maakten gebaren met hun handen in de lucht.

'Ik weet niet wat je bedoelt. We hebben geen telefoons afgesloten. We hebben grote delen van het ziekenhuis ontruimd, omdat jij mensen hebt gegijzeld. Maar we hebben geen telefoons afgesloten.'

'Leg dat eens beter uit.'

'Lydia, we hebben ook de telefooncentrale van het ziekenhuis ontruimd. Ik denk dat je telefoon het daarom niet doet.'

'Telefoons! Niet één, allebei! Denken jullie dat ik achterlijk ben? Een stom hoertje uit een Baltisch land? Ik weet hoe telefoons werken. En jullie weten nu dat ik niet aarzel om schade aan te richten. Dus geen geleuter! Vijf minuten. Jullie krijgen vanaf nu exact vijf minuten om de telefoons in orde te maken, zodat ze het ook voor uitgaande gesprekken doen. Anders schiet ik een van de gijzelaars neer. En deze keer niet in de benen.'

'Lydia, wij...'

'En probeer niet om hier binnen te komen. Dan blaas ik de gijzelaars en het ziekenhuis op.'

Hij wachtte weer even. Nu keek hij zijn collega's weer aan. Hij schraapte zijn keel.

'Als we dat met die telefoons regelen? Wat krijgen we dan?'

'Krijgen? Jullie ontkomen ergens aan. Jullie krijgen geen dode gijzelaar. Nog vier minuten en vijftien seconden.'

Ewert Grens had met het hele gesprek meegeluisterd en had een simultaanvertaling gekregen van Edvardson. Hij zette de koptelefoon af, legde hem op de brits tussen Sven Sundkvist en Hermansson. Hij pakte het plastic bekertje dat hij ernaast had gezet, dronk het koud geworden restje op.

'Wat denken jullie?'

Hij keek naar Sven, naar Hermansson, naar Edvardson, naar Bengt Nordwall.

'Wat denken jullie? Bluft ze?'

John Edvardson was precies zo gekleed als de agenten die hij net op de gangen van het ziekenhuis had neergezet. Stevige zwartleren schoenen, een uniformbroek in camouflagekleuren, met grote vierkante opgenaaide zakken op het bovenbeen, een dubbel grijs vest; eerst één met plaats voor reservemagazijnen voor de vuurwapens die hij op een van de brancards had gelegd, dan een beschermend vest met metalen plaatjes, die stevig genoeg waren om tenminste de meest voorkomende soorten ammunitie tegen te houden. Het was warm in het vertrek dat nu al te krap was en hij zweette, zijn voorhoofd glom en hij had grote, donkere vlekken onder zijn oksels.

'Ze heeft laten zien dat ze er niet voor terugschrikt om de gijzelaars wat aan te doen.'

'Maar bluft ze?'

'Dat hoeft ze niet. Ze is in het voordeel.'

'En waarom zou ze haar voordeel verspelen?'

'Dat doet ze niet. Als ze er één neerschiet, heeft ze er nog drie over.'

Grens keek naar Edvardson, schudde zijn hoofd.

'Waarom gijzelt ze in vredesnaam mensen in een mortuarium? Geen ramen, geen andere uitwegen. Het maakt niet uit, ook al schiet ze hen allemaal neer! We grijpen haar zodra ze probeert te ontkomen. Dat, of een van de scherpschutters raakt haar. Dat moet ze weten. Ze wist het al toen ze er binnenging. Ik begrijp het niet.'

Hermansson zat zwijgend midden in de kamer, op haar plaats aan een brits. Het was Ewert opgevallen dat ze helemaal niet veel had gezegd sinds ze hier was. Misschien zei ze nooit veel, of vond ze het moeilijk haar plaats te vinden tussen haar mannelijke collega's, die met routine en een soort vanzelfsprekendheid de ruimte vulden die te vullen was. Nu stond ze op, keek hem aan.

'Er is nog een andere mogelijkheid.'

Grens vond haar brede Skånse dialect sympathiek. Het wekte vertrouwen, hij moest er gewoon naar luisteren.

'Hoe bedoel je?'

Ze wachtte even, overwoog of ze de gedachte zou uiten, ze wist zeker dat ze gelijk had, maar toch deze merkwaardige onzekerheid, die ze verafschuwde, maar niet kon wegdringen, als ze naar haar keken, als naar een klein meisje; ze wist dat ze zo niet dachten, maar toch had ze dat gevoel.

'Ze is zwaargewond. Ze heeft pijn. Ze houdt het niet zo lang meer vol. Maar ik denk niet dat ze denkt zoals jullie. Ze is al een grens gepasseerd, heeft daden begaan waarvan ze vermoedelijk zelf niet geloofde dat ze ze kon uitvoeren. Ik denk dat ze een besluit heeft genomen. Ik denk dat ze niet van plan is het mortuarium uit te komen.'

Ewert Grens stond helemaal stil. Dat deed hij niet vaak. Hij worstelde altijd met de rusteloosheid, liep altijd onrustig heen en weer door een vertrek met zijn zware lichaam. Ook als hij zat, was hij op de een of andere manier altijd in beweging, strekte zijn armen uit, of stampte onbewust met een voet, of draaide met zijn bovenlichaam heen en weer. Nooit stil.

Nu wel.

Hermansson had net gezegd wat hijzelf had moeten inzien.

Een paar keer diep ademhalen, hij bewoog weer, liep een aantal rondjes om de brits en hun tijdelijke zitplaatsen.

'Bengt.'

Bengt Nordwall stond in de deuropening, zijn handen zijwaarts tegen de deurpost.

'Ja?'

'Bengt, ik wil dat je haar nu belt.'

'Nu?'

'Ik denk dat we gloeiende haast hebben.'

Bengt Nordwall verliet zijn plaats bij de deur, liep snel naar de telefoon die midden in de kamer was neergezet. Hij ging niet zitten, hij probeerde kostbare seconden te winnen voor Ewert en werd tegelijkertijd getroffen door het verdomde gevoel van onbehagen dat hij in de tuin al had gevoeld, toen de beelden van de kapotgeslagen rug zich hadden opgedrongen.

Hij wist wie ze was.

Hij wist het al toen hij voor de flat in Völundsgatan stond.

Het gevoel was nu sterker, de onlust, de angst.

Bengt Nordwall gluurde naar het blaadje aan de muur, naar het nummer dat hij moest intoetsen. Hij keerde zich om naar Ewert, wachtte totdat hij de koptelefoon had opgezet om mee te luisteren.

Hij belde. Acht signalen. Geen gehoor.

Hij keek naar dezelfde muur, naar het andere blaadje, de vergrote kopie met het nummer van de mobiele telefoon.

Hij belde weer. Acht, tien, twaalf signalen. Geen gehoor.

Hij schudde zijn hoofd, legde de hoorn neer.

'Ze heeft ze uitgezet. Allebei.'

Bengt Nordwall zocht Ewert, die onrustig rondjes bleef lopen, die rood was in zijn gezicht toen hij schreeuwde: 'Wat een ellendig sekreet!'

Grens wilde nog iets schreeuwen, maar keek toen eerst op zijn horloge en daarna op de klok aan de muur. Hij dempte zijn stem.

'Nog anderhalve minuut.'

Ze wist dat ze gehoorzaam waren. Ze wist dat ze stilzaten. Maar toch deed ze de deur open, controleerde het snel. Ze zaten in het magazijn, archiefstof dwarrelde door de lucht. Ze zaten met hun rug tegen de harde muur, zwijgend. Ze keerden zich naar het geluid van een deur die openging, ze zagen haar, ze liet hun het wapen zien, wees er zo lang mee in hun richting dat ze de dood weer konden voelen.

Haar vader was voorovergevallen. Zijn handen waren op zijn rug gebonden. Zijn gezicht was hard op de vloer terechtgekomen. Ze had toen naar hem toe moeten hollen. Maar dat durfde ze niet. Het pistool tegen haar hoofd, het deed pijn toen de man die het vasthield het nog stijver tegen de dunne huid van haar slaap drukte.

Ze sloot de deur, ging terug naar de middelste kamer. Ze keek op haar horloge. Ze hadden hun vijf minuten gehad.

Ze legde de hoorn weer op de haak aan de muur. Ze zette het mobieltje aan, drukte op de knop met het groene symbooltje en toetste toen de viercijferige code in, zoals de oudere arts het haar had voorgedaan.

Ze wachtte maar een paar seconden.

Hij rinkelde, daar had ze op gerekend.

Ze liet hem een paar keer overgaan. Toen nam ze hem op, de zwarte vaste telefoon.

'De tijd is om.'

De stem van Bengt Nordwall.

'Lydia, we hebben...'

Ze tikte een paar keer hard tegen de microfoon.

'Hebben jullie gedaan wat ik had gevraagd?'

'We hebben meer tijd nodig. Nog heel even. Dan zetten we de vergissing met de telefoons recht.'

Het koude zweet brak haar uit. Iedere ademhaling was een steek in haar lichaam. Ze had moeite zich te concentreren, om de pijn weg te houden. Lydia tikte met de loop van het pistool tegen de hoorn. Vaker ditmaal, harder. Maar ze zei niets.

Bengt Nordwall wachtte, hij hoorde haar voetstappen wegsterven. Ze wist dat hij nu weer naar zijn collega's keek, dat ze daar stonden met hun koptelefoons op en hun best deden om het te begrijpen. Hij greep zijn telefoon, riep even later zo hard als hij durfde: 'Hallo!'

Hij hoorde het galmen. Hoorde dat woord door het vertrek dansen.

'Hallo!'

Toen hoorde hij wat hij niet wilde horen.

Het schot maakte een geluid dat al het andere verstikte.

Ze loste een schot in een gesloten ruimte en daarom was de kracht die tegen de hoorn sloeg zo hevig.

Het was moeilijk te zeggen. Of er een paar seconden waren verstreken. Of dat het meer was.

'Nu heb ik drie levende gijzelaars en één dode. Nu krijgen jullie nog eens vijf minuten. De telefoons moeten het doen voor uitgaande gesprekken. Als dat niet gebeurt, schiet ik er nóg een neer.'

Haar stem was vast.

'Jullie moeten ook maar een paar van de lui weghalen die op de gang voor de deur zitten te wachten. Ik laat daar straks een paar ladingen ontploffen.'

Ewert Grens had het schot gehoord. Hij had net zo lang gewacht tot zij weer ging spreken. Toen ze vervolgens haar zwijgen verbrak, had hij zich geconcentreerd op de klank van haar stem, of ze rustig was, of ze net deed of ze rustig was, dat was het enige wat hij kon doen, van dat verdomde Russisch begreep hij geen lor.

John Edvardson stond achter hem, boog voorover, vertaalde wat ze net had gezegd. Grens luisterde en vloekte.

Hij richtte zich tot Sven Sundkvist: 'Regel dat verdomme met die telefoons, Sven, ze moet weer naar buiten kunnen bellen en snel een beetje.' Terug naar Edvardson, ze waren het erover eens dat het arrestatieteam zich een heel eind van de ingang van het mortuarium terug moest trekken, 'we moeten niet hebben dat iemand daar het loodje legt!'

Vervolgens stond hij even stil, hijgde, legde een hand op de schouder van Sven, zocht zijn blik.

'Jij moet ook een kogelvrij vest aandoen.'

Sven Sundkvist schrok er bijna van, van de hand van Ewert, hij besefte dat die hem nog nooit eerder had aangeraakt.

'Ik wil dat jij erheen gaat, Sven. Naar de gang in de kelder. Ik moet het weten. Jouw indrukken ter plaatse. Ogen waarop ik kan vertrouwen.'

Sven Sundkvist zat ongeveer vijftig meter van de deur van het mortuarium, op de plaats waar de gang zich splitste en als twee gangen verderging. Hij wachtte achter het laatste stuk muur van de nieuwe gang, samen met drie leden van het arrestatieteam. Hij zat daar nog maar twee minuten toen hij de deur die hij in de gaten hield hoorde opengaan. Hij zat op zijn knieën, schoof naar voren en keek in de spiegel die een eindje verderop stond.

De gang was donker, maar er scheen een fel licht vanuit het mortuarium. Een man bewoog in het zwakke licht, zijn donkere lichaam als een silhouet, hij was voorovergebogen, trok ergens aan.

Het duurde even voordat Sven Sundkvist begreep wat het was.

De man hield een arm vast, sleepte een lichaam voort.

Sundkvist rukte de nachtkijker naar zich toe uit de tas die naast een van de agenten van het arrestatieteam stond, overwoog hoe groot het risico was dat hij gezien zou worden, hield de kijker zo vast dat hij, als hij naar voren boog, om de hoek van de gang kon kijken.

Het was moeilijk om details te onderscheiden in het gezicht van de man, maar hij zag dat hij plotseling de arm losliet, zich terug haastte en de deur van het mortuarium sloot.

Sven Sundkvist kroop achteruit, zat verborgen om de hoek van de gang. Hij hijgde zwaar, hield zijn portofoon voor zijn mond, deed de oproep.

'Grens, over.'

Het kraakte, zoals het altijd kraakte.

'Grens hier. Over.'

'Ik heb net een man uit het mortuarium zien komen. Hij sleepte met een levenloos lichaam. Hij is nu weg, maar het lichaam ligt daar. Ik heb gezien dat er draden aan zitten. We kunnen er niet heen! Er zit een explosieve lading aan vast!'

Ewert Grens wilde net antwoorden, toen hij werd overstemd door het merkwaardige geluid dat ontstaat wanneer een menselijk lichaam wordt opgeblazen.

Het was stil in de portofoon, of misschien helemaal niet, misschien was de schreeuw van Sven daar aldoor al.

'Ze heeft het gedaan, Ewert! Ze heeft de persoon opgeblazen die daar lag!'

Zijn stem klonk zwak, verpieterde.

'Hoor je me, Ewert! Er is alleen nog pulp van over. Alleen pulp!'

Lisa Öhrström was bang. Ze had al een hele poos een brandende, gillende pijn in haar buik, die haar dwong midden in een pas in te houden om te controleren of ze nog adem kon halen. Ze had de man gezien die waarschijnlijk eerst had geslagen en daarna de rolstoel de trap af had laten verdwijnen en ze had geweten dat de beelden haar langer zouden blijven achtervolgen dan ze aankon.

Ze had niet gegeten, ze had een appel geprobeerd en een broodje, maar het ging niet. Het was net of ze niet kon slikken, of ze geen speeksel had.

Ze begreep het niet.

Hij zou wel dood zijn.

Maar ze wist niet of het vooral fijn was dat ze precies wist waar hij was, wat hij níét deed, dat hij zichzelf niets aandeed en anderen ook niet. Of dat ze verdriet had. Of dat ze zich er eigenlijk gewoon op voorbereidde hoe ze het aan Ylva en aan haar moeder moest vertellen.

De belangrijkste gedachte was waarschijnlijk hoe ze het haar neefje Jonathan en haar nichtje Sanna moest uitleggen, de kinderen op wie ze zo dol was, die ook een beetje van haar waren, de kinderen die ze zelf niet had gekregen.

Oom Hilding is dood.

Oom Hilding is zojuist doodgeslagen, op een trap.

Lisa Öhrström liep weer naar de keuken, zocht de koffie die er al vanaf 's ochtends vroeg stond. Een van de agenten die op de afdeling waren gebleven, was na enige tijd ingegaan op haar smeekbeden en had meer verteld dan hij eigenlijk mocht. Ze wist nu dat de man met het kaalgeschoren hoofd, die haar broer dodelijk had mishandeld, die zij later tijdens het verhoor had aangewezen als foto nummer 32, Lang heette, dat hij ingeschakeld werd om af te rekenen, iemand die sloeg en bedreigde, zolang hij daarvoor werd betaald. Ze wist ook dat hij een paar keer was veroordeeld wegens gewelddelicten, maar dat hij in hechtenis had gezeten op verdenking van nog zoveel meer, de getuigen die er waren bedachten zich meestal, zo werkten ze: bedreigen en bang maken, want bange mensen praten niet.

Jochum Lang zat nog in de auto voor de entree van het ziekenhuis en keek niet om. Net wat voor Slobodan om zo patserig te doen; het gaf hem een kick dat hij de brokken opruimde en dat Jochum degene was die getuigen had achtergelaten en achter wiens kont moest worden opgeruimd. Het zal wel, dacht hij, vroeg of laat laat je een steekje vallen en zet je je macht op het spel en moet je vechten met de kleine jongens die staan te trappelen, die vergeten zijn hoe het ook weer was en die je er weer aan moet herinneren.

Hij boog naar de bestuurderskant, draaide de contactsleutel een halve slag, keek op het klokje dat onderaan op het instrumentenpaneel oplichtte.

Twintig minuten.

Slobodan had haar vast al gevonden, had vast al een praatje met haar gemaakt.

Lisa Öhrström stond in de keuken, leunde tegen het aanrecht. De koffie was aan de sterke kant, maar ze dronk hem toch, blij dat ze kon slikken. Ze was nog niet eens halverwege de lijst met patiëntenbezoeken, die in de binnenzak van haar witte jas zat, het was een rommelige ochtend geweest, het zou een lange dag worden.

Ze wilde net haar kopje neerzetten, toen de hoofdzuster de deur in kwam, ze maakte een onrustige indruk, haar wangen waren rood.

'Zou jij niet eens naar huis gaan?'

'Niet alleen. Dat kan ik niet aan, Ann-Marie. Ik blijf hier.'

De hoofdzuster schudde langzaam haar hoofd, haar wangen waren nog steeds rood.

'Er heeft hier een moord plaatsgevonden. Jij hebt het gezien. Je zou in ieder geval contact op moeten nemen met het crisisteam.'

'Er gaan hier zo vaak mensen dood.'

'Dit was je broer.'

'Mijn broer is al heel lang dood.'

De hoofdzuster keek haar collega aan. Een hand voorzichtig op haar wang, voordat ze een aanloopje nam en verderging.

'Er is iemand voor je.'

Lisa ontmoette haar blik, het koffiebekertje in haar hand, ze dronk het laatste beetje langzaam op.

'Wie?'

'Ik weet het niet. Een onaardige man.'

'Een patiënt?'

'Nee.'

De zuster ging aan tafel zitten, legde een hand op het plastic zeil met rode en witte blokjes. Lisa Öhrström ving haar blik op.

'Wat wil hij?'

'Dat wilde hij niet zeggen. Hij moest jou spreken. Dat zei hij.'

Ze ging aan de keukentafel zitten, naast de hoofdzuster, toen de vloer onder haar plotseling een paar seconden bewoog, de kopjes in de keukenkastjes rinkelden even.

Het leek wel of het hele gebouw trilde.

Ze wist dat delen van het ziekenhuis waren ontruimd, maar ze wist niet waarom en terwijl het vertrek bewoog, kreeg ze het gevoel dat er een bom was ontploft, ze was nooit bij iets dergelijks in de buurt geweest, maar toch schoot die gedachte door haar heen, dat het net een schok was na een ontploffing.

Jochum Lang draaide de contactsleutel weer om, zette de ruitenwissers aan, hij wilde naar buiten kunnen kijken terwijl hij wachtte. Het was zo'n dag waarop het zou blijven regenen tot het donker werd.

Het kwam plotseling.

Hij hoorde hem duidelijk, de doffe knal vanuit het ziekenhuis. Hij draaide zich om, probeerde door de beregende ruiten van de entreedeuren te kijken. Explosieven. Dat wist hij zeker. Zo'n geluid was het.

Hij bereidde zich voor op meer knallen, maar die kwamen niet. Eén enkele knal en het was weer stil.

Er was te veel licht in het vertrek. Ewert Grens ergerde zich al meteen aan die verdomde lampen toen hij de operatiezaal van de spoedeisende hulp was binnengestapt en de inventaris die in de weg stond was gaan verschuiven. Hij had net de knal gehoord van een menselijk lichaam dat was opgeblazen en toen Svens wanhopige aanroep over de portofoon. Die rotlampen, dacht hij, ik kan er niet meer tegen, al dat licht, hoe moet je daar nu tegen kunnen? Hij ging zitten, maar stond meteen weer op, draafde bijna het vertrek door, langs de brits waar Edvardson en Hermansson aan zaten, wierp zich tegen de knop aan de wand en deed het licht uit.

Even maar. Geen lichamen die uit elkaar vielen. Geen hoeren die het leven van andere mensen in hun greep hielden. Even maar, de lichten, de ergernis, het duister, de lichtknopjes, dingen die hij begreep, om het aan te kunnen moet je het begrijpen, even maar.

Er was nog wel zoveel licht dat ze elkaar konden zien. Ewert begon door het vertrek te lopen, de rondjes die hij nodig had, hij vergat de lampen die niet meer brandden, voelde dat hij lucht kreeg, kleur op zijn gezicht. Hij bleef staan in de hoek waar Bengt Nordwall nog steeds met zijn koptelefoon op zat, legde een hand op zijn schouder.

'Je moet weer bellen.'

Het schokken was net zo snel weer opgehouden als het was begonnen. Lisa Öhrström zat nog aan de keukentafel, ze legde haar hand op die van de hoofdzuster.

'Ann-Marie.'

'Ja?'

'Waar zit hij ergens?'

'Voor je kantoor. Ik krijg de kriebels van hem. Ik weet niet waarom, maar Oldéus die dodelijk is mishandeld en de politie hier de hele middag op de afdeling, het is te veel.'

Lisa Öhrström zweeg, keek een ogenblik naar het rood-witte

ruitmotief toen er op de deur werd geklopt. Ze keek die kant op. Een man, donker haar, snor, tamelijk gezet. Ze zag nog net dat de hoofdzuster haar hoofd voorzichtig op en neer bewoog, dat ze bevestigend knikte.

'Excuseer als ik stoor.'

Hij had een zachte stem, klonk vriendelijk.

'Was u naar mij op zoek?'

'Ja.'

'Waar gaat het over?'

'Het is nogal privé. Kunnen we ergens anders gaan zitten?'

Ze voelde een knoop in haar maag. Ze keek hem aan en een deel van haar wilde alleen maar schreeuwen, alleen maar wegrennen. Maar een ander deel voelde plotselinge woede; de angst die haar overviel was immers niet van haar, die kwam voort uit het verdomde drugsgebruik van Hilding, haar hele leven was geregeerd door zijn vlucht, nu bleef hij het regeren, zelfs nu hij dood was putte hij haar uit.

Ze schudde haar hoofd, treuzelde met het antwoord. Het brandende gevoel in haar maag, de angst die aan haar trok.

'Ik blijf liever hier.'

Ewert Grens had hem gevraagd te bellen en hij reikte naar voren om de hoorn op te pakken. Bengt Nordwall had liever nog even gewacht, om rust te zoeken; dat de grond onder zijn voeten had bewogen zat hem niet lekker.

Zijn mond was droog, hij slikte, maar het gevoel van onlust en onbehagen bleef hangen en hij raakte het niet kwijt. Hij vroeg zich af of hij het moest vertellen, hij wist immers wie ze was.

Nog niet.

Het hoefde nu nog niet.

Hij deed gewoon wat Ewert wilde, boog naar voren om het nummer in te toetsen van de vaste telefoon van het mortuarium.

Hij kwam zover niet. De telefoon rinkelde al.

Hij draaide zich om, keek Ewert aan, die knikte en de koptelefoon opzette die om zijn nek hing. Hij liet de telefoon nog twee keer overgaan, nam toen op.

'Ja?'

'Nordwall?'

'Ja.'

'Heb je het gehoord?'

'Ik heb het gehoord.'

'Dan hebben jullie het begrepen.'

'Ja.'

'Vervelend dat daar een gijzelaar voor dood moest.'

'Wat wil je?'

'Ten eerste: ik onderhandel niet. Ten tweede: jullie kunnen hier niet binnenkomen zonder ons allemaal op te blazen.'

'Dat hebben we begrepen.'

'Op de gijzelaars zijn explosieven aangebracht, in het mortuarium zijn explosieven aangebracht.'

'Lydia, als je je rustig houdt, weet ik zeker dat we het eens kunnen worden. Maar we moeten weten waarom je dit doet.'

'Dat vertel ik nog.'

'Wanneer?'

'Later.'

'En nu?'

'Jij moet hier komen.'

Hij wist nu waarom ze mensen had gegijzeld. Hij had het ergens aldoor al geweten. Het onbehagen dat was blijven hangen werd nu iets anders, iets wat hij nooit eerder had gevoeld: doodsangst.

Hij deed zijn ogen dicht toen hij verderging.

'Wat bedoel je?'

'Ik kan moeilijk de gijzelaars bewaken terwijl ik tegelijkertijd rondhol en aan jullie telefoonspelletje meedoe. Ik wil jou hier hebben. Jij en ik spreken hier Russisch en jij houdt de hoorn vast en communiceert met je collega's.'

Bengt Nordwall ademde zwaar. Ewert Grens had naar hun gesprek geluisterd zonder dat hij er iets van begreep, Sven zat nog steeds op de kelderverdieping tegen een muur waar de gang zich splitste.

Nordwall legde het snel uit, bracht haar verzoek over, en Grens schudde heftig zijn hoofd.

Dat niet.

Dat nooit.

De twee agenten liepen om het Söderziekenhuis heen en zagen de auto zodra ze de parkeerplaats voor de hoofdingang naderden. Het was een nieuwe, dure auto en hij stond fout geparkeerd, met twee wielen op het smalle trottoir. Het was moeilijk om er van achteren in te kijken, in de stromende regen, maar ze zagen een man op de passagiersstoel zitten, terwijl de bestuurdersplaats leeg was. Ze liepen naar de auto toe, gingen ieder aan een kant bij een raampje staan, tikten er zachtjes tegen.

'U mag hier niet staan.'

Hij was forsgebouwd, een kaal hoofd, onnatuurlijk bruin. Hij glimlachte, antwoordde niet.

'Het hele terrein is afgezet. Er mogen hier helemaal geen auto's blijven staan.'

Hij glimlachte nog steeds alleen maar.

Het geduld van de agent die bij het naar beneden gedraaide raampje stond was al op. Hij keek naar zijn collega, wilde zeker weten dat hij er klaar voor was.

'Legitimatie.'

De man op de passagiersstoel bewoog niet; of hij had het niet gehoord, of hij wist nog niet wat hij ging doen.

'Uw legitimatie. Nu.'

Hij zuchtte luid.

'Natuurlijk.'

Hij had zijn portefeuille in zijn achterzak, overhandigde een identiteitskaart. De agent hield hem in zijn hand, leunde tegen het portier terwijl hij radiocontact maakte.

'Hans Jochum Lang. 570725-0350. Trek je het na?'

Een minuut.

Ze konden het allemaal horen.

'Hans Jochum Lang. 570725-0350. Wordt sinds vanochtend gezocht.'

Hij lachte toen ze hem dwongen uit de auto te komen, hij vroeg wie ze als getuige meenden te hebben, toen ze hem op zijn buik tegen het natte asfalt duwden; hij lachte nog harder toen hij werd gefouilleerd, handboeien om kreeg en achter in een politieauto werd gezet, die vervolgens wegreed.

Bengt Nordwall zag Ewert heftig het hoofd schudden; het was duidelijk dat hij nee bedoelde.

Alsof hij lichter werd, alsof zijn krachten weerkeerden.

Het was Ewerts besluit. Het was Ewerts 'nee'.

Hij pakte de hoorn weer op.

'Het spijt me. Het gaat niet.'

'Nee?'

'Als ik naar het mortuarium zou gaan... het is tegen onze policy voor onderhandelingen over gijzelaars.'

'Mensen doden is tegen de policy. Toch heb ik dat gedaan. En ik dood nog iemand als je niet hierheen komt.'

'Er zijn misschien andere oplossingen.'

'Jullie krijgen de rest van de gijzelaars, degenen die nog leven, als jij hier komt. Eén gijzelaar tegen drie.'

Hij wist het nu zeker. Hij wist welke kant het op ging.

'Nee. Helaas.'

'Ik wil jou, jij spreekt Russisch. Jullie krijgen dertig minuten. Dan dood ik weer iemand.'

Die benauwende angst. Hij was zo bang.

'Lydia, ik...'

'Negenentwintig minuten en vijftig seconden.'

Ewert Grens zette zijn koptelefoon af, liep naar het lichtknopje, deed het licht aan.

Op de klok aan de muur was het net elf minuten over drie.

De man die bij de deur van de keuken van de verpleegafdeling stond en een privé-gesprek wilde, wendde zich tot de hoofdzuster.

'U kunt beter weggaan.'

De hoofdzuster stond op, keek naar Lisa Öhrström, die knikte; ze knikte terug en staarde vervolgens naar de grond, haastte zich naar de deur, een lege gang in.

Slobodan keek haar na, richtte zich tot Lisa Öhrström en glimlachte en ze wilde net teruglachen toen ze zag dat hij snel binnenkwam en een meter van de tafel ging staan waaraan zij zat.

'Zie je, het zit zo.'

Hij draalde.

'Je hebt helemaal niets gezien. Je hebt er geen flauw idee van wie vandaag bij Oldéus op bezoek is geweest.'

Ze deed haar ogen dicht.

Niet meer. Niet nu.

De pijn in haar buik, ze moest overgeven, op haar schoot, over de tafel heen. Stomme Hilding. Ze hield haar ogen de hele tijd dicht, ze wilde niet zien, niet nu, niet meer, stomme, stomme Hilding.

'Zeg.'

Ze bleef haar ogen dichthouden, maagkrampen, ze probeerde het tegen te houden toen haar lichaam zich weer wilde legen.

'Hé. Kijk me aan!'

Ze deed haar ogen langzaam open.

'Dat is alles wat je moet doen. Je mond houden. Dat is toch simpel? Als je praat, ben je er geweest.'

Toen Ewert Grens de mededeling kreeg dat Jochum Lang was opgepakt, had hij meer moeten voelen; hij had zo lang gewacht en deze keer had hij een geloofwaardige ooggetuige van de moord, die hem met haar getuigenis levenslang in de gevangenis zou brengen.

Hij voelde niets.

Hij was als verdoofd. Grajauskas, die in de kelder zat en met mensenlevens speelde, stal al zijn energie. Later. Later zou hij de blijdschap voelen, als dit was afgelopen.

Maar hij verliet het vertrek even om ergens anders te gaan zitten en vandaar meneertje Ågestam te bellen. Hij zou uitleggen dat ze een getuige hadden, een arts die had gezien dat Jochum Lang Hilding Oldéus had mishandeld, en dat ze een motief hadden. Lang had volgens het rapport dat Ewert Grens van twee rechercheurs van de regionale recherche had ontvangen, gehandeld in opdracht van zijn oude Joegoslavische werkgevers, die het bedenkelijk vonden dat Oldéus hun drugs met waspoeder had vermengd. Hij zou vervolgens het gesprek onder geen beding beëindigen voordat Ågestam het werkelijk had begrepen en had besloten om één: Lang in hechtenis te nemen op grond van een redelijke verdenking van moord, en twee: om een complete visitatie op hem uit te voeren om bloedsporen en DNA van Oldéus te zoeken, het had vast nogal gespetterd tijdens de mishandeling.

Lisa Öhrström kon het niet meer tegenhouden, haar maag was kapot, ze keerde haar hoofd naar de tafel en gaf over op dezelfde plaats als zonet. Ze zag dat de man die haar bedreigde nog wat dichter bij haar kwam staan.

'Gaat niet goed, Lisa. Je lijkt wel misselijk. Maar weet je, ik moest zonet even wachten. Eerst bij de entree, te veel politie op de been. Toen hierboven, voor jouw kantoortje. Dus heb ik een paar telefoontjes gepleegd. Wist je dat, Lisa? Een paar korte telefoontjes met de juiste personen, meer is niet nodig, dan gaan alle deuren voor je open en dan kan alles.'

Hij leunde naar voren, zijn gezicht zo dichtbij.

'Je zegt niets. Dan moet je misschien maar luisteren. Je heet Lisa Öhrström. Je bent vijfendertig jaar. Zeven jaar arts. De afgelopen twee jaar op deze verpleegafdeling van het Söderziekenhuis.'

Lisa Öhrström bleef stil zitten. Als ze maar niet bewoog, niets zei.

'Je bent niet getrouwd. Geen kinderen. En toch had je dit op je prikbord hangen.'

Hij had twee foto's in zijn hand. Op de ene is het zomer, een jongetje van zes ligt naast zijn oudere zusje op een steiger, de zon schijnt en ze worden iets te rood. Op de tweede foto, voor een kerstboom, dezelfde kinderen tussen touwtjes en cadeaupapier, winterbleke, maar verwachtingsvolle snoetjes.

Ze deed haar ogen dicht.

Ze zag Sanna, ze zag Jonathan. De enigen die ze had. Ze was trots op hen. Als een tweede moeder. Soms woonden ze meer bij haar dan bij Ylva. Ze groeiden hard. In deze rotwereld. Hopelijk werden zij nooit de dupe van de verslaving van een naaste. Hopelijk werden zij nooit achtervolgd door het zieke gedrag dat daaruit voortkomt. Hopelijk zouden zij nooit de ellendige rotangst voelen die zij op dit moment voelde.

Ze deed haar ogen dicht, ze zou ze dichthouden tot het allemaal voorbij was.

Wat je niet ziet, bestaat niet.

'Zeg?'

'Ja?'

'Hoe is het?'

'Ik weet het niet.'

Ewert Grens had geen idee. Hij voelde nog steeds niets. Ze had hun dertig minuten gegeven. Waarom geen twintig? Nou? Of tien? Of één minuut, wat maakt het uit als je geen keus hebt?

'Ewert?'

'Ja?'

Bengt Nordwall hield zich stevig aan de rand van de brancard vast, hij had moeite met spreken, met gewoon rechtop staan. Waarom vraag ik dit? Waarom dram ik door? Ik zeg wat ik niet wil zeggen en zal daarom moeten doen wat ik niet wil doen. Voor mij hoeft dit allemaal niet: deze ellende waar ik pijn in mijn borst van krijg. Het geschreeuw in het trappenhuis en de striemen op haar rug. De Stena Baltica. Dit.

'Je weet dat ik erheen moet, Ewert. We hebben geen keus.'

Ewert Grens wist dat dat waar was.

Hij wist dat het niet waar was.

De minuten die slonken en altijd is er een oplossing, maar deze keer niet, soms heb je helemaal niets.

Grens wilde de kamer uit gaan, maar kon niet anders dan blijven staan.

Hij had zojuist over de telefoon nog een keer met Ågestam onderhandeld over Lang en keek nu om zich heen, zocht John Edvardson, die even ergens in een andere kamer zat en zijn directe chef informeerde, hij zocht Sven Sundkvist, die in de gang van de kelderverdieping wachtte totdat de deur van het mortuarium weer open zou gaan.

Met hén had hij moeten overleggen. Hermansson was wel

verstandig, maar hij kende haar niet zo goed als de anderen; en Bengt, om hem ging het, daarom zou hij nou juist niet met hem moeten praten.

'Ze wil jou daar hebben. Ze ruilt ze allemaal voor jou.'

Ewert stond tegenover zijn vriend en collega.

'Hoor je me? Ik begrijp het niet. Begrijp jij het?'

Bengt Nordwall zat met de koptelefoon op, hij had allang opgehangen, maar het gesprek ging inwendig door, hij hoorde wat zij zei en wat hijzelf zei en het leek wel of ze niet verder kwamen, keer op keer dezelfde zinnen.

Hij begreep het wél. Maar zou dat nooit erkennen.

'Ik begrijp het ook niet. Maar als je wilt, ga ik naar binnen.'

Ewert keerde zich naar de telefoon, die de weg naar het mortuarium was. Hij liep erheen, tilde de hoorn op en hoorde de monotone toon, hij schreeuwde ertegen, schreeuwde 'sekreet' en riep iets over lichamen met ontstekingsmechanismen die op de grond lagen en over de klok aan de muur die bedenktijd tikte.

De roodheid op zijn gezicht was nog niet verdwenen nadat hij de hoorn had neergelegd en een paar rondjes om de brits had gemaakt.

'Ambtsovertreding. Als ik jou daar naar binnen laat gaan. Dat weet je.'

'Ik weet het.'

'En?'

Bengt Nordwall aarzelde. Ik kan het niet, dacht hij. Ik kan het niet, ik kan het niet, ik kan het niet.

'Jij moet het maar zeggen, Ewert.'

Grens bleef rondjes lopen, het ene na het andere, in een kringetje rond.

'Hermansson?'

Hij keek haar aan.

'Ja?'

'Wat vind jij?'

Ze keek op de klok. Nog drie minuten.

'Je kunt geen gebruik maken van het arrestatieteam, we hebben het halve ziekenhuis ontruimd omdat we wisten dat ze kneedplastic had en ze heeft het al een keer gebruikt en dreigt het nog een keer te doen. Je kunt haar er niet toe overhalen om te doen wat jij wilt; dat heb je geprobeerd, haar besluit lijkt vast te staan. En je hebt niet de tijd om andere manieren te zoeken om binnen te komen.'

Weer die klok. Ze ging verder.

'Ze heeft een gesloten kamer uitgezocht, een perfecte ruimte; zolang ze de deur dichthoudt en het pistool op de gijzelaars gericht houdt, komen we er gewoon niet bij. Ambtsovertreding? Ja, het zou een grove ambtsovertreding zijn om Nordwall naar beneden te sturen. Het alternatief? We hebben wel eerder politiemensen naar binnen gestuurd om de plaats van gijzelaars in te nemen. En er zijn drie mensen beneden die graag nog wat willen leven.'

Ewert Grens zag dat er nog ruim twee minuten over waren toen hij aan een laatste rondje begon. Hij had gehoord wat Hermansson zei en hij besefte dat hij het haar veel eerder had moeten vragen, dat moest hij haar straks wel vertellen. Hij keek even naar Bengt, die nog steeds met de koptelefoon op zat, die kleine kinderen had en een mooie vrouw in een villatuin, die...

De portofoon.

Sven Sundkvists stem.

'Ze heeft zojuist geschoten. Geen aarzeling. Een schot. Uit het mortuarium.'

Bengt Nordwall luisterde, maar kon er nu niet meer tegen. Hij deed de koptelefoon af, het trekken in zijn borst werd niet minder, het ging alleen maar harder. Ewert zette een stap naar voren, griste de koptelefoon naar zich toe, riep terug: 'Verdomme, we hadden nog bijna twee minuten!'

Sundkvist bewoog, de portofoon kraakte.

'Ewert?'

'Over.'

'De deur van het mortuarium is open. Een van de gijzelaars staat in de gang, houdt de arm vast van iemand die op de grond ligt. Ze hebben er nog een naar buiten gesleept, Ewert. Het is moeilijk te zien vanaf hier, maar ik weet zeker dat degene die op de grond ligt... niet meer leeft.'

Bengt Nordwall stond midden in een van de duistere gangen van de kelderverdieping, de achterste vanuit de lift gezien, die ophield bij de deur van het mortuarium. Hij had het koud, het was hartje zomer, maar de vloer was koud aan zijn blote voeten, de airconditioning te koel voor naakte huid. Hij had zich uitgekleed, droeg alleen een onderbroek, een microfoontje en een oortje.

Hij begreep wat hem aan de andere kant van de mortuariumdeur te wachten stond. Hij wist immers wie ze was, dat het om leven en dood ging daarbinnen. Voor hem. Voor de anderen. Hij was de schietschijf. Hij was er verantwoordelijk voor dat meerdere personen in levensgevaar verkeerden.

Bengt Nordwall draaide zich om, dat had hij al twee keer gedaan, controleerde of de drie bewapende agenten van het arrestatieteam nog vlak achter hem stonden.

'Ewert, over.'

Hij sprak zacht, wilde zo lang mogelijk contact houden met het commandocentrum.

'Ik hoor je. Over.'

Hij kon zich nergens aan vasthouden.

Hij wist niet of hij nog veel langer kon blijven staan.

Hij dacht aan Lena. Die zat vermoedelijk ergens in hun gemeenschappelijke huis, met haar benen opgetrokken en een boek in haar hand. Hij miste haar. Hij wilde naast haar zitten.

'Eén ding, Ewert.'

'Ja?'

'Lena. Ik wil dat jíj met haar praat. Als er iets gebeurt.'

Hij wachtte. Geen reactie. Hij kuchte.

'Ik ben er klaar voor.'

'Mooi.'

'Ewert, ik ga naar binnen als jij dat wilt.'

'Nu.'

'Nu. Heb ik dat goed verstaan?'

'Ja. Je loopt naar de deur en blijft daar staan. Handen boven je hoofd.'

'Ik ga.'

'Bengt?'

'Ja?'

'Veel succes.'

Zijn stappen waren zacht toen de dunne huid van zijn voeten de betonnen vloer raakte. Zo koud. Hij had het zó koud toen hij voor de deur van het mortuarium stond, het arrestatieteam tien, vijftien meter achter hem. Hij wachtte, helemaal niet lang, hij telde de seconden en was nog niet bij dertig toen de deur opengong en een oudere man met grijs haar langs hem heen naar buiten liep, zonder hem aan te kijken. Bengt Nordwall zag zijn naambordje, DR. EJDER, en de massa kneedplastic die hij op zijn schouders had, een duidelijke streng die achter zijn nek langs liep. Hij had een spiegel in zijn hand, hij hield die in zo'n hoek dat de persoon vlak achter de deur, die Nordwall niet zag, maar kon horen ademhalen, zonder naar buiten te gaan kon zien dat de bezoeker ontkleed en alleen was.

'Ejder?'

Bengt Nordwall fluisterde, maar de arts keek nog steeds langs hem heen, liet de spiegel zakken, wuifde ermee. Ze moesten naar binnen.

Hij stond stil, heel even nog.

Gesloten ogen.

Inademen door de neus en uitademen door de mond.

Hij schakelde zijn angst uit. Vanaf nu was het zijn taak om te observeren. Hij was verantwoordelijk voor hun leven.

Ejder was ongeduldig, wilde weer naar binnen. Ze stapten allebei over de persoon heen die op de vloer lag en verlieten de gang. Bengt Nordwall hief voorzichtig zijn hand, die trilde, duwde een vinger tegen het elektronische apparaatje dat hij in zijn oor had, vergewiste zich ervan dat het op zijn plaats zat.

Hij had het koud en hij zweette.

'Ewert.'

'Over.'

'De gijzelaar in de gang is dood. Ik zie geen bloed, ik kan niet uitmaken waar ze heeft geschoten. Maar de geur. Zo'n sterke geur, Ewert, scherp.'

Hij zag haar zodra hij het vertrek in kwam. Ze wás het. Hij herkende haar. De Stena Baltica. Hij had het laatst moeilijk gevonden naar haar te kijken, de met de zweep bewerkte rug, de deken die ze over haar heen hadden gelegd toen ze op de brancard lag. Nu wist hij het zeker.

Hij probeerde naar haar te glimlachen, maar zijn mond verkrampte.

Ze stond midden in het vertrek, hield een pistool tegen het hoofd van een jongeman in een witte doktersjas.

Ze was klein, haar gezicht gezwollen en geschaafd, één arm in het gips, ze leunde sterk op één been, ze had pijn, in haar ene heup of knie.

Ze wees naar hem, sprak.

'Bengt Nordwall.'

Haar stem was even beheerst als eerder.

'Omdraaien, Bengt Nordwall. Hou je handen boven je hoofd.'

Hij deed wat ze zei. Terwijl hij zich langzaam omdraaide, zag hij de springladingen die op iedere deurpost zaten.

Hij draaide een rondje, stond weer tegenover haar, ze knikte hem toe.

'Mooi. Zeg maar tegen hen dat ze weg mogen, een voor een de deur uit.'

Ewert Grens zat op de vloer van het tijdelijke commandocentrum en luisterde naar de stemmen uit het mortuarium. John Edvardson was terug, zat op een krukje naast hem, hij vertaalde het Russisch. Hermansson had ook een koptelefoon tot haar beschikking gekregen, zat op de brits te wachten, noteerde de absurde dialoog in een poging haar onrust te temperen, handen moeten soms iets te doen hebben.

Bengt was het mortuarium in gegaan. Hij had op aandrang van Grajauskas de gijzelaars verzocht naar buiten te gaan. Hij was alleen over.

Hij sprak plotseling weer, in het Zweeds, zijn stem was geforceerd kalm, Ewert hoorde het wel, hij hoorde dat zijn stem het bijna begaf.

'Ewert, het is allemaal grote nep. Ze heeft niet geschoten. Ze waren er alle vier nog, alle gijzelaars. Ze leven en zijn hier net weggegaan. Ze heeft driehonderd gram semtex om de deuren heen geplakt, dat wel, maar ze kan het niet tot ontploffing brengen.'

Haar stem, ze onderbrak hem gejaagd.

'Russisch spreken!'

Ewert Grens had gehoord wat hij zei. Hij had het gehoord, maar niet begrepen. Hij keek de anderen aan, zag zijn eigen verbazing op hun gezicht. Er moesten er meer binnen zijn geweest. Meteen al. Meer dan vijf. Een van hen had ze door zijn knieën geschoten. Een van hen had ze met explosieven behangen en opgeblazen. Toch waren er nog vier over, die leefden, die daar zojuist waren weggegaan.

Bengt Nordwalls stem weer, in het Zweeds, hij stond stil en vermoedelijk nog steeds met zijn gezicht naar haar toe.

'Ze heeft alleen maar een pistool. Een 9mm-Pistolet Makarova, een Russisch officierswapen. Het kneedplastic, dat kan ze niet nog een keer tot ontploffing brengen zonder een generator of een accu. Ik zie wel een accu, maar ik zie verder geen kabels die erop aangesloten zijn.'

'Je spreekt Russisch of het is afgelopen met je!'

Ewert Grens zat nog steeds, luisterde naar de vertaling van Edvardson.

Ze zei dat Bengt rustig en stil tegenover haar moest staan.

Ze spuugde voor hem op de grond, eiste dat hij ook zijn onderbroek uittrok.

Toen hij aarzelde, richtte ze haar pistool op zijn hoofd, net zolang totdat de onderbroek naast hem op de grond lag.

Grens stond haastig op, haar bluf en Bengts naakte lichaam,

hij keek naar Edvardson, die knikte.

Hij pakte de portofoon en deed een oproep, bereidde het arrestatieteam voor op een onmiddellijke inval, gaf de scherpschutters toestemming om te vuren.

'Je bent naakt.'

'Dat moest van jou.'

'Hoe voelt dat? Om hier naakt in een mortuarium te staan, tegenover een vrouw met een wapen in haar hand?'

'Ik heb gedaan wat je me vroeg.'

'Je voelt je gekrenkt, of niet?'

'Ja.'

'Eenzaam?'

'Ja.'

'Bang?'

'Ja.'

'Op je knieën.'

'Waarom?'

'Op je knieën en handen vouwen achter je hoofd.'

'Is het zo niet mooi genoeg?'

'Op de knieën.'

'Zo?'

'Je kunt het wel!'

'En nu?'

'Weet je wie ik ben?'

'Nee.'

'Weet je nog wie ik ben?'

'Wat bedoel je?'

'Wat ik zeg. Weet je nog wie ik ben, Bengt Nordwall?'

'Nee.'

'Niet?'

'Nee.'

'Klaipėda, Litouwen. 25 juni 2002.'

'Ik weet niet waar je het over hebt.'

'De Stena Baltica. Op 26 juni 2002. Om 20.25 uur.'

Ewert Grens had Lydia Grajauskas maar één keer gezien. Ruim een dag geleden, toen ze bewusteloos achter de ingeslagen deur van een appartement lag. Hij had iemand opzijgeschoven die ze 'Dimitri de Pooier' noemden en was snel de gang doorgelopen naar het naakte lichaam, haar arm was gebroken, ze had een gezwollen, met bloed bedekt gezicht, een rug die meer zweepslagen had gekregen dan hij kon tellen. Hij had wel eerder vrouwen ontmoet zoals zij, ze heetten anders, maar hun geschiedenis was hetzelfde, jonge vrouwen die hun benen spreidden en klappen kregen, weer genazen, zodat ze weer hun benen konden spreiden en klappen konden krijgen. Ze verdwenen vaak weer even plotseling als ze waren gekomen, verhuisden en veranderden van klantenkring. Dat deden ze een paar keer totdat ze voorgoed verdwenen, er waren altijd nieuwe te koop bij de mensenhandelaren, drieduizend euro voor een jongere versie, die nog beter tegen klappen kon.

Hij had gezien dat ze door ambulancebroeders naar buiten werd gedragen.

Hij kon haar haat begrijpen, het was niet zo moeilijk je voor te stellen dat wie maar genoeg gekrenkt wordt er vroeg of laat onderdoor gaat of probeert de krenking te beantwoorden.

Maar hij kon niet begrijpen waar ze de kracht vandaan haalde om zwaar mishandeld in een mortuarium te gaan staan om met zwakke stem mensen te bedreigen, of waarom ze artsen in witte jassen en een politieman uitzocht, wat ze eigenlijk wilde, en hij begreep het nog steeds niet toen hij de vertaling van Edvardson afbrak, toen hij luid riep: 'De Stena Baltica? Dat is een boot, verdomme! Dit is iets persoonlijks! Bengt, over. Verdomme, Bengt, stoppen! Stoppen, nu! Arrestatieteam klaar om naar binnen te gaan. Ik herhaal, arrestatieteam naar binnen!'

Hun beschrijvingen waren allemaal net iets anders, het tijdsaspect, het is vaak de tijd die het moeilijkst te begrijpen is wanneer iemand stopt met ademen. Maar hun waarnemingen van de loop van de gebeurtenissen, wat en in welke volgorde, kwamen grotendeels overeen. In het commandocentrum in een van de operatiezalen van de spoedeisende hulp hadden ze naast elkaar staan luisteren naar dezelfde portofoon, naar het geluid van twee schoten vlak na elkaar, naar nog een schot kort daarna, naar de luide dreun die vervolgens opklonk toen het arrestatieteam de deur van het mortuarium forceerde en naar binnen ging.

NU

TWEEDE DEEL

Iedere dood kent een vervolg.

Ewert Grens wist dat. Hij werkte al meer dan dertig jaar bij de politie, het grootste gedeelte als onderzoeker van moordzaken. Zijn werk begon vaak met de dood zelf en daarna hield hij zich bezig met het vervolg ervan.

Het was zo verschillend, hoe de mensen daarna verder leefden.

De een verdween stilletjes, niemand die naar hem vroeg, niemand die hem miste, alsof hij nooit had bestaan.

De ander leefde daarna eigenlijk meer dan eerst, opschudding, drukte, woorden van bekenden en onbekenden die nooit eerder waren geformuleerd, maar die nu zo vaak werden herhaald dat ze waarheid werden.

Je ademt en een ogenblik later adem je niet.

Maar jouw vervolg, het vervolg op je dood, hangt helemaal af van de manier waarop je stopt met ademen.

Zoals toen het geluid van drie schoten in het mortuarium in zijn koptelefoon dreunde, toen wist hij zeker dat het helemaal fout was gelopen. Zo'n geluid was het, het drong zich op.

Het verdriet, dat hij van zichzelf niet mocht voelen, maar dat aan hem zou blijven knagen totdat hij er niet meer was, daarvan had hij misschien kunnen begrijpen dat het zou komen. Hij had misschien zelfs de eenzaamheid kunnen vermoeden die hem wachtte en die nog groter zou blijken te zijn dan hij had gevreesd.

Maar dat andere niet.

Ewert Grens had ondanks de merkwaardige en gewelddadige dood waarnaar hij juist had geluisterd, nooit kunnen voorzien dat de dagen die volgden, het vervolg van deze dood, een tijd zou worden die hij lang daarna nog als de meest ellendige van zijn leven zou beschouwen.

Hij huilde niet. Moeilijk aan te geven waarom niet, hij kan er geen zinnige verklaring voor geven, maar hij kon niet huilen. Hij doet het nu achteraf niet, hij deed het toen niet, toen hij het mortuarium binnenstapte door de geforceerde deur, toen hij twee mensen op de vloer zag liggen met een gat in het hoofd, bloed dat nog niet was gestold.

Bengt lag op zijn rug, door twee schoten geraakt.

Eén door zijn linkeroog. Eén in zijn geslacht, waar hij zijn bebloede handen voor hield.

Daar had ze eerst geschoten en hij had instinctief zijn handen daarheen gebracht om zich te beschermen.

Hij was naakt; witte, blote huid, die rustte op de vloer van grijze plavuizen van het mortuarium. Lydia Grajauskas lag naast hem, de gegipste arm in een rare bocht onder haar, ze had zich in de slaap geschoten, was daarna waarschijnlijk tegen iets hards aangekomen, was bijna gestuiterd, om vervolgens op haar buik terecht te komen.

Ewert Grens bewoog voorzichtig langs de verse markering die de ruimte indeelde, hij moest overzicht zien te krijgen, moest efficiënt zijn, zo deed hij het altijd, hij werkte, werkte, werkte maar door om niet te hoeven voelen, hij schakelde uit, hij had geen drugs nodig om gevoelens uit te schakelen, hij boog zijn hoofd en staarde naar de grond en keek niet eerder op dan dat het voorbij was.

Hij duwde zacht met zijn voet tegen het witte dijbeen.

Stomme sukkel.

Wat lig je daar nou? Je kijkt me niet eens aan.

Sven Sundkvist stond een paar meter verderop, hij zag dat Ewert met zijn voet naar het dijbeen van Bengt Nordwall ging, dat hij over hem heen gebogen stond zonder iets te zeggen, gewoon zwijgend, over een dood lichaam waar witte strepen omheen gezet waren. Hij liep erheen, kwam achter hem staan.

'Ewert?'

'Ja?'

'Ik kan het wel overnemen.'

'Ik leid hier het werk.'

'Dat weet ik. Maar ik kan het hierbeneden wel even overnemen, ik ben zo klaar met de inspectie. Je hoeft hier nu niet te blijven.'

'Ik ben aan het werk, Sven.'

'Ik weet dat het niet...'

'Sven, hoe kan een hoer ons zo totaal op het verkeerde been zetten?'

'Ewert, ga toch weg.'

'Begrijp jij het, Sven? Als je het niet begrijpt moet je maar aan de kant gaan, je hebt vast wel wat anders te doen.'

Stomme, stomme sukkel.

Zeg iets.

Je zegt niets.

Je houdt gewoon je bek, terwijl je daar naakt op de vloer ligt.

Ga eens staan!

Grens herkende de vier technisch rechercheurs die op hun knieën in alle vertrekken van het mortuarium zaten te zoeken naar dingen waar technisch rechercheurs altijd naar zoeken. Twee van hen waren van zijn eigen leeftijd, ze kwamen elkaar op deze manier jarenlang tegen, op een plaats delict waar leven dood was geworden, contact voor de duur van het onderzoek, daarna niets, een paar maanden en dan de volgende dood en dan zagen ze elkaar weer, spraken weer met elkaar. Hij raakte Bengts dijbeen zachtjes aan, voor de tweede keer, vervolgens een paar stappen achteruit, naar een van de mannen, die bij een plastic ICA-tas zat en naar vingerafdrukken zocht.

'Nils?'

'Ewert, wat erg, ik bedoel, Bengt...'

'Nu niet. Ik ben aan het werk. Is die van haar?'

'Zo te zien wel. Nog heel wat ammunitie over. Wat kneedplastic en een paar knalhoedjes. Een paar blaadjes die uit een opschrijfboekje zijn gescheurd. En een videocassette.'

'Hoeveel personen hebben dit aangeraakt?'

'Twee. Met kleine handen. Twee rechter- en twee linkerhanden. Ik ben er tamelijk zeker van dat het allebei vrouwen zijn.'

'Twee vrouwen?'

'Het ene paar zal wel van haar zijn.'

De technisch rechercheur die Nils Krantz heette, knikte naar het roerloze lichaam van Lydia Grajauskas. Ewert keek naar haar, toen naar datgene wat Krantz in zijn hand hield.

'Mag ik die zo?'

Ewert wees naar de videocassette.

'Als jij klaar bent dus.'

'Nog een paar minuutjes.'

Ammunitie. Kneedplastic. Een videocassette. Ewert Grens bestudeerde haar gewonde rug.

'Wat wilde je nou eigenlijk?'

Plotseling riep er iemand, op de gang klonk een mannenstem, ergens in de buurt van de deur die er niet meer was.

'Ewert?'

'Ik hoor je wel.'

'Kom even hier.'

Hij wist niet dat hij er al was. Maar hij was blij dat hij weer was teruggekomen toen hij het hem had gevraagd.

'Moet je eens kijken.'

Ludwig Errfors stond midden in wat eerder een mens was geweest, het lichaam dat ze de deur uit had laten dragen en vervolgens had opgeblazen, zodat iedereen het goed kon zien en de boodschap begreep. Hij wees naar een afgerukte arm, bukte en pakte hem op.

'Ewert. Kijk eens. Een dode.'

'Ik heb geen tijd voor spelletjes.'

'Je moet even kijken.'

'Wat is er verdomme met je? Ik heb het gehoord toen het lichaam werd opgeblazen. Ik weet dat hij of zij dood is.'

'Het ís een dode. En dat wás het al toen hij werd opgeblazen. Hij lag hier al ruim een week.'

Ewert stak zijn hand uit, voelde aan de arm die Errfors vasthield, die was kouder dan hij had gedacht. Hij had zich eerder… bedrogen gevoeld. Zonder precies te weten waarom. Nu wist hij het.

'Kijk eens om je heen, Ewert. Geen bloed. Maar een geur. Ruik je die?'

'Ja.'

'Wat is het voor geur?'

'Een scherpe geur van bittere amandelen. Bengt probeerde een scherpe geur te beschrijven. Voordat hij naar binnen ging.'

'Formaline. Waar je een lijk mee inspuit om het beter te kunnen bewaren.'

'Formaline?'

'Ze heeft een lijk opgeblazen. Ze heeft een ander lijk neergeschoten. Het was geen gijzelaar, geen enkele keer, zij waren het niet. Alleen op de eerste, Larsen, de student medicijnen die haar probeerde te overmeesteren, heeft ze geschoten.'

Errfors hield de arm vast, waarin al meer dan een week geen leven meer zat, hij schudde zijn hoofd, bukte en legde hem weer op de vloer, op dezelfde plaats als daarnet. Ewert Grens liep bij hem weg, zocht door de gang, ging van lichaamsdeel naar lichaamsdeel.

Geen bloed, dezelfde geur.

Ze had een lijk opgeblazen. Ze had de gijzelaars niks gedaan. Ze had Bengt daar willen hebben, dat was het enige.

Daar was het haar eigenlijk om begonnen.

Hij liep het mortuarium weer in, naar het naakte lichaam van Bengt, naar de vrouw die naast hem lag in te grote ziekenhuiskleren.

Je zegt niets.

Bengt.

Zeg dan wat, verdomme!

Het bloed dat uit haar slaap was gelopen, hij stapte er bijna in toen hij dicht bij hen probeerde te gaan staan.

Je moest hém dus hebben.

Vuile hoer!

Ik begrijp het niet.

Hij hoorde niet dat Nils achter hem kwam staan, ook niet dat hij hem vroeg om de gesloten plastic tas met de cassette aan te pakken die hij hem aanreikte. Nils klopte op zijn rug, herhaalde wat hij net had gezegd.

'De band, Ewert. De videocassette. Die wilde je hebben.'

Ewert Grens draaide zich om.

'Zeker. Zeker. Bedankt. Iets gevonden?'

'Hetzelfde als bij de rest. Twee verschillende personen. Waarschijnlijk vrouwenhanden, Grajauskas en nog iemand.'

'En deze zat bij de ammunitie?'

'In een ICA-tas.'

Hij was al onderweg naar het andere vertrek. Grens riep hem na.

'Moet je hem terug hebben?'

'Vermelden bij in beslag genomen goederen en doorsturen naar de regionale recherche.'

Grens zag hem naar een van de deuren lopen, de deur die leidde naar wat een magazijn leek, zag dat hij met witte, stoffen handschoenen voorzichtig strengen van een beige massa begon te onderzoeken, die ze op de deurpost had geplakt.

'Ewert?'

Sven Sundkvist zat op een stoel bij de telefoon aan de muur, waarmee zij had gebeld, die ze voor uitgaande gesprekken hadden afgesloten en later weer in werking hadden gesteld. Grens deed zijn ogen dicht, probeerde haar voor zich te zien, met het wapen gericht op de gijzelaars, bij de telefoon met haar bedreigingen zonder eisen. Mager en in het gips, in ziekenhuiskleren had ze hen gedwongen delen van een van de grootste ziekenhuizen van Zweden te ontruimen, ze had iedere politieman en journalist in de omgeving zover gekregen daar halsoverkop naartoe te gaan, een paar uur lang had dat hoertje bijna evenveel mensen in actie gekregen als ze had geneukt.

'Ewert?'

'Ja?'

'De weduwe.'

Ewert Grens hoorde Bengt, ver weg. Het gesprek dat ze net hadden gehad. Toen zijn beste vriend, zijn verbinding met wat was geweest, nog steeds in leven was. Hij had daar alleen in zijn onderbroek in die ellendige gang gestaan en had Ewert gevraagd met Lena te praten. 'Als er iets gebeurt,' had hij gezegd, 'als er iets gebeurt, wil ik dat jíj met Lena praat.' Alsof hij het had geweten. Alsof hij had aangevoeld wat hem daarbinnen te wachten stond.

'Wat bedoel je?'

Sundkvist haalde zijn schouders op.

'Jij kent haar. Jij moet erheen.'

Hij had het eerder niet gezien, nu zag hij dat het witte lichaam bijna rustig lag, zijn handen naast elkaar op zijn buik, bijna verstrengeld, zijn benen languit, zijn voeten een klein stukje naar buiten, de angst van daarnet toen het wapen tegen zijn voorhoofd was gedrukt, het was of die er nooit was geweest.

Ik moet het aan Lena vertellen.

Zeg dan wat!

Ík moet erheen.

Ík leef.

Dood!

Jij leeft niet.

Jij bent dood!

Grens wist dat hij hen al te lang had laten wachten. Hij moest snel zijn, Lang kon ieder moment worden gevisiteerd en met iedere minuut die verdween, nam de kans af dat ze zouden vinden wat ze moesten vinden: bloedsporen en DNA van Hilding Oldéus.

Hij had erop aangedrongen dat ze hem erbij lieten zijn, hij wilde erbovenop zitten totdat de man die hij haatte opgesloten zat, derhalve vroeg hij om zwaailicht en de auto verliet het Söderziekenhuis, passeerde met hoge snelheid Hornstull, de Västerbrug, Fridhemsplan. Bergsgatan lag er verlaten bij, hij bedankte voor de lift en ging het gebouw binnen, nam de lift naar boven, naar de cellen.

De ziekenkamer lag achteraan in de gang. Ewert Grens haastte zich langs de rij dikke plaatijzeren deuren naar krappe cellen, zijn manke passen en de harde hakken van zijn schoenen, het geluid weergalmde door de lelijke gang met het vermoeide licht.

Hij was er verscheidene keren eerder geweest. Af en toe een informeel verhoor, af en toe een spoedoverleg. Het was een volledig geoutilleerde ziekenkamer, de brancard die nu tegen de wand was geschoven, het verrijdbare tafeltje met de metalen instrumenten, een paar elektronische apparaten waarvan Grens geen idee had waarvoor ze werden gebruikt.

Hij keek de kamer rond.

Al die mensen. Hij telde ze. Het waren er tien.

Lang in het midden van het vertrek, een felle lamp op zijn lichaam gericht. Hij was naakt, had handboeien om. Het kaalgeschoren hoofd, het gespierde lichaam, ogen die leken te staren. Hij keek naar Grens, naar de deur die was opengegaan.

'Jij ook al.'

'Lang?'

'Jij moet ook zo nodig mijn lul bekijken.'

Ewert Grens glimlachte naar hem. Provoceer jij maar. Ik hoor je niet. Nu niet. Mijn beste vriend is zojuist gestorven.

Hij knikte zwijgend naar de anderen, ze knikten terug. Vier geüniformeerde politiemensen, drie bewaarders, twee technisch rechercheurs.

Grens herkende ze allemaal.

Toen keek hij naar de brancard, naar de papieren zakken die daar lagen met de kleren van Lang, in iedere zak een kledingstuk. Een van de technici, met doorzichtige plastic handschoenen aan, stopte net een zwarte sok in de laatste zak. Zijn collega stond ernaast, hield een hand omhoog, zijn vingers om een buisvormige lamp.

De technisch rechercheur keek Ewert aan. Nu. Hij hoefde niet langer te wachten.

Hij deed de lamp aan, richtte die op Langs lichaam.

Een blauw schijnsel bewoog langzaam van het gezicht naar de voeten.

Het stopte bij verdachte bloedvlekken, een wattenstaafje tegen de huid, dat deeltjes pakte, monsters om te analyseren. Stukje voor stukje het hele lichaam langs, nauwgezet, ze zochten naar wat het verschil zou kunnen zijn tussen vrijspraak en een veroordeling.

'Wat zeg jij ervan, Grens?'

Jochum Lang stak zijn tong uit, bewoog heen en weer met zijn onderlichaam.

'Wat zeg jij ervan? Het is ook altijd hetzelfde. Daar heb je ze allemaal weer. Iedere flikker uit het politiekorps. En maar gluren.'

Zijn onderlichaam bewoog nu sneller, Lang kreunde, zijn tong in de richting van de twee agenten die het dichtst bij hem stonden.

'Zoals deze hier. Dat zijn geen agenten, Grens. Echt niet, verdomme. *Village People*, dat zijn het godsamme. *Be proud boys. Be gay. Sing with me now. We are going to the* YMCA.'

Lang deed een stap naar voren, stond wijdbeens, hij zong en hij maakte copuleerbewegingen totdat een van de twee jonge agenten tegen wie hij het had er genoeg van kreeg en snel een stap dichterbij kwam. Hij stond vlak bij Lang, hijgde.

'Achteruit jij.'

Ewert Grens staarde hem kwaad aan, bleef hem aankijken totdat hij zijn eerdere positie weer had ingenomen.

Hij keek Lang aan.

'Jij draait de bak in. Je krijgt levenslang. Dat had je vijfentwintig jaar geleden al moeten krijgen. We hebben een getuige.'

'Levenslang? Voor het veroorzaken van lichamelijk letsel?'

Lang duwde zijn onderlichaam nog één keer heftig naar voren, *be proud, be gay*, een zoen in de lucht.

'Grens, maak het effe. Een confrontatie. Wel eens van gehoord? Verder komt het nooit. Dat weet je toch?'

'Bedreiging.'

'Daarvan ben ik ook vrijgesproken. Zes keer.'

'Belemmering van de rechtsgang. Zo noemen we het hier.'

Jochum Lang stond weer stil. De beide technisch rechercheurs keken naar Grens, die knikte, ga door.

Het blauwachtige licht, het wattenstaafje dat DNA-deeltjes zocht in het okselhaar.

Ewert Grens had gezien waar hij voor gekomen was. Een dag, misschien twee, dan waren de testresultaten er.

Hij zuchtte.

Wat een afgrijselijke dag.

Hij wist waar hij naartoe moest. Hij moest er nu heen, naar

Lena, met de dood. Voor haar leefde Bengt nog steeds.

'Zeg, Grens?'

Hij draaide zich om. Jochum Lang, nog steeds naakt midden in het vertrek, een technicus die onder zijn teennagels groef.

'Ja?'

Langs mond, gevormd als voor een kus, hij smakte.

'Dat met je collega. In het mortuarium. Ik hoorde het toevallig. Vervelend. Hij ligt daar dus zomaar op de grond? Heel naar. Jullie kenden elkaar toch? Net als die meid in dat busje? Ik kan me voorstellen dat het best... zwaar kan zijn. Is dat ook zo, Grens?'

Lang smakte weer met zijn mond, klapzoenen in de lucht.

Ewert Grens stond stil, haalde langzaam adem, draaide zich toen om en liep weg.

De rit naar Eriksberg, de villawijk die hij nog maar een week geleden had bezocht, duurde nauwelijks vijfentwintig minuten. Ze hadden de hele weg gezwegen; naast hem zat Sven, die reed; voordat ze waren vertrokken had hij naar huis gebeld, naar Anita en Jonas, om te vertellen dat hij waarschijnlijk nog later zou komen, dat ze misschien maar moesten proberen om morgen samen taart te eten in plaats van vandaag. Errfors op de achterbank, hij had hem gevraagd iets kalmerends in zijn tas te stoppen en erbij te zijn als ze het vertelden, mensen kunnen zo verschillend reageren wanneer de dood komt.

Grens was nog in de ziekenkamer die hij net had bezocht. Lang had daar in zijn blootje stootbewegingen staan maken, hij had hen bespot en niet doorgehad dat hij op hetzelfde moment weer een paar stappen in de richting van levenslang had gezet, dat als hij bleef doen wat alle andere verrekte dieven ook deden, als hij dat verdomde zwijgen volhield – om het hardst ontkennen, liegen of zwijgen, het voorspelbare verhoorspelletje – als Lang niet op zijn minst toegaf dat hij Oldéus had mishándeld, dan zou hij veroordeeld worden als degene die hem ook had doodgeslagen. Die ellendeling had er geen idee van dat er een getuige was die durfde, ondanks bedreigingen. Ewert Grens besefte hoe wrang het was dat hijzelf op het moment dat de dader was aangewezen, dat er eindelijk iemand de moed opbracht om te getuigen en Jochum Lang daarmee aan een gewelddelict te koppelen, onderweg was naar de vrouw van Bengt, om een overlijdensbericht over te brengen. Een zinloze dood in hetzelfde gebouw waar Lang de fout had begaan om door de verkeerde persoon te worden gezien. Wat dan ook. Wat dan ook, maar dit niet, niet onderweg zijn hierheen, naar een vrouw die het nog steeds niet wist.

Hij kende haar eigenlijk niet.

Hij had één keer in de week bij hen in de tuin of in de woonkamer gezeten en hun koffie gedronken zolang ze daar woonden, sinds ze was getrouwd met zijn beste vriend. Ze had hem altijd hartelijk ontvangen en hij had zijn beste beentje voorgezet, maar ze waren nooit nader tot elkaar gekomen, of dat nu kwam doordat ze te veel in leeftijd scheelden of gewoon te verschillend waren. Allebei hadden ze Bengt en gemeenschappelijke liefde was misschien genoeg.

Grens bleef in de auto zitten, keek naar de gevels van de rijtjeshuizen. In de keuken en in de hal brandde licht; op de bovenverdieping was het donker. Ze zat waarschijnlijk beneden op haar man te wachten, Ewert wist dat ze altijd laat aten.

Ik kan het niet.

Lena zit daarbinnen en heeft geen idee.

Voor haar leeft hij.

Zolang ze het niet weet, leeft hij. Zodra ik het heb verteld, is hij dood.

Hij klopte op de deur, de kinderen waren klein, lagen misschien te slapen, dat hoopte hij maar, wanneer slapen kleine kinderen? Hij wachtte, Sven en Errfors achter hem, op het grind voor de trap naar de voordeur. Het duurde even. Hij klopte weer, wat harder, wat langer. Hij hoorde haar lopen, zag haar gauw even door het keukenraam kijken, ze deed de deur van het slot, opende die. Hij had het zo vaak eerder gedaan, een overlijden bekendmaken aan familieleden, maar nog nooit aan iemand die echt iets voor hem betekende.

Dit had niet nodig moeten zijn.

Als je leefde, hoefde ik hier niet te staan, met jouw dood in mijn handen bij jullie voor de deur.

Hij zei niets. Hij stond voor haar, omhelsde haar stevig, boven aan de trap naar de voordeur en met de deur open, hij had geen idee hoe lang, totdat ze was gestopt met huilen.

Ze gingen naar binnen, naar de keuken, ze maakte koffie en zette vier kopjes op tafel en hij vertelde wat hij dacht dat ze wilde weten. Ze zei niets, helemaal niets, niet voordat ze allemaal hun koffie ophadden en een tweede kopje koffie hadden gekregen. Ze wilde dat hij het nog eens vertelde, hoe het precies was gebeurd, wie ze was, hoe Bengt was geëxecuteerd, hoe hij er nadien uitzag, wat ze eigenlijk had gewild. Ewert deed wat ze vroeg. Hij beschreef wat er was gebeurd totdat ze het genoeg vond. Hij wist dat dat het enige was wat hij kon doen, met haar praten, keer op keer, totdat ze het langzamerhand begon te begrijpen.

Daarna huilde ze een hele poos, ze keek hem aan, en keek Sven en Errfors aan.

Ze zat aan haar keukentafel en pakte hem bij zijn arm en vroeg wat ze tegen de kinderen moest zeggen. 'Ewert, wat moet ik tegen de kinderen zeggen?'

Grens voelde zijn wangen gloeien.

Hij zat in de auto op weg terug, de E4 lag er nogal verlaten bij, de straatverlichting zou zo aangaan.

Ze had hard geslagen.

Hij was er niet op voorbereid, ze zouden net weggaan, ergens in de lange gang, ze was snel op hem af komen lopen, had 'dat mag je niet zeggen' geschreeuwd en hem een klap op zijn linkerwang gegeven. Eerst begreep hij er niets van, daarna bedacht hij dat het waarschijnlijk terecht was wat ze deed, maar toen schreeuwde ze weer: 'Dat mag je niet zeggen' en hief haar arm. Hij was blijven staan. Wat kon hij anders? Haar hand vastgrijpen zoals hij anders altijd deed bij mensen die dreigden? Ze had met overslaande stem geschreeuwd en Sven had een stap naar voren gedaan, had haar arm in een vaste greep genomen, haar voor zich uit geduwd, terug naar de keuken.

Hij keek naar Sven, die naast hem zat, die weer naar de stad reed, iets te langzaam op de middenbaan, hij was ook elders met zijn gedachten.

Hij voelde met de hand aan zijn wang, die was bijna verdoofd, ze had hem hoog geraakt.

Hij begreep haar.

Hij had de dood gebracht.

Het was na tienen, maar het was zomers licht, de regen die de hele dag de dienst had uitgemaakt was weg, het was eigenlijk een mooie avond. Sven had hem bij Kronoberg afgezet, onderweg terug waren ze net zo zwijgzaam geweest als op de heenweg. Ze voelden haar wanhoop, die veel bevatte, maar geen woorden.

Ewert Grens ging zijn kamer binnen, er lag een heel stel gele en groene plakbriefjes op zijn bureau, journalisten die hadden gebeld en bleven bellen. Hij gooide ze allemaal in de prullenbak. De persconferenties zou hij later nog wel organiseren en dan zou hij er een van de voorlichters neerzetten om de vragen te beantwoorden die hijzelf niet wenste aan te horen. Hij ging op zijn bureaustoel zitten, het hele gebouw was in rust, hij draaide een paar keer rond, hield stil, draaide weer rond. Hij dacht niet, hij probeerde na te gaan wat er de afgelopen uren was gebeurd, de dood van Bengt, de dood van Grajauskas en de gijzelaars die ze niets had gedaan en Bengt, die op die verdomde vloer lag en niets meer zag en Lena, die aan de keukentafel had gezeten en hem stevig bij zijn arm had gepakt, één gebeurtenis tegelijk. Het ging niet. Hij kon het niet. De gedachten waren niet van hem, hij zat daar rondjes te draaien en was niet bij machte er ook maar een op te pakken.

Anderhalf uur. Alleen op zijn stoel, zonder enige gedachte.

De schoonmaker, een glimlachende jongeman die behoorlijk Zweeds sprak, had aangeklopt en Ewert had hem binnengelaten; het was tenminste even iets anders, iemand die een paar minuten om hem heen bewoog met een mop en die bij het weggaan de prullenmand leegde, beter dan de gedachten die hij zelf niet kon denken.

Anni, help me.

Soms miste hij de mensen. Soms was de eenzaamheid zo onvoorstelbaar lelijk.

Hij pakte de hoorn op, toetste het nummer in dat hij uit zijn hoofd kende. Het was laat, dat wist hij, maar ze was meestal wel wakker, als het leven één lange slaap was, had je misschien niet zoveel nachtrust nodig.

Een van de jonge medewerksters nam op. Hij wist wie het was, ze deed er al een aantal jaren avonddiensten; met het geld van haar bijbaantje kon ze de eindjes aan elkaar knopen als haar studiebeurs niet toereikend was.

'Goeienavond. Met Ewert Grens.'

'Goeienavond, Ewert.'

'Ik zou graag met haar willen spreken.'

Een ogenblik, alsof ze omkeek naar de klok achter haar bij de receptie.

'Het is wel laat.'

'Dat weet ik. Maar het is belangrijk.'

Het meisje verliet haar plaats en hij hoorde haar voetstappen in een gang verdwijnen. Een paar minuten, toen was ze weer terug.

'Ze is wakker. Ik heb haar verteld dat je aan de lijn bent. Nu zijn er verzorgers in haar kamer, die de telefoon voor haar vasthouden. Ik verbind je door.'

Hij hoorde haar diep ademhalen. Ze brabbelde zoals altijd wanneer er iemand belde, hij hoopte dat iemand het speeksel van haar kin zou vegen.

'Dag, Anni. Met mij.'

Haar veel te harde lach. Hij werd warm, bijna rustig vanbinnen.

'Je moet me helpen. Ik begrijp er niets meer van.'

Hij praatte ruim een kwartier met haar. Ze hijgde, lachte soms, maar zweeg voornamelijk. Hij miste haar al toen hij ophing.

Hij stond op, zijn grote lichaam was zwaar, maar niet moe.

Hij liep de kamer uit, een paar deuren verder de gang op. De veel te grote vergaderzaal werd nooit afgesloten.

Grens bleef even in het donker naar de schakelaar staan zoeken, vond die hoger dan hij zich herinnerde en deed met dezelfde knop zowel het licht aan als het tv-toestel, de videorecorder en de zoemende overheadprojector. Hij had nog nooit wat van die rotapparaten begrepen en hij vloekte wat af voordat hij erin slaagde het videokanaal te vinden.

Hij trok een paar plastic handschoenen aan en haalde de videocassette voorzichtig uit de tas die hij in het mortuarium had gekregen en die sindsdien in de binnenzak van zijn jasje had gezeten.

Het beeld werd overspoeld door een fel, blauwachtig licht. Twee vrouwen zaten op een keukenbank voor een raam, de zon scheen naar binnen en de persoon die de camera bediende had er geen kaas van gegeten hoe hij de witbalans en de scherpte in moest stellen.

Maar ze waren duidelijk genoeg.

Hij herkende ze allebei.

Lydia Grajauskas en Alena Sljusareva, in de flat met elektronische sloten waar hij ze voor het eerst had gezien.

Ze wachten zwijgend, vermoedelijk op het teken van de cameraman die het objectief op en neer beweegt, terwijl hij de microfoon aanzet, als om hem te testen.

Ze lijken zenuwachtig, dat zijn mensen vaak die niet gewend zijn te staren naar het oog dat vangt wat er naderhand ook nog is.

Grajauskas zegt het eerst iets.

– Это мой повод. Моя нстория такая.

Twee zinnen achter elkaar.

Ze kijkt naar Sljusareva, die in het Zweeds verdergaat.

'Dit is voor mij de aanleiding. Dit is mijn verhaal.'

Grajauskas weer, ze kijkt haar vriendin aan, weer twee zinnen.

– Надеюсь что когда ты слышишь это того о ком идет речь уже нет. Что он чувствовал мой стыд.

Ze knikt, is ernstig, wacht totdat Sljusareva zich naar de camera keert en vertaalt.

'Als je dit hoort, hoop ik dat de man over wie ik het ga hebben, weg is. Dat hij mijn schaamte heeft gevoeld.'

Ze spreken langzaam, willen dat ieder woord in het Russisch en ieder woord in gebroken Zweeds goed te verstaan is.

Ewert Grens zat twintig minuten stil voor de tv.

Hij zag en hoorde wat er niet was.

Ze veranderde weer, ditmaal van dader in slachtoffer, van hoer in mishandelde vrouw.

Hij stond op, sloeg zoals hij gewoon was net zo lang met zijn gebalde vuist op tafel tot het pijn deed; hij schreeuwde en sloeg, soms kun je niet veel anders.

Ik ben er net geweest.

Ik heb met Lena gesproken.

Wie denk je dat dít moet vertellen?

Dit heeft ze niet verdiend.

Snap je dat!

Ze krijgt dit nooit te horen.

Hij had luid geschreeuwd, hij had gedacht dat hij de schreeuw binnen had gehouden, was er zeker van geweest dat het zo was, maar hij voelde zijn keel, hij moest geschreeuwd hebben, anders kon het niet zo voelen.

Hij draaide zich weer om naar de videorecorder, keek naar het flikkerende scherm. Hij spoelde de band terug.

'Als je dit hoort, hoop ik dat de man over wie ik het ga hebben, weg is. Dat hij mijn schaamte heeft gevoeld.'

Grens luisterde nog een keer naar hun eerste zinnen, spoelde toen de cassette helemaal terug. Hij zag hen voor zich, hoe ze op de vloer van het mortuarium naast elkaar lagen, zij op haar buik, met haar arm onder haar lichaam gedraaid, Bengt naakt, zijn geslacht kapotgeschoten, het gat in zijn oog.

Had het nou maar toegegeven toen ze het je vroeg.

Verdomme, Bengt!

Ze vroeg het je toch!

Had nou maar 'ja' gezegd.

Had nou tegen haar gezegd dat je wist wie ze was.

Dan leefde je misschien nog.

Dat was misschien genoeg geweest.

Dat je haar had gezien. Dat je het had begrepen.

Hij aarzelde, een seconde slechts, drukte toen op de rode knop waar in witte letters REC op stond. Hij zou wissen wat hij net had gezien. Vanaf nu bestond het niet meer.

Niets.

Hij drukte nog twee keer op dezelfde knop, weer niets, de band ging niet vooruit en niet achteruit.

Hij haalde de zwarte kunststof cassette uit de videorecorder, inspecteerde de achterkant, zag dat het veiligheidslipje afgebroken was. Hun verhaal, ze hadden er alles aan gedaan om ervoor te zorgen dat het hun niet ontnomen kon worden, dat er niets overheen opgenomen kon worden.

Ewert Grens keek om zich heen.

Hij wist wat hij moest doen.

Hij stond op, stopte de band in zijn binnenzak, liep de kamer uit.

Het was na middernacht toen Lena Nordwall naar het aanrecht liep met vier kopjes, die nog steeds naar koffie roken.

Ze spoelde ze af in warm water, in koud water, warm, koud, ze was een halfuur bezig ze af te wassen voordat ze de kracht had om ze los te laten. Ze droogde ze af, een voor een met een theedoek, ze moesten droog, helemaal droog, nog een theedoek, een schone, ze moest het zeker weten. Ze zette ze daarna op een rij op de keukentafel, ze glommen in het licht van de tl-buis aan het plafond.

Ze pakte ze op en gooide ze een voor een de gang in, tegen de muur daar.

Ze stond nog steeds bij het aanrecht toen een van de kinderen in pyjama van boven kwam, een jongetje, dat op de porseleinscherven wees die op de grond lagen en tegen zijn moeder zei dat kopjes een hoop lawaai maken als ze breken.

DONDERDAG 6 JUNI

Ewert Grens voelde zijn rug.

De bank op kantoor was te klein, die moest hij vervangen. Hij had niet goed kunnen slapen. De leugen van Bengt, Grajauskas en de andere vrouw op de band, Anni's hand die hij niet had kunnen pakken, de tranen die hem leeg hadden gemaakt. Zijn kleren waren gekreukt, zijn adem was van gisteren. Hij was op geweest toen de uren het langst waren, had geprobeerd te werken aan het onderzoek rond Oldéus en Lang, maar Grajauskas en haar vriendin hadden ruimte opgeëist, ze hadden daar gezeten, bleek en opgebruikt, ze hadden het over zijn beste vriend gehad en over de schaamte waarvan ze hoopten dat hij die zou voelen. Hij had geprobeerd weer in slaap te komen, hij had liggen woelen totdat het licht hem weer tot opstaan had gedwongen.

Hij zocht de plastic tas met de band, die nog steeds in de binnenzak van zijn jasje zat, friemelde er verstrooid aan. Hij had geprobeerd de zooi te wissen, maar dat was niet gelukt. Toen had hij een besluit genomen. Dat was nog onveranderd. De band moest weg.

Grens liep de kamer uit, over de lege gang van het politiebureau, haalde een droog broodje kaas en sinaasappelsap uit de automaat. Hij liep naar de kleedkamer, trok zijn kleren uit, nam een lange douche.

Ik ga zo meteen weer naar haar toe.

De vorige keer had ik de dood bij me.

Zal ik deze keer de schaamte meenemen?

Dat ellendige mortuarium, hij liet het in het putje lopen. Hij bleef staan en liet het water op zijn hoofd en schouders kletteren, hij bleef staan totdat hij zijn ergernis heel even voelde afnemen. Een handdoek die iemand had laten liggen. Hij droogde zich af, kleedde zich aan en liep weer naar de gang en de automaat. Een kop koffie. Net zo zwart als altijd. Hij voelde dat hij langzaam wakker werd.

'Grens.'

Hij hoorde haar stem uit de kamer waar hij juist langsliep. Ze zat op een stoel midden in de kamer, met overal papieren: op haar bureau, op de bezoekersstoel, op de lege planken van de boekenkast.

'Hermansson. Jij bent er vroeg bij.'

Ze was zo jong. Iemand die nog wat wilde. Dat werd later meestal wel minder.

'De verhoren van de getuigen in het Söderziekenhuis. Die zijn interessant. Ik wilde ze in alle rust doornemen.'

'Iets wat ik moet weten?'

'Dat denk ik wel. Ik wacht nog op dat van de bewaker die Grajauskas heeft neergeslagen. En van de jongens die naast haar op de bank voor de tv zaten. Die worden nu uitgewerkt.'

'En?'

'De koppeling van Grajauskas en Sljusareva. Ik geloof dat die bevestigd wordt.'

Of het nu haar Skånse accent was of haar rustige manier van doen. Hij luisterde. Dat had hij gisteren in het provisorische commandocentrum op de spoedeisende hulp te laat gedaan. Dat moest hij eigenlijk tegen haar zeggen. Dat ze een goeie was. Dat hij geloof hechtte aan wat ze zei. Dat dat niet zo vaak voorkwam.

'Ik wil meer weten.'

'Kun je me nog een paar uur geven? Dan heb ik het beeld compleet.'

'Na de lunch.'

Hij was op weg naar buiten. Hij moest het zeggen.

'Trouwens.'

'Ja?'

Ze keek hem aan. Hij moest doorgaan.

'Je hebt goed werk gedaan gisteren. Je analyses. Wat je zei. Ik zal graag verder met je samenwerken.'

Ze glimlachte. Dat had hij niet verwacht.

'Een compliment. Van Ewert Grens. Dat krijgt niet iedereen.'

Grens bleef staan. Dat gevoel. Er gekleurd op staan, te kijk staan. Hij herkende het niet, had bijna spijt, maakte snel een eind aan dat gevoel door over iets anders te beginnen, wat dan ook, als het maar iets anders was.

'Het magazijn dat bij de videoruimte hoort.'

'Wat?'

'Ik heb wat spullen nodig. Ik ben er nog nooit geweest. Weet jij waar dat zit?'

Hermansson stond op. Ze lachte. Ewert Grens wist niet waarom, ze keek hem aan en bleef lachen totdat hij zich bijzonder ongemakkelijk voelde.

'Zeg, Grens, even tussen ons?'

'Ja?'

'Heb je ooit eerder een agente een compliment gegeven?'

Ze lachte nog steeds. Ze wees door de gang, langs de automaten met etenswaren.

'Het magazijn. Dat zit daar. Naast de koffieautomaat.'

Ze ging weer naar binnen, ging op de stoel zitten, zocht in de papieren die ze op de grond had gelegd. Ewert Grens bleef een poosje naar haar staan kijken en liep toen weg. Ze had hem uitgelachen. Hij begreep niet waarom.

Lisa Öhrström had haar ogen lang dichtgehouden.

Ze had de donkere man die had gedreigd horen weggaan. Maar ze was op de stoel blijven zitten, had zich niet durven bewegen, niet voordat Ann-Marie het glazen hokje in de gang had verlaten en de keuken weer was binnengekomen. De oudere vrouw had zachtjes met haar gepraat, haar vastgepakt, was bij haar aan tafel komen zitten. Ze hadden even hun handen op elkaar gelegd, de een op de ander, zoals kleine kinderen doen om te zien welke hand bovenop komt.

Daarna was ze naar huis gegaan, ze had geprobeerd haar patiënten te zien, maar ze had er de kracht niet voor, de angst was zo hevig, zoiets had ze nog nooit gevoeld.

Het was een lange nacht geweest.

Ze had geprobeerd de pijn in haar borst weg te redeneren.

Haar hart jaagde, ze had langzaam geademd om het zijn ritme te laten herkrijgen, maar was bang geworden van haar ademhaling. Ze kreeg geen lucht. Ze durfde niet te gaan slapen, dat durfde ze niet, ze was bang dat ze nooit meer wakker zou worden, ze wilde niet slapen, ze wilde haar ogen niet dichtdoen, ze wilde niet meer.

Jonathan en Sanna.

Die hadden haar lastiggevallen.

De hele nacht hadden ze haar lastiggevallen.

Ze had langzaam geademd, geprobeerd hen weg te jagen. Ze hield van hen. Zoals ze nooit van iemand anders had durven houden. Van Hilding misschien een tijdje, totdat hij haar had gedwongen om te stoppen met voelen, maar bij hen was het net of ze een stuk van haar waren.

Hij had haar foto's vastgehouden. Hij wist dat de kinderen er waren.

Die vervloekte pijn in haar borst.

Ze maakten haar kwetsbaar en ze beschermden haar. Hen verliezen zou ze niet aankunnen en merkwaardig genoeg hielpen zij haar er ook doorheen als de paniek vat op haar probeerde te krijgen.

Rechercheur Sven Sundkvist, die haar had verhoord toen Hilding de trap af geduikeld was, die haar de foto had laten zien die ze had aangewezen, had vroeg gebeld. Ze lag nog in bed en hij had zich verontschuldigd, maar uitgelegd dat ze snel moesten werken, hij had haar gevraagd of ze zo spoedig mogelijk naar het politiebureau wilde komen.

Nu zat ze daar ergens in een donker kamertje te wachten. Ze was niet alleen. Sundkvist stond een paar meter verderop, een advocaat van wie ze aannam dat hij de verdachte vertegenwoordigde, kwam net binnen.

Sven Sundkvist vroeg haar er ruim de tijd voor te nemen. Ze hadden geen haast. Het was belangrijk dat wat ze deed goed was.

Ze liep naar het raam.

Hij had haar verzekerd dat alleen zij drieën erdoorheen konden kijken, alleen vanaf de kant waar zij stonden, vanaf de andere kant zag je een spiegel en meer niet.

Er stonden er tien.

Ongeveer even lang, van dezelfde leeftijd, allemaal met een kaalgeschoren hoofd.

Ze hadden grote nummers op hun borst. Zwarte cijfers tegen een witte ondergrond. Ze stonden naast elkaar, schouder aan schouder, keken haar aan. Zo voelde het, alsof ze achter het glas stonden te wachten en in de gaten hielden wat ze deed.

Ze keek, zonder te zien.

Een paar seconden naar elk van hen, van de voeten tot aan de kruin.

Ze ontweek hun ogen.

'Nee.'

Ze schudde haar hoofd.

'Hij zit er niet bij.'

Sven Sundkvist deed een stap in haar richting.

'Weet u het zeker?'

'Het was niet een van hen.'

Sundkvist knikte naar de glazen ruit.

'Ze gaan een rondje lopen. Ik wil dat u nog eens naar hen kijkt.'

De man die uiterst links stond, met een 1 op zijn borst, deed een paar stappen naar voren, liep langzaam een rondje door het tamelijk grote vertrek. Ze volgde hem, keek naar hem, hij had een schommelende gang, een zelfverzekerde manier van bewegen. Hij was het.

Dat was Lang.

Stomme, stomme Hilding.

Ze zag hem op de plaats stoppen die hij net had verlaten en nummer twee maakte zijn rondje. Ze volgde de anderen, een voor een in een cirkel tegenover haar, ze hadden er net nog allemaal hetzelfde uitgezien, nu zag ze de onderlinge verschillen duidelijk.

Sven Sundkvist was net zo stil geweest als de anderen terwijl er tien mannen met tien verschillende nummers voorbijliepen. Nu keek hij weer naar haar, wachtte op haar reactie.

'Nu hebt u ze nog een keer gezien. Gezicht, lichaamshouding, manier van bewegen. Ik wil weten of u een van hen herkent.'

Ze keek hem niet aan. Dat kon ze niet.

'Nee.'

'Niet één?'

'Niet één.'

Sundkvist kwam een stap dichter naar haar toe, zocht haar ontwijkende blik.

'Weet u dat heel zeker? Dat de man er niet bij zit die u hebt gezien toen hij uw bróér, Hilding Oldéus, doodsloeg?'

Hij keek de vrouw tegenover hem aan. Hij verbaasde zich over haar reactie. De dood van haar broer had haar geen verdriet gedaan. Woede, dat was het eerder.

'Wel eens van broeder- en zusterliefde gehoord? Ik hield heus wel van hem. Van de Hilding met wie ik ben opgegroeid. Maar niet van de Hilding die gisteren is gestorven. Niet van die junk. Die haatte ik. Ik haatte wat hij mij dwong te worden.'

Ze slikte. Wat zich in haar binnenste roerde, woede en haat, angst en paniek, dat slikte ze door.

'Zoals ik al zei. Ik herken niemand van de tien mannen die aan de andere kant staan.'

'U hebt dus geen van hen ooit eerder gezien?'

'Nee.'

'En dat weet u zeker?'

De advocaat, die als laatste het vertrek was binnengekomen, jasje dasje, een jaar of veertig, sprak voor het eerst, hij had een scherpe stem en hij klonk verontwaardigd.

'Zo is het wel genoeg. De getuige heeft gezegd dat ze geen van hen kan identificeren. En u blijft haar onder druk zetten!'

'Ik check een getuigenis dat niet klopt met een eerdere uitspraak.'

'U zet haar onder druk.'

Hij boog naar Sundkvist toe.

'En ik wil dat u Lang laat gaan. U hebt absoluut niets.'

Sven Sundkvist pakte hem bij de arm, leidde hem rustig naar de uitgang.

'Ik ken de regels. Neem me niet kwalijk, ik ben nog in gesprek.'

Hij liep met de advocaat naar de deur, keek of die goed dicht was. Lisa Öhrström stond bij het raam, staarde erdoor naar de nu lege kamer.

'Ik begrijp het niet.'

Sundkvist liep naar het raam, ging tussen de vrouw met wie hij wilde spreken en het raam in staan.

'Ik begrijp het niet. Herinnert u zich ons gesprek van gisteren nog?'

Lisa Öhrström had rode vlekken in haar hals. Haar ogen smeekten.

'Ja.'

'Dan weet u ook nog wat u hebt gezegd.'

'Ja.'

'U wees een man aan op foto nummer 32. Ik heb u verteld dat hij Jochum Lang heet. U hebt meerdere keren gezegd dat u zeker wist dat hij Hilding Oldéus dodelijk had mishandeld. Dat weet ik en dat weet u. Daarom begrijp ik er niks van dat er nu geen spat van herkenning is, nu u hem in levenden lijve voor u ziet door deze ruit.'

Ze zei niets, schudde haar hoofd en keek naar de vloer.

'Heeft iemand u bedreigd?'

Hij wachtte op haar antwoord. Dat kwam niet.

'Zo gaat hij altijd te werk. Legt met dreigementen het zwijgen op. Zodat hij door kan gaan met mishandelen.'

Sven Sundkvist zocht haar blik weer, bleef wachten.

Ten slotte kwam ze hem tegemoet.

Ze keek niet meer weg, dat wilde ze wel, maar ze deed het niet, ze bleef staan en keek Sven in de ogen.

'Het spijt me, meneer Sundkvist, het spijt me. Ik heb een neefje en een nichtje, begrijpt u? Ik hou veel van hen.'

Ze kuchte.

'Begrijpt u?'

Het ochtendverkeer was minder geworden, hij was met gemak door de stad heen gekomen en op de E4 zat er behoorlijk veel ruimte tussen de auto's. Een halfuurtje en hij was er, voor de tweede keer binnen twaalf uur.

Lena was blij hem te zien.

Al voordat hij de korte houten trap naar de voordeur was op gelopen deed ze de deur open en kwam naar buiten, omhelsde hem. Ewert Grens was niet gewend aan dergelijk lichaamscontact, zijn eerste ingeving was om een stap achteruit te doen, maar hij bleef staan, dit hadden ze allebei nodig. Ze haalde haar jas, het was nog steeds koud, ook al regende het niet meer; zo'n zomer was het, het werd niet echt warm.

Ze hadden bijna twintig minuten zwijgend gewandeld, naast elkaar over het open veld richting Norsborgs Waterleidingbedrijf, elk met zijn eigen gedachten, toen ze vroeg wie het was geweest.

Het meisje dat had geschoten.

Dat naast Bengt op de vloer had gelegen.

Grens vroeg of het belangrijk was en ze knikte, ze wilde het weten, ze kon het niet uitleggen. Hij bleef staan en keek haar aan, vertelde toen van de eerste keer dat hij Grajauskas had gezien, in een appartement dat met elektronische sloten was afgesloten, ze was bewusteloos geweest en haar rug was rood opgezwollen van de zweepslagen.

Ze luisterde, zette weer zwijgend twee langzame stappen, nog een vraag.

'Ik wil weten hoe ze eruitzag.'

'Zoals ze er nu uitziet? Nu ze overleden is?'

'Daarvoor. Ik wil een foto hebben van daarvoor. Van wie ze was. Ze heeft de rest van ons leven samen afgepakt, Ewert. Als iemand begrijpt wat dat wil zeggen, dan ben jij het wel, dat weet ik. Ik heb geprobeerd naar de nieuwsuitzendingen te kijken waar ik tegen kon. Ik heb twee ochtendbladen ingekeken zodra ik wakker was. Ze laten geen foto van haar zien. Misschien hebben ze er geen of het is niet belangrijk hoe ze eruitzag, voor anderen bedoel ik, misschien is het genoeg om te weten wat ze heeft gedaan, hoe ze aan haar eind is gekomen.'

De rest van ons leven samen.

Ewert Grens had het zelf gezegd, had het zelf gedacht.

Het waaide een beetje. Hij knoopte zijn jasje dicht terwijl ze verder liepen. Ik heb hem hier, dacht hij, in mijn binnenzak. Ik heb de foto die we van de Litouwse collega's gekregen hebben.

En, Lena, ik heb die rotband. Die er straks niet meer is.

Er is veel waar je nooit achter zult komen.

'Ik heb een foto.'

'Jij?'

'Ja.'

Grens bleef staan, maakte de knopen van zijn jasje los, die hij net had dichtgedaan. Hij hield een envelop in zijn hand, opende die, liet haar een zwart-witfoto zien, het portret van een meisje.

Ze glimlachte op de foto. Lang blond haar met een strik erin.

'Lydia Grajauskas. Ze is twintig jaar geworden. Uit Klaipėda. Deze foto is ruim drie jaar geleden genomen, vlak voordat ze daar wegging.'

Lena Nordwall stond helemaal stil. Ze ging met haar vinger over het gezicht, alsof ze iets zocht wat ze kon herkennen.

'Knap.'

Ze wilde meer zeggen. Hij zag het aan haar.

Ze staarde naar de foto van een jonge vrouw, die minder dan een etmaal geleden de persoon had neergeschoten die haar het naast stond.

Ze zei niets.

Sven Sundkvist was de vorige dag laat thuisgekomen.

Het was bijna middernacht en Anita zat in de keuken te lezen; hij had tegen haar gezegd dat ze op hem moest wachten. Hij had haar omhelsd en toen de zilveren kandelaar gehaald die ze beiden zo mooi vonden. Hij had de witte kaarsen aangestoken en ze hadden elkaar aangekeken, van de overgebleven halve taart gegeten en een paar glazen wijn gedronken.

Hij was net eenenveertig geworden, was al in zijn tweeënveertigste jaar.

Hij was naar boven gegaan, naar Jonas' kamer, had hem een zoen op zijn voorhoofd gegeven en had er meteen spijt van, aangezien hij plotseling wakker werd, verward om zich heen keek en iets onverstaanbaars mompelde. Sven was blijven staan totdat hij weer in slaap was gevallen, een paar minuten, met zijn hand voorzichtig op zijn wang. Toen had hij Anita uit de badkamer gehaald, had haar verteld hoe mooi ze was, had haar hand stevig beetgepakt toen ze in bed lagen. Haar naakte lichaam, ze hadden elkaar daarna stevig vastgehouden.

Hij was vroeg wakker geworden.

Het rijtjeshuis verkeerde in rust toen hij het verliet.

Hij had ingezien dat hij wat al te ijverig was geweest; ze had de foto er immers al uit gehaald. Toch had hij, zodra hij op zijn kamer kwam, Lisa Öhrström gebeld dat ze moest komen voor een confrontatie. Een foto laten aanwijzen én een confrontatie, dat was niet professioneel; dat wist hij wel, maar hij had haast en hij wilde het zeker weten. Ze hadden argumenten nodig voor Ågestam, de officier moest Jochum Lang niet kunnen laten gaan, deze keer niet.

Daarom was hij razend nu hij Öhrström bij de glazen ruit achterliet waardoor ze naar het rijtje van tien mannen met een nummer op de borst had gekeken. Hij probeerde het niet te laten merken, ergens wist hij immers wel dat het niet haar schuld was, ze was eerder een slachtoffer, bang en blootgesteld aan bedreiging met de dood. Hij slaagde er niet in. Hij deed sarcastisch en neerbuigend, hij was niet gewend aan onredelijke boosheid, het zat hem dwars, hij kon er niet goed mee omgaan.

Hij rende weg.

Naar de verhoorkamer in Kronoberg.

Lang moest niet worden vrijgelaten.

Wegwerkzaamheden ergens tussen Skärholmen en Fruängen deden hem op het dashboard slaan en luid schreeuwen. Ewert Grens had haast om terug te komen, hij moest snel even iets doen in het politiebureau in Kronoberg en wilde daarna te voet naar St.-Eriksgatan om te lunchen met Sven, waarvoor hij net had gereserveerd.

Hij wist dat hij tekortschoot. Hij had met zijn arm om Lena heen gestaan en had geprobeerd te zeggen wat hij moest zeggen en het enige wat hij nu voelde was hoe fout hij was, hij kon niet troosten, hij kon niemand omhelzen, dat had hij nooit gekund. Hij had op het veld bij het waterleidingbedrijf gestaan, het had gewaaid en zij had rustig gewacht met de foto van Lydia Grajauskas in haar hand, had hem stijf vastgehouden, totdat hij haar met zachte dwang naar huis had gestuurd.

Waarom was hij eigenlijk naar haar toe gegaan? Midden in wat rouw moest zijn. Omdat hij Bengt miste? Omdat zij niemand anders had? Omdat hij niemand anders had?

Het verkeer kroop voort, drie stroken waren één geworden en de minuten stroomden van zijn voorhoofd. Hij kwam te laat. Maar hij had geen keuze.

Voor de lunch moest hij naar het magazijn.

Sven moest maar wachten.

De verhoorkamer was even naakt als altijd.

Sven Sundkvist was buiten adem toen hij er aankwam, zijn woede had hem door het politiebureau gejaagd en hij had sneller gelopen dan nodig was. Hij keek naar Lang, die aan de tafel zat te roken, die niet eens opkeek toen hij de deur in kwam.

Ondervrager Sven Sundkvist (OV): Je hebt Hilding Oldéus op een verpleegafdeling van het Söderziekenhuis bezocht, vlak voordat hij dodelijk werd mishandeld.

Jochum Lang (JL): Als jij het zegt.

OV: We hebben getuigen.

JL: Maar dat is geweldig, Sundkvist. Dan kun je ze hierheen halen en een confrontatie op touw zetten.

OV: Getuigen die jou naar de zaal hebben gebracht waar Oldéus lag.

JL: Ik bedoel, ze zouden bijvoorbeeld door een raam naar mij en negen anderen kunnen kijken. Dat is geweldig, Sundkvist, doe dat.

Sundkvist brieste inwendig. De man die aan de andere kant van de tafel zat probeerde hem uit zijn evenwicht te brengen en het lukte hem bijna; ik moet rustig blijven, ik moet mijn vragen stellen en wat hij ook antwoordt, ze blijven stellen totdat ik tevreden ben.

Hij keek naar Jochum Lang, die glimlachte, die al door zijn advocaat was geïnformeerd over de mislukte confrontatie; advocaten waren altijd snel met het vertellen van dat soort dingen.

Maar de man die dreigde zou niet worden vrijgelaten.

Nog niet.

Hij moest nog een keer op vragen antwoorden en hij zou meer zeggen dan hij van plan was geweest en dat zou genoeg zijn om Ågestam ertoe te bewegen zijn vooronderzoek voort te zetten, terwijl de schuldige al achter de tralies zat.

OV: We hebben je uit een fout geparkeerde BMW bij de entree van het Söderziekenhuis gehaald.

JL: Nou, nou, Sundkvist. Hou je je ook al met parkeerboetes bezig?

OV: Waarom zat je op een passagiersstoel op een afgesloten terrein?

JL: Ik kan gaan zitten waar ik wil.

OV: Deze keer laten we je niet gaan.

JL: Sundkvist, breng me verdomme naar mijn cel! Voordat ik iets doe waarvoor jullie me wél kunnen aanklagen.

Tien over twaalf.

Grens stopte voor het politiebureau. Sven zat waarschijnlijk al ongeduldig te wachten in het restaurant. Toch ging hij het gebouw binnen, de gang in die naar zijn kamer leidde. Hij bleef staan bij de koffieautomaat, niet om iets te drinken, maar het magazijn zat er vlakbij, dat had Hermansson hem gewezen, daar moest hij heen.

De videobanden lagen op een plank achter in de benauwde ruimte. Een bruine doos, twintig banden in iedere doos. Hij pakte er één, trok het plastic eraf, haalde de zwarte band eruit. Hij inspecteerde hem. Net als de andere. Zo zagen ze er allemaal uit.

Grens deed de deur van het magazijn achter zich dicht, ging zijn kamer binnen. Daar lagen haar spullen, in een doos op zijn bureau. Hij tilde de tas met het ICA-logo op, stopte de nieuwe cassette erin.

Lena's schaamte of de hare?

Lena leefde. Zij was dood.

Grajauskas' verhaal bestond daarom niet meer. Dat lag in het water van Mälaren bij Slagsta Strand, daar was hij gestopt onderweg terug uit Eriksberg. Schaamte weegt zoveel zwaarder als je leeft.

Ewert Grens geeuwde, liet de ICA-tas zachtjes een paar keer heen en weer schommelen boven zijn bureau, legde hem weer terug in de doos bij haar andere bezittingen.

EWERT GRENS GING in een donker hoekje van het restaurant zitten, achter in het lokaal, moeilijk te ontdekken voor iemand die alleen de deur even binnenstapte en snel om zich heen keek. Hij vond het maar een sjofele gelegenheid en een heel eind lopen van Kronoberg, helemaal bij de kruising van St.-Eriksgatan en Fleminggatan.

Maar hij had geen keus.

Journalisten zaten hem door heel Kungsholmen achterna, ze wisten waar hij altijd lunchte en hij had ze op weg erheen al vanuit de verte voor de deur zien rondhangen.

Ze kregen geen antwoorden. Ze kregen niets. Van hem niet. Nu de politie persvoorlichters had aangesteld, moesten die maar zo weinig mogelijk verklaren op persconferenties waar mensen door elkaar heen schreeuwden.

Hij had rechtsomkeert gemaakt, had Sven gebeld, die daar al zat te wachten, was een paar blokken verder gelopen. Hij had hier wel eerder gegeten wanneer iemands dood had geleid tot woorden en krantenkoppen, had in alle rust beroerd eten voorgeschoteld gekregen.

Op een naburig tafeltje vond hij een ochtendblad, hij kon er een paar minuten in lezen, zes bladzijden gijzeldrama in het mortuarium van het Söderziekenhuis.

'En ik had net mijn eten voor me staan.'

Sven Sundkvist gaf hem een klopje op zijn rug en ging zitten.

'Vijfenzestig kronen en geen tijd om het aan te raken. En dan hierheen?'

Sundkvist keek om zich heen, schudde zijn hoofd.

'Leuk restaurantje heb je uitgezocht.'

'Hier is in ieder geval niemand die ons wat wil vragen.'

'Daar twijfel ik niet aan.'

Skånse hachee met rode biet. Ze bestelden het allebei.

'Hoe gaat het met haar?'

'Met Lena?'

'Ja.'

'Ze heeft verdriet.'

'Ze heeft jou nodig.'

Ewert Grens zuchtte luid, legde de krant neer. Hij was onrustig, wipte op zijn stoel.

'Sven, ik heb er geen idee van hoe dat moet. Ik ben er niet goed in. Misschien heb ik het zojuist fout gedaan. Ze wilde zien hoe Grajauskas eruitzag. Ik heb haar de foto laten zien.'

'Als ze dat nou wilde.'

'Ik weet het niet. Een vreemd gevoel. Het was net of ze het niet begreep. Alsof ze haar een moment lang herkende. Ze staarde naar de foto, voelde eraan met haar vingers, ze probeerde iets te zeggen, maar deed dat niet.'

'Ze is nog steeds in een soort shock.'

'Ze hoeft niet te weten hoe de moordenares van haar man eruitziet. Net of ik haar die ellende onder de neus wreef.'

Het was een heleboel saus met hier en daar een stukje vlees erin. Ze aten omdat het moest.

'Ewert?'

'Ja?'

'Het is zonet misgelopen.'

Grens zat een stuk rode biet achterna op zijn bord. Hij gaf het op toen het in een zee van bruine saus uit een pakje verdween.

'Wil ik dat weten?'

'Nee.'

'Vertel het dan maar.'

Sven Sundkvist maakte de ochtend nog een keer mee.

Lisa Öhrströms angst en onwil. Die hij al had gevoeld toen ze elkaar hadden gegroet. De tien mannen op een rij achter de ruit, haar 'nee', hoe hij haar had gevraagd om nog eens naar hen te kijken toen ze hun rondje liepen, het gevoel dat ze zich er niet druk over wilde of durfde te maken wie daar eigenlijk stond. Zijn eigen woede toen hij het had begrepen van de bedreiging, toen zij hem had gevraagd begrip te hebben voor haar liefde voor haar neefje en nichtje. Haar ontkenning en haar schaamte en de advocaat die Langs vrijlating had geëist.

Sven had de reactie voorzien.

Ewert Grens legde zijn bestek neer. Zijn gezicht was rood, hij kneep zijn ogen samen en de ader bij zijn slaap klopte. Hij wilde net op tafel slaan toen Sven hem bij de arm pakte, hem tegenhield.

'Hier niet, Ewert. We wilden hier immers geen nieuwsgierigen.'

Grens haalde heftig adem. Zijn stem was zacht, deed het bijna niet toen de boosheid in kracht toenam.

'Verdomme, Sven. Hoor je wel wat je zegt?'

Grens stond op. Hij liep een rondje om de tafel, schopte tegen elke tafelpoot waar hij langs kwam.

'Ewert, ik ben net zo kwaad als jij. Maar wees alsjeblieft kalm, we zijn niet op kantoor.'

Hij stond nog steeds.

'Hij heeft die arts bedreigd! Hij heeft de kinderen bedreigd!'

Sven Sundkvist aarzelde voordat hij verderging, het beeld van de merkwaardige uren van die ochtend. Hij haalde een cassetterecordertje uit de zak van zijn jasje, zette dat op tafel tussen hun nog halfvolle borden.

'Daarna heb ik Lang gehoord. Luister.'

Twee stemmen.

Eén die het gesprek zoekt.

Eén die het probeert af te breken.

Ewert Grens stond stil naast de tafel, iedere spier van zijn gezicht gespannen toen Jochum Lang sprak. Hij zei niets, niet voordat de band stopte en Sven Sundkvist naar voren reikte om de cassetterecorder weer te pakken.

'Nog eens. Alleen het laatste.'

Het geluid van stoelen die over de vloer schrapen.

De gejaagde ademhaling.

De stem van Lang.

'Sundkvist, breng me verdomme naar mijn cel! Voordat ik iets doe waarvoor jullie me wél kunnen aanklagen.'

Grens gaf een luide schreeuw, de weinige gasten die er nog zaten keken naar de hoek van het restaurant waar een oudere, lange man naast de tafel stond met zijn gebalde vuist in de lucht.

'Ga zitten, Ewert.'

'Dit pik ik niet, Sven. Geen sprake van dat ik Lang nog langer de dienst laat uitmaken! Nu draait hij de bak in. Daar zal ik alles aan doen.'

Ewert Grens stond nog steeds. Hij wees naar Sundkvist.

'Het telefoonnummer van Lisa Öhrström.'

'Waarom?'

'Heb je het of niet? Geef mij nu haar nummer! We gaan eens wat fatsoenlijk politiewerk doen, jij en ik, vanuit dit restaurant.'

De serveerster, een jonge vrouw of eigenlijk nog niet eens, kwam voorzichtig naar hun tafeltje toe. Ze nam een aanloopje, meed Grens, keek naar Sven Sundkvist en vroeg of ze rustig wilden doen en rekening wilden houden met de andere lunchgasten, zei dat ze anders de politie moest waarschuwen. Sundkvist bood zijn verontschuldigingen aan, beloofde dat het niet weer zou gebeuren, ze gingen zo, kon ze de rekening komen brengen?

'Hier.'

Sundkvist gaf Ewert Grens zijn agenda. Haar nummer stond daar netjes. Grens glimlachte naar zijn jongere collega, telefoonnummers met de namen op alfabet, zo iemand was Sven.

Grens pakte zijn mobieltje, probeerde Lisa Öhrström te bereiken. Dat lukte ergens op de verpleegafdeling, ze was er meteen na de confrontatie eerder die ochtend heen gegaan.

'Mevrouw Öhrström? Inspecteur Ewert Grens hier. Over een uur stuur ik wat foto's naar u toe. Ik wil dat u die bekijkt.'

Ze reageerde niet meteen, alsof ze tot zich door liet dringen wat hij had gezegd.

'Waar gaat het over?'

'Moorden, overvallen en mishandeling.'

'Ik begrijp het niet.'

'Uw faxnummer?'

Het duurde weer even, haar stilte, ze wilde het gesprek niet voortzetten.

'Wat moet ik met uw foto's?'

'Dat begrijpt u wel zodra u ze ziet. Over een uur. Ik meld me weer.'

Ewert Grens wachtte ongeduldig terwijl Sven Sundkvist het glas alcoholarm bier leegdronk en het geld zocht waarvan hij wist dat hij het bij zich had. Grens wuifde met één hand naar Sundkvist, hij had haast en betaalde voor hen beiden, hij gaf een grotere fooi dan het eten verdiende.

Ze liepen net de deur uit naar de verkeerschaos op St.-Eriksgatan, toen Grens een eindje verderop op het trottoir een paar van de journalisten herkende die hij niet wenste te spreken. Hij vroeg Sundkvist even te wachten, bleef staan met de deur halfopen tot ze voorbij waren gelopen en uit het zicht verdwenen.

Ze verlieten de lucht van Skånse hachee.

Snelle voetstappen over Fleminggatan, een paar minuten wandelen zij aan zij naar Bergsgatan en Ernstige Delicten voordat ze elk een kant op gingen.

Grens ging naar zijn kamer, kwam een minuut later naar buiten met twee zwart-witfoto's in zijn hand, hij wilde ermee naar het faxapparaat gaan dat verderop in de gang naast het kopieerapparaat stond.

'Grens?'

Hij draaide zich om. Ze had hem uitgelachen toen ze elkaar 's ochtends vroeg waren tegengekomen.

'Hermansson. Je had me een rapport beloofd. Na de lunch. Het is nu na de lunch.'

Hij vroeg zich af of hij boos klonk. Dat was hij niet.

'Het is klaar.'

'En?'

'Ik heb de uitgewerkte verhoren gekregen. Ik heb ze doorgenomen. Interessant.'

Ewert Grens hield de twee foto's in zijn hand. Ze maakte een zwaaibeweging met haar arm, *fax jij nou maar, ik wacht wel,* maar hij legde ze gewoon aan de kant, vroeg haar te vertellen.

'Wat de bewaker zich nog voor de geest kan halen. Hij heeft het over een vrouw die vlak voor Grajauskas naar het invalidentoilet ging. Zoals hij die vrouw beschrijft, weet ik zeker dat het haar vriendin is, Alena Sljusareva, die hij voorbij heeft zien komen.'

Ewert Grens luisterde. Hij dacht aan vanochtend. Hij had haar een compliment gegeven en vervolgens het onaangename gevoel gehad dat hij er gekleurd op stond; hij had het toen niet begrepen en hij begreep het nog steeds niet, hij was het niet gewend.

'Dan de twee jonge jongens, die naast Grajauskas in de recreatieruimte naar het lunchnieuws zaten te kijken. Een van hen weet nog dat hij die vrouw ook voorbij heeft zien komen. Zijn beschrijving komt overeen met die van de bewaker. Een exact beeld van Alena Sljusareva.'

Hermansson had een map met papieren bij zich. Een gedeelte van het onderzoek, dat bijna een dag oud was, een moord en een zelfmoord in een mortuarium. Ze hield hem omhoog, wilde hem die geven.

'Zij was het, Grens. Zij heeft Lydia Grajauskas voorzien van een wapen en van kneedplastic. Ik ben ervan overtuigd. Alena Sljusareva is daarom medeplichtig aan gijzeling en moord. We zullen haar gauw grijpen, ze kan geen kant op.'

Ewert Grens nam de map aan. Hij keek naar de jonge agente, die al wegliep, kuchte.

'Zeg, trouwens.'

Ze bleef staan en draaide zich om.

'Je had ongelijk. Je bent de tweede agente die een compliment van mij krijgt. En ik zal je er nóg een moeten geven.'

Ze schudde haar hoofd.

'Dank je wel, maar het is zo allang mooi.'

Hermansson liep alweer door, hij vroeg haar te wachten, nog één vraag.

'Wat je zei, vanochtend.'

'Ja?'

'Moet ik dat zo opvatten dat jij vindt dat ik moeite heb met vrouwelijke collega's?'

'Zo moet je dat opvatten.'

Ze had niet geaarzeld. Ze was rustig en zakelijk en hij had weer hetzelfde gevoel van een paar uur geleden dat hij te kijk stond.

Maar hij begreep het wel. Hij zag Anni.

Grens schraapte luidruchtig zijn keel, de koffieautomaat vlak naast hem, hij had zwarte automatenkoffie nodig in een plastic bekertje, dat had hij nodig, iets eenvoudigs waar hij rustig van werd. Hij dronk het bekertje leeg, drukte op de knop voor nóg een. Hij wist het immers wel. Waarom hij moeite had met vrouwelijke collega's. Met vrouwen überhaupt. Vijfentwintig jaar geleden. Het was vijfentwintig jaar geleden dat hij een ander mens had vastgehouden. Hij wist haast niet eens meer hoe dat voelde. Hij miste het, maar wist niet meer hoe het was.

Nog een bekertje.

Hij dronk langzaam uit het laatste bekertje, nooit meer dan drie, hij wilde er lang mee doen, met de rust die het hem gaf. Hij dronk en hij slikte omstandig met het bekertje in zijn ene hand, toen hij besefte dat hij de beide foto's nog steeds in zijn andere hand hield.

Hij keek ernaar. Hij wist dat het zou werken.

Lisa Öhrström nam na vijf signalen op.

'Een uur. U bent een man van de klok.'

'Ik wil dat u naar uw faxapparaat toe gaat.'

Ewert Grens hoorde haar voetstappen in een gang, hij zag de verpleegafdeling voor zich, hij wist waar ze nu stond.

'Hebt u ze gekregen?'

'Nu net.'

'En?'

'Ik weet niet wat u wilt.'

'Wat ziet u?'

Ze zuchtte. Hij wachtte totdat ze weer wat wilde zeggen.

'Waar gaat het over?'

'U bent arts. Kijk naar de foto's. Wat ziet u?'

Lisa Öhrström zweeg, hij hoorde haar ademhalen, maar ze zei niets.

'Voor de laatste keer. Wat ziet u?'

'Een linkerhand. Met fracturen aan drie vingers.'

'De duim. Klopt dat?'

'Dat klopt.'

'Vijfduizend kronen.'

'Ik begrijp niet waar u heen wilt.'

'De wijsvinger. Duizend kronen. De pink. Duizend kronen.'

'Ik begrijp het nog steeds niet.'

'Jochum Lang. Dat is zijn tarief. En zijn signatuur. De foto is gemaakt door de technici tijdens een vooronderzoek dat is gestaakt. Deze jongen, met die nogal waardeloze linkerhand, had zevenduizend kronen schuld. Een van de slachtoffers van Lang. Iemand met zo'n beroep beschermt u. En zolang u hem blijft beschermen gaat hij door met zijn werk.'

Ewert Grens wachtte, zei niets meer, hing toen op. Ze zou daar blijven zitten. Met drie gebroken vingers in zwart-wit voor zich. Net zo lang tot hij weer contact opnam.

Een deur ging open een eind verderop in de gang, Grens keek die kant op.

Sven Sundkvist, die haast had, met snelle stappen dichterbij kwam.

'Ewert, ik heb net een telefoontje gehad.'

Grens ging op het faxapparaat zitten, zijn been deed pijn, dat had hij wel vaker en hij hoorde niet hoe het dunne kunststof deksel kreunde onder zijn gewicht. Sven Sundkvist hoorde het wel, maar had geen tijd, hij keek zijn chef aan.

'In Frihamnen. Een Russische tolk is onderweg.'

'Ja?'

'Ze wilde net aan boord gaan van een schip naar Litouwen.'

Grens zwaaide ongeduldig met zijn armen.

'Kom ter zake.'

'Alena Sljusareva. Ze is net aangehouden.'

Ze hadden het er zo vaak over gehad.

Hij had met Bengt in verschillende verhoorkamers gezeten, in het café of bij hem thuis in de tuin, en ze waren daar vaak aanbeland, bij de waarheid; ze hadden besproken hoe het aan één kant verdraaid simpel is: je hebt waarheid en je hebt leugens, en de waarheid is het enige wat de mens uiteindelijk kan dragen.

Al het andere is flauwekul.

Een leugen baart een nieuwe leugen baart een nieuwe leugen en ten slotte heb je er zelf zo'n warboel van gemaakt dat je de waarheid niet eens herkent ook al is het het enige wat je nog hebt.

Ze hadden hun vriendschap op waarheid gebouwd. Ze moesten altijd durven zeggen wat ze vonden ook al vrat dat energie. Het was wel voorgekomen dat een van hen voelde dat de ander zich op de vlakte hield, met de beste bedoelingen zijn mond hield, maar dan gingen ze even flink tegen elkaar tekeer, deden de deur naar de gang dicht en die ging pas weer open als alles was gezegd, de waarheid.

Ewert Grens huiverde.

Wat een verdomde leugen.

Wat had hij dan gedacht? Dat hij en Bengt een naakte waarheid hadden en niet meer dan dat?

Hij zat aan zijn bureau met zijn gedachten bij een videocassette die hij bijna een dag lang in de binnenzak van zijn jasje had gehad en die hij nu naar de bodem van Mälaren had laten zakken.

Nu lieg ik.

Omwille van Lena.

Onze waardeloze waarheid.

Ik lieg om jouw leugen te dekken.

Ewert Grens trok de kartonnen doos naar zich toe, die op de rand van het bureau stond. Hij leunde naar voren, tilde het deksel eraf. Hij keek naar de bezittingen die een paar uur eerder in Frihamnen in beslag waren genomen, toen twee agenten Alena Sljusareva hadden aangehouden en gefouilleerd.

Hij pakte de doos vast en keerde hem om. Haar leven op zijn bureau. Het was niet veel, ongeveer wat een mens op de vlucht kan meenemen. Hij pakte haar spullen op, voelde eraan, het ene voorwerp na het andere.

Een portemonnee met een paar duizendjes, het loon voor het drie jaar lang twaalf keer per dag spreiden van haar benen.

Een dagboek, hij brak het slotje open en bladerde er verstrooid in, vreemde letters en lange woorden die hij niet begreep.

Een zonnebril, een goedkope van plastic, die je ergens onderweg koopt.

Een mobieltje, nogal nieuw, met meer functies dan je ooit kon leren gebruiken.

Een enkele reis voor de veerpont die vandaag, 6 juni, van Stockholm naar Klaipėda vertrok. Hij keek op zijn horloge. Het ticket was zojuist verlopen.

Hij keek nog eens naar haar leven, stopte het toen weer in de doos. Hij nam de lijst met in beslag genomen spullen vluchtig door, ondertekende hem, legde hem bij de rest.

Ewert Grens wist meer dan hij wilde weten.

Nu moest hij haar verhoren.

En zij zou precies datgene zeggen wat hij niet wilde horen. Dus hij zou luisteren, vergeten, haar vragen haar tas in te pakken en naar huis te gaan.

Omwille van Lena. Niet voor jou. Voor haar.

Grens stond op. Weer de gang door, naar de liften, naar de cellen en de wachtcommandant. Hij werd verwacht, samen liepen ze naar de cel waar Alena Sljusareva sinds anderhalf uur zat. De wachtcommandant deed hetzelfde als altijd, bukte en keek door het vierkante gat in het midden van de deur naar binnen. Daar zat ze. Op de smalle brits, voorovergebogen, haar hoofd tegen haar knieën gedrukt, haar donkere haar hing bijna op de grond.

De wachtcommandant deed de deur open en Grens ging het

vermoeide vertrek binnen. Ze keek op, met behuilde ogen. Hij knikte naar haar.

'Jij spreekt toch Zweeds?'

'Een beetje.'

'Mooi. Ik ga je verhoren. We gaan hier zitten, op de brits in je cel met deze cassetterecorder tussen ons in. Begrijp je dat?'

'Waarom?'

Alena Sljusareva dook in elkaar. Dat had ze wel vaker gedaan, als iemand te hard bij haar binnendrong, als ze pijn in haar onderbuik had, als ze hoopte dat niemand haar zou zien.

Ondervrager Ewert Grens (EG): Ken je me nog?

Alena Sljusareva (AS): Het appartement. U was de politieman die een wapenstok in zijn maag duwde. Bij Dimitri de Pooier. Hij lag op de grond.

EG: Dat zag je dus. En toch rende je weg?

AS: Ik had Bengt Nordwall ook gezien. Ik raakte in paniek. Ik wilde gewoon weg.

Hij zat naast een jonge Baltische vrouw op een smal bed in de cel. Met een zere rug na een paar uur slaap op de bank in zijn kantoor, met een been dat, net als altijd, pijn deed. Grens ademde langzaam. Hij was moe. Hij wilde hier niet zitten en het enige naar beneden halen wat er eigenlijk nog was, de trots, de identiteit; hij haatte de leugen die hij meetorste, maar hij zou doorgaan met liegen, omdat hij wel moest.

AS: Ik weet het nu. Dat Lydia dood is.

EG: Dat klopt.

AS: Dat weet ik nu.

EG: Ze heeft eerst een onschuldige politieman doodgeschoten. Toen heeft ze zichzelf met hetzelfde wapen van het leven beroofd, een schot door het hoofd met een 9mm-Pistolet Makarova. Ik zou heel graag willen weten hoe ze aan dat wapen is gekomen.

AS: Ze is dood. Ze is dood! Dat weet ik nu.

Ze had gehoopt. Zoals je altijd hoopt. Als ik het niet weet, is het ook niet gebeurd.

Nu huilde ze.

Ze sloeg met een trillende hand een kruisje in de lucht, ze huilde zoals alleen iemand huilt die net beseft dat iemand die ze zal missen er niet meer is.

Ewert Grens wachtte, ze moest eerst uithuilen, hij keek naar de draaiende cassetterecorder en zweeg totdat ze was gekalmeerd en hij zijn vraag kon herhalen.

EG: Een 9mm-Pistolet Makarova.
AS: (onhoorbaar)
EG: En kneedplastic.
AS: Dat heb ik gedaan.
EG: Wat?
AS: Ik heb het gehaald.
EG: Waar?
AS: Op diezelfde plek.
EG: Waar?
AS: Völundsgatan. In de kelder daar.

Grens gaf een harde klap met zijn hand op de cassetterecorder, hij had haar bijna geraakt. Hoe was het een gewond en bang meisje op de vlucht in vredesnaam gelukt langs de bewaking te komen die voor het pand was neergezet, naar de kelderverdieping te gaan en daar genoeg springstof op te halen om grote delen van een groot ziekenhuis op te blazen?

Ze schrok, hij had geslagen net als zij altijd deden; ze kroop nog meer in elkaar.

Hij zei 'sorry'. Hij beloofde dat hij niet meer zou slaan.

EG: Je wist waarvoor het gebruikt zou worden.
AS: Nee.
EG: Je bezorgde haar een geladen wapen zonder te vragen waarom?
AS: Ik wist niets. Ik vroeg het ook niet.

EG: En ze heeft niets gezegd?
AS: Ze wist dat als ze dat deed, ik er per se bij zou willen zijn.

Ewert Grens schakelde de cassetterecorder uit, haalde de cassette eruit. De leugen. Dit verhoor zou nooit uitgeschreven worden. Hij zou het bandje laten verdwijnen, net zoals hij de dag ervoor hun gezamenlijke verhaal had laten verdwijnen.

Hij keek haar aan. Ze ontweek zijn blik, wilde niet meer.

'Je gaat naar huis.'

'Nu?'

'Nu.'

Alena Sljusareva stond snel op, kamde haar haar met haar hand, trok een paar keer aan haar blouse in een poging hem glad te trekken, trok haar gevangenisslоffen aan.

Ze hadden elkaar beloofd dat ze samen naar huis zouden gaan.

Dat kon niet meer. Lydia was dood.

Ze was alleen op pad.

Grens had een taxi besteld. Dat was het beste. Hoe minder mensen erbij betrokken waren, hoe makkelijker. Hij liep naast haar over het pad naar Bergsgatan. Een oudere man met zijn jonge vrouw. Een oudere man met zijn jonge dochter. Het had allebei gekund. Niet veel mensen zouden hebben geraden dat het een inspecteur bij Ernstige Delicten was, met een prostituee die op weg was naar huis.

Ze zat op de achterbank toen de auto door de drukte van het middagverkeer in de binnenstad reed. Norr Mälarstrand, Vasagatan, Kungsgatan en Stureplan, Valhallavägen over en dan Lidingövägen naar de haven. Ze kwam hier nooit meer. Ze zou nooit meer uit Litouwen weggaan. Dat wist ze. Ze had genoeg gereisd.

Grens betaalde de taxi en ze gingen de terminal van de veerpont binnen. De volgende boot zou Stockhom over bijna twee uur verlaten. Hij kocht een ticket, gaf het aan haar. Ze hield het stevig vast, zou het niet loslaten, niet voordat ze van boord ging in Klaipėda, de thuishaven die ze had verlaten.

Ze kon zich er moeilijk een voorstelling van maken. Van de plaats die ze als zeventienjarige had verlaten. Ze had niet zo lang geaarzeld toen de twee mannen haar een baan en een goed loon hadden aangeboden op een bootreis afstand. Wat ze had achtergelaten was armoede en weinig hoop op verandering. Ze zou maar een paar maanden wegblijven. Ze zou terugkomen. Ze had het waarschijnlijk niet eens tegen Janoz gezegd. Ze wist niet meer waarom niet.

Ze was een ander mens geweest toen.

Nog maar drie jaar geleden, maar een ander leven, een andere tijd.

Nu had ze langer geleefd dan haar leeftijdgenoten.

Had hij haar gezocht? Had hij vragen gesteld? Ze zag Janoz, ze had dat beeld nog steeds in haar hoofd, dat hadden ze haar niet kunnen afpakken. Ze waren binnengedrongen en hadden gespuugd, maar ze hadden nooit iets te pakken gekregen wat ze weigerde los te laten. Was hij er nog? Leefde hij nog? Hoe zag hij er nu uit?

Ewert Grens vroeg haar mee te lopen naar het verste gedeelte van de terminal, naar het restaurant dat daar zat. Hij trakteerde op koffie en een broodje; ze bedankte hem en at. Hij kocht twee kranten en ze bleven ieder met een krant aan het tafeltje zitten wachten op de volgende afvaart.

Er was nog niet eens een etmaal voorbij.

Lena Nordwall zat aan de keukentafel en staarde vermoedelijk ergens naar. Je staart altijd ergens naar.

Hoe lang zou het duren? Twee dagen? Drie? Een week? Twee weken? Een jaar? Zou het nooit gebeuren?

Ze hoefde het niet te begrijpen. Dat hoefde niet. Nog niet. Toch?

Er zat iemand achter haar. Dat merkte ze nu. In de gang, op de trap naar boven. Ze draaide zich om, zag dat haar dochter haar zwijgend opnam.

'Hoe lang zit je daar al?'

'Weet ik niet.'

'Waarom ben je niet buiten?'

'Het regent.'

Hun dochter was vijf jaar. Háár dochter was vijf jaar. Zo moest ze denken. Háár dochter. Als ze om zich heen keek, waren er geen andere volwassenen in dit huis. Ze stond er alleen voor. Voor de verantwoordelijkheid. Voor de toekomst.

'Hoe lang, mama?'

'Hoe lang wat?'

'Hoe lang blijft papa dood?'

Haar dochter heette Elin. Ze had laarzen aan. Natte modderlaarzen. Lena zag het niet. Elin liep over de vloer, van de trap in de gang naar de tafel in de keuken, sporen van natte aarde en Lena zag ze niet.

'Wanneer komt hij thuis?'

Elin ging op de stoel naast haar zitten. Lena zag het wel, maar daar hield het mee op, ze hoorde niet dat ze ook aldoor een heleboel vragen stelde.

'Komt hij niet thuis?'

Háár dochter stak haar hand uit naar haar wang, kon er net bij, aaide erover.

'Waar is hij?'

'Papa slaapt.'

'Wanneer wordt hij wakker?'

'Hij wordt niet wakker.'

'Waarom niet?'

Háár dochter zat naast haar en gooide met vragen, ze raakten haar lichaam, dat voelde ze nu, hoe ze aanvielen en over haar huid gleden voordat ze naar binnen kropen. Ze stond op. Ze wilde niet door meer woorden worden geraakt. Ze schreeuwde tegen het meisje dat het probeerde te begrijpen.

'Hou op! Hou op met die vragen!'

'Waarom is hij doodgegaan?'

'Ik kan er niet tegen! Snap je dat niet? Ik kan er niet meer tegen!'

Ze had haar kind bijna geslagen. Ze voelde het, het kwam zo snel opzetten, haar arm in de lucht en de vragen die op haar hoofd hamerden, ze tilde haar arm op, maar sloeg niet, ze had nog nooit geslagen. Nu huilde ze, ze ging zitten en sloeg haar armen om haar dochter heen, háár dochter.

Sven Sundkvist had hardop gelachen toen hij het middelmatige restaurant had verlaten en alleen terugwandelde naar Kronoberg. Niet om het eten, hoewel de vette stukjes vlees, die in een dunne fabriekssaus dreven, het wel verdienden om te worden uitgelachen. Hij moest lachen om Ewert. Hij zag zijn collega voor zich, hoe hij om de tafel heen liep, tegen iedere tafelpoot schopte waar hij langs liep, en stond uit te varen tegen de cassetterecorder met de dreigende stem van Lang, totdat de serveerster aan kwam sluipen en hem verzocht zachter te praten, anders moest ze de politie bellen.

Hij had gelachen zonder erbij na te denken en de twee dames die hij op het trottoir passeerde hadden hem beiden zorgelijk aangekeken en iets gemompeld over alcohol. Hij ademde diep in, probeerde rustig te worden. Je kon veel zeggen van Ewert Grens, maar niet dat hij saai was.

Ewert was verdwenen om Alena Sljusareva te verhoren. Sven Sundkvist wist zeker dat ze informatie had die hen zou helpen er meer van te begrijpen. Hij was daarom grotere passen gaan nemen, was snel teruggegaan naar zijn kamer, hij zou Lang aan de kant leggen en weer even op zoek gaan naar antwoorden rond het gijzeldrama, het mortuarium had een sterk gevoel van onbehagen bij hem achtergelaten en dat lag niet alleen aan de dood.

Er was iets anders wat hij niet goed begreep.

Haar opmerkelijke doelgerichtheid en nietsontziendheid, artsen die gegijzeld werden met haar pistool op hun hoofd gericht, opgeblazen lijken en Bengt Nordwall, die uitgewisseld moest worden en de schoten op hem en haarzelf. Alles zonder te zeggen wat ze eigenlijk wilde.

Hij nam het verloop van de gebeurtenissen nog eens door.

Hij brak woensdag 5 juni in kleine stukjes van een paar minuten, iedere nieuwe gebeurtenis kreeg een nauwkeurig bepaald eigen tijdstip. Vanaf 12.15 uur, midden op de dag, toen Lydia

Grajauskas op de bank van de afdeling chirurgie naar het lunchnieuws zat te kijken, tot 16.10 uur, toen verscheidene personen met koptelefoons op eensluidende beschrijvingen hadden gegeven van het geluid van twee schoten, waarop er nog één was gevolgd, en daarna een harde knal toen het arrestatieteam de deur van het mortuarium had geforceerd.

Hij las de verhoren met de gijzelaars, de oudere arts Ejder en de vier medicijnenstudenten, die allen in principe hetzelfde beeld van Grajauskas gaven: ze was rustig en had er aldoor voor gezorgd dat zij de controle had, ze had ook niemand verwond, behalve Larsen, toen die probeerde haar te overmeesteren.

Hun waarnemingen gaven een goed beeld, vertelden eigenlijk alles behalve wat hij het meest nodig had. Waarom had ze gedaan wat ze had gedaan?

Hij controleerde ten slotte de lijst met in beslag genomen goederen en de technische rapportage over het mortuarium van het Söderziekenhuis ergens na 16.07 uur. Het leverde even weinig op als hij had gevreesd. Niets onverwachts. Niets wat hij niet had kunnen bedenken.

Op één ding na.

Hij herlas de twee regels keer op keer.

Een videocassette die in haar plastic tas had gezeten. Zonder doosje. Maar met cyrillische letters op het plakbriefje dat op de zijkant zat.

Ze hadden van krant geruild, hij had nog wat koffie gehaald en voor hen allebei appeltaart met vanillesaus. Ze at het met evenveel smaak als eerder het broodje.

Ewert Grens bestudeerde de vrouw tegenover hem.

Ze was mooi. Niet dat het wat uitmaakte, maar het was wel zo.

Ze had thuis moeten blijven. Eeuwig zonde. Zo jong, nog zoveel tijd van leven, en dan dit, iedere dag de benen spreiden voor geile hoerenlopers uit rijtjeshuizen, die uitgekeken waren op het gazon dat ze moesten maaien, op hun veeleisende kinderen en hun inmiddels oud geworden vrouw.

Grens schudde zijn hoofd. Zo verschrikkelijk zonde.

Hij wachtte tot ze klaar was met eten en de lepel op het bordje had gelegd.

Hij had het in zijn aktetas bewaard. Nu haalde hij het tevoorschijn, legde het op tafel.

'Herken je dit?'

Ze keek ernaar. Een blauw notitieboekje. Ze haalde haar schouders op.

'Nee.'

Grens sloeg de eerste bladzij op, schoof het boekje over het tafelblad tot vlak voor haar.

'Begrijp jij dit?'

Alena Sljusareva keek naar wat er geschreven stond. Ze las een paar regels, zocht toen zijn blik.

'Waar komt dit vandaan?'

'Het lag naast haar bed in het ziekenhuis. Het enige van haar wat er nog lag. Want het is toch van haar?'

'Het is Lydia's handschrift.'

Hij vertelde dat hij had geprobeerd de tekst te laten vertalen toen ze mensen gijzelde in het mortuarium, toen ze nog in leven was, maar dat hij niemand had kunnen vinden die uit het Litouws vertaalde.

Toen Bengt nog leefde, dacht hij. Toen de leugen waarmee hij rondliep nog niet bestond.

Alena Sljusareva bladerde langzaam door het opschrijfboekje, las wat er op vijf bladzijden stond geschreven. Vertaalde het vervolgens.

Alles.

Alles wat nog maar goed en wel een etmaal geleden was gebeurd.

In detail.

Grajauskas had precies gepland en opgeschreven wat ze daarna in de praktijk had gebracht. Hoe het wapen, het kneedplastic, het touw en een videocassette bezorgd moesten worden in een afvalbak in het invalidentoilet. De klap op het hoofd van een bewaker, de wandeling naar het mortuarium, de gijzeling, het opblazen van een lijk, het vragen om een tolk die Bengt Nordwall heette.

Ewert Grens luisterde. Hij luisterde en slikte. Daar stond het. Allemaal. Had ik het maar geweten. Had ik maar een vertaling van die ellende gehad. Dan had ik hem nooit naar beneden laten gaan. Dan leefde hij nog.

Dan leefde je nog!

Als je niet naar binnen was gegaan, leefde je nog.

Je moet het hebben geweten!

Waarom heb je niets gezegd?

Tegen mij? Tegen haar?

Had dan toch toegegeven dat je haar herkende. Had haar dat tenminste gegund.

Dan had je nog geleefd.

Ze wilde niet schieten.

Ze wilde de bevestiging dat het niet haar schuld was, dat het niet haar keuze was om in een appartement te zitten wachten op mannen voor wie ze zich moest uitkleden.

Ze vroeg of ze het mocht houden. Grens schudde zijn hoofd, stak zijn hand uit naar de blauwe kaft, stopte het boekje weer in de aktetas. Hij wachtte tot twintig minuten voor vertrek en vroeg haar toen om op te staan. Samen liepen ze naar de uitgang. Alena Sljusareva hield haar ticket in haar hand, toonde het aan de vrouw die in een uniform van de rederij achter een glazen wand zat.

Ze draaide zich om, bedankte. Grens wenste haar een goede reis.

Hij liet haar bij de rij voor het ticketloket staan en liep een eindje de terminal in, bleef staan op een plek vanwaar hij nog een goed overzicht had over de reizigers die van de boot kwamen en degenen die wachtten op toestemming om aan boord te gaan. Hij leunde tegen een pilaar, probeerde aan het andere onderzoek te denken, aan Lang, die in de cel zat en aan Lisa Öhrström, die zojuist zijn fax had gekregen en weldra meer foto's te zien zou krijgen, maar ze gleden weg, hij had op dit moment genoeg aan de vrouwen uit Klaipėda en hij keek verstrooid naar de reizigers die arriveerden, die van de boot kwamen met de zee nog in hun lijf. Dat deed hij graag, van een afstand naar mensen kijken. Ze waren allemaal ergens naar onderweg: mensen met rode wangen en grote plastic tassen met taxfree drank, die hadden gedronken, gedanst en geflirt totdat ze alleen in een hut op het benedendek in slaap waren gevallen, anderen die hun mooiste kleren aanhadden en jaren hadden gespaard voor een week vakantie in Zweden, het land aan de andere kant van de Oostzee, een enkeling die er verfomfaaid bij liep, zonder bagage, die inderhaast was vertrokken en alleen maar weg wilde. Hij bestudeerde hen allemaal en vergat de minuten die wachten waren, iets anders kon hij niet. Nog heel even, dan vertrok ze.

Ewert Grens wilde zich net omdraaien toen hij misschien wel de laatste groep passagiers van boord zag komen.

Hij herkende hem meteen.

Het was nog maar ruim een dag geleden dat hij hem op Arlanda tussen twee kleerkasten had zien staan. Hij had toen een flinke uitbrander gekregen van een kleine ronde chef bij de Litouwse ambassade en was vervolgens hardhandig naar de gate geduwd en naar een toestel dat in een uur naar Vilnius zou vliegen.

Dimitri de Pooier.

Het pak dat hij ook had gedragen toen hij onder escorte de vliegtuigtrap op was gegaan, hetzelfde pak van drie dagen geleden, toen hij Grajauskas bewusteloos had geslagen met een zweep, en vervolgens de toegang had geblokkeerd tot een appartement op de zesde verdieping, waarvan de deur was ingeslagen.

Dimitri de Pooier was niet alleen. Hij bleef staan zodra hij de pascontrole door was en wachtte op twee jonge vrouwen, meisjes nog, zestien, zeventien jaar. Hij stak zijn hand uit en ze gaven hem allebei iets wat ze in hun handen hielden en waarvan Ewert Grens zonder dat hij het echt zag, wist wat het was.

Hun paspoort.

Hun schuld.

Een vrouw in een joggingpak liep snel op hen af, ze had de capuchon van het jack over haar hoofd getrokken en vanaf de plaats waar Grens stond, keek hij haar op de rug. Meer kreeg hij niet van haar te zien, maar hij zag wel dat ze hen alledrie op de Baltische manier begroette, met een vluchtige zoen op de wang.

Ze wees naar de eerste uitgang, waar ze vlakbij stonden, ze liepen achter haar aan, allemaal zonder bagage.

Ewert Grens werd misselijk.

Lydia Grajauskas had zichzelf zojuist in de slaap geschoten. Alena Sljusareva was gevlucht en was nu nog maar een bootreis verwijderd van haar thuiskomst. Ze waren drie jaar lang gebruikt door vreemde mannen in appartementen met elektronische sloten. Ze waren bedreigd, mishandeld, ze hadden gespeeld dat ze hitsige meiden waren, terwijl ze vanbinnen kapotgingen. Het duurde een dag, één dag maar, dan waren ze vervangen! Door twee nieuwe jonge vrouwen, die geen idee hadden van wat hun te wachten stond, die zo meteen zouden leren dat ze moesten glimlachen als iemand spuugde, zodat de mensenhandelaren honderdvijftigduizend kronen per geslacht per maand konden blijven verdienen.

Grens bleef nog een paar minuten staan, dan zou de veerboot zijn plaats aan de kade verlaten. Hij keek hen na terwijl ze verdwenen, de Baltische vrouw met de capuchon van haar jack op, Dimitri de Pooier naast haar, achteraan de twee meisjes die net hun pas hadden afgegeven, zo jong dat ze nog maar net borsten hadden.

Hij kon niets doen. Nu niet. Grajauskas en Sljusareva hadden durven protesteren en terugslaan, en dat was ongebruikelijk, of liever: daar had hij nog nooit eerder van gehoord. Deze twee kleine meisjes zouden niet durven getuigen onder deze omstandigheden, ze zouden doodsbenauwd zijn en ontkennen, net zoals die vuile pooier het zou ontkennen.

Er was dus nog geen misdaad.

Maar hij wist dat hijzelf of een collega hen te zijner tijd allebei zou tegenkomen, hij wist niet waar of wanneer, maar wel dat het vroeg of laat altijd helemaal fout liep.

Zodra Sven Sundkvist het item op de lijst van in beslag genomen goederen had gezien, legde hij de rest van de papierwinkel aan de kant en zocht naar de videocassette die was beschreven, die in een plastic ICA-tas zat en waar de vingerafdrukken van zowel Grajauskas als Sljusareva op zaten.

Hij had eerst gezocht op de plek waar hij moest zijn, op de technische afdeling van de regionale recherche.

Daar was hij niet.

Hij had het nagevraagd bij de dienst noodhulp, daarna bij de taalkundigen, die logischerwijs de cyrillische letters op het etiket van de videoband hadden moeten onderzoeken.

Daar was hij niet.

Zelfs niet op de laatste mogelijke plek, in het magazijn waar iemand hem om de een of andere reden naartoe had kunnen sturen.

Hij voelde zijn maag weer.

Het nare gevoel werd sterker, werd irritatie en vervolgens woede, het was een vreemd gevoel en hij haatte het.

Hij zocht de technicus van wie hij wist dat hij het eerst naar het mortuarium was gekomen. Nils Krantz, een oudere man die er altijd bij was, op iedere plaats delict, al zolang Sven rechercheur was en ook al lang daarvoor. Hij vond hem in een appartement in Regeringsgatan, een geval van mishandeling, hij had haast, maar nam toch de tijd voor Sven. Krantz beschreef in het kort waar de cassette had gelegen, wat ze erop hadden aangetroffen, bevestigde eigenlijk wat Sven al had kunnen lezen.

'Mooi. Mooi, Krantz. En de inhoud?'

'Wat bedoel je?'

'Ik bedoel: wat staat er op de band?'

'Dat weet ik niet.'

'Dat weet je niet?'

'Dat is toch jullie werk?'

'Daarom probeer ik er ook achter te komen.'

Hij hoorde dat Nils Krantz zich van de hoorn wegdraaide, met iemand sprak, moeilijk te verstaan waarover. Een halve minuut, toen was hij er weer.

'Had je verder nog wat?'

'Ja. Weet je waar de band nu is?'

Krantz lachte moedeloos.

'Communiceren jullie daar helemaal niet met elkaar?'

'Hoezo?'

'Praat maar met Grens.'

'Met Ewert?'

'Hij wilde hem hebben. Ik heb de band aan hem gegeven zodra we ermee klaar waren, in het mortuarium.'

Sven Sundkvist haalde zwaar adem. Buikpijn, ergernis, woede.

Hij verliet zijn bureau, passeerde vier deuren, klopte op die van Ewert Grens' kamer.

Hij wist dat Ewert bezig was met het verhoren van Alena Sljusareva. Hij voelde aan de deur. Die zat niet op slot.

Hij liep naar binnen, keek snel om zich heen. Het was een vreemd gevoel, hij moest een in beslag genomen voorwerp ophalen, maar was heel even een ongenode gast, een indringer die daar niets te maken had; hij was nog nooit eerder alleen in Ewerts kamer geweest, misschien kwam niemand daar ooit alleen. Hij zag hem al na een paar seconden. Op de plank achter de bureaustoel van Ewert, naast de oude cassetterecorder, die Siw Malmkvist losliet in de kamer. Het plakkertje op de achterkant, met cyrillische letters die hij niet kon lezen.

Hij trok plastic handschoenen aan, tilde de videocassette op, woog hem op zijn hand, prutste er doelloos aan. Ze had haar vertrek goed gepland. Ze had niet geaarzeld, ze had een bedoeling gehad met iedere stap die ze op weg naar haar eigen dood had gezet. Sven Sundkvist draaide de band om, voelde aan het gladde oppervlak. Dit was geen toeval. Hier had ze ook een bedoeling mee gehad. Ze had hun iets willen laten zien.

Hij deed de deur behoedzaam achter zich dicht, liep door de gang naar de vergaderzaal. Daar stond een videorecorder, aan het eind van de tafel.

Hij stopte de cassette erin.

Hij zat op dezelfde stoel waar Ewert Grens de vorige avond laat op had gezeten.

Maar hij zag iets anders.

Jonas, zijn zoon, noemde zo'n beeld altijd 'sneeuw'. Een band met luid geruis en geen beeld, afgezien van grijs geflikker.

Een videoband die er niet zou moeten zijn, die niet op de lijst stond, die nergens was geregistreerd. Een band waar helemaal niets op stond. Het gevoel in zijn buik, dat eerst een gevoel van onbehagen was geweest, was nu alleen nog woede, een plotselinge razernij waar hij misselijk van werd.

Ewert, waar ben je in godsnaam mee bezig?

Alena Sljusareva was aan boord gegaan en de boot had Frihamnen verlaten. Ze was nu op weg door de scherenkust van Stockholm om open zee te kiezen, ze zou de Oostzee oversteken naar Litouwen en Klaipėda, ze zou over een paar uur aan land gaan en nooit meer omkeren.

Ewert Grens wachtte op een taxi die niet kwam. Hij vloekte en belde weer en vroeg aan de centraliste waarom niet. Ze zei dat ze helaas geen bestelling had voor ene Grens die naar een politiebureau in Bergsgatan moest, maar dat ze er graag een wilde inboeken als hij dat wilde. Grens vloekte weer en schreeuwde iets over organisatie en malloten en wond zich meer op dan hij achteraf nodig vond, hij vroeg de centraliste hoe ze heette en blies hoog van de toren totdat er dan toch nog een wagen kwam, waarin hij op de achterbank plaatsnam.

Hij keek uit over het water, zag vaag het gebouw dat aan de andere kant van de baai oprees.

Het stroomde uit haar hoofd.

Ik leunde tegen de bus en hield haar in mijn armen en het bleef maar stromen uit haar oren, neus en mond.

Hij miste haar.

Hij verlangde naar haar, het was sterker dan het in jaren was geweest. Hij kon niet wachten tot de volgende maandagochtend. Hij wilde nu over de Lidingöbrug, voorbij Millsgården, de lege parkeerplaats op, het verzorgingstehuis binnenhollen en haar bij zich hebben, daar gewoon zíjn, samen.

Maar ze was er niet.

De vrouw die hij miste en naar wie hij verlangde was er al vijfentwintig jaar niet meer.

Je hebt haar van me afgenomen, Lang.

De taxi bleef een paar keer vastzitten in de middagspits. Het kostte een halfuur om in Kronoberg te komen en hij had alle tijd gehad om tot bedaren te komen, voordat hij betaalde en uitstapte. Het was warmer; de regen die gisteren de hele dag was blijven vallen had voor verkoeling gezorgd en de zomer die onderweg was een halt toegeroepen, maar die deed nu een nieuwe poging. Hij voelde de zon daarboven en de wind die was afgenomen, het weer, hij begreep het niet.

Grens liep het bureau in, ging naar zijn kamer. Hij zette zijn muziekinstallatie aan, Siw Malmkvist uit de ijle monoluidspreker, ze zongen samen, *Mazzelaar, 1968, origineel: Hello Mary Lou.* Hij opende de map op zijn bureau, het dossier Jochum Lang.

Hij wist dat de foto's erin zaten.

Hij bestudeerde ze, een voor een, een dode op de vloer. Onhandig genomen; een korrelig raster, onderbelicht, bijna wazig. Krantz en zijn technisch rechercheurs mochten dan wel goed zijn, fotograferen konden ze niet. Hij zuchtte, koos drie foto's uit die nog een beetje kwaliteit hadden, stopte ze in een envelop.

Twee telefoontjes, dan was hij klaar.

Eerst belde hij Lisa Öhrström. Ze klonk gestrest toen ze opnam in een van de ziekenhuisgangen. Hij deelde kort mee dat hij en Sven Sundkvist straks bij haar op de afdeling langs zouden komen om haar nog wat foto's te laten zien. Ze protesteerde, zei dat ze meer te doen had en dat ze er geen prijs op stelde nog meer in elkaar geslagen mensen in zwart-wit te zien. Ewert Grens zei 'tot straks' en hing op.

Het tweede telefoontje, naar het parket van Ågestam. Grens verklaarde kort dat een arts, die Lisa Öhrström heette, nu had besloten tegen Jochum Lang te getuigen, dat ze hem definitief aanwees als de schuldige aan de moord op een van de patiënten van haar verpleegafdeling. Dat verraste Ågestam en hij wilde meer weten, maar Grens viel hem meteen in de rede, hij zou hem morgen meer vertellen, zowel over het onderzoek naar

Grajauskas en haar gijzeling als over dat naar Lang en de moord op een trap, beide in hetzelfde ziekenhuis. Morgen, dan spraken ze elkaar.

Ze was nog steeds aan het zingen, Siwan. Hij hielp haar weer, bewoog zich soepel door het vertrek. *Moeder lijkt op haar moeder, 1968, origineel: Sadie the cleaning lady.*

Er waren niet veel mensen die erg hadden in de auto die voor de deur van Völundsgatan 3 stopte. Het was geen grote auto, niet zo'n nieuwe, niet zo'n snelle. Een man op de bestuurdersplaats, die het ene voorportier opende, twee meisjes achterin, zestien, zeventien jaar oud. Leuke meisjes, die nieuwsgierig om zich heen keken.

Misschien een vader met zijn beide dochters.

Toen deed hij het achterportier open, de meisjes stapten uit, keken omhoog naar de rij identieke ramen. Kennelijk woonden ze daar niet, ze keken naar het gebouw alsof ze het voor het eerst zagen.

Misschien zochten ze naar een kennis bij wie ze op bezoek gingen.

De man die had gereden deed de auto op slot en ze liepen samen naar het trappenhuis. Op het moment dat hij de klink vastpakte en de deur opendeed draaide hij zich om en hij zei iets waarop een van de meisjes begon te gillen, leek het, en vervolgens ging huilen. Het andere meisje sloeg haar arm om haar heen, zij leek sterker, streelde haar wang en probeerde haar zover te krijgen dat ze doorliep.

Hij bleef praten toen ze de hal in kwamen en het meisje bleef huilen en wie ondanks alles toch erg had gehad in het groepje, kon onmogelijk verstaan wat hij zei, het waren vreemde woorden in een vreemde taal; dus als hij zei dat er vanaf nu een schuld was en dat hij daarom een meisje zou ontmaagden totdat haar vagina bloedde, hoorde toch niemand dat.

Sven Sundkvist verliet de vergaderzaal met de lege videocassette in zijn hand. Hij bleef bij de koffieautomaat staan, koffie met veel melk, hij had energie nodig, maar was voorzichtig, zijn maag verkrampte van woede.

Er stond niets op de band. Hij was er zeker van dat dat niet de bedoeling van Grajauskas was geweest. Ze had alles goed gepland, ze had haar laatste uren geregisseerd. Hij wist dat ze een bedoeling had gehad met de band.

Hij ging weer naar zijn kamer. Hij belde nog eens naar Nils Krantz. Die nam meteen op, hij had het druk en was geïrriteerd, hij was nog steeds in de flat in Regeringsgatan.

'Die rotband weer?'

'Ik wil weten of het een nieuwe was.'

'Een nieuwe?'

'Of hij gebruikt was.'

'Ja, dat was hij.'

'Hoe weten we dat?'

'Ík weet dat, aangezien er stof in zat toen ik hem openmaakte. Ík weet dat omdat het veiligheidslipje aan de achterkant afgebroken was. Dat doet iemand die niet wil riskeren dat wat erop staat, verdwijnt.'

Sundkvist hield de band in zijn hand. Hij verschoof zijn bureaulamp zo dat het licht erop viel. De band was glimmend nieuw. Geen stofje te zien. Het veiligheidslipje was nog intact, niet afgebroken. Hij pakte de hoorn weer op.

'Ik kom naar je toe.'

'Later. Ik heb geen tijd.'

'Ik wil dat je nog eens naar de videocassette kijkt. Het is belangrijk. Er klopt iets niet.'

Lars Ågestam wist niet of hij moest lachen of huilen. Hij had net Ewert Grens aan de telefoon gehad, die had aangekondigd dat hij eraan kwam om hem te informeren over de sterfgevallen van zowel Lydia Grajauskas en Bengt Nordwall als van Hilding Oldéus, over zowel Alena Sljusareva als Jochum Lang, over twee catastrofes die alleen met elkaar verbonden waren doordat ze tegelijkertijd op dezelfde plaats waren gebeurd. De vorige keer dat hij met Ewert Grens had samengewerkt was bijna een jaar geleden, in de merkwaardige rechtszaak tegen een vader die de moordenaar van zijn dochter had doodgeschoten. Hij was toen de jongste officier van justitie van het parket, hij had graag iets groots gewild en die grote zaak was hem zo in de schoot geworpen. Hij was benoemd tot leider van het vooronderzoek en was formeel boven inspecteur Ewert Grens geplaatst, over wie hij eerder alleen maar de verhalen had gehoord en die hij van een afstand had bewonderd; nu moest hij opeens met en tegen hem werken.

Van hun samenwerking had niet minder terecht kunnen komen.

Het leek of Grens zijn besluit meteen al had genomen, hij wilde niet samen denken, hij had zich nog niet eens de moeite getroost om aardig te doen in het belang van het onderzoek.

Dus lachte Lars Ågestam er nu maar om, dat was het makkelijkste; nu, een jaar later, hadden ze hem weer aan Grens gekoppeld, voor béíde onderzoeken waar hij bij betrokken was en die enkele uren in het Söderziekenhuis omvatten, en het argument – en daar lachte hij om, anders kon hij wel huilen – het argument was dat ze de vorige keer dat Grens een groot onderzoek deed, ook hadden samengewerkt, ze hadden het resultaat gezien en hadden hun samenwerking gebruikt als reden om hen weer bij elkaar te zetten.

Samenwerking, *my ass.*

Ågestams tengere lichaam schudde van het lachen, hij trok zijn jasje uit, legde de glimmende zwarte schoenen op het bureau, woelde door zijn kortgeknipte haar, hij lachte tot de tranen over zijn wangen stroomden, samenwerking, *my ass.*

Sven Sundkvist stond op Regeringsgatan en staarde naar de lucht, die zomerblauw had moeten zijn, maar die grauw, lelijk en moe terugstaarde, het ging straks weer regenen. Hij stond daar al een poosje. Hij zou weer naar het bureau moeten gaan, maar hij wist niet of hij het wel kon, als hij terugging moest hij verdergaan met wat hij zojuist in gang had gezet, wat hem razend maakte, wat hem vanbinnen kapotmaakte. Nils Krantz had gestrest en geïrriteerd midden in het onderzoek van een plaats delict in een duur appartement naar de cassette gekeken. Een paar seconden, meer niet, toen had hij hem teruggegeven, geconstateerd dat de band die hij vasthield niet de band was die hij eerder had geanalyseerd. Sven wist dat al, maar had desondanks gehoopt dat hij het fout had geraden, zoals je soms hoopt wanneer iets niet is zoals het zou moeten zijn.

Nu wist hij het. Of liever: hij wist geen fluit.

De Ewert Grens die hij kende en bewonderde verwisselde geen banden tijdens onderzoeken.

De Ewert Grens die hij kende was een klootzak, maar een eerlijke en oprechte klootzak.

Dit was iets anders.

De lucht bleef koppig staren toen zijn telefoon ging. Ewert. Sven haalde diep adem. Hij wist niet of hij er klaar voor was. Dat was hij niet. Nog niet. Dus luisterde hij. Ze moesten weer naar het Söderziekenhuis. Ze moesten weer met Lisa Öhrström praten, Ewert wilde haar nog een paar foto's laten zien. Een paar minuten maar, hij moest blijven staan waar hij stond, dan kwam Ewert hem halen.

Hij vond het moeilijk om Ewert aan te kijken. Sven Sundkvist vermeed het zijn chef in de ogen te kijken, dat deed hij later wel, dat wist hij, als het zover was, maar nu niet. Nu zat hij naast hem in de auto, dankbaar dat hij alleen maar door de voorruit naar een anonieme auto een paar meter voor hen hoefde te kijken, langzaam in het rommelige spitsverkeer over Skeppsbron en heuvelop naar Slussen en Södermalm. Sven dacht aan de vrouw die ze zo meteen zouden spreken. Hij wond zich nog steeds op over de confrontatie die een fiasco was geworden, over het feit dat Lisa Öhrström zomaar had ontkend wat ze daarvoor had bevestigd. Ze was bedreigd, dat wel, en hij kon haar angst begrijpen. Maar dat was niet alles. Ze was niet alleen maar bang. Ze schaamde zich ook, de schaamte die hij eerder aan Ewert had geprobeerd te beschrijven. Toen hij haar verhoorde, had hij duidelijk gezien dat ze verdriet had om Hilding Oldéus, maar ook dat ze boos was op hem en vol haat zat jegens haar broertje dat in ieder geval indirect aan de drugs was gestorven.

Ze had het niet kunnen verhinderen. Daar schaamde ze zich over en dat vormde naast de tegen haar gerichte dreigementen nog een motief om Lang tijdens de confrontatie niet te herkennen achter dat raam.

Sven wist zeker dat zij iemand was die altijd het gevoel had tekort te schieten, die altijd hielp, maar nooit het idee had dat ze genoeg deed. En waarschijnlijk kwam het door Hilding dat ze überhaupt arts was geworden, als zus dacht ze dat ze hem moest redden, helpen, redden, helpen.

Nu was hij dood, ondanks al haar hulp.

Nu was haar schaamte als het ware eeuwig.

Nu kwam ze er nooit meer van af.

Toen ze op de afdeling kwamen, zat ze al in het glazen hokje van de hoofdzuster. Haar gezicht was bleek, haar ogen moe. Verdriet, angst en haat vreten allemaal energie, samen eten ze je levend op. Ze groette niet eens toen ze de deur opendeden en binnenkwamen, ze keek hen alleen maar aan met iets wat op afschuw leek.

Ewert trok zich niets aan van haar houding, hij merkte het misschien niet eens, hij herinnerde haar alleen kort aan hun vorige gesprek, aan de foto's van drie gebroken vingers die samen zevenduizend kronen kostten. Ze keek weg, demonstratief of omdat ze er niet tegen kon, en Ewert vroeg haar scherp om te kijken, hij wilde haar nog een paar foto's laten zien.

Het duurde even voor ze haar blik van de muur losmaakte, voordat ze naar een zwart-witfoto keek op de ronde tafel voor zich.

'Wat ziet u?'

'Ik weet nog steeds niet wat de bedoeling is van dit spelletje.'

'Ik ben alleen maar benieuwd. Wat ziet u?'

Lisa Öhrström keek even naar Grens, schudde toen zachtjes haar hoofd. Ze pakte de foto op, voelde eraan, hij was op een stroeve, ongebruikelijke papiersoort afgedrukt.

'Een fractuur. Een linkerarm.'

'Dertigduizend kronen.'

'Pardon?'

'Die foto's die ik u heb gefaxt. Weet u nog? Drie gebroken vingers. Een duim voor vijfduizend en de twee andere voor een duizendje elk. Ik zei toen dat het Lang was. Dat het zijn tarief was en zijn signatuur. Dat de stumper met de gebroken vingers zevenduizend kronen schuld had. Ik heb gelogen. Hij had zevenendertigduizend schuld. En een arm is dertig waard.'

Sven Sundkvist zat schuin achter Grens. Hij schaamde zich. Je trapt op haar ziel, Ewert, dacht hij. Ik weet wat je wilt en ik weet dat we haar getuigenis nodig hebben, maar nu ga je te ver.

'Ik heb er nog een. Hoe vindt u deze?'

Een nieuwe zwart-witfoto. Een naakte man op een brancard. Het lichaam ten voeten uit. De foto is van opzij genomen, schuin van bovenaf, weer die slechte belichting, maar het is niet moeilijk te zien wat het moet voorstellen.

'U zegt niets. Ik zal u helpen. Dit is een lijk. De arm die u net zag hoort bij het lijk. Ziet u? En daar zitten de vingers, aan het uiteinde van de arm van het lijk. U snapt het al, ik heb weer gelogen. De man die daar ligt had helemaal geen zevenendertigduizend kronen schuld. Hij had een schuld van honderdzevenendertigduizend kronen. Langs tarief voor dood is precies honderdduizend kronen. Dus deze man is van zijn schulden af. Hij heeft afbetaald. Honderdzevenendertigduizend kronen.'

Lisa Öhrström beet haar kaken op elkaar. Ze zei niets, ze bewoog niet, ze kneep haar mond dicht om niet te schreeuwen. Sven keek naar haar, keek toen naar Ewert. Het gaat je lukken. Je bent er bijna. Maar je bent te ver gegaan. Je doet haar pijn, Ewert, je gaat haar straks nog meer pijn doen. Maar dat kan ik accepteren. Ik kan me ervoor schamen, voor jou, in jouw plaats, maar tegelijkertijd zie ik de meest vakkundige politieman die ik ooit heb ontmoet. Je hebt haar getuigenis nodig, je zult het krijgen. Maar dat andere! Dat andere onderzoek! Ik zal wel moeten meedoen aan deze chantage, blij moeten zijn dat je haar bijna hebt waar we haar wilden hebben, maar Ewert, Ewert! De zaak Grajauskas, wat ben je daar aan het doen? Ik was zonet bij Krantz.

Daarom kan ik me hier niet op concentreren. Daarom heb ik niet eens zin om je aan te kijken. Daarom zou ik over de tafel tussen ons in heen willen gaan liggen en roepen totdat je luistert. Krantz zei wat ik al wist. Dat het een andere band is. Een andere band, Ewert!

Ewert Grens rekte zich uit. Hij wachtte tot Öhrström instortte. Hij had nog wel even de tijd.

'Trouwens, ik heb nog een rijtje foto's.'

Lisa Öhrström fluisterde. Verder kwam haar stem niet meer.

'Ik heb het wel begrepen.'

'Mooi. Mooi. Want u zult deze nieuwe foto's nog interessanter vinden.'

'Ik wil ze niet zien. En ik begrijp het niet goed. Als het zo is als u beweert, dat dit Langs werk is, dat dit zijn – hoe noemde u dat? – "tarief" is, waarom zit hij dan niet in de cel?'

'Waarom? Dat moet u toch begrijpen. U bent immers bedreigd. Of niet? Dan weet u ook hoe hij werkt.'

Hij had in de keuken gestaan. Met de foto's van Sanna en Jonathan in zijn hand. Ze voelde weer de pijn in haar borst, het onophoudelijke trillen van haar lichaam.

Grens legde een envelop op tafel. Hij maakte hem open, legde de bovenste foto voor haar neer. Weer een hand. Vijf nieuwe fracturen. Je hoefde geen arts te zijn om te kunnen constateren dat alle vingers verbrijzeld waren.

Ze zweeg. Hij liet haar zwijgen, pakte de volgende foto, legde die naast de andere. Een verbrijzelde knieschijf, al even duidelijk.

'Het is net puzzelen, hè? Hier een hand en daar een knie, ze horen bij elkaar, dat zie je wel. Maar deze keer ging het niet om geld. Deze keer ging het om respect.'

Ewert Grens hield haar de beide foto's voor de neus.

'Het ging erom dat je Joegoslavische amfetamine nooit mag vermengen met Omo.'

De beide foto's hingen nog steeds in de lucht vlak voor haar gezicht, hij haalde de laatste uit de envelop, hield die nog dichter voor haar gezicht.

Genomen van ooghoogte, de camera in de hand van iemand

die een paar treden hoog stond en door de lens naar een pas overleden man keek, een rolstoel naast hem, in de plas die gevormd was door het bloed dat uit zijn hoofd was gestroomd.

Ze keek ernaar, wendde snel haar gezicht af, huilde.

'En dat had deze jongen gedaan. Hij heet trouwens Hilding Oldéus.'

Sven Sundkvist had zijn besluit al in de auto terug van het Söderziekenhuis genomen. Hij zou wachten, zich stilhouden totdat ze op het bureau waren, hij zou naar zijn eigen kamer gaan en de deur dichtdoen en niet eerder weer weggaan dan dat hij het had gevonden.

Hij keek naar de stapel uitgeschreven verhoren, raapte er een van de vloer op.

Hij wist dat hij het ergens had gezien.

Hij las ze nog een keer door. Langzaam, het stond er, hij had niet de tijd om eroverheen te lezen.

Het kostte maar ruim een kwartier.

Hij was met de medicijnenstudente begonnen. Een tamelijk kort verhoor, ze was nog zwak, het kon nog wel even duren voordat het tot haar doordrong. Vervolgens bladerde hij door naar het verhoor met de oudere chef de clinique, Gustaf Ejder. Dat was aanzienlijk langer, meer een gesprek; Ejder gebruikte logica als manier om met zijn angst om te gaan. Zolang hij intellectueel en rationeel kon zijn hoefde hij ook niet te voelen. Sundkvist had het vaker gezien en gehoord, verdringen, de paniek buiten de deur houden, ieder op zijn eigen manier. Ejder was daarom ook een uitzonderlijke getuige, iemand die beelden en woorden weergaf met zoveel details dat het voor de luisteraar was alsof hij erbij was, bij hem, machteloos gebonden op de vloer van het mortuarium.

Hij vond het, ongeveer midden in het verhoor.

De vragen draaiden daar om de plastic tas waarin ze het wapen had bewaard en Ejder beschreef plotseling een videocassette.

Sven Sundkvist verplaatste zijn vinger, zette die onder de volgende regel, las ieder woord.

Ejder had de zwarte cassette gezien, toen Lydia Grajauskas de zijkant van de tas naar beneden had geduwd om het kneedplastic eruit te halen. Dat was nog in de beginfase van de gijzeling en hij had contact met haar gezocht, om haar vertrouwen te winnen, om de anderen enigszins gerust te stellen. Ze had geweigerd hem antwoord te geven, maar hij was de vraag blijven herhalen en ze had ten slotte een antwoord gestameld in haar gebrekkige Engels.

Ze had gezegd dat de cassette *truth* was. Hij had gevraagd welke waarheid ze bedoelde, en ze had het woord driemaal herhaald. *Truth. Truth. Truth.* Toen had ze even gezwegen, had haar ogen neergeslagen terwijl ze het kneedplastic vormde, totdat ze weer naar hem had gekeken en had gesproken.

Two cassettes.

In box station train.

Twenty-one.

Ze had het met haar vingers aangegeven, eerst beide handen twee keer, toen een eenzame duim.

Twenty-one.

Gustaf Ejder verklaarde in het verhoor dat hij elk woord nog wist. Hij was er zeker van dat ze het letterlijk zo had gezegd. Ze had zo weinig gezegd, met zoveel moeite, dat het niet moeilijk te onthouden was.

De waarheid. Twee cassettes. In kluis op treinstation. Eenentwintig.

Sven Sundkvist bladerde terug, las de passage nog eens.

In kluis op treinstation. Eenentwintig.

Hij was ervan overtuigd. Er was nog zo'n cassette. Kluis nummer 21 op het centraal station. Met een achterkant die een veiligheidslipje miste, met een inhoud die geen grijs geflikker was.

Hij legde de stapel uitgeschreven verhoren aan de kant, stond op, hij was er zo.

Hij had haar de foto's onder de neus gehouden.

Lisa Öhrström kon niet haten, dat had ze nog nooit gedaan, ze had ook nog nooit liefgehad, ze had die emoties weggesorteerd als twee verschillende uitingen van hetzelfde gevoel, en als ze het ene niet kon voelen dan het andere ook niet, maar toch haatte ze deze politieman. Of het aan de eigenaardige dag lag die was voorbijgegaan. Het verdriet om Hilding, dat eigenlijk geen verdriet was, de angst voor een onuitgesproken dreiging jegens haar neefje en nichtje, die eigenlijk geen angst was. Alsof op haar vijfendertigste opeens binnen een paar uur al haar gevoelens uit de kast gehaald moesten worden, weg met die troep, duw het weer terug, verberg je achter de schaamte en zorg dat je zelf niets voelt. Ze wist immers niet hoe ze eruitzagen! Ze had zulke gevoelens nog nooit gezien, zo sterk, zo naakt, zo onmogelijk om je voor te verstoppen.

Dan komt er een manke politieman en wrijft haar dit onder de neus.

Ze had meteen gezien dat het Hilding was en dat hij op de vloer onder aan de trap lag en ze was opgestaan, had de foto's van tafel gegrist en ze verscheurd, de snippers tegen de glazen wand van het kamertje van de hoofdzuster gesmeten.

Ze wist waar ze heen ging. Ze holde door de gangen, naar de uitgang van het Söderziekenhuis. Ze moest nog een paar uur werken voor haar dienst afgelopen was, maar voor het eerst van haar leven maakte ze zich daar niet druk om. Ze holde over het geasfalteerde plein voor de entree, richting Tantobos, stak het spoor over en was niet eens bang voor de loslopende honden, die wild werden van iemand die zich paniekerig voortbewoog, ze bleef rennen langs de huurflats van Zinkensdamm, over Hornsgatan en bleef pas in de schaduw van de grote Högalidskerk staan.

Ze was niet eens moe, ze voelde het zweet niet dat van haar voorhoofd over haar wangen stroomde. Ze bleef gewoon even staan totdat ze weer verder kon, liep toen over het grasveld de heuvel af naar het huis waar ze even vaak kwam als in haar eigen huis.

De deur van het appartement op de zesde verdieping aan Völundsgatan was vervangen. Het grote gat dat er een paar dagen geleden had gezeten was weg, wie niet beter wist kon ook niet zien dat de politie er een inval had gedaan en een eind had gemaakt aan zware mishandeling, vijfendertig zweepslagen op de rug van een naakte vrouw.

De twee meisjes, die zestien, zeventien jaar waren stonden achter de man die eruitzag als hun vader en wachtten terwijl hij de deur van het slot deed. Toen ze de hal binnengingen, keken ze naar de elektronische sloten zonder te begrijpen waar ze voor dienden. De man sloot de deur en liet hun vervolgens hun paspoorten zien. Hij legde nog een keer uit dat passen geld kostten, dat ze nu een schuld hadden, dat ze daarom moesten werken en dat de eerste klanten over ongeveer twee uur kwamen.

Het meisje dat bij de voordeur beneden had gehuild, huilde nog steeds, ze probeerde te protesteren totdat de man die enkele dagen geleden door twee andere jonge vrouwen nog 'vuile pooier' was genoemd, een pistool tegen haar slaap zette en zij heel even dacht dat hij de trekker zou overhalen.

Hij vroeg hun zich uit te kleden. Hij wilde proefneuken. Dat was belangrijk. Vanaf nu moesten ze weten wat een man wilde.

Lisa Öhrström had het warm, ze was uit het ziekenhuis weggerend en pas blijven staan toen ze Ylva's huis in Högalidsgatan zag.

Ze had zich daarnet vergist. Ze kon wél liefhebben. Ze hield niet van een man, maar van haar neefje en nichtje hield ze meer dan van zichzelf. Ze had een bezoek aan hen uitgesteld; terwijl ze anders dagelijks bij hen langsging, had ze de kracht niet gehad hun deur te openen, te vertellen dat hun oom dood was, dat hij was gestorven toen hij ruim een dag geleden tegen de muur van een trappenhuis was gebotst.

Ze vonden hun oom helemaal geweldig. Voor hen was hij geen junk, zij hadden altijd een andere Hilding gezien, pas vrijgelaten en met een vol gezicht, met de rust die altijd een paar dagen later alweer verdwenen was, wanneer wat er om hem heen gebeurde gevaarlijk was geworden, wanneer hij werd gedwongen de dingen weg te duwen waar hij niet mee om kon gaan. Ze hadden die vreselijke drugs nooit meegemaakt, ze hadden de verandering nooit gezien, voor hen was hij er steeds maar een paar dagen achterelkaar en hij was weer weg op het moment dat hij iemand anders werd.

Nu zou ze het vertellen. Ze zouden niets te horen krijgen over zwart-witfoto's die haar onder de neus waren geduwd.

Ze hield Ylva's hand vast. Ze hadden elkaar stil omhelsd in de hal, nu zaten ze op de bank in de kleine woonkamer. Ze hadden hetzelfde gevoel, dat geen verdriet was, maar bijna opluchting, ze wisten nu immers waar hij was en waar hij niet was. Ze wisten niet of ze zo wel mochten voelen, maar ze wisten dat het met zijn tweeën gemakkelijker was om te voelen wat je niet mocht voelen.

Jonathan en Sanna zaten tegenover hen op een stoel. Ze hadden al begrepen dat er iets bijzonders aan de hand was. Ze had nog niets verteld, maar toen ze de deur opendeed, hadden ze zich er al op ingesteld dat er iets kwam, de manier waarop ze de klink naar beneden had geduwd, de manier waarop ze 'hoi' had gezegd, de manier waarop ze de hal door was gelopen, je kon zien en voelen dat dit geen dag was voor gewone dingen.

Ze wist niet hoe ze moest beginnen. Dat hoefde ze ook niet.

'Wat is er?'

Sanna was twaalf, in het land tussen klein en groot meisje, ze keek naar de beide volwassen vrouwen, op wie ze vertrouwde, en herhaalde haar vraag.

'Wat is er? Er is iets, dat voel ik.'

Lisa leunde naar voren, legde een hand op haar knie, haar andere hand op die van Jonathan, hij was nog zo klein, haar vingers omsloten zijn hele been.

'Je hebt gelijk. Er is iets. Het gaat over oom Hilding.'

'Hij is dood.'

Sanna had niet geaarzeld. Alsof ze had gewacht op de kans om het uit te spreken.

Lisa pakte hen steviger vast, knikte.

'Hij is gisteren overleden. In het ziekenhuis. Op mijn afdeling.'

Jonathan, met zijn kleine lijfje en zijn zes jaar, keek naar zijn moeder, die huilde, en naar Lisa, die huilde. Hij begreep het niet goed, nog niet.

'Oom Hilding was niet oud. Toch? Was hij zo oud dat hij dood moest gaan?'

'Wat ben jij dom. Dat snap je toch wel. Hij is doodgegaan aan de drugs.'

Sanna keek haar kleine broertje aan, wierp hem de gedachten toe waarmee ze zelf niets meer te maken wilde hebben.

Lisa tilde haar hand op, aaide over de wang van haar nichtje.

'Dat moet je niet zeggen.'

'Het is toch zo?'

'Nee, het was niet zo. Het was een ongeluk. Op de trap. Hij zat in een rolstoel die op hol sloeg. Je moet het maar niet meer over drugs hebben.'

'Het maakt niet uit wat je zegt. Ik weet dat hij drugs gebruikte. Ik weet dat hij daarom nu dood is. Ik weet het, ook al willen jullie net doen of het anders is.'

Jonathan luisterde, hij hoorde het, maar was het er niet mee eens. Hij kwam overeind op de stoel, hij huilde, zijn oom was niet dood, het was niet waar, hij boog naar voren en schreeuwde: 'Het is jouw schuld.'

Hij holde de kamer uit, de deur uit naar buiten en op blote voeten over de vierkante betonnen platen van de binnenplaats, hij schreeuwde aan één stuk door.

'Het is jouw schuld! Je doet gewoon stom! Als jij het zegt, is het jouw schuld!'

De middag ging langzaam over in avond en Lars Ågestam keek verbaasd op toen Ewert Grens de deur van zijn kantoor zonder kloppen opende, constateerde dat hij er net zo uitzag als altijd, het zware lichaam, het dunne grijze haar en het stijve been.

'Je zou morgen pas komen.'

'Ik ben er nu. Ik heb een aantal feiten.'

'O ja?'

'Over de moorden. Over het onderzoek in het Söderziekenhuis. Beide onderzoeken.'

Hij wachtte niet tot Ågestam hem zou vragen plaats te nemen. Hij pakte een stoel die bij de deur stond, waar een heleboel documenten op lagen. Die legde hij nonchalant op de vloer, nam de stoel mee en ging tegenover een van de vele jonge officieren zitten die hij allang allemaal op één hoop had geveegd: die van mooie meneertjes.

'Eerst Alena Sljusareva. De tweede Baltische vrouw. Ze zit nu op de boot. Over de Oostzee op weg naar huis. Ik heb met haar gesproken. Ze weet niets. Ze wist niet wie Bengt Nordwall was. Ze wist niet hoe Grajauskas aan een wapen en aan kneedplastic was gekomen. Ze wist überhaupt niets van plannen om mensen te kidnappen. Dus heb ik haar naar huis geholpen. Naar Klaipėda, in Litouwen. Daar was ze aan toe. En we hebben haar niet nodig.'

'Je hebt haar naar huis gestuurd?'

'Maakt jou dat wat uit?'

'Je had mij eerst moeten informeren. Dan hadden we het erover gehad. En als we dan tot de conclusie waren gekomen dat het een goed idee was, had ik het besluit genomen haar naar huis te sturen.'

Ewert Grens keek met afschuw naar het gladde ventje. Hij voelde dat iets hem bij de keel greep en hem wilde laten schreeuwen. Maar hij deed het niet.

Hij was net met een leugen aangekomen, die hij op het bureau van de officier van justitie had neergelegd.

Deze keer verkoos hij te slikken, zijn woede te verbergen.

'Ben je uitgesproken?'

'Je hebt dus iemand naar huis gestuurd die schuldig zou kunnen zijn aan een gewapend misdrijf, aan voorbereiding van een zware, voor het publiek gevaarlijke vernieling en medeplichtigheid aan kidnapping.'

Lars Ågestam haalde zijn schouders op.

'Maar ja. Als jij het zegt. Als ze aan boord is van een schip, dan is er weinig aan te doen.'

Grens vocht met de verachting die hij voor de jongeman aan de andere kant van het bureau voelde, hij wist eigenlijk niet waarom, hij kon de mensen gewoon niet uitstaan die de universiteit als referentiekader voor de werkelijkheid gebruikten, die niet hadden geleefd, maar probeerden te doen alsof ze ervaring hadden.

'Maar dan Jochum Lang.'

'Ja?'

'Die moeten we nu maar eens flink ver wegbergen.'

Ågestam wees naar de documenten die Ewert Grens net van de stoel naar de vloer had verhuisd.

'Daar, Grens. Verhoor na verhoor. Zonder enig resultaat. Ik kan hem niet zoveel langer meer vasthouden.'

'Dat kun je wel.'

'Dat kan ik niet.'

'Je kunt hem zelfs vertellen dat hij wordt verdacht van de moord op Hilding Oldéus. Een getuige heeft hem aangewezen.'

'Wie?'

Lars Ågestam was een magere man in een pak, hij had een rond brilletje en een scheve pony, hij was net dertig, maar toen hij vragend naar voren leunde in zijn te grote leren stoel leek hij meer dan ooit op een schooljongetje.

'Lisa Öhrström. Arts op de afdeling waar hij lag. Bovendien is ze de zus van Oldéus.'

Ågestam zweeg. Hij schoof zijn stoel naar achteren, stond op, keek Grens aan.

'Volgens het rapport dat ik van je collega Sundkvist heb gekregen was de confrontatie niet helemaal goed verlopen. De advocaat stond hier ook al meteen op de stoep, hij eist natuurlijk dat ik Lang onmiddellijk laat gaan, aangezien niemand hem heeft geïdentificeerd.'

'Hoor je me niet? Er ís een getuige die hem heeft aangewezen. Ik kom er morgen mee.'

Lars Ågestam ging weer zitten, slofte terug naar de stoel achter het bureau. Hief zijn armen ten hemel, zoals in de film wanneer iemand net een bedreiging heeft geuit.

'Ik geef me over, Grens. Vertel. Vertel waar je mee bezig bent.'

'Morgen krijg je je getuige. Meer heb ik niet te vertellen.'

Ågestam zweeg, probeerde te begrijpen wat hij net had gehoord.

Hij was leider van het vooronderzoek van twee heel verschillende zaken die door Ewert Grens werden uitgevoerd, twee mensen die in dezelfde uren op dezelfde plaats hadden geleefd en waren gestopt met leven.

Maar de antwoorden die hij kreeg waren wat te simpel. Dit gesprek, Sljusareva al naar huis gestuurd, Lang geïdentificeerd, hij zou zich gerust moeten voelen, de inspecteur die het onderzoek uitvoerde had immers net verteld dat hij alles helemaal onder controle had. Maar dat was niet zo, het klopte niet, iets klopte verdorie niet.

'De journalisten zitten erbovenop.'

'Trek je van hen niets aan.'

'Ik krijg vragen over de motieven van Grajauskas. Over waarom een prostituee eerst een politieman en daarna zichzelf doodschiet in een afgesloten mortuarium. Ik heb geen antwoord. Ik wil een antwoord.'

'Dat hebben we nog niet. We zijn met het onderzoek bezig.'

'We zijn er weer, Grens. Ik begrijp het niet. Als jullie geen motief hebben, waarom laat je Alena Sljusareva dan naar huis gaan? Misschien wel de enige die echt iets zou kunnen weten.'

Ewert Grens voelde de woede die hij altijd voelde jegens mooie officiertjes. Hij wilde net zijn stem verheffen, maar hij zat met die verdomde leugen van Bengt in zijn maag, die maakte hem tijdelijk tot iemand die hij niet was, hij moest het deze keer voorzichtig aan doen. Daarom ging hij juist zachter praten, hij siste bijna.

'Hoor eens even, je gaat mij hier niet een beetje zitten ondervragen.'

'Ik heb de verslagen gelezen van de communicatie die jullie daar beneden hebben gehad, vóór de schoten.'

Ågestam deed net of hij niet had gehoord dat het de bedoeling was dat zijn stem gevaarlijk klonk, hij vermeed het om de forse politieman aan te kijken terwijl hij een paar blaadjes uit de stapel papieren op zijn bureau viste, er midden tussenuit, hij wist precies wat hij zocht, hield zijn vinger onder een paar regels ergens in het midden, las hardop.

'Daar zeg je zelf, Grens, je roept het zelfs, en ik citeer: "Dit is iets persoonlijks! Bengt, over. Verdomme, Bengt, stop ermee! Nu stoppen! Arrestatieteam, ga naar binnen. Ik herhaal, arrestatieteam naar binnen!"'

Ågestam keek naar Grens, zwaaide met zijn magere armen.

'Einde citaat.'

De telefoon midden op het bureau rinkelde plotseling, ze keken er beiden naar, telden in stilte zeven signalen voordat hij zweeg en weer ruimte liet aan Ewert Grens en hun gesprek.

'Je kunt citeren wat je wilt. Jij was er toch niet bij? Of wel? Ja, die indruk kreeg ik toen. Dat het iets persoonlijks was. Ik denk nog steeds dat het zo kan zijn. Maar ik weet niet hoe.'

Lars Ågestam probeerde Grens in de ogen te kijken, dat deed hij ook even maar daarop wendde hij zijn blik af en keek uit het raam, het uitzicht over een stad die nooit rust bood, die zo groot was dat je hem nooit bij kon benen.

Hij aarzelde.

Dit vreemde gevoel, deze opdringerige gedachten. Hij wist dat hij op dat moment voor zichzelf iets formuleerde wat uitgelegd zou worden als een aanklacht tegen de man die de grootste informele macht had in het hele gebouw, maar als hij het niet zei, hij moest het doen, het moest gewoon. Hij draaide zich om, keek hem weer aan.

'Dus je hebt... niets? Ik weet niet wat dit is, ik kan het niet goed pakken, Ewert, het is geloof ik voor het eerst dat ik je zo noem, Ewert, weet je waar je mee bezig bent? Ik bedoel, het is je beste vriend naar wie je onderzoek doet. De dood van je beste vriend. Ik zou het begrijpen als het moeilijk was. En ik vraag me af, ik weet het niet, of het eigenlijk wel zo'n goed idee is. Je verdriet, je zult toch verdriet voelen, je staat er dichtbij, dat moet je voelen.'

Ågestam haalde diep adem, nam een aanloop.

'Wat ik bedoel is... wil je dat iemand het van je overneemt?'

Ewert Grens stond haastig op, maakte aanstalten om de kamer te verlaten.

'Jij zit achter een bureau verslagen te lezen, strebertje! Terwijl ik al onderzoek deed naar echte misdaden toen je moeder voor het eerst haar rokken optilde voor je vader. En dat doe ik nog steeds.'

Grens wees naar de deur.

'Ik ga nu terug. Naar de huurmoordenaar en de hoer. Of had je nog wat?'

Lars Ågestam schudde zijn hoofd, zag hem weglopen, zuchtte.

Hij wist dat de inspecteur die net tegenover hem had gezeten zelden faalde. Hij beging simpelweg geen miskleunen. Dat was gewoon zo; vervolgens kon je over zijn manier van doen en zijn onvermogen om te communiceren denken wat je wilde.

Hij had vertrouwen in Ewert Grens.

Hij besloot dat te blijven hebben.

De avond had de forenzen geduldig verdreven, die uren van hun leven verdeden met heen en weer pendelen tussen hun huis in een buitenwijk en het werk in de stad. Het werd weer stil op Stockholm Centraal, het station was bezig krachten op te doen voor de volgende ochtend, uren waarin nieuwe forenzen zich door het station van het ene spoor naar het andere zouden haasten.

Sven Sundkvist zat op een bankje, keek zonder te weten waarom op het elektronische bord dat aankomst en vertrek aangaf. Toen hij een halfuur geleden de grote stationshal had verlaten en de ruimte met de kluisjes was binnengegaan, had hij onderaan midden in een lange rij dichte deurtjes kluis 21 gevonden. Hij kende die kastjes wel, bedoeld voor tijdelijke bezoekers, maar vaak bergplaats voor de bezittingen van daklozen of alternatieve verstopplekken als criminelen een veilige plaats zochten voor drugs, gestolen goed of wapens. Hij was er even voor blijven staan, had er met één hand aan gevoeld, had overwogen of hij weer weg zou gaan, of hij zou vergeten dat hij ooit nog een keer door de verhoren had gebladerd.

Niemand anders zou ze lezen.

Hij kon naar huis gaan, naar Anita en Jonas.

Niemand anders zou erover nadenken.

Naar huis, lekker makkelijk, dan was hij van de ellende af.

Hij was blijven staan. Hij had de woede weer gevoeld, de buikpijn, die was nu meer dan een gevoel. Hij dacht aan het gesprek eerder die dag met Krantz, hoe zeker van zijn zaak de oude technisch rechercheur was geweest.

De cassette was gebruikt. Er was een veiligheidslipje af gebroken. Nu stond die nergens vermeld.

Je zet drieëndertig dienstjaren op het spel. Ik begrijp het niet.

Daarom sta ik hier. Voor de deur van een kastje op centraal station Stockholm. Ik heb er geen idee van wat ik zo meteen zal weten, wat Lydia Grajauskas wilde vertellen, maar ik besef dat het kennis is die ik net zo lief niet zou hebben.

Het had een kwartier geduurd voordat hij de vrouw die in het gat in de muur werkte waar je spullen in bewaring kon geven, ervan had overtuigd dat hij echt bij de afdeling Ernstige Delicten van de politie werkte en echt haar hulp nodig had om in te breken in een kluisje dat niet van hem was.

Ze had meermalen haar hoofd geschud en toen hij geen zin meer had om met haar te discussiëren en met stemverheffing had verkondigd dat hij het recht had haar bevelen te geven en haar had herinnerd aan de plicht die zij als burger had om de aanwijzingen van een politieman op te volgen, toen pas had ze schoorvoetend contact opgenomen met de man die voor een beveiligingsbedrijf werkte en van ieder kluisje de reservesleutel bewaarde.

Sven Sundkvist zag het groene uniform al toen de man de hoofdingang binnenkwam. Hij stond op van het bankje, liep recht op de bewaker af, bleef voor hem staan, legitimeerde zich en stelde zich voor. Ze liepen zij aan zij de ruimte met de genummerde kluisjes binnen.

Een zware sleutelbos.

Nummer 21 zag er net zo uit als de andere kluisjes.

De bewaker deed een stap opzij toen hij de sleutel had omgedraaid, het slot ging gemakkelijk open. Sven Sundkvist stond voor twee plankjes die tussen metalen wanden vastzaten. Het was een tamelijk donkere ruimte, hij deed een stap dichterbij om het beter te kunnen zien.

Veel was het niet.

Een plastic tas met twee jurken. Een fotoalbum met zwartwitfoto's van wat een gezin leek te zijn, in een studio gemaakt, iedereen op zijn paasbest en met een nerveuze glimlach. Een sigarendoos met Zweedse bankbiljetten, briefjes van honderd en vijfhonderd, hij telde ze snel, veertigduizend kronen.

Het eigendom van Lydia Grajauskas.

Hij hield het plaatijzeren deurtje vast, besefte plotseling dat kluis 21 een mensenleven had bevat. Het enige verleden dat ze nog overhad. De enige toekomst die ze had gezien. De hoop, de vlucht, het gevoel ook buiten het afgesloten appartement te bestaan, echt te bestaan.

Sven Sundkvist opende zijn aktetas, stopte de jurken, het fotoalbum en de sigarendoos er in zakjes verpakt in.

Toen stak hij zijn arm weer in het kluisje, reikte naar het bovenste plankje, naar de videocassette die daar lag, waarop aan de achterkant een plakkertje met cyrillische letters was vastgemaakt.

Ze was achter hem aan gerend, over de binnenplaats, door het trappenhuis en het trottoir van Högalidsgatan op. Daar was hij blijven staan, op blote voeten, de tranen stromend over zijn wangen. Ze hield van hem. Ze had haar armen om hem heen geslagen, hem opgetild en hem in haar armen gedragen, ze had keer op keer zijn naam genoemd, hij heette Jonathan en hij was haar neefje, maar voor een eigen kind zou ze niet meer kunnen voelen.

Lisa Öhrström streelde over zijn haar, ze moest weg, het was laat en de duisternis – zoveel duisternis een paar weken voor midzomer – was langzaam bezig datgene weg te duwen wat net nog dag was geweest. Ze gaf hem een zoen op zijn wang, Sanna was al naar bed, ze keek haar zus Ylva aan, deed de deur dicht en ging weg. Ze waren nu met minder. Papa weg, Hilding weg. Ze had het allang zien aankomen, maar nu was het zover, ze werd steeds eenzamer.

Ze had besloten erheen te lopen. Over de Västerbrug, over

Norr Mälarstrand en dan de zijstraatjes door, het was niet ver, een halfuur door het avondlijke Stockholm, ze was er al een paar keer eerder geweest, op het politiebureau.

Ze wist dat hij tot laat doorwerkte. Dat had hij gezegd, en zo iemand was het, iemand die niets anders had. Hij zou daar zitten, met de zaak die afgesloten moest worden, de week daarvoor was er een ander onderzoek geweest dat afgesloten moest worden, de volgende week weer één, er was altijd wel een reden om niet naar huis te gaan.

Ze belde om haar komst aan te kondigen. Hij nam meteen op. Hij had het geweten. Hij had op haar zitten wachten.

Hij kwam haar bij de ingang ophalen en liep voor haar uit de donkere gang van het bureau door. Het rook muf, zijn manke stappen die weerkaatsten tegen de muren, het was er ongezellig, dat iemand ervoor koos hier te leven. Ze keek naar zijn rug, hij was breed, had overgewicht, zijn hoofd was kaal, zijn lichaam mank en licht gebogen, hij was waarschijnlijk niet zo sterk, maar dat straalde hij nu juist wel uit, daar in het stoffige gebouw, een kracht, zo'n kracht die alleen iemand heeft die zich zeker voelt, die een keuze heeft gemaakt, en hij had er echt voor gekozen daar te leven.

Ewert Grens deed de deur van zijn kamer open, wachtte tot ze naar binnen was gegaan. Hij vroeg haar plaats te nemen, wees naar een stoel voor het bureau. Ze keek om zich heen door de kamer. Een trieste ruimte. Het enige wat eigen was, wat iets meer was dan in het groot ingekocht kantoorinterieur, was een cassetterecorder achter zijn rug, een bakbeest dat honderd jaar oud leek en een bank achter haar, lelijk en doorgezakt, ze wist zeker dat hij daar vaak op sliep.

'Koffie?'

Dat meende hij niet. Maar hij wist dat je dat moest zeggen.

'Nee, bedankt. Ik ben niet gekomen om koffie te drinken.'

'Dat dacht ik wel. Maar toch.'

Hij tilde een plastic bekertje op, voor de helft gevuld met iets wat op zwarte automatenkoffie leek en dronk het leeg.

'Wel?'

'U lijkt niet verbaasd me hier te zien.'

'Verbaasd niet. Maar wel blij.'

Lisa Öhrström besefte dat wat ze voelde, wat in haar trok, vermoeidheid was. Ze was zo gespannen geweest. Nu ontspande ze zich zoveel ze durfde; de laatste dagen hadden veel van haar gevergd.

'Ik wil niet meer foto's van u zien. Ik wil niets meer onder mijn neus gedrukt krijgen van iemand die ik niet ken en die ik ook niet zou willen leren kennen. Het is nu mooi geweest. Ik zal getuigen. Ik wijs Lang aan als degene die gisteren mijn broer heeft opgezocht.'

Lisa Öhrström leunde naar voren, met haar ellebogen op het bureau, haar kin op haar handen. Ze was zo moe. Zo meteen ging ze naar huis.

'Maar u moet één ding weten. Het was niet alleen de bedreiging die mij er eerst van weerhield. Al een hele tijd geleden heb ik besloten dat ik mijn leven niet meer zou laten bepalen door Hilding en zijn drugs. Zo heb ik het afgelopen jaar geleefd, ik stond niet meer voor hem klaar. Maar het is net of het niet uitmaakt. Ik kom toch nooit van hem af! Nu is hij dood. En desondanks kost hij me meer energie dan ooit! Dan kan ik net zo goed getuigen.'

Ewert Grens probeerde niet te glimlachen. Hij wist dat het voor elkaar was.

Anni, het is voor mekaar.

Nu was het voorbij.

'Niemand verwijt u iets.'

'Ik hoef uw medelijden niet.'

'Dat moet u weten. Maar het is wel zo. Niemand verwijt u iets omdat u eerst niet wist wat u moest doen.'

Grens stond op, zocht tussen zijn cassettebandjes. Hij vond wat hij zocht, zette de cassetterecorder aan. Siw Malmkvist. Ze wist het zeker.

'Nu wil ik iets weten. Wie heeft u bedreigd?'

Siw Malmkvist. Ze had net de moeilijkste beslissing in haar leven genomen en hij zette Siw Malmkvist op.

'Dat maakt niet uit. Ik ben immers van plan te getuigen. Maar op één voorwaarde.'

Lisa Öhrström zat nog met haar handen onder haar kin. Ze zat dicht bij hem, keek op.

'De kinderen van mijn zus. Ik wil dat ze beveiliging krijgen.'

'Dat hebben ze al.'

'Ik begrijp het niet.'

'Ze worden al bewaakt sinds de confrontatie. Ik weet bijvoorbeeld dat u daar vandaag bent geweest, dat een van de kinderen op blote voeten het trottoir op is gelopen. Die bewaking, die blijft natuurlijk.'

De vermoeidheid verlamde haar. Ze geeuwde, probeerde niet eens de geeuw te onderdrukken.

'Ik moet nu naar huis.'

'Ik zal iemand vragen u te brengen. Een burgerauto.'

'Naar Högalidsgatan. Naar Jonathan en Sanna. Die slapen nu.'

'Ik stel voor dat we de bewaking verscherpen. Dat we ook een mannetje binnen neerzetten. Als u het ermee eens bent?'

Het was echt avond.

Het duister, de stilte, alsof het hele grote gebouw leeg was.

Ze keek naar de politieman, die bij de cassetterecorder stond, het leek of hij meezong, de vrolijke melodie en de tekst die nergens over ging, hij zong zachtjes mee en ze had medelijden met hem.

VRIJDAG 7 JUNI

HET DONKER, DAAR had hij nog nooit wat aan gevonden.

Hij was in een schraal Kiruna opgegroeid in een eeuwigdurend winterduister, hij was naar Stockholm en de politieacademie verhuisd en had nacht na nacht gewerkt, maar het was net of hij het desondanks nooit had geaccepteerd, hij weigerde eraan te wennen, in zijn wereld kon duisternis nooit mooi zijn.

Hij keek door het raam van de woonkamer naar buiten. De juninacht heerste in het bos daarbuiten, het was zo donker als het maar kon worden in een dicht bos in de zomer. Hij was even na tienen thuisgekomen, de videocassette tussen haar andere bezittingen in zijn bruine aktetas. Jonas sliep al en Sven Sundkvist had gedaan wat hij altijd deed, hij had hem een kus op zijn voorhoofd gegeven en was even blijven staan om naar zijn regelmatige ademhaling te luisteren. Anita zat in de keuken, een kruiswoordpuzzel voor zich, hij paste er nog bij op de stoel en had dicht tegen haar aan gezeten. Een uur, aan het eind nog drie lege hokjes over in drie verschillende hoeken; zo ging het altijd, altijd een paar letters te weinig om hem uit te kunnen knippen, in een envelop te stoppen en op te sturen naar de plaatselijke krant met een kans op drie staatsloten.

Daarna hadden ze gevreeën. Ze had eerst hem uitgekleed en vervolgens zichzelf, ze wilde dat hij daar op de keukenstoel bleef zitten, was naakt bij hem op schoot gaan zitten, hun lichamen hadden behoefte aan nabijheid.

Vervolgens had hij gewacht tot ze sliep. Om kwart over twaalf was hij opgestaan, had een T-shirt en een trainingsbroek aangetrokken. Zijn tas stond nog in de keuken, hij had hem opgehaald en meegenomen naar de woonkamer en de bank voor de tv.

Hij had alleen willen zijn toen hij de videocassette tevoorschijn haalde.

Alleen met het hevige gevoel van onbehagen in zijn buik.

Als Anita en Jonas het niet wisten, hadden ze er ook geen last van.

De duisternis buiten. Hij staarde erin, onderscheidde de contouren van de bomen, meer niet.

Hij keek op de klok. Tien over één. Hij zat daar nu al bijna een uur voor zich uit te staren.

Hij kon het niet veel langer meer uitstellen.

Ze had tegen Ejder gezegd dat er twee cassettebanden waren.

Ze had een kopie gemaakt. Voor het geval datgene zou gebeuren wat ook wás gebeurd. Voor het geval iemand probeerde iets anders op te nemen op de band die ze bij zich had, of de inhoud doodgewoon liet verdwijnen door de cassette te verruilen voor een lege.

Sven Sundkvist wist niet of datgene waarnaar hij nu keek en luisterde identiek was aan wat er eerder op de andere band had gestaan.

Maar hij ging er wel van uit.

Ze lijken zenuwachtig, dat zijn mensen vaak die niet gewend zijn te staren naar het oog dat vangt wat er naderhand ook nog is.

Grajauskas zegt het eerst iets.

– Это мой повод. Моя нстория такая.

Twee zinnen tegelijk.

Ze kijkt naar Sljusareva, die in het Zweeds verdergaat.

'Dit is voor mij de aanleiding. Dit is mijn verhaal.'

Grajauskas weer, ze kijkt haar vriendin aan, nog twee zinnen.

– Надеюсь что когда ты слышишь это того о ком идет речь уже нет. Что он чувствовал мой стыд.

Ze knikt, is ernstig, wacht totdat Sljusareva zich naar de camera keert en vertaalt.

'Als je dit hoort, hoop ik dat de man over wie ik het ga hebben, weg is. Dat hij mijn schaamte heeft gevoeld.'

Ze spreken langzaam, willen dat ieder woord in het Russisch en ieder woord in gebroken Zweeds goed te verstaan is.

Hij boog naar voren, zette de band stop.

Hij wilde niet verder kijken.

Wat hij voelde was niet langer een gevoel van onbehagen, geen angst, alleen maar woede die in hem opwelde en waarmee hij maar zelden kennis had hoeven maken. Er bestond geen twijfel meer. Hij had gehoopt, zoals je altijd hoopt. Maar nu wist hij het, hij wist dat Ewert met de band had geknoeid, dat hij daar een motief voor had gehad.

Sven Sundkvist stond op, ging naar de keuken en zette het koffiezetapparaat aan, flinke scheppen koffie in het filterzakje, hij moest kunnen denken, het zou een lange nacht worden.

De kruiswoordpuzzel lag nog op tafel. Hij schoof hem opzij, pakte een vel tekenpapier van Jonas, er lag een stapel achter hem in de vensterbank, hij keek naar het lege papier. Een van Jonas' stiften, een paarse, hij ging er doelloos mee over het wit.

Een man. Een oudere man. Zwaar bovenlichaam, niet veel haar meer, priemende ogen.

Ewert.

Hij glimlachte bij zichzelf toen hij het zag, hij had verdorie Ewert getekend met paarse stift.

Hij wist wel waarom. Het was zijn lange nacht die daar voor hem op tafel lag.

Hij kende Ewert Grens nu bijna tien jaar. Eerst had Grens tegen hem net zo geblaft als tegen de anderen, totdat hij plotseling had gemerkt dat er iets tussen hen was ontstaan wat op vriendschap leek. Sven werd een van de weinigen tegen wie Ewert sprak, die hij binnen nodigde, zo dichtbij liet komen als hem mogelijk was. Hij had Ewert Grens in de voorbije jaren goed leren kennen, maar toch ook weer helemaal niet. Hij was nooit bij hem thuis geweest. En iemand bij wie je nooit in huis bent geweest, ken je niet echt goed. Ewert was hier wel geweest, aan deze keukentafel met Anita aan één kant naast hem en Jonas aan de andere. Hij had hier koffiegedronken, hij was hier te eten geweest.

Sven had Ewert uitgenodigd op de plaats waar hij gewoon zichzelf was. Maar Ewert had dat nooit beantwoord.

Hij keek naar de tekening voor zich, ging door met strepen zetten, het paarse mannetje kreeg paarse schoenen en een paars colbertje. Hij kende Ewert Grens privé helemaal niet. Hij kende de politieman Grens, die er 's ochtends altijd als eerste was en keihard Siw Malmkvist draaide door de hele gang, die vanaf dat tijdstip tot 's avonds laat werkte, die vaak op de bank in zijn kamer bleef slapen om de volgende ochtend vroeg verder te kunnen gaan met het onderzoek dat hij nog niet had kunnen afronden.

Hij wist dat hij de beste politieman was die hij ooit had ontmoet. Hij wist dat deze politieman nooit stomme fouten maakte. Hij wist dat deze politieman altijd in de eerste plaats aan het onderzoek dacht en pas daarna aan wat er eventueel uit voort kon komen; het was het onderzoek en niets dan het onderzoek dat de agenda bepaalde, er was gewoon geen plaats voor iets anders.

Nu wist hij het allemaal niet meer.

Sven Sundkvist dronk het kopje dat voor hem stond leeg, pakte de glazen kan van het warmhoudplaatje, hij had meer koffie nodig.

Nog een stift, hysterisch groen.

Hij schreef op de lege ruimte naast het paarse poppetje.

Gustaf Ejder ziet een videocassette in de plastic tas van Lydia Grajauskas.

Nils Krantz vindt die bij het onderzoeken van de plaats delict, constateert dat hij heel is en toont met behulp van vingerafdrukken aan dat de handen van twee verschillende vrouwen, van wie Lydia Grajauskas er een is, hem hebben vastgehouden.

Nils Krantz overhandigt hem in het mortuarium aan Ewert Grens.

Ewert Grens neemt hem in ontvangst, maar vermeldt niet waar hij is.

Niet in het magazijn, niet bij de dienst noodhulp, niet bij de technische afdeling van de regionale recherche.

Sven Sundkvist vindt een band op de plank in de kamer van Ewert Grens en constateert dat er niets op staat.

Gustaf Ejder heeft in een vroeg verhoor genoemd dat Lydia Grajauskas had verklaard dat er nog een videoband is, een kopie, in een gesloten kluisje op het centraal station van Stockholm.

Sven Sundkvist laat het kluisje openmaken, neemt de kopie in zijn aktetas mee naar huis, staat stiekem midden in de nacht op en ziet dat deze band helemaal niet leeg is.

Hij stopte met schrijven. Hij kon eraan hebben toegevoegd *en is te laf om hem verder te bekijken*, maar in plaats daarvan bestudeerde hij de met viltstift getekende Ewert. Wat heb je gedaan? Ik weet dat je bewijsmateriaal hebt gewist en ik weet waarom. Hij verfrommelde het vel papier, smeet het over de tafel heen naar het aanrecht. Hij trok de kruiswoordpuzzel naar zich toe, keek naar de drie overgebleven lege hokjes, probeerde de ene letter na de andere zonder dat hij erachter kwam welke er ontbrak, gaf het na ruim een kwartier op. Hij liep de keuken uit en ging de woonkamer weer binnen.

De videoband wilde iets van hem.

Hij had hem ook níét kunnen halen. Hij had hem ook níét mee naar huis kunnen nemen.

Nu had hij geen keus.

Hij moest hem bekijken.

Weer Lydia Grajauskas. De camera enkele seconden onscherp, ze krijgt een teken van de fotograaf dat ze verder kan spreken.

– Когда Бенгт Нордвалл встретил меня в Клайпейде сказал он что это была хорошая высокооплачивая работа.

Ze kijkt nog steeds naar haar vriendin, wacht totdat zij zal gaan vertalen. Sljusareva, ze streelt haar wang, richt zich tot de camera.

'Toen Bengt Nordwall mij in Klaipėda opzocht, zei hij dat het goed werk was met een hoog loon.'

Sven Sundkvist stopte de band weer. Hij liep de woonkamer uit, vluchtte voor de tweede keer naar de keuken. Hij deed de koelkast open, dronk melk zo uit het pak, deed de deur voorzichtig dicht, wilde Anita niet wakker maken.

Hij had het niet kunnen formuleren. Maar dit was nou net

waar hij bang voor was geweest.

Een andere waarheid.

Met een andere waarheid komt de leugen. En zolang niemand de leugen ontmaskert, blijft hij bestaan.

Hij liep terug naar de woonkamer, zat stil op de bank.

Hij was net begonnen zich op de hoogte te stellen van de leugen van Bengt Nordwall.

Hij was er zeker van dat Ewert dat ook had gedaan. Hij was er zeker van dat de cassette die Ewert in ontvangst had genomen precies datgene had bevat wat hij nu zelf had gezien. Ewert had het gezien en gewist, had een vriend in bescherming genomen.

Nu zat hij hier. Met de leugen van Bengt Nordwall, die Ewerts leugen was geworden. Als hij hem nu zelf niet prijsgaf, werd het ook zijn leugen, dan zou hij net zo doen als Ewert, eerst kijken en dan wegkijken, een vriend beschermen.

Hij startte de band weer, spoelde hem snel door. Er was nog twintig minuten ingespeeld materiaal. Hij keek op de klok. Halfdrie. Als hij de band terugspoelde, zou hij het hele verhaal van Lydia Grajauskas voor drie uur hebben gehoord. Vervolgens zou hij de slaapkamer binnen kunnen sluipen, een briefje op het kussen naast Anita leggen dat hij vannacht moest werken, zich aankleden en naar de auto gaan, rond deze tijd was het maar twintig minuten rijden naar de stad.

HET WAS KWART voor vier toen hij de deur van zijn kamer opendeed.

De ochtend was er al, het licht dat ergens van zee kwam, uit het oosten, toen hij over de verlaten snelweg was gereden van Gustavsberg naar de binnenstad van Stockholm.

Hij bleef koffiedrinken. Niet zozeer om wakker te blijven – de gedachten gonsden in zijn hoofd en het enige wat hij niet kon was slapen – maar meer om alert te blijven, om de gedachten te pakken voordat ze ervandoor gingen en hun eigen analyses maakten, zoals ze dat 's nachts soms doen.

Hij ruimde zijn bureau op, legde stapels papieren, foto's en mappen op de vloer. Het houten oppervlak was helemaal leeg, zo had hij het waarschijnlijk nog nooit gezien, misschien toen hij naar deze kamer was verhuisd, hij had hem al vijf, zes jaar.

Hij haalde de papieren prop uit zijn broekzak die hij uit de gootsteen had gepakt toen hij van huis wegging. Hij vouwde hem uit, legde hem midden op het lege bureau.

Hij wist nu dat het paarse mannetje dat daar voor hem lag zojuist een grens had overschreden, had geknoeid met bewijsmateriaal in een zaak om zijn eigen belangen te beschermen; hij was een leugen gaan verdedigen die niet de zijne was.

Sven Sundkvist ging afwezig met een vinger langs de stiftstrepen, voelde de woede, had geen enkel idee wat hij met die wetenschap zou gaan doen.

Lars Ågestam had gedaan wat hij altijd deed als hij niet kon slapen. Hij had zijn pak aangetrokken en zijn zwarte schoenen, hij had ervoor gezorgd dat zijn tas zo licht mogelijk was, had toen zijn huis en Vällingby verlaten en toen het net licht werd, was hij begonnen aan een wandeling van drie uur door de westelijke voorsteden van Stockholm, naar het parket van de officier van justitie.

Het was een eigenaardig gesprek geweest. Hij had moeite gehad het te volgen en daar had hij anders nooit last van. Ewert Grens, die hij bewonderde en met wie hij medelijden had, had tegenover hem gezeten en énerzijds verklaard dat ze nog steeds niet wisten wat het motief van Lydia Grajauskas was geweest om een bewaker neer te slaan, mensen te gijzelen, een politieman terecht te stellen en vervolgens zichzelf dood te schieten, ánderzijds dat haar vriendin Sljusareva helemaal niets kon vertellen en daarom nu vrij rondliep in een havenstad aan de andere kant van de Oostzee.

Hij had niet kunnen slapen.

Hij had op het moment dat Grens daar tegenover hem zat besloten hem te vertrouwen.

Nu wandelde hij in gezelschap van de opgaande zon, hij had de bewaking in het Söderziekenhuis al gebeld dat hij kwam, hij zou nog eens een bezoek aan het mortuarium brengen.

Hij kwam binnen zonder kloppen. Dat deed hij altijd. Zo deed Ewert Grens altijd.

Sven Sundkvist schrok op, keek naar de deur.

'Ewert?'

'Verdorie, Sven, ben je er al?'

Sven kreeg een kleur. Hij wist dat het duidelijk te zien was en hij keek beschaamd naar zijn bureau, alsof hij was betrapt, hij had immers naar de paars getekende Ewert zitten kijken.

'Dat kwam zo uit.'

'Het is nog niet eens halfzes. Rond deze tijd ben ik anders altijd de enige op deze gang.'

Grens stond in de deuropening. Hij maakte aanstalten om binnen te komen. Sven Sundkvist keek snel naar het vel papier met het getekende poppetje dat voor hem lag, legde zijn hand erop.

'Waar ben jij mee bezig, kerel?'

Hij kon niet goed liegen. Niet tegen mensen die hij graag mocht.

'Ik weet het niet. Het is gewoon veel.'

Alsof hij erin zou stikken. Hij was waarschijnlijk knap rood in zijn gezicht.

'Je kent dat wel, Ewert. Het Söderziekenhuis. Journalisten die blijven zeuren. Jij wilt dat immers niet. De persdienst heeft informatie nodig.'

Hij keek naar het bureaublad. Niet nog een keer. Het lukt me niet nog een keer.

Ewert Grens deed een stap in zijn richting, bleef staan, wachtte even, keerde toen om, hij sprak luid, met zijn rug naar de open deur toen hij de kamer uit liep.

'Prima, Sven. Je zult wel weten wat je doet. En ik ben blij dat jij dat op je neemt, met die journalisten.'

Het Söderziekenhuis was groot, een lelijke kolos, maar in de ochtendzon bijna een mooi gebouw, het lichtrood dat glom in de ramen en op het ijzeren dak. Lars Ågestam liep de ingang in, de lege gang door, het was nog niet eens zes uur, nog even, dan zou het gebouw ontwaken.

De lift naar de kelderverdieping, hij stapte uit, liep dezelfde weg die Grajauskas nauwelijks twee dagen geleden had gelopen, in ziekenhuiskleding, een plastic tas eronder, in elkaar geslagen, niemand zou haar meer slaan.

Het blauw-witte lint sneed het laatste stukje gang af, ter hoogte van de plaats waar Edvardson had gelegen, op dertig meter afstand, maar wel zo dichtbij dat hij de deur kon zien die er niet meer was. Hij kroop onder de eerste afzetting door, zigzagde tussen de resten van een weggeblazen wand door, naar het gat waar de deur had gezeten. Het was verzegeld, verscheidene meters lint liepen heen en weer, vastgemaakt aan wat er over was van de deurpost. Hij trok het weg en ging naar binnen.

De rechthoekige, op een hal lijkende ruimte, vervolgens de ruimte waar ze hadden gelegen. Het witte krijt plaatste hen nog steeds bij elkaar op de koude plavuizen. Haar lichaam, vlak bij het zijne. Hun bloed, vermengd. Hij stierf met haar. Zij stierf met hem. Ågestam wist zeker dat ze er een bedoeling mee had gehad, hun laatste rust, samen.

Het was stil. Hij stond midden in het vertrek, keek om zich heen. Hij was panisch voor de dood, droeg niet eens meer een horloge, omdat dat als het ware aftelde. En nu stond hij in een mortuarium, alleen, probeerde het te begrijpen.

De cassetterecorder in het midden op de vloer.

Hij wilde hun gesprek horen.

Hij wilde meedoen, zoals hij altijd meedeed, achteraf.

'Ewert.'

'Over.'

'De gijzelaar op de gang is dood. Ik zie geen bloed, ik kan niet vaststellen waar ze hem heeft geraakt. Maar die lucht. Een heel sterke, scherpe lucht, Ewert.'

De stem van Bengt Nordwall. Een vaste stem. Hij klonk in ieder geval vast. Lars Ågestam had hem nooit ontmoet, hem nooit eerder horen spreken.

Hij zou proberen een dode te leren kennen.

'Ewert, het is allemaal nep. Ze heeft niet geschoten. Ze waren er alle vier nog, alle gijzelaars. Ze leven en zijn net weggegaan. Ze heeft driehonderd gram semtex aan de deurposten bevestigd, dat wel, maar ze kan het niet tot ontploffing brengen.'

Daarna hoorde hij de angst. Nordwall was blijven observeren, beschrijven, maar zijn stem was anders, er was hem iets duidelijk geworden, hij had begrepen wat degenen die op dat moment zaten te luisteren nog niet hadden begrepen, wat hij nu zelf probeerde te begrijpen.

'Hoe voelt dat? Om hier naakt in een mortuarium te staan, tegenover een vrouw met een wapen in haar hand?'

'Ik heb gedaan wat je me vroeg.'

'Je voelt je gekrenkt, of niet?'

'Ja.'

'Eenzaam?'

'Ja.'

'Bang?'

'Ja.'

'Op je knieën.'

Er waren nog geen twee dagen voorbijgegaan. De stemmen op de band, die leefden, ook in de versie van de Russische tolk. Ieder woord duidelijk, in een gesloten ruimte. Ze had haar besluit genomen. Lars Ågestam was ervan overtuigd. Ze had meteen haar besluit al genomen. Ze zou daar sterven. Hij zou daar sterven.

Ze zou hem vernederen, dan zouden ze stoppen met ademen.

Ze zouden naast elkaar liggen op de vloer van een mortuarium, in eeuwigheid samen.

Ågestam stond stil, precies waar Nordwall had gestaan, hij vroeg zich af of hij het had geweten, of hij had begrepen dat hij nog maar een paar seconden had, enkele ogenblikken en daarna niets meer.

Ewert Grens kon zich moeilijk concentreren.

Hij had helemaal niet geslapen, hij had in zijn kamer moeten blijven op de logeerbank, er waren te veel dingen die zijn aandacht opeisten, die almaar herkauwd moesten worden, thuis slapen kon niet.

Hij had beloofd dat hij met Lena zou lunchen. Zij wilde weer over Bengt praten. Hij had eerst bedankt, hij had geen zin. Hij miste hem, natuurlijk, maar hij had ook ingezien dat degene die hij miste iemand anders was dan de persoon die hij nu had leren kennen.

Had ik het maar geweten.

Dacht je aan haar? Ooit? Ben je nog wel eens bij haar thuis geweest om met haar te vrijen? Ik bedoel, naderhand?

Ik doe het voor Lena.

Jij leeft niet.

Daarna had hij gezegd dat hij graag zou komen. Toen ze het hem nog een keer vroeg. Ze had niets gegeten. Ze had in haar eten geprikt, mineraalwater gedronken, twee flesjes. Ze had gehuild; 'het is zo erg voor de kinderen', had ze gezegd. 'Voor hen is het het ergst. Als ik het niet begrijp, Ewert, hoe moet ik het hun dan uitleggen?'

Naderhand was hij blij dat hij was gegaan. Ze had hem nodig. Ze had het nodig keer op keer hetzelfde te zeggen, totdat ze het langzaamaan ging begrijpen.

Hij was zelf niet zo goed in verdriet hebben.

Maar het deed hem goed te zien dat iemand anders het wel durfde.

Lars Ågestam had de band keer op keer teruggespoeld. Hij had midden in het grote vertrek staan luisteren, hij had op de grond gezeten met zijn rug tegen de muur, op de plek waar de gijzelaars hadden gezeten, hij was een laatste keer op de grond gaan liggen op de plaats waar Bengt Nordwall had gelegen, de witte krijtstrepen op de vloer die hem hadden omgeven, hij was kleiner dan Nordwall, hij hield ruimte over, hield zijn handen voor zijn geslacht net als Nordwall, staarde naar het plafond net als Nordwall. Hij had naar het hele gesprek met Ewert Grens geluisterd en was er nu zeker van dat Bengt Nordwall, die op de plaats geëindigd was waar hij nu zelf lag, precies had geweten wie Lydia Grajauskas was, dat ze op de een of andere manier bij elkaar hadden gehoord en dat Grens dat had vermoed, dat Grens het nu zelfs zeker wist, dat hij om de een of andere reden bereid was een heel leven bij de politie te vergooien om die waarheid te beschermen.

Ågestam was precies twee uur in het mortuarium geweest toen hij aanstalten maakte om weg te gaan, hij had trek, een ontbijt in een café met een heleboel mensen die lawaai maakten, kauwden en leefden, hij moest weg, de panische angst voor de dood kwam plotseling weer terug.

'Ik had het hier afgezet.'

Hij had hem niet horen aankomen. Nils Krantz van de technische recherche. Ze hadden elkaar ontmoet, maar kenden elkaar niet.

'Excuses. Ik moest wel. Ik zoek antwoorden.'

'Je klost rond op een plaats delict.'

'Ik ben leider van het vooronderzoek.'

'Dat weet ik en het maakt me geen moer uit. Je mag alleen over de krijtstrepen lopen, net als iedereen. Ik ben ervoor verantwoordelijk dat de hier aanwezige sporen geanalyseerd kunnen worden.'

Ågestam zuchtte luid, Krantz moest het horen, hij had geen zin om te discussiëren over vanzelfsprekendheden. Hij draaide zich om, tilde zijn cassetterecorder van de grond, pakte de aantekeningen die hij had gemaakt, stopte ze in zijn tas, ging weer op weg naar dat ontbijt.

'Het lijkt wel of je haast hebt.'

'Ik had het idee dat jij dat zo wilde.'

Nils Krantz haalde zijn schouders op, liep langzaam het vertrek in, bestudeerde de deurpost van het magazijn waar de gijzelaars op het laatst hadden gezeten, er zaten nog steeds resten kneedplastic langs de kozijnen. Hij sprak luid, met zijn rug naar Ågestam toe.

'We hebben trouwens de testresultaten. Ik dacht dat het je misschien interesseerde.'

'Wat voor resultaten?'

'Van het andere onderzoek. Lang. We hebben hem gevisiteerd.'

'En?'

'Niets.'

'Niets?'

'Nergens op zijn lichaam een spoor van Oldéus.'

Lars Ågestam was onderweg geweest naar buiten, maar was blijven staan toen Krantz zijn stem verhief. Nu bleef hij staan, kon zich niet verroeren, was leeg.

'Zo zie je maar.'

Daar stond hij, hij keek naar Krantz, die verder met zijn in plastic handschoenen gestoken handen langs de deurpost zocht.

Ågestam staarde een poosje lusteloos naar hem, pakte toen zijn tas weer op, een paar stappen in de richting van wat ooit een deur was geweest. Hij wilde net door het gat naar buiten stappen toen Nils Krantz weer harder ging praten.

'Maar eh...'

'Ja?'

'De kleren van Lang. Die hebben we ook bekeken. Op zijn schoenen. Daar zat het. Zowel bloed als DNA. Van Oldéus.'

Ewert Grens had Lena alleen achtergelaten in de lunchroom. Ze had gezegd dat ze wilde blijven zitten, had een derde flesje mineraalwater besteld en hem stevig omhelsd toen hij wegging. Hij was gaan wandelen, was op weg terug naar Ernstige Delicten toen hij zich had bedacht en de korte omweg langs de politiecellen had gemaakt.

Hij kon het niet laten.

Het zou immers niet genoeg zijn dat een betrouwbare arts met behulp van foto's verklaarde dat ze het honderd procent zeker wist wanneer ze een moordenaar aanwees. Als de moordenaar dezelfde betrouwbare arts op tijd voor de confrontatie zo bang wist te maken en te bedreigen dat ze hem niet nog een keer durfde aan te wijzen, zou hij met steun van de wet worden vrijgelaten en weer iemand kunnen doodslaan.

Deze keer niet. Het was nu genoeg geweest.

Grens nam de lift naar boven, stopte op de tweede verdieping. Hij meldde bij de bewaking dat hij met Jochum Lang wilde spreken, dat hij hem wilde halen en meenemen naar de verhoorkamer.

Ze liepen samen door de gang, de bewaker twee stappen voor hem, langs stille celdeuren. Nummer 8, op slot, net als de andere. Hij knikte naar de bewaker die het kleine vierkantje in de deur openmaakte, het kijkluikje.

Daar lag hij. Op de brits, op zijn rug met zijn ogen dicht. Hij sliep, wat moest hij ook anders, drieëntwintig uur per dag op een paar rottige vierkante meters, zonder krant, radio of tv.

Ewert Grens riep door het luikje.

'Lang. Wakker worden.'

Hij hoorde het wel maar verroerde zich niet.

'Nu. Een gesprekje. Jij en ik.'

Lang lag stil, draaide zich om toen Grens riep, ging op zijn zij liggen met zijn rug naar de deur.

Grens deed geërgerd het luikje dicht.

Hij knikte naar de bewaker, wilde dat de deur werd geopend. Hij stapte naar binnen, ging vlak achter de drempel staan, vroeg of de bewaker hen alleen wilde laten.

De bewaker aarzelde. Jochum Lang stond als gevaarlijk geclassificeerd. Daarom bleef hij staan. Ewert Grens verklaarde zo geduldig mogelijk dat hij de verantwoordelijkheid nu overnam, dat het nu zijn schuld was als er iets fout ging.

De bewaker haalde zijn geüniformeerde schouders op. Hij ging naar buiten, deed de deur achter zich dicht.

Grens zette nog een stap de cel in, tot op een meter van de brits.

'Ik weet dat je me hoort. Kom overeind.'

'Grens, krijg de klere.'

Nog een laatste stap, hij kon het lichaam aanraken dat daar weigerachtig lag, maar deed het niet, trok aan de houten rand, schudde aan de brits totdat Lang plotseling opstond.

Ze stonden vlak bij elkaar.

Ze waren even lang, ze staarden, staarden.

'Naar de verhoorkamer, Lang. Nu.'

'Je kunt de pot op.'

'We hebben een bloedgroep. We hebben DNA. We hebben een identificatie. Nu draai je de bak in. Voor moord.'

Een decimeter. Tussen hun gezichten.

'Zeg, verdomme, Grens. Ik heb er geen idee van waar je mee bezig bent. Maar misschien moest je er nog eens even over nadenken. Er zijn wel eens eerder smerissen lelijk terechtgekomen bij een val uit een auto.'

Ewert Grens glimlachte, liet tanden zien die niet meer helemaal wit waren.

'Je kunt dreigen wat je wilt. Ik heb niets meer te verliezen wat het niet waard is dat jij je achter de tralies mag aftrekken tot je zestigste.'

Het was moeilijk te zeggen wiens haat het grootst was.

Ze zochten elkaars ogen, maakten jacht op wat er zou moeten zijn.

Langs ademhaling, warm, toen hij zijn stem dempte.

'Ik doe niet meer mee aan verhoren. Zo is dat, klootzak. Als jij of iemand anders hier nog een keer komt en beweert dat ik mee moet voor verhoor, dan zal ik mijn best doen om die persoon wat aan te doen. Ik waarschuw maar één keer. Rot op! En doe de deur achter je dicht.'

Sven Sundkvist had naar huis gebeld en geprobeerd uit te leggen waarom hij midden in de nacht was verdwenen, waarom hij een briefje op het kussen had achtergelaten en was weggegaan zonder haar wakker te maken. Anita was van streek, ze hield er niet van als er niet werd gepraat, hij had het beloofd, ze zouden nooit zomaar weggaan zonder te zeggen waarom. Het was op ruzie uitgedraaid. Sven had gebeld in de hoop dat hij het goed kon maken, maar hij had het alleen maar erger gemaakt. Daarom was hij op weg geweest naar huis, had in zijn ergernis nogal hard gereden, er stond niet eens een lange file bij Slussen, hij was net de belachelijk grote boten bij de Viking Line-terminal gepasseerd toen Lars Ågestam had gebeld en zacht had gesproken.

Hij had hem gevraagd naar het parket te komen. Een gesprek onder vier ogen. Ver na kantoortijd, als iedereen al naar huis was.

Sven Sundkvist had de auto aan de kant gezet, had weer contact opgenomen met Anita en alles nog erger gemaakt. Nu zat hij nog in de stad, alleen, zonder dat hij wist wat hij met al die tijd aan moest, eigenlijk maar een paar uur wachten, maar op dat moment een eeuwigheid.

Het was vermoedelijk een mooie avond, zo zacht als juniavonden soms zijn. Vanaf Kronoberg liep hij langzaam rondjes door Kungsholmen, hij hoorde muziek in de verte en rook de geur van restaurants waar buiten op het trottoir werd geserveerd toen hij langsliep, er was leven om hem heen en dat zou hem vrolijk moeten stemmen, hij zou er even aan moeten meedoen, maar hij nam er nauwelijks notitie van.

Hij begon moe te worden.

Het was een lange nacht geweest en een nog langere dag.

Hij had geen energie meer om na te denken over de videoband die hij had gezien en de bedompte waarheid die hij nu meetorste.

Wilde Ågestam het daar nog eens over hebben?

Wilde hij aan zijn loyaliteit tornen?

Hij was nu te moe voor dergelijke beslissingen.

Ze ontmoetten elkaar even na achten op Kungsbron. Lars Ågestam stond voor de ingang te wachten. Hij zag er net zo uit als altijd, een scheve pony, een net pak en glimmende schoenen, hij gaf hem een hand en heette hem welkom, deed de voordeur open met zijn pasje. Ze zeiden niet veel, stonden naast elkaar in de lift naar boven, praten deden ze zo meteen wel.

Op de negende verdieping stapten ze door de geopende liftdeuren naar buiten. Lars Ågestam liet hem in zijn kamer, Sven ving door het raam een glimp op van de stad verderop, het zomerduister probeerde langzaam de dag te verdringen.

Hij ging op een van de twee bezoekersstoelen zitten, die aan de korte kant van het bureau stonden. Ågestam excuseerde zich, liep de gang weer in; een minuut later kwam hij terug met een dienblad met twee koppen koffie en een in stukken gesneden suikerbrood, zette het op een tafel naast een paar dikke mappen.

'Suiker?'

'Melk.'

Ågestam deed zijn best om het niet dramatisch te maken, om de spanning te verminderen, die te snijden was. Het lukte hem niet al te best. Ze wisten dat ze daar niet zaten om suikerbrood te eten, het was laat, iedereen was allang naar huis, ze zouden praten over dingen die je in vertrouwen onder vier ogen bespreekt en binnenskamers houdt.

'Ik kon vannacht niet goed slapen.'

Ågestam rekte zich uit, zijn armen boven zijn hoofd in de lucht, als om aan te geven hoe moe hij nog steeds was.

Ik ook niet, dacht Sven. Ik heb helemaal niet geslapen. Die

rotvideo en Ewert, wil je het daarover hebben, ik weet het immers nog niet.

'Ik lag te denken aan je vriend. Je collega. Ewert Grens.'

Niet nu. Nog niet.

'Ik moet met je spreken, Sven. Er klopt iets niet.'

Ågestam kuchte, maakte aanstalten om op te staan, maar bleef zitten, ging verder.

'Je weet dat we elkaar niet zo mogen.'

'Je bent niet de enige.'

'Dat weet ik. Maar ik zeg het toch nog maar even. Dit gaat niet over wat ik eventueel van Ewert Grens als mens vind. Dit is een dienstaangelegenheid. Zijn taak als rechercheur in een zaak waarvan ik het vooronderzoek leid.'

Opnieuw aanstalten om op te staan. Deze keer deed hij het echt.

Hij keek Sven aan, liep toen rusteloos door de kamer.

'Gisteren. Gisteren had ik een merkwaardige ontmoeting met Grens. Hij had zojuist Alena Sljusareva op de boot naar Klaipėda in Litouwen gezet. Zonder met mij te overleggen.'

Hij stond stil, midden in de kamer. Hij wachtte op een reactie. Die kreeg hij niet.

'Vanochtend vroeg ben ik in het mortuarium geweest. Ik wilde het begrijpen. Ik heb vandaag verder met een paar van je collega's gesproken. Volgens rechercheur Hermansson, een verstandige vrouw met wie ik nog niet eerder had gesproken, hebben twee getuigen onafhankelijk van elkaar een vrouw beschreven die lijkt op Alena Sljusareva, die naar het invalidentoilet ging waar Lydia Grajauskas ook naartoe ging vlak voordat ze met een pistool in haar hand mensen gijzelde in het mortuarium. De veronderstelling ligt voor de hand dat zij Grajauskas van kneedplastic en een wapen heeft voorzien. Dus waarom had Grens zoveel haast om haar naar huis te sturen?'

Sven Sundkvist zei niets.

De band. Hij had gevreesd dat het gesprek over de band zou gaan die een politieman in functie had omgeruild om een collega te dekken. De band waar hij nu van wist. De band die hem zo meteen zou dwingen te spreken, of achter de leugen te gaan staan.

'Sven, ik vraag je. Weet jij iets wat ik ook zou moeten weten?'

Sundkvist bleef zwijgen, aangezien hij geen idee had wat hij zou moeten zeggen.

Lars Ågestam herhaalde zijn vraag.

'Weet je iets?'

'Nee. Ik weet niet waar je het over hebt.'

Ågestam begon zich door de kamer heen te bewegen, de nerveuze ademhaling, hij was nog maar net begonnen.

'Een van de beste politiemensen. Dus ik zou er eigenlijk gerust op moeten zijn en afwachten wat het onderzoek oplevert.'

Een paar heftige ademhalingen, toen hield zijn stem het weer.

'Maar het klopt niet. Begrijp je? Daarom kan ik niet slapen. Daarom ga ik midden in de nacht naar mijn werk en ga binnen de krijtstrepen liggen, die om een dode heen op de vloer van het mortuarium getrokken zijn.'

Hij liep door totdat hij voor Sven stond, keek hem aan. Sven keek hem in de ogen, maar zweeg nog steeds; hij wist dat het niet genoeg zou zijn, wat hij ook zei.

'Daarna heb ik naar Vilnius gebeld.'

Hij stond nog steeds voor hem.

'Ik heb onze Litouwse collega's gevraagd Alena Sljusareva te lokaliseren. Ze hebben haar gevonden. Ze zit thuis bij haar ouders in Klaipėda.'

Hij ging op de rand van het bureau zitten, tilde een pak papier op van de stapel achter hem, het onderzoek waar hij het net over had en hield het voor zich.

'Er zijn hier geen aantekeningen van het verhoor van Grens met Sljusareva. Hij besloot zelf dat zij het land uit moest. We weten niet meer dan wat hij zegt.'

Zijn stem stokte, hij wist dat wat hij nu ging zeggen het enige was wat hij niet mocht zeggen, niet tegen een politieman, niet over een collega.

'Het verhaal van Ewert Grens is niet houdbaar.'

Een pauze, toen ging hij verder.

'Ik begrijp niet waarom, maar ik denk dat hij het onderzoek manipuleert.'

Ågestam zette de cassetterecorder aan die op zijn bureau stond. Ze luisterden naar het slot van een gesprek dat ze beiden hadden gehoord.

'De Stena Baltica? Maar dat is een boot, verdomme! Dit is iets persoonlijks! Bengt, over. Verdomme, Bengt, stoppen! Stoppen, nu!'

Geen woorden. Geen besluiten over loyaliteit en waarheid. Nog niet.

'Sven?'

'Ja?'

'Ik wil dat je erheen gaat. Naar Klaipėda. Ik wil dat je zonder er met iemand over te praten Alena Sljusareva verhoort en dat je daarna aan mij verslag uitbrengt. Ik wil weten wat ze nou echt heeft gezegd.'

ZATERDAG 8 JUNI

Op vliegveld Palanga hing een sterke geur. Toen hij de gate verliet om zijn bagage te gaan halen sloeg de geur van een geparfumeerd schoonmaakmiddel hem tegemoet, de vloer was nog steeds nat en rook naar buitenland en ver weg, andere chemicaliën, een andere parfumering, in Zweden allang verboden.

Eén uur en twintig minuten, dacht hij. Een uurtje maar en zelfs de schoonmaakmiddelen zijn anders.

Het was de tweede keer dat hij in Litouwen was, überhaupt in een Baltisch land. Hij wist niet veel meer van zijn eerste bezoek, hij was toen nog maar kort bij de politie, herinnerde zich niet eens waar ze waren geland. Een speciaal transport van een gevangene naar een gevangenis in Vilnius. Het was een enorme onderneming geweest, om buiten Zweden te mogen reizen met een misdadiger over wie veel te doen was. Het enige wat hij zich er nu nog van herinnerde, was die gevangenis. Het was net een reis naar een andere tijd. De blaffende honden, de vochtige gangen, de bleke, kaalgeschoren gevangenen die zwijgend bij elkaar zaten in veel te krappe cellen, de zware lucht, de bordjes die waarschuwden voor tbc. Het was een aparte ervaring geweest, hij had er nog nooit met iemand over gesproken, niet eens met Anita.

Hij liep door de toegangsdeuren van de terminal en wenkte een gele taxi uit de rij die daar stond. Zesentwintig kilometer naar het zuiden. Naar Klaipėda. Naar Alena Sljusareva. Naar wat hij niet wilde weten.

Hij had vanaf Arlanda naar huis gebeld, had goedemorgen gezegd tegen Jonas en beloofd dat hij iets zou kopen, iets geheims, een verrassing. Snoep. In een kiosk, snel snel, dat zou net lukken. Hij had maar weinig tijd in Litouwen, hij zou de volgende ochtend vroeg teruggaan, hij wist wat hij tot die tijd moest doen.

De auto reed langzaam over de provinciale weg van Palanga naar Klaipėda. Sven Sundkvist wilde protesteren, wilde de chauffeur vragen sneller te rijden, maar deed het niet, hij leunde achterover, die paar minuten tijdverlies. De energie die het hem zou kosten om duidelijk te maken wat hij wilde, kon hij beter besparen dan de tijd die hij eventueel zou winnen. Hij vond het wel mooi, de zon over het landschap. Arm, dat wist hij, van de tien mensen balanceerden er acht op de grens van wat 'het bestaansminimum' werd genoemd, maar het had een zekere waardigheid. Hij had dit nog nooit gezien, maar het beviel hem, heel wat anders dan een gevangenis. Hij had in het ene nieuwsitem na het andere clichés gezien, zoals we denken dat het eruitziet omdat we eerder met zulke ideeën zijn gevoed, grijze mensen in grijze kleren in een grijs jaargetijde, maar hier: zomer, echte mensen, echte levens, echte kleuren.

Hij wilde meteen naar zijn hotel. Hij was vroeg, zou eigenlijk pas na de lunch mogen inchecken, maar Hotel Aribė zat lang niet vol en hij werd in een kamer gelaten die leeg was en klaar, met een opgemaakt bed.

Hij ging even liggen op wat het smalste hotelbed was dat hij ooit had gezien. Een paar minuutjes maar, hij probeerde zich een voorstelling van haar te maken, van de vrouw die hij straks zou ontmoeten, hoe ze eruitzag, hoe ze had gesproken.

Het was een hele drukte geweest in de flat toen. Ze was van streek geweest, ze had geschreeuwd over haar vriendin, die bewusteloos op de vloer lag, en over de man die ze Dimitri en 'vuile pooier' had genoemd, die een paar meter verderop had gestaan, in een glimmend pak en voor een gat in de voordeur. Sven Sundkvist had haar toen niet zo goed kunnen bekijken, had er geen idee van gehad dat hij haar een week later eerst op een gekopieerde videoband terug zou zien, en haar daarna in een vreemde stad aan de andere kant van de Oostzee zou ontmoeten.

Ze had een eindje verderop in een aangrenzende kamer gestaan, net zo naakt als haar vriendin, die op de vloer lag.

Ze was donker, donkerder dan de vrouwen uit Oost-Europa die hij vaak als prostituees tegenkwam in een onderzoek.

Daarna was ze verdwenen, terwijl zij zich eerst om de mishandelde vrouw hadden bekommerd en om de pooier, die met een Litouwse pas had gewapperd en had geroepen dat het Litouws grondgebied was.

Vanaf dat moment was ze weg.

Totdat ze in Frihamnen was gegrepen, vlak voor vertrek, klaar om op de boot te stappen.

Ewert had haar verhoord, een paar uur later had hij besloten dat ze toch naar huis mocht.

Sven Sundkvist stond op, douchte, trok dunnere kleren aan. Hij had niet doorgehad dat het zo warm zou zijn, daar had je het grijze cliché weer. Hij keek even in zijn open tas, naar het cassetterecordertje dat erin zat. Hij deed hem weer dicht, zonder het eruit te pakken. Hij zou haar verhoren. Maar hij zou het met aantekeningen doen, pen en papier, hij wist niet zeker waarom, bang voor wat ze zou zeggen, voor haar stem als die verklaarde wat hij niet wilde horen.

Hij wandelde door de stad, de mooie gebouwen die een andere tijd ademden, de voorbijgangers, hij zag Lydia Grajauskas in hun gezichten, keer op keer.

Ze had hem gevraagd naar het water te gaan, naar het Curoniameer, en daar de pont naar Smiltynė te nemen. De warmte, die hem al in Palanga had begroet en hem naar Klaipėda was gevolgd, was toegenomen, tijdens de korte oversteek voelde hij de zon in zijn nek branden, hij had zich moeten insmeren, hij kon erop rekenen dat hij voor de avond knalrood was.

Aan land gekomen moest hij rechtsaf het strand volgen, zo had ze het beschreven. Het grote aquarium zat in een oud fort, honderd soorten Oostzeevissen en een dolfijnenshow, hij zag de affiches zodra hij van de boot kwam. Ze wilde tussen de mensen zijn, ze had gezegd dat er veel bezoekers zouden zijn rond lunchtijd, toeristen, schoolklassen, ze zouden kunnen rondlopen en naar de dingen kijken waar je naar moest kijken, ze zouden lang met elkaar kunnen praten zonder dat het iemand opviel.

Hij ging voor de ingang staan, op de plaats waarvan hij had begrepen dat hij daar moest gaan staan. Hij keek op zijn horloge.

Hij was vroeg, bijna twintig minuten te vroeg. Hij had moeilijk in kunnen schatten hoe lang hij erover zou doen om van het hotel in het centrum hier te komen, bij deze combinatie van een aquarium en een museum van Oostzeevissen, ergens waar het Smiltynė heette.

Hij ging zitten op een bankje een paar meter van de plaats waar ze elkaar zouden ontmoeten. De zon zocht zijn gezicht, hij tuurde naar de naderende mensen, deed wat hij altijd deed als hij vreemde mensen bekeek: hij zocht naar zichzelf. Ergens in de stroom van onbekenden liep hij, of tenminste iemand zoals hij. Ongeveer even oud, met een vrouw van wie hij hield aan zijn zij, met hun kind dat hun alles was een eindje voor hen. Misschien politieman, misschien iets anders wat plichtsgetrouwheid vereiste en lange avonden. Iemand die het liefst thuis was, maar een groot gedeelte van de tijd weg was. Zo iemand ergens in de menigte, niet agressief zoals Ewert, niet compromisloos zoals Lang, zonder het vermogen van Grajauskas om na een krenking op te veren en wraak te eisen, zonder al die eigenschappen die een mens anders maakten dan tamelijk voorspelbaar, tamelijk triest, tamelijk gewoon.

Hij zag zichzelf. In verscheidene varianten. Zoals hij misschien geweest was als hij toevallig hier was geboren. Hij was net een ervan glimlachend aan het bestuderen, iemand die in een overhemd met korte mouwen en een dunne pantalon op weg was naar binnen, toen zij hem op de schouder tikte.

Hij had haar niet gezien, niet gehoord, was te zeer opgegaan in zijn spel. Ze stond voor hem met een zonnebril op, een shirt en een iets te grote spijkerbroek aan. Verder ongeveer zoals het beeld dat hij van haar had. Lang donker haar, een mooi gezicht, niet zo lang. Drie jaar als koopwaar, meerdere keren per dag gekrenkt. Het was niet te zien, niet aan de buitenkant. Ze zag eruit zoals vrouwen eruitzien als ze twintig zijn, als het leven net is begonnen. Maar aan de binnenkant. Dat begreep hij. Vanbinnen was ze oud. Daar zaten de wonden. Daar zat de vrouw die nooit helemaal heel zou worden.

'Sundkvist?'

'Sundkvist.'

Hij knikte naar haar, stond op van het bankje. Ze begrepen elkaar goed, hij met een nog wat krampachtig school-Engels, zij met een rijkere taal, een Engels waarvan de basis weliswaar op school was gelegd, maar dat vervolgens in drie jaar in een vreemd milieu was gevormd en waaraan ze de voorkeur gaf boven Zweeds.

'Je wist wie ik was?'

'Ik herkende u. Uit de flat.'

'Terwijl het zo hectisch was.'

'Ik had toch wel geweten wie u was, ook als ik u nooit had ontmoet. Ik heb geleerd hoe Zweedse mannen eruitzien.'

Ze wees naar de ingang, ze liepen erheen, naast elkaar. Hij betaalde voor hen beiden, ze gingen naar binnen. Hij vond het moeilijk te bepalen wat een geschikt moment was om met zijn vragen te beginnen. Ze hielp hem.

'Ik weet niet wat u wilt weten. Maar ik zal antwoord geven als ik kan. Ik wil het liefst meteen beginnen, ik vertrouw u, ik heb u aan het werk gezien toen u naar de flat kwam, maar ik wil het graag achter de rug hebben. Ik wil naar huis. Ik wil het vergeten. Begrijpt u?'

Ze stond voor een glazen wand, water en een of andere vis achter haar. Ze keek hem aan, smekend. Hij probeerde een rustige indruk te maken, rustiger dan hij in feite was, haar antwoorden, hij wist het niet, hij was er bang voor.

'Ik weet niet hoe lang het duurt. Dat ligt eraan hoe ons gesprek verloopt. Maar ik begrijp wat u bedoelt. Ik zal mijn best doen om het snel af te handelen.'

Hij begreep niet wat de lol was van het aquarium. Hij begreep ook niet wat de lol van dierentuinen was, opgesloten dieren, het sprak hem niet aan. Dus had hij er geen moeite mee de omgeving, mensen die in groepjes rondliepen en vissen die bekeken moesten worden, weg te filteren, te luisteren naar Alena Sljusareva, zich op haar te concentreren en op de antwoorden die ze gaf.

Op het verhaal dat hij had gevreesd.

De gebeurtenissen waarvan hij wenste dat ze nooit hadden plaatsgevonden.

Ze waren bijna drie uur in gesprek; het was meer een gesprek dan een verhoor. Ze vertelde over de dag in de stad nadat ze uit de flat was gevlucht, over de roep van de vrijheid in haar lichaam, de angst dat ze gepakt zou worden en de bezorgdheid om Lydia, die ze bewusteloos had achtergelaten met striemen van zweepslagen op haar rug. Ze hadden gezworen dat ze elkaar nooit zouden verlaten voordat ze samen vrij waren, maar op dat moment, toen ze de trappen af gerend was, de voordeur uit, was ze ervan overtuigd geweest dat ze meer voor Lydia kon betekenen naarmate ze verder weg was van het appartement op de zesde verdieping waar zij zich bevond.

Hij onderbrak haar als iets niet duidelijk was, dan legde ze het uit, ze deed geen enkele poging om haar verhaal te veranderen, daarvan merkte hij niets.

Ze liepen langzaam, kwamen een heleboel mensen tegen die naar een heleboel vissen staarden, die achter een heleboel ramen van het aquarium stilstonden, en ze onthulde hoe ze al na een dag op de vlucht op de kade had gestaan en onderweg was geweest naar huis, maar dat Lydia toen vanuit haar ziekenhuisbed had gebeld, haar had gevraagd de dingen te gaan halen die ze later in het mortuarium zou gebruiken.

Ze vroeg zachtjes of hij haar alsjeblieft wilde geloven toen ze zei dat ze er geen idee van had gehad hoe Lydia die zou gaan gebruiken.

Hij bleef staan, keek haar aan, zei dat het niet de bedoeling was van het gesprek dat ze nu voerden om vast te stellen of ze medeplichtig was aan ontvoering en aan moord.

Ze keek hem in de ogen, vroeg wat dan de bedoeling was.

'Niets. En alles. Meer niet.'

Eenvoudige stoelen en een rond tafeltje, hij haalde voor hen beiden een kop koffie, ze gingen tussen een paar gezinnen met kinderen zitten midden in het café, grote vissen op het blauwe tafelzeil.

Ze vertelde over het kluisje op het centraal station, de inbraak in de berging en de ICA-tas die ze in een afvalbak in het toilet van de verpleegafdeling had gelegd. Hij liet haar stoppen, wilde weten in hoeverre het waar was wat ze zei.

'Welk nummer?'

'Nummer?'

'Van het kluisje.'

'Eenentwintig.'

'Wat zat erin?'

'Vooral spullen van mij. Zij nam bijna alleen maar geld aan als ze iets extra's wilden.'

'Iets extra's?'

'Slaan. Spugen. Filmen. Zelf fantaseren.'

Sven Sundkvist slikte, hij voelde haar onbehagen.

'En zij? Wat bewaarde zij erin?'

'Geld. In een doos. En twee videobanden.'

'Wat voor banden?'

'De waarheid. Zo noemde ze dat, "mijn waarheid".'

'En wat hield dat in?'

'Ze vertelde alles. Ik heb haar geholpen met vertalen. Over hoe we in Zweden waren gekomen. Over wie handel dreef met ons alsof we dode dingen waren. Over waarom ze de politieman haatte die ze in het mortuarium heeft doodgeschoten.'

'Nordwall?'

'Bengt Nordwall.'

Sven Sundkvist zei niet dat hij bij kluis 21 was geweest, dat hij had gezien wat ze hadden opgenomen, dat hij thuis op de bank naar hen had zitten luisteren. Hij vertelde niet dat niemand de band die Lydia Grajauskas had meegenomen naar het mortuarium zou zien, dat een politieman hun verhaal had laten verdwijnen om een andere politieman te dekken. Hij zei niet dat hij zich schaamde dat hij zelf nog niet had besloten wat belangrijker was: het feit dat zij zo gekrenkt waren of het aangeven van een collega en vriend, en of hij ooit zou vertellen wat híj alleen wist, dat er een kopie was, dat er een andere waarheid was.

'Ik heb hem gezien.'

'Wie?'

'Ik heb hem daar in de flat gezien. Bengt Nordwall.'

'Heb je hem gezien?'

'En hij heeft mij gezien. Ik weet dat hij me herkende. Ik weet dat hij Lydia herkende.'

Vanaf dat moment vond hij het moeilijk naar haar te luisteren.

Ze ging door met vertellen en hij stelde tussendoor zijn vragen, maar hij was er niet bij.

Hij was razend. Zo razend was hij nooit.

Hij moest schreeuwen.

Hij deed het niet.

Hij was immers een van die trieste, gewone mensen.

Hij smoorde de schreeuw, voelde de druk ervan in zijn borst.

Hij bleef net doen alsof hij rustig was, alsof hij niet bang was voor wat ze zei. Hij wilde haar niet laten schrikken, hij begreep het, hoe het aan haar vrat om te vertellen, hoe moedig ze was.

Hij gaf een schreeuw.

Hij gaf een schreeuw en bood haar vervolgens zijn excuses aan. Hij had pijn, legde hij uit, hij had niet tegen haar geschreeuwd, hij had pijn, hier, in zijn borst.

Toen ze op de Smiltynėpont stonden op weg terug naar het centrum van Klaipėda wist hij in detail hoe haar uren in vrijheid waren verlopen, vanaf de vlucht de trappen af van het pand aan Völundsgatan tot de arrestatie in Frihamnen. De woede raasde nog steeds in zijn buik en zijn borst, maar toch was het net of hun gesprek niet afgelopen was. Hij wilde meer weten. Over de drie jaar, over hoe deze mensenhandel in zijn werk ging, een vrouwelijk geslacht een aantal malen per dag te koop omdat iemand een auto moest kopen of geld op de bank moest zetten.

Hij vroeg of hij haar mee uit eten mocht nemen.

Ze glimlachte.

'Ik denk dat ik daar te moe voor ben. Naar huis. Gewoon naar huis. Ik ben al drie jaar niet thuis geweest.'

'Er zal je hierover nooit meer een Zweedse agent lastigvallen. Dat beloof ik.'

'Ik begrijp het niet. Wilt u meer weten?'

'Ik heb een paar dagen geleden met een ambtenaar van de

Litouwse ambassade in Zweden gesproken. Hij was op Arlanda toen die Dimitri de Pooier naar huis gestuurd zou worden. Hij was wanhopig. Hij schetste een beeld van hoe groot de wereld is waaruit je net bent ontvlucht. Ik wil er meer over weten.'

'Ik ben zo moe.'

'Eén avond. Eén gesprek. Daarna nooit meer.'

Hij kreeg plotseling een kleur, besefte dat hij voor haar stond, om haar aandacht vroeg, als een van de Zweedse mannen die ze had leren haten.

'Mijn excuses. Dit is geen oneerbaar voorstel. Zo moet je het niet opvatten. Ik wil het echt weten. Ik heb een kind. Ik ben getrouwd.'

'Dat zijn ze altijd.'

Hij liep langs de oude bierbrouwerij, met snelle pas terug naar Hotel Aribė. Weer onder de douche, de warmte moest eraf gespoeld worden. Hij verkleedde zich voor de tweede keer sinds hij acht uur geleden had ingecheckt.

Ze had het aan twee oude dames gevraagd die ze waren tegengekomen toen ze van de pont kwamen en die hadden een Chinees restaurant aanbevolen, Taravos Aniko, daar kreeg je grote porties en je kon in de keuken kijken terwijl er gekookt werd, als je een van de tafeltjes achterin wist te bemachtigen.

Ze zat er al toen hij kwam. Dezelfde kleren als bij het aquarium. Ze glimlachte, hij glimlachte, ze vroegen om mineraalwater en om de kaart, waar iemand anders al voor hen had gedacht: voorgerecht, hoofdgerecht, nagerecht, vast menu met een vaste prijs.

Ze zocht lang naar woorden en hij wilde haar niet onder druk zetten.

Ze begon vervolgens met een gevoel ergens in het midden en volgde de draad van daaruit verder, ze nam hem mee op een reis naar een wereld die hij meende te kennen, maar waar hij geen idee van had gehad, ze huilde en fluisterde en even later praatte ze aan één stuk door, het was de eerste keer dat ze aan iemand anders datgene beschreef wat haar volwassen leven was geweest, de eerste keer dat ze haar eigen woorden hoorde, hij luisterde en verbaasde zich over haar kracht, dat ze ondanks alles zo heel kon zijn.

Hij wachtte tot ze klaar was. Totdat ze niet meer kon. Totdat ze zweeg en met een lege blik voor zich uit staarde.

Het was klaar, zij was ermee klaar, ze zou haar verhaal nooit meer vertellen aan iemand die dat aan haar vroeg.

Sven bukte naar de tas die bij zijn voet stond. Hij tilde hem op, legde hem op tafel naast een leeg bord.

'Ik heb iets wat niet van mij is.'

Hij maakte de tas open, haalde er een bruin doosje en twee jurken uit, keurig opgevouwen.

'Dit was van Lydia, geloof ik.'

Ze keek naar de doos, naar de jurken, ze wist waar ze vandaan kwamen, keek Sven toch vragend aan, die knikte, het klopte wat ze dacht.

'Het kluisje is nu leeg. Aan iemand anders verhuurd. Ik geef dit aan jou. Ik denk dat het haar jurken waren. En haar doosje. Er zitten veertigduizend kronen in. Briefjes van honderd en vijfhonderd.'

Alena bewoog niet, zweeg nog steeds.

'Doe ermee wat je wilt. Houd het zelf of geef het aan haar familie, als ze die nog heeft.'

Ze boog naar voren, ging met haar hand over de zwarte, glanzende stof.

Het enige wat over was.

'Ik ben er gisteren geweest. Ik was op zoek naar haar moeder. Lydia had het vaak over haar.'

Ze keek naar de tafel.

'Ze is dood. Ze is twee maanden geleden overleden.'

Sven wachtte even, schoof toen het doosje en de jurken over de tafel heen naar Alena. Hij deed zijn tas dicht, zette hem op de grond.

'Ik zou meer over haar willen weten. Wie ze eigenlijk was. Ik heb een vrouw gezien met vijfendertig striemen op de rug, die vervolgens mensen gijzelde. Dat is alles.'

Alena schudde haar hoofd.

'Niet meer.'

'Ik kan ergens wel begrijpen wat ze heeft gedaan.'

'Vandaag niet en later ook niet.'

Ze bleven zitten zonder nog veel te praten, totdat de ober hun vriendelijk verzocht van tafel op te staan, hij wilde afsluiten. Ze stonden op, wilden net gaan toen een man van een jaar of twintig de voordeur in kwam en op hun tafeltje af kwam lopen. Sven nam hem haastig op: lang, blond, zonverbrand, een rustig optreden, niet iemand die conflicten zocht. Alena liep naar hem toe, kuste hem op de wang, gaf hem een arm.

'Janoz. Ik ben bij hem weggegaan. Hij was er nog. Daar ben ik zo verschrikkelijk dankbaar voor.'

Ze kuste hem weer op de wang, trok hem tegen zich aan. Ze vertelde kort hoe hij haar de eerste zeven maanden had gezocht, er tijd en geld aan had gespendeerd, maar het vervolgens had opgegeven.

Ze lachte. Voor de eerste keer die hele avond lachte ze. Sven glimlachte, hij feliciteerde haar, heel even was niet alles hopeloos.

'Lydia? Had zij niet iemand?'

'Hij heette Vladi.'

'En?'

'Hij heeft zijn geld aan haar verdiend.'

Meer zei ze niet, meer vroeg hij niet. Buiten gingen ze elk een kant op en Sven Sundkvist herhaalde zijn belofte dat ze vanaf nu nooit meer met de Zweedse politie over deze zaak zou hoeven spreken.

Ze liep weg, maar slechts een paar stappen, toen draaide ze zich om.

'Eén ding.'

'Ja.'

'Daar bij het aquarium. Dat verhoor. Ik heb het eigenlijk niet goed begrepen. Waar dat voor was.'

'Een misdaadonderzoek. Wij, de politie, doen altijd onderzoek als er iets dergelijks is gebeurd.'

'Dat laatste snap ik wel. Dat jullie het willen weten. Maar dat andere, dat wisten jullie immers al.'

'Wat bedoel je?'

'Het was immers hetzelfde verhoor als met die andere politieman.'

'Wie?'

'Die oudere man. Die bij u was in de flat.'

'Grens heet hij.'

'Die bedoel ik.'

'Hetzelfde verhoor?'

'Alles wat ik u bij het aquarium heb verteld had ik ook al aan hem verteld. Dezelfde vragen, dezelfde antwoorden.'

'Alles?'

'Alles.'

'Over je contact met Lydia? Over jullie gesprekken toen ze in het mortuarium zat? Over hoe je de cassette uit het kluisje haalde? Hoe je het wapen en het kneedplastic ging halen? Hoe je een plastic tas in een afvalbak in het toilet van de verpleegafdeling zou achterlaten?'

'Alles.'

Het was twee uur toen hij in het smalle bed ging liggen. Hij had nog niets voor Jonas. Hij zou een paar uur slapen, zich naar de Lutherse kerk begeven waar de moeder van Lydia Grajauskas was begraven, om daar een kaars aan te steken, vervolgens naar het vliegveld gaan om de ochtendvlucht naar Stockholm te nemen. Daar was snoep te koop in de taxfreeshop, hij zou zachte snoepjes en chocola in een glimmend papiertje kunnen meenemen.

Hij lag stil in het donker met het raam open.

Het werd stil in Klaipėda.

Hij wist dat hij niet zoveel tijd meer had.

Hij moest een besluit nemen. Hij had de waarheid, nu moest hij beslissen wat hij daarmee ging doen.

ZONDAG 9 JUNI

De twee nieuwe meisjes waren niet veel bijzonders om mee te proefneuken.

Maagd, op dat akkefietje op de boot na.

Maar ze werden wel beter. Het was nu de derde dag in het appartement aan Völundsgatan 3. Ze zaten allebei al bijna op twaalf, net als die maffe Grajauskas en haar vieze vriendin voordat ze de kluts kwijtgeraakt waren en heibel hadden geschopt.

Ze misten nog iets. Ze moesten meer dóén. Geil zijn. Dat was belangrijk. De klanten betaalden ook voor het gevoel dat ze begeerd werden, dat ze mooi waren. Ze moesten op dat moment het gevoel hebben dat ze bij elkaar hoorden, dat ze samen waren, anders konden de mannen zich immers net zo goed bij de wastafel aftrekken.

Hij sloeg hen af en toe, dat wel, dan werden ze wat gezeglijker. Nog maar een paar dagen, dan was dat vreselijke gehuil wel afgelopen, hij kon er niet meer tegen, dat gesnotter van die nieuwe meisjes altijd.

Hij miste de vakkundigheid van Grajauskas en Sljusareva. Ze kleedden zich uit en dat deden ze goed. Maar het was fijn om van hun spotlach af te zijn, die had hij steeds vaker gezien, fijn om hun 'vuile pooier' niet meer te horen zodra hij sloeg.

De eerste klanten kwamen zo.

Even na achten.

Ze kwamen meestal direct van huis, bij hun vrouw vandaan, die dik begon te worden, en wilden iets anders voelen voordat ze naar hun werk gingen.

Hij zou vandaag bij hen gaan kijken. Hun examen. Dan wist hij of ze al behoorlijk konden neuken of dat hij hun nog meer moest leren.

Hij zou beginnen met het meisje dat de kamer van Grajauskas

had gekregen. Hij had haar daar met opzet neergezet, ze leek op haar, daardoor kon ze gemakkelijker haar klanten overnemen.

Ze maakte zich mooi, precies zoals het moest. Ze trok de lingerie aan waar de klant om had gevraagd. Het zag er goed uit.

Er werd op de deur geklopt. Ze keek in de spiegel, ze liep naar de elektronische sloten, die uitgeschakeld waren nu hij toezicht hield, ze deed open. Ze glimlachte naar de klant, de man met het grijze pak dat leek te glimmen, een lichtblauw overhemd en een zwarte stropdas.

De glimlach. Zij gebruikte de glimlach, ook toen hij spuugde. Meer alsof hij het liet vallen, voor haar voeten, de zwarte hooggehakte schoenen.

Hij wees.

De vinger recht naar beneden.

Ze bukte, glimlachte nog steeds naar hem zoals het hoorde. Ze liet zich langzaam door haar armen zakken, zakte bijna in elkaar, haar neus raakte de grond, de tong naar de koude vloer toen ze de klodder spuug in haar mond nam, hem doorslikte.

Toen stond ze op, deed haar ogen dicht.

Hij gaf haar een klap met de palm van zijn hand. Ze glimlachte, de hele tijd glimlachte ze naar de klant zoals hij haar had geleerd.

Dimitri was tevreden over wat hij zag, hij stak zijn duim op naar de man in het grijze pak, hij kreeg een opgestoken duim als antwoord.

Ze was goedgekeurd.

Hij kon haar nu echt gaan inboeken.

Lydia Grajauskas bestond niet meer, hier ook al niet meer.

Hij was altijd bang op het moment dat het vliegtuig ging landen. De klap wanneer het landingsgestel werd uitgeklapt, wanneer de grond duidelijk zichtbaar werd door het smalle raampje, het eerste contact met het asfalt. En het werd niet minder. De angst werd met iedere reis groter, en zulke vliegtuigen met vijfendertig zitplaatsen waar je moeilijk in kon gaan staan, hij had altijd spijt op het moment vlak voordat het gestuiter overging in een snel rollen over de landingsbaan.

Sven Sundkvist haalde opgelucht adem. Hij verliet het toestel, verliet Arlanda, ruim een halfuur rijden naar Stockholm als hij een beetje makkelijk door de noordelijke voorsteden heen kon komen.

De gedachten, er was moeilijk vat op te krijgen.

Hij was even zestien en bij Anita, die hij nog maar net kende en die hij voor het eerst naakt had omarmd, en hij was bij Jochum Lang, die op een trap van het Söderziekenhuis stond en Hilding Oldéus doodsloeg, en bij Lydia Grajauskas, die daar op de vloer van het mortuarium lag naast de man die ze had gehaat, en bij Jonas, toen ze hem in Phnom Penh hadden opgehaald toen hij een jaar oud was en die twee weken later 'papa' tegen hem zei, en bij Alena Sljusareva, die in een Chinees restaurant in Klaipėda zat met een groot rood shirt aan en vertelde over drie jaar van vernedering en...

Hij was overal met zijn gedachten om maar niet aan Ewert te hoeven denken.

Er werd aan de weg gewerkt bij Sollentuna, twee banen werden één en een lange file was het gevolg.

Hij schakelde terug, stopte, schakelde door, schakelde terug, stopte. Hij keek naar de mensen om hem heen die hetzelfde deden, die in hun auto zaten te wachten tot de tijd voorbijging. Ze staarden allemaal voor zich uit, ze hadden waarschijnlijk zo hun eigen problemen, hun eigen Ewert om over na te denken.

Hij rilde, zoals je soms rilt bij een onbehaaglijke gedachte.

Hij besloot verder door te rijden dan gepland, om verder zuidelijk naar Eriksberg te rijden, daar woonde ze immers, Lena Nordwall.

Hij had meer tijd nodig.

De houten bank was hard, hij had er eerder op gezeten, uren achtereen tijdens zinloze pleidooien in het bijzijn van boeven die alles ontkenden. Nu was het stil in de versleten rechtszaal, ze waren de enigen, ze zaten helemaal achteraan te wachten. Ewert Grens zat graag in de oude rechtszaal van het Rådhus, ondanks de harde banken en het gebabbel van de juristen. Als hij er kwam betekende het dat zijn onderzoek ergens toe had geleid, misschien een afsluiting zou krijgen.

Hij keek op zijn horloge. Nog vijf minuten. Dan zouden de parketwachters de deur openmaken, Lang vragen naar binnen te gaan, hem vertellen waar hij moest gaan zitten voor de onderhandeling over de voorlopige hechtenis, die het begin zou zijn van een lange gevangenisstraf.

Grens wendde zich tot Hermansson, die naast hem zat.

'Voelt goed, hè?'

Hij had haar gevraagd of ze meeging; Sven was spoorloos en nam zijn telefoon niet op, Bengt was er niet meer en Lena kon hij niet goed genoeg troosten; het was prettig om hier toch met iemand te zitten en Hermansson was iemand. Hij gaf het schoorvoetend toe, hij vond haar sympathiek. Hij had razend moeten worden over haar insinuaties dat hij moeite had met vrouwelijke collega's, met vrouwen in het algemeen, maar ze had het op zo'n rustige manier gezegd, zo zakelijk, misschien gewoon omdat ze gelijk had. Hij zou haar vragen of ze wilde overwegen in Stockholm te blijven als haar tijd erop zat, hij hoopte nog langer met haar te kunnen werken, misschien meer met haar te praten; ze was zo jong en hij voelde zich bijna klef toen hij het dacht, maar het was niet het verhaal van 'oude man wil aan jonge vrouw zitten', hij was eerder verbaasd dat er nog steeds mensen bestonden die hij graag wilde leren kennen.

'Ja, het voelt goed. Ik weet wat we hebben, dat het genoeg is. Lang en de gijzeling in het mortuarium, het was het waard om voor naar Stockholm te komen.'

Een rechtszaal leek naakt zonder rechters, juryleden, officieren, advocaten, beklaagden, eisers, nieuwsgierig publiek. Alle dramatiek die in een misdaad zat, moest worden geformuleerd in termen van een vergrijp en van bedreigd worden, bij ieder woord ging het er eigenlijk om vernedering te herkennen en te meten.

Zonder dat alles was het zo doods.

Grens keek om zich heen, de sombere houten wanden, de grote, vuile ramen aan de kant van Scheelegatan, de kroonluchter, die te mooi was, de geur van oude wetboeken.

'Het is vreemd, Hermansson. Beroepscriminelen zoals Lang. Ik heb er nu al mijn hele leven mee te maken, maar ik begrijp er nu niet meer van dan toen ik net begon. Ze hebben een bepaald gedrag tijdens politieverhoren en tijdens rechtszittingen. Ze zwijgen. Wat we ook zeggen, wat we ook vragen, zij zwijgen. "Weet ik niet. Nooit van gehoord." Ze ontkennen alles. En ik geloof dat het nog een winnende strategie is ook, godsamme. Het is immers aan ons om te bewijzen dat zij datgene gedaan hebben waarvan wij beweren dat ze het hebben gedaan.'

Ewert Grens hief zijn arm, wees naar de wand tegenover hen, naar een deur in dezelfde donkere houtsoort als de wanden.

'Over enkele minuten komt Lang door die deur naar binnen. Hij gaat dat rotspelletje spelen. Hij gaat zitten zwijgen, ontkennen, mompelen "ik weet niet" en daarom, dáárom, Hermansson, zal hij ditmaal juist verliezen. Deze keer zal zijn eigen spelletje de grootste vergissing van zijn leven zijn. Want weet je wat het is? Ik denk dat hij onschuldig is, in ieder geval aan moord.'

Ze keek hem verbaasd aan, en hij wilde het net gaan uitleggen toen de deur openging en vier bewakers naar binnen stapten met twee geüniformeerde en gewapende politiemannen, Jochum Lang tussen hen in, met handboeien om en in blauwe gevangeniskleren, die om hem heen slobberden. Lang zag hen meteen en Ewert Grens stak zijn hand op, zwaaide en glimlachte. Hij keerde zich naar Hermansson, dempte zijn stem.

'Ik heb het technisch rapport gelezen en het obductierapport van Errfors en ik geloof niet meer dat het moord was. Ik denk dat het vijf gebroken vingers en een verbrijzelde knieschijf waren, dat dat zijn opdracht was en dat niemand dood had besteld of daarvoor had betaald; ik denk dat Hilding Oldéus zelf die trappen af is gereden en tegen de muur is geknald.'

Ewert wees demonstratief de kant op waar Jochum Lang zat.

'Dus kijk maar eens goed naar Lang, die sufferd. Hij gaat zich deze keer met zijn zwijgen tien jaar gevangenisstraf voor moord op de hals halen, terwijl hij op tweeënhalf uit zou kunnen komen wegens zware mishandeling, als hij zijn mond opendeed.'

Grens zwaaide weer naar de man die hij haatte. De blik van Lang, dezelfde intensiteit als gisteren toen ze elkaar in de cel hadden staan taxeren. Achter hem, achter de kaalgeschoren kop, kwamen nog steeds mensen de zaal binnen, Ågestam als laatste, hij knikte naar Grens, die terugknikte. Heel even vroeg Ewert Grens zich af wat de jonge officier dacht van het gesprek dat ze hadden gehad, de leugen die hij bij hem op tafel had gelegd. Hij zette het van zich af, dat moest hij wel. Hij fluisterde nu, leunde haar kant op terwijl hij verderging.

'Ik weet dat het zo is, Hermansson. Het was geen moord, dat kan ik je wel vertellen. Maar ik zal het wel uit mijn hoofd laten om dat tegen iemand te zeggen. Hij draait de bak in, regelrecht naar het rijkshotel!'

Dimitri was tevreden. Ze waren beiden jong, met een zachte, gladde huid, en ze neukten heel goed. Hij had hen op afbetaling gekocht en had al snel besloten dat hij de betaling zou stoppen als ze niet voldeden.

Maar ze voldeden. En hij zou blijven betalen.

De smeris was er nu niet meer. Maar de vrouw met wie hij had samengewerkt deed het net zo goed zonder hem. Ze had twee nieuwe hoertjes geleverd, net zoals ze hadden afgesproken.

Ze wachtte op hem. Ze wilde de tweede termijn. Ze kostten drieduizend euro per stuk. Ze zou nu een derde van het geld krijgen.

Hij opende de deur van Eden. Een naakte vrouw op het toneel, haar borsten tegen een opblaaspop, heen en weer wippend met haar onderlichaam, ze steunde en kreunde en de mannen in het publiek, het waren met één uitzondering alleen maar mannen, zaten aan hun tafeltjes en grepen in hun kruis.

Ze zat waar ze altijd zat. Helemaal achterin, in de verste hoek, bij de deur die een reserve-uitgang was.

Hij liep naar haar toe, ze knikten naar elkaar.

Altijd hetzelfde trainingspak. Altijd de capuchon op.

Ze wilde dat hij haar 'Ilona' noemde. Dat deed hij, ook al had hij er moeite mee. Zo heette ze immers niet.

Ze praatten niet veel met elkaar, dat deden ze nooit, een paar beleefdheden in het Russisch, meer niet.

Hij gaf haar de envelop met het geld. Ze telde het niet na, nam het gewoon in ontvangst en stopte het in haar handtas.

Over een maand.

De volgende termijn was over een maand. Daarna waren ze van hem, zijn bezit, allebei.

Ewert Grens stond op, maakte met een handgebaar duidelijk dat hij wilde dat Hermansson hetzelfde deed, liep toen de rechtszaal uit vlak voordat de onderhandelingen over de inverzekeringstelling werden afgesloten. Hij ging snel drie verdiepingen naar beneden, de stenen trappen af, naar de kelderverdieping, door de gang die naar de ondergrondse garage leidde. Hermansson vroeg waar ze heen gingen en hij antwoordde: 'Zo, je ziet het zo.' Hij hijgde van inspanning, maar stopte pas toen hij in het muffe stof van de garage stond. Hij zocht iets, vond het, liep naar de ijzeren deur waardoor je bij de liften kwam, die helemaal naar boven gingen, naar de cellen.

Voor die deur bleef hij staan. Hij wist dat ze daar doorheen moesten, dat Jochum Lang vanuit de oude rechtszaal hierlangs gevoerd moest worden om weer bij zijn cel te komen.

Hij hoefde maar een minuut te wachten.

Lang, de vier bewakers, de beide agenten, ze kwamen allemaal de garage in, stevenden op de ijzeren deur af.

Ewert Grens liep hun een paar stappen tegemoet, hij vroeg aan iedereen of ze Lang even alleen konden laten, of ze een paar meter afstand konden houden. Hij kreeg wat hij vroeg, de verantwoordelijke bewaker was er niet blij mee, maar hij had Grens eerder ontmoet en wist dat die toch altijd zijn zin kreeg.

Ze staarden elkaar aan; daar hadden ze een gewoonte van gemaakt, van dat staren. Grens wachtte totdat Lang iets zou doen, maar hij bleef gewoon staan, met handboeien om, het grote lichaam schommelde heen en weer, alsof hij nog niet had besloten of hij zou slaan of toch maar niet.

'Stomme sukkel.'

Ze stonden zo dicht bij elkaar, Grens hoefde maar te fluisteren en Lang kon het al horen.

'Je hebt gezwegen. Je hebt hetzelfde gedaan als altijd. Maar je bent in hechtenis genomen. En straks word je veroordeeld. Ik weet wel dat je Oldéus niet hebt doodgeslagen. Maar wat moeten de mensen denken? Zolang jij doet en denkt als een dief, zolang je ontkent en zwijgt, gok ik erop dat het je nog eens zes, zeven jaar meer kost dan je anders zou hebben gekregen. Gefeliciteerd.'

Ewert Grens bleef staan, wenkte de bewakers dat ze terug konden komen.

'Dat was het enige, Lang.'

Jochum Lang zei niets, bewoog niet, keek Grens niet na toen hij bij hem wegliep.

Pas toen de bewakers de ijzeren deur hadden geopend en hij onderweg was naar buiten, toen Grens naar hem riep dat hij zich moest omdraaien.

Dat deed Lang en hij spuugde toen de inspecteur hem de vraag toeschreeuwde of hij zich de visitatie van een paar dagen geleden nog herinnerde, of hij nog wist hoe hij Grens had bespot om een dode collega en zijn lippen had getuit tot een zoen. Dat schreeuwde Grens: 'Weet je nog?' en toen vlogen de zoenen terug naar Lang; Grens tuitte zijn lippen en smakte luid terwijl Lang naar de lift en de cel werd geleid.

Sven Sundkvist parkeerde in een straat met rijtjeshuizen waar een heleboel kinderen aan het hockeyen waren tussen twee zelfgemaakte goals, die alle verkeer blokkeerden. Ze hadden de auto zien aankomen, maar zich er niet veel van aangetrokken, hij had gewacht totdat twee kinderen van een jaar of negen ten slotte luid zuchtend aan de kant waren gegaan voor de man die er per se langs wilde.

Hij wist het nu. Lydia Grajauskas had het besluit genomen om te doden. En om zelf te sterven. Toen ze wilde laten zien waarom, toen ze haar schaamte wilde beschrijven, verhinderde Ewert haar dat.

Wie had hem dat recht gegeven?

Lena Nordwall zat in de tuin. Met haar ogen dicht, een radio op de tafel naast haar, muziek van een van de commerciële zenders met jingles die voortdurend de frequentie en de naam van de zender herhaalden. Hij had haar niet gezien sinds de avond dat ze het overlijdensbericht brachten.

Ewert wilde de vrouw van een vriend en haar kinderen beschermen.

Maar ontnam een dode vrouw het recht om te spreken.

'Hallo.'

Het was warm, hij zweette, maar zij trad de zon tegemoet in een donkere lange broek en een spijkerjasje over een trui met lange mouwen. Ze had hem niet gehoord, hij liep naar haar toe en ze schrok.

'Je laat me schrikken.'

'Sorry.'

Ze zwaaide met één arm, bood hem aan te gaan zitten. Hij schoof de stoel die ze had aangewezen op, zette hem zo dat hij tegenover haar zat met de brandende zon op zijn rug.

Ze keken elkaar aan, hij had gebeld en gevraagd of hij mocht komen, hij moest iets zeggen.

Het was moeilijk. Hij kende haar immers amper. Ze hadden elkaar eerder gezien, maar altijd in gezelschap van Bengt en van Ewert, op verjaardagen, dat soort dingen. Ze was een van die vrouwen die hem het idee gaven dat hij dom en lelijk was, hem zenuwachtig maakten, waardoor hij moest zoeken naar de woorden die hij net nog had gehad. Hij wist niet waarom, ze was mooi, dat zeker, maar hij had er geen probleem mee met mooie vrouwen te praten, ze straalde alleen iets uit wat hem onzeker en klein maakte, sommige mensen hebben dat.

'Het spijt me als ik stoor.'

'Je bent er nu.'

Hij keek om zich heen. Hij had een keer eerder in deze tuin gezeten, vijf, zes jaar geleden, toen Ewert vijftig werd en Bengt en Lena een etentje hadden gegeven ter ere van zijn verjaardag, de enige vorm van vieren die Ewert had toegestaan. Sven en Anita elk aan een kant van hem op een stoel, Jonas was nog klein en hij had over het gras gerend met de kinderen Nordwall. Verder was er niemand. Ewert had de hele avond niet veel gezegd, hij was blij dat hij er was, dat had Sven wel gevoeld, maar hij had zich ongemakkelijk gevoeld in de rol van degene die in het zonnetje werd gezet.

Ze ging met haar handen heen en weer over de mouwen van het spijkerjasje.

'Ik heb het zo koud.'

'Nu?'

'Ik heb het al koud sinds jullie hier vier dagen geleden kwamen.'

Hij zuchtte.

'Sorry. Dat had ik moeten snappen.'

'Ik zit met dikke kleren aan in de zon bij bijna dertig graden en ik heb het koud. Begrijp je dat?'

'Ja. Ik denk het wel.'

'Ik wil het niet koud hebben.'

Ze stond plotseling op.

'Wil je koffie?'

'Dat hoeft niet.'

'Nee, maar wil je?'

'Graag.'

Ze verdween door de terrasdeur, hij hoorde haar water opzetten en kopjes pakken. De hockey spelende kinderen schreeuwden op straat, dat er een doelpunt was gemaakt, dat er een andere man was die zo nodig met zijn auto over hun speelveld moest.

Grote glazen, schuimende melk erop, zoals je het in sommige cafés kreeg waar hij nooit heen ging omdat hij daar geen tijd voor had. Hij dronk, zette het glas op tafel.

'Hoe goed ken je Ewert eigenlijk?'

Ze keek hem aan, bestudeerde hem met die blik die hem onzeker maakte.

'Zitten we daarom hier? Om over Ewert te praten?'

'Ja.'

'Is dit een soort verhoor?'

'Absoluut niet.'

'Wat is het dan?'

'Ik weet het niet.'

'Je weet het niet?'

'Nee.'

Ze wreef weer met haar handen over de mouwen van haar jasje, alsof ze het nog steeds koud had.

'Ik begrijp niet waar je het over hebt.'

'Ik zou willen dat ik duidelijker kon zijn. Maar dat kan ik niet. Je moet dit zien als mijn privé-overpeinzingen. Zo ver van politiewerk verwijderd als het maar kan.'

Ze dronk uit het glas, hij wachtte totdat ze het helemaal had leeggedronken.

'Hij was de oudste vriend van mijn man.'

'Dat weet ik. Maar hoe goed ken jij hem?'

'Je leert hem niet zo makkelijk kennen.'

Ze wilde dat hij wegging. Ze mocht hem niet. Dat wist hij.

'Even maar. Probeer het.'

'Weet Ewert dit?'

'Nee.'

'Waarom niet?'

'Als hij hiervan zou weten, had ik jouw antwoorden niet nodig.'

De zon deed goed zijn best. Zijn rug was drijfnat. Hij had liever ergens anders gezeten, maar hij bleef op zijn plaats, er was zo al spanning genoeg tussen hen.

'Heeft Ewert nog met jou gesproken? Over wat er in het mortuarium is gebeurd? Over wat er met Bengt is gebeurd?'

Ze hoorde hem niet, Sven zag het aan haar. Ze wees naar hem, hield haar hand zo lang uitgestoken dat hij er naar van werd.

'Daar zat hij.'

'Wat?'

'Bengt. Toen jullie belden. Dat hij naar het mortuarium toe moest.'

Hij had hier niet moeten komen. Hij had haar met rust moeten laten, met haar verdriet. Maar hij zocht een ander beeld van Ewert, het juiste beeld, zij zou dat moeten kunnen geven. Hij herhaalde zijn vraag.

'Heeft Ewert met je gesproken? Over wat er met Bengt is gebeurd?'

'Ik heb mijn vragen gesteld. Hij heeft niet meer gezegd dan wat ik zelf in de krant heb kunnen lezen.'

'Helemaal niets?'

'Dit gesprek bevalt me niet.'

'Je hebt hem niet gevraagd waarom die prostituee uitgerekend Bengt heeft neergeschoten?'

Ze zweeg een hele poos.

Hij had gewacht met zijn vraag. Om die te stellen was hij hier gekomen, nu was het gebeurd.

'Wat zeg je?'

'Hebben jij en Ewert het erover gehad waarom ze uitgerekend Bengt heeft vermoord?'

'Weet je iets?'

'Ik vroeg het aan jou.'

Ze keek hem aan, met ogen die de zijne bleven vasthouden.

'Nee.'

'En je hebt het je niet afgevraagd?'

Het kwam plotseling, haar huilen. Ze zat in elkaar gedoken op haar stoel, klein, ze trilde van datgene wat verdriet was.

'Ik heb het me afgevraagd. En ik heb het aan hem gevraagd. Maar hij heeft niets gezegd. Niets. Het was toeval. Dat zei hij. Het had iedereen kunnen zijn. Het was Bengt geworden.'

Er kwam iemand achter hem staan. Sven Sundkvist draaide zich om, het meisje was niet zo oud, jonger dan Jonas, vijf, zes jaar misschien. Ze kwam uit het huis, een wit shirt met korte mouwen en een roze korte broek. Ze bleef voor haar moeder staan, begreep dat ze van streek was.

'Wat is er, mama?'

Lena Nordwall boog naar voren, omarmde haar.

'Niets, meisje.'

'Je huilt. Komt dat door hem? Is hij vervelend?'

'Nee. Hij is niet vervelend. We praten gewoon.'

Het witte shirt en de roze korte broek draaiden zich om, grote ogen keken Sven een hele poos aan.

‘Mama is verdrietig. Papa is dood.’

Hij slikte, hij glimlachte, probeerde tegelijkertijd ernstig en vriendelijk te kijken.

‘Ik kende je vader.’

Sven Sundkvist keek zwijgend naar de vrouw die sinds vier dagen alleen was met haar twee kinderen. Hij had een vermoeden van de pijn die ze voelde. Hij begreep waarom Ewert haar welbewust wilde beschermen, waarom hij had gemeend dat ze geen behoefte had aan de waarheid.

Ewert Grens kon geen dag meer wachten. Hij verlangde naar haar.

Omdat het zondag was, was er niet veel verkeer en hij was de stad snel door. Värtavägen lag er zo goed als verlaten bij en hij luisterde naar Siwan op de cassetterecorder in de auto, hij zong het refrein luidkeels mee toen hij over de Lidingöbrug kwam en hij zag de regen niet, die plotseling weer begon te vallen.

De lege parkeerplaats was vol. Even snapte hij er niets van, hij kreeg het idee dat hij verkeerd was gereden, maar besefte algauw dat hij hier nog nooit op zondag was geweest, de grote bezoekdag.

Een verbaasde blik bij de receptie, het meisje herkende hem maar ook weer niet, het was de verkeerde dag, hij zou immers morgen komen. Hij glimlachte naar haar en vond haar verbazing vermakelijk, liep door in de richting waarin hij altijd liep. Ze riep hem na, vroeg hem te blijven staan.

‘Daar is ze niet.’

Hij hoorde eerst niet wat ze zei.

‘Ze is niet op haar kamer.’

Hij stond doodstil. De tijd die het haar kostte om adem te halen en verder te praten, hij had weer hetzelfde gevoel dat hij toen had gehad, alsof hij doodging.

‘Op het terras. Het is immers zondag. Middagkoffie. We zitten zo veel mogelijk buiten; is het zomer, dan is het zomer, en we hebben grote parasols.’

Hij hoorde het niet. Het meisje praatte en hij hoorde het niet.

‘U kunt daar natuurlijk heen gaan. Dat zal ze leuk vinden.’

'Waarom is ze niet op haar kamer?'

'Pardon?'

'Waarom is ze daar niet?'

Hij was duizelig. De lege stoel die vlak bij de ingang stond, daar ging hij op zitten, deed zijn jasje uit, legde dat op schoot.

'Alles in orde?'

Het meisje ging op haar hurken voor hem zitten. Hij zag haar.

'Op het terras?'

'Ja.'

Vier grote parasols met een ijsreclame schermden een groot gedeelte van de houten terrasvloer af. Ewert herkende een paar personeelsleden en iedereen die in een rolstoel of bij een rollator zat te wachten.

Ze zat bijna in het midden. Met een kopje koffie voor zich en een half kaneelbroodje in haar hand. Ze lachte als een kind, hij hoorde het ondanks het tikken van de regen op het plastic van de parasol en het liedje dat sommige anderen samen zongen. Hij wachtte tot ze uitgezongen waren, het klonk als een wijsje van Taube. Hij liep naar hen toe, zijn schouders en rug waren al nat.

'Hallo.'

Hij groette een van de mensen in een witte jas, een vrouw van zijn eigen leeftijd, die vriendelijk glimlachte.

'Welkom. Op zondag nog wel!'

Ze richtte zich tot Anni, die zonder een blik van herkenning naar hen keek.

'Anni. Bezoek voor je.'

Ewert liep naar haar toe, een hand op haar wang zoals hij altijd deed.

'Mag ik haar meenemen? We moeten wat bespreken. Goed nieuws.'

De verzorgster stond op, haalde de rem van de wielen van Anni's rolstoel.

'Vanzelfsprekend. We zitten hier al een poosje. En als je een heer op bezoek krijgt, dan blijf je niet bij ons vrouwen zitten.'

Ze had vandaag een andere jurk aan, een rode, die had hij lang geleden gekocht. Het regende nog steeds, maar niet meer zo hard, hij werd nauwelijks nat het korte stukje onder de blote hemel van onder de beschutting van de parasols tot aan het uitstekende dak van het gebouw. Hij liep achter haar, stuurde de rolstoel door de voordeur en de lange hal, haar kamer in.

Ze zaten net als altijd.

Zij midden in de kamer en hij op de stoel naast haar.

Hij streelde haar wang weer, kuste haar voorhoofd. Hij zocht haar hand, kneep erin en kreeg bijna het idee dat ze zijn kneepje beantwoordde.

'Anni.'

Hij keek haar aan, wilde zeker weten dat ze hem aankeek voordat hij verderging.

'Nu is het voorbij.'

Het was één uur en Dimitri had haar een uur rust beloofd. Ze deed al de hele ochtend haar benen wijd, al vanaf het moment dat de eerste was gekomen, die spuug op de vloer had laten vallen en naar wie ze moest glimlachen terwijl ze het oplikte.

Ze huilde.

Zeven mannen waren na hem in haar binnengedrongen. Nu nog vier. Iedere dag twaalf. De laatste zou om even na halfzeven komen.

Een uur rust.

Ze lag op bed in de kamer waarvan ze dacht dat die nu de hare was. Het was een mooi appartement op de zesde verdieping van een gewone flat.

Een paar van de mannen hadden haar 'Lydia' genoemd. Ze had verteld dat ze zo niet heette, maar ze hadden gezegd dat ze voor hen wel zo heette.

Ze wist nu dat Lydia de vrouw was die voor haar in de kamer had gewoond. Dat het haar klanten waren geweest. En dat ze hen nu had geërfd.

Dimitri sloeg niet zo vaak meer.

Hij had gezegd dat ze het begon te leren. Ze moest meer geluid maken, dat zei hij, dat ontbrak er nog aan, ze moest kreunen als ze hun orgaan in ontvangst nam, af en toe wat jammeren, de klanten wilden graag dat ze geluid maakte, dan was het net of ze er niet voor betaalden.

Ze huilde enkel als ze alleen was. Hij sloeg immers meer als hij het zag.

Ze had een uur rust, ze had de deur dichtgedaan, ze zou huilen tot haar uur rust voorbij was, totdat ze weer mooi moest zijn, totdat ze tegen de spiegel moest lachen en haar hand tegen haar geslacht moest houden zoals de man wilde die om twee uur kwam.

Ewert Grens had maar een uur op zijn kamer gezeten. Ondanks dat was hij rusteloos, kon hij zich moeilijk concentreren. Hij ging naar de wc, hij haalde koffie uit de automaat op de gang, hij was twee keer bij de receptie geweest en had gevraagd of ze een pizza konden bestellen, verder niet, alleen zijn eigen kantoor met de deur dicht.

Het was net of hij wachtte.

Hij danste dicht tegen Siw Malmkvist aan over de vloer tussen het bureau en de logeerbank en hij hoorde alleen haar zachte stem.

Hij had er geen idee van waar Sven uithing. Hij had niets meer van Ågestam gehoord.

Hij zette het geluid harder, het was alweer bijna avond en hij begreep nauwelijks hoe dat kon, het was warm in zijn kamer van de zon, die het grootste gedeelte van de dag op zijn raam had gestaan en hij zweette terwijl hij zich op de maat van de jaren zestig bewoog.

Ik mis je, Bengt.
Je had maling aan ons.
Begrijp je dat!
Lena weet van niets.
Ze weet nergens van.
Je had haar.
Je had de kinderen.
Je had iets!

Hij liep naar de cassetterecorder, zette die uit, haalde de cassette eruit.

Hij keek om zich heen.

Vannacht niet. Vannacht bleef hij hier niet.

Hij liep de kamer uit, de verlaten gang door, hij opende de voordeur, frisse lucht. Hij liep naar de parkeerplaats, naar de auto, die er als altijd onafgesloten stond. Hij ging op de bestuurdersplaats zitten, met zijn handen op het stuur, zonder te starten.

Hij ging een eindje rijden. Het was even geleden dat hij zomaar een stukje had gereden.

Het was halfzeven en ze had voor de twaalfde en laatste keer vandaag haar benen gespreid.

Het was snel gegaan en hij had niet geslagen, niet gespuugd, was alleen anaal een stukje bij haar binnengedrongen en had haar gevraagd om te fluisteren dat ze geil was, het had bijna geen pijn gedaan.

Ze douchte lang, ook al had ze dat al meerdere keren gedaan sinds vanochtend. Hier, onder het stromende water, huilde ze het meest.

Dimitri had tegen haar gezegd dat ze om zeven uur aangekleed op haar bed moest zitten en blij moest kijken. Dan kwam de vrouw die had gezegd dat ze Ilona heette, die hen van de boot had gehaald en was meegegaan naar de flat; ze zou zich ervan overtuigen dat ze het goed hadden. Dimitri had uitgelegd dat de vrouw nog voor een derde eigenaar van hen was, het was belangrijk wat ze vond, nog een maand.

Ze kwam op tijd. De klok in de keuken, nog maar dertig seconden tot aan zeven uur. Ze zag er net zo uit als toen in de haven, een trainingsjack met de capuchon over haar hoofd. Ze deed hem niet eens af toen ze de elektronische sloten passeerde en de flat binnenging.

Dimitri groette haar, vroeg of ze iets wilde drinken en ze schudde haar hoofd. Ze had haast, zei ze. Ze wilde alleen controleren wat ze nog steeds uitleende.

Toen de vrouw de kamer in keek zat ze daar blij te kijken, zoals Dimitri haar had opgedragen. De vrouw vroeg haar hoeveel mannen ze had afgewerkt vandaag en ze antwoordde 'twaalf'.

De vrouw keek tevreden, ze zei dat dat mooi was voor zo'n jong Baltisch kutje.

Ze ging op bed liggen huilen. Ze wist dat Dimitri dat niet goed vond, dat hij haar straks zou komen slaan, maar ze kon er niets aan doen. Ze dacht aan de vrouw met de capuchon en de mannen die binnengedrongen waren en dat Dimitri had verteld dat ze hun koffers weer moesten pakken, dat ze naar een andere flat gingen, in Kopenhagen, en ze wilde alleen maar dood.

Hij reed al bijna twee uur doelloos door de stad. Eerst door het stadscentrum, de drukste straten, stoplichten die op rood stonden en mensen die midden over straat holden en idioten die aldoor toeterden. Toen langs Slussen, over Hornsgatan, Ringvägen en Götgatan in het stadsdeel Södermalm, dat zo enorm bohémien heette te zijn, maar niet anders was dan om het even welk provinciestadje. Aan de overkant langs de façades van het levenloze Östermalm, even langs het gebouw van de televisie in Gärdet, naar de Värtahaven waar de grote schepen lagen met hoeren uit de Baltische landen. Hij geeuwde. Over Valhallavägen naar Roslagstull en de rotondes die de eeuwigheid waren.

Al die mensen.

Al die levens die ergens naartoe gingen.

Ewert Grens was jaloers op hen, hij had er zelf geen idee van waar hij heen ging.

Hij was moe. Nog heel even.

Hij reed naar St.-Eriksplan. Er was geen verkeer, 's avonds was het altijd rustig. Heen en weer door een paar straatjes. Bij het Bonnier-gebouw sloeg hij links af Atlasgatan in. De heuvel af, toen naar links, hij parkeerde voor de deur, besefte tot zijn verbazing dat er nog maar een week voorbij was sinds hij hier voor het eerst was geweest.

Hij zette de motor uit.

Het was stil, zo stil als het maar kan worden in een grote stad als de dag bijna klaar is met spelen. Al die ramen, appartementen met luchtige gordijnen en grote kamerplanten. Hier woonden ze, de mensen.

Hij zat in de auto, voor de deur. Er ging een minuut voorbij. Misschien tien. Misschien zestig.

Ze had zwellingen op haar rug gehad van de zweepslagen. Ze had naakt op de vloer gelegen, bewusteloos. Alena Sljusareva had in de kamer ernaast gestaan, ze had geschreeuwd naar de man in pak die had geslagen, die zij 'vuile pooier' had genoemd.

Bengt had bijna een uur voor de deur staan wachten.

Grens zag het weer voor zich.

Bengt had voor de deur gestaan.

Toen moet je het al geweten hebben.

Ewert Grens zat nog in de auto. Nog niet. Nog een paar minuten. Hij wilde wachten tot hij rustiger was geworden. Dan zou hij wegrijden. Naar de woning die hij nog steeds zijn 'thuis' noemde, al had hij tegenwoordig maar zelden zin ernaartoe te gaan. Nog een paar minuten maar.

Plotseling ging de donkere deur open.

Vier personen op weg naar buiten. Hij zag hen, herkende hen.

Een paar dagen geleden, hij had Alena Sljusareva op de boot gezet die de Oostzee zou oversteken, naar Klaipėda en Litouwen.

Zij waren toen van diezelfde boot gekomen, waren op Zweedse bodem aangekomen. De man had hetzelfde pak gedragen als eerder in Völundsgatan. Dimitri de Pooier. Toen hij door de paspoortcontrole ging, had hij zich omgedraaid en had op twee jonge vrouwen gewacht, zestien, zeventien jaar. Hij had een hand uitgestoken en hun paspoorten terug willen hebben, hun schuld. Een vrouw in een trainingspak, met de capuchon over haar hoofd, was op hetzelfde moment naar hen toe gekomen, had hen op de Baltische manier begroet, een lichte kus op de wang.

Nu kwamen ze uit de deur tegenover hem, Dimitri voorop, zijn twee nieuwe meisjes achter hem aan met koffers in de hand, als laatste de vrouw die zich onder een capuchon verborg.

Grens zat stil, zag hen over het trottoir weglopen.

Hij belde Buitenlandse Zaken, kreeg degene te pakken die hij zocht en stelde zijn vragen over Dimitri Simait.

Hij had op dit moment genoeg aan zijn hoofd.

Maar hij wilde weten of die pooier nog steeds diplomatieke onschendbaarheid genoot, hij vroeg hun na te gaan wie de vrouw was met wie hij samenwerkte.

Hij zou hen later oppakken. Allebei.

Als dit voorbij was. Als Lang in de bak zat. Als Bengt begraven was.

Als hij zeker wist dat Lena weer verder kon, zonder de leugen.

De dag was ongemerkt voorbijgegaan.

Hij was opgestaan in een smal hotelbed in Klaipėda, was met de auto van Arlanda naar Lena Nordwall gereden, die het koud had en dik aangekleed in de zon zat, naar Kronoberg, naar zijn kamer daar, naar het parket van de officier van justitie, naar Ågestam, die zo lang had moeten wachten dat zijn geduld al op was.

Sven Sundkvist wilde naar huis.

Hij was moe, maar de dag, die bijna voorbij was, weigerde hem met rust te laten, had zijn langste uren nog in petto.

Lena Nordwall was achter hem aan gerend daar in de tuin van het rijtjeshuis in Eriksberg toen hun inhoudsloze gesprek verstomd was en hij was teruggelopen naar de hockey spelende kinderen en zijn geparkeerde auto. Buiten had ze hem bij zijn arm gepakt en gevraagd of hij Anni kende. Sven had die naam nog nooit eerder gehoord. Hij kende Ewert tien jaar, had nauw met hem samengewerkt, had hem als een vriend beschouwd, maar die naam had hij nog nooit gehoord. Lena Nordwall had verteld over een tijd waarin Ewert chef was geweest van een team dat met een politiebusje reed, over Anni, Bengt en Ewert, over een arrestatie die totaal uit de hand gelopen was, erger kon niet.

Sven Sundkvist probeerde stil te staan, maar voelde zijn lichaam beven.

Zoveel in dat leven wat hij niet begreep.

Hij had er geen idee van gehad waar Ewert woonde. Hij was nog nooit bij hem thuis geweest, nog niet één keer. Ergens in het centrum van Stockholm, dat was alles wat hij wist.

Hij lachte kort, maar zijn gezicht lachte niet.

Het was eigenaardig, hoe eenzijdig hun vriendschap was geweest.

Hij was degene die gaf, Ewert degene die aangeboden kreeg.

Hij geloofde in het delen van gedachten, warmte, energie en Ewert verstopte zich achter zijn recht op privacy.

Sven Sundkvist was er via de personeelsadministratie achter gekomen waar hij woonde. Nu stond hij een eindje van de deur naar het trappenhuis van een tamelijk fraai pand, ongeveer op het drukste punt van Sveavägen.

Hij had al bijna twee uur gewacht. Hij had zich geamuseerd met het afzoeken van de rij ramen op de vierde verdieping, daar moest hij wonen, maar het was moeilijk te zien, ze zagen er allemaal hetzelfde uit, van een afstand leek het net of één persoon het hele gebouw bewoonde.

Ewert kwam even na achten. De forse kerel, het stijve been waardoor hij een manke, schommelende gang had. Hij deed de deur open, keek niet op of om, verdween door de deur, die weer dichtging.

Sven Sundkvist liet nog tien minuten verstrijken. Hij haalde diep adem. Hij was nerveus. Het was lang geleden dat hij zich zo eenzaam had gevoeld.

Hij drukte op de deurtelefoon. Hij wachtte. Geen reactie. Hij drukte weer, ditmaal langer.

Het kraakte in de luidspreker aan de muur toen onhandige vingers op de vierde verdieping een telefoonhoorn optilden.

'Ja?'

De stem was geïrriteerd.

'Ewert?'

'Wie is daar?'

'Ik ben het. Sven.'

Hij kon de stilte horen.

'Ewert, ik ben het.'

'Wat doe je hier?'

'Ik zou graag even binnen willen komen.'

'Bij mij?'

'Ja.'

'Nu?'

'Nu.'

'En waarom wil je dat?'

'We moeten praten.'

'We kunnen morgen praten. Op mijn kamer.'

'Dan is het te laat. We moeten vanavond met elkaar praten. Doe nu open.'

Weer die stilte. Hij keek naar de luidspreker die nog steeds aanstond. Er ging veel tijd voorbij. Zo voelde het tenminste.

Er klonk een klik in het deurslot. Hij voelde aan de klink, de deur was open.

Ewerts stem klonk zacht, moeilijk te verstaan.

'Vierde verdieping. Er staat "Grens" op de deur.'

De buikpijn die hij al een tijdje had en die hij op de een of andere manier straks zou doorgeven, was hevig, net als toen hij naar de videoband had gekeken.

Hij belde niet aan, dat hoefde niet, de deur stond open.

Hij keek een lange gang in.

'Hallo?'

'Kom maar verder.'

Hij zag hem niet, maar het was de stem van Ewert, uit een van de kamers verderop.

Hij stapte naar binnen, ging op de deurmat staan.

'Aan je linkerhand. De gang door en dan de tweede deur.'

Sven Sundkvist wist niet goed wat hij zich had voorgesteld. Maar wat het ook was, dit niet.

Het grootste appartement dat hij ooit had gezien.

Hij keek om zich heen, terwijl hij door een gang liep waar geen eind aan kwam.

Zes, misschien zeven kamers. Een hoog plafond, in bijna iedere hoek een tegelkachel, dikke vloerkleden op perfecte parketvloeren.

Maar het was er bovenal leeg.

Sven haalde nauwelijks adem.

Alsof hij stoorde. Ook al was er niemand. Hij had nog nooit zoiets verlatens meegemaakt, het was zo groot, zo schoon, zo onvoorstelbaar eenzaam.

Ewert zat in een vertrek dat je de bibliotheek zou kunnen

noemen. Een van de kleinere kamers, boekenkasten tegen twee van de wanden, van onder tot boven gevuld, een ouderwetse fauteuil van zwart leer met een staande lamp ernaast, die brandde.

Sven zag het nauwelijks. Wel dat andere. Aan de muur bij de deur. Een gehaakt en ingelijst kleedje, rood met gele letters, VROLIJK KERSTFEEST. Daarnaast twee zwart-witfoto's, de portretten van een man en een vrouw van rond de twintig in politieuniform.

Het grote, eindeloze appartement. Maar het was duidelijk. De twee foto's en het gehaakte kerstkleedje waren het middelpunt.

Ewert keek hem aan en zuchtte. Hij maakte een gebaar met zijn ene arm, nodigde Sven uit om over de drempel te stappen. Hij duwde het krukje naar voren waar net zijn voeten nog op hadden gelegen; Sven pakte het aan, ging zitten.

Hij had een boek zitten lezen toen Sven had aangebeld en hem had gestoord. Sven probeerde te zien welk boek het was, zocht iets om een gesprek mee te beginnen, maar het lag op een bijzettafeltje met de titel naar beneden. Hij stond op, wees de kant op waar hij net vandaan was gekomen.

'Ewert, wat is dit?'

'Wat bedoel je?'

'Heb je het altijd al zo?'

'Ja.'

'Ik heb nog nooit zoiets gezien.'

'Ik breng hier steeds minder tijd door.'

'In jouw gang past bijna ons hele huis.'

Ewert Grens knikte naar hem, wilde dat hij weer zou gaan zitten. Hij klapte zijn boek dicht, leunde naar voren, was rood in zijn gezicht. Hij had geen zin in loze praatjes.

'Het is zondagavond. Ja toch?'

Sven gaf geen antwoord.

'Het is na achten. Ja toch?'

Hij wilde geen antwoord.

'Ik heb verdomme het recht om alleen te zijn. Ja toch?'

Zwijgen. Anders niet.

'Dus waarom kom je me hier lastigvallen?'

Sven Sundkvist probeerde langzaam te ademen. Hij had deze woede wel eerder meegemaakt. Maar de angst niet. Hij wist het zeker. Die had Ewert hem nooit eerder laten zien. Maar hier, in zijn eigen leren fauteuil, enkel angst, gecamoufleerd als agressiviteit.

Hij keek zijn oudere collega aan.

'De waarheid, Ewert, weet je hoe moeilijk die kan zijn?'

Hij trok zich er niets van aan dat Ewert wilde dat hij ging zitten. Hij bleef staan. Hij keek uit het raam, keek de auto's na, die zich van het ene rode stoplicht naar het andere haastten. Hij ging weg bij het raam, leunde tegen de ene boekenkastwand.

'Jij bent degene met wie ik overdag de meeste tijd doorbreng. Meer dan met mijn vrouw, meer dan met mijn zoon. Ik ben hier niet voor de gezelligheid. Ik ben hier omdat ik geen keus heb.'

Ewert Grens bleef zitten, leunde achterover, staarde hem aan.

'Een leugen, Ewert. Een grote leugen, verdomme.'

Hij bewoog niet, staarde.

'Je hebt gelogen. En ik wil weten waarom.'

Ewert Grens snoof.

'Dus je komt me verhoren?'

'Als je het zo wilt noemen, mij best. Ik wil dat je antwoord geeft op mijn vragen. Je kunt snuiven wat je wilt, daar ben ik aan gewend.'

Hij ging weer bij het raam staan. Keek naar de auto's daarbuiten, het werden er steeds minder, ze reden steeds langzamer. Hij verlangde ernaar dat dit voorbij was.

'Ik ben twee dagen met ziekteverlof geweest.'

'En toch ben je gezond genoeg om hier verhoortje te spelen.'

'Ik was niet ziek. Ik ben in Litouwen geweest, in Klaipėda. Dat wilde Ågestam.'

Sven Sundkvist had het voorzien. Hij wist dat Ewert zou gaan staan schreeuwen.

'Dat officiertje! Ben jij in zijn opdracht achter mijn rug naar Litouwen geweest?'

Sven wachtte totdat hij uitgeschreeuwd was.

'Ga maar weer zitten, Ewert.'

'Nee, verdomme.'

'Ga zitten.'

Ewert Grens aarzelde, hij keek Sven aan, ging toen zitten, met zijn voeten op het krukje.

'Ik heb Alena Sljusareva gesproken. In een aquarium, een toeristische attractie in Klaipėda. Haar verhaal, de antwoorden die we nodig hadden gehad, hoe ze op aandringen van Lydia Grajauskas naar het Söderziekenhuis was gegaan en haar van wapens en kneedplastic had voorzien.'

Sven wachtte. Geen reactie.

'Over hoe ze meermalen met elkaar hadden gecommuniceerd zowel voor als tijdens het gijzeldrama. Met een mobiele telefoon.'

Hij keek naar de man in de fauteuil.

Zeg iets!

Reageer!

Zit me niet alleen maar aan te staren!

'Voordat we laat op de avond voor het Chinese restaurant afscheid namen gebeurde er iets opmerkelijks. Ze vroeg me waarom ik al die vragen had gesteld. Want ze had ze allemaal al beantwoord. In een verhoor met een andere Zweedse politieman.'

Stilzwijgen.

'Zwijg niet, Ewert.'

Opnieuw.

'Zeg iets.'

Ewert Grens lachte, hij lachte zo hard dat hij ervan moest huilen.

'Wil je dat ik ga praten? En waar moet ik het dan over hebben? Over twee snotneuzen die er de ballen van begrijpen?'

Hij lachte nog harder, droogde zijn tranen met de mouw van zijn overhemd.

'Van Ågestam wist ik het wel. Maar jij, Sven, net een kleine snotneus!'

Hij keek naar zijn ongenode gast, die op zondagavond had aangebeld, midden in zijn recht om alleen te zijn.

Hij bleef lachen, minder hard nu, schudde zijn hoofd.

'De dader, Grajauskas, is dood. De eiser, Nordwall, is dood. En wie denk je dat zich druk maakt om het hoe en waarom? De mensen niet, de mensen die jouw salaris betalen niet, Sven, denk dat maar niet.'

Sven Sundkvist stond nog steeds bij het raam. Hij wilde schreeuwen, wilde hem overstemmen en het niet hoeven horen, maar hij wist immers wat het was, agressiviteit die angst verhulde.

'Ewert, is dat jouw werkelijkheid?'

'Het is jouw werkelijkheid, Sven.'

'Dat zal het nooit worden. We hebben daarna nog verder gepraat, snap je. In een restaurant in het centrum van Klaipėda. Alena Sljusareva vertelde, ik vroeg haar te vertellen, over drie jaar waarin zij en Grajauskas als koopwaar door Scandinavië werden gesleept. Over twaalf hoerenlopers per dag. Over gevangenschap, slavernij, vernedering; ik dacht dat ik wist wat dat was, maar ik had het eigenlijk nooit echt begrepen. Over rohypnol om het vol te houden en wodka om je af te sluiten, om te kunnen leven, met de schaamte, opdat die hen nooit zou kunnen inhalen.'

Ewert stond op, liep naar de deur. Hij wenkte Sven, wilde dat hij mee zou komen.

Sven knikte, maar bleef hangen, keek weer naar de beide foto's, jonge mensen die hoop hadden. Het waren vooral de ogen van de man, Sven moest ernaar blijven kijken, levendige ogen, andere ogen, die hij nooit eerder had gezien.

Ze hoorden niet bij dit appartement.

Ze hadden glans, waren vol leven.

Hier was alleen leegte, alsof alles was gestopt.

Hij verliet de ogen en de kamer, liep door de lange gang langs twee vertrekken en ging een derde binnen, de keuken. Zo een als waar Anita het altijd over had. Groot genoeg om in te koken, groot genoeg om in te zitten, ook met bezoek.

'Trek in iets?'

'Nee.'

'Koffie?'

'Nee.'

'Ik neem zelf wel.'

Water in een pannetje op de kookplaat, die neonrood oplichtte.

'Je koffie interesseert me niet, Ewert.'

'Je bent niet beter dan de rest, Sven.'

Sven Sundkvist wachtte, hij zocht naar de kracht, hij moest het zien klaar te spelen, hij moest hierdoorheen.

'Ze vertelde ook hoe ze hier gekomen waren. Over een lange bootreis. Over wie hen hierheen had gehaald. En ik weet, Ewert, ik weet dat jij weet wie dat was.'

Het water kookte, Ewert Grens schakelde de kookplaat uit, vulde een leeg kopje. Een paar theelepels poederkoffie, hij roerde erin.

'Dat zeg je zomaar?'

'Klopt het niet?'

Grens nam het kopje in zijn hand, ging naar het volgende deel van de keuken, een eetgedeelte, zes stoelen om de ronde tafel. Zijn gezicht was roodachtig, Sven vroeg zich af of hij kwaad was, of dat het van de angst kwam.

'Snap je het, Ewert? Het was niet genoeg. Rohypnol en wodka waren niet genoeg om zich te kunnen afsluiten. Dus vonden ze nieuwe manieren. Lydia Grajauskas had geen lichaam. Ze voelde het niet. Als ze in haar binnendrongen was het niet haar lichaam.'

Ewert Grens keek naar zijn koffiekopje, dronk de helft eruit, zei niets.

'En Alena Sljusareva deed het omgekeerde. Ze voelde haar lichaam, hoe ze het misbruikten, maar ze zag hun gezichten niet. Die hadden ze niet.'

Sven deed een stap naar voren, pakte Ewerts kopje beet, trok het uit zijn hand, dwong hem op te kijken.

'Maar dat wist je zeker al? Ewert? Dat zeiden ze immers, op de band.'

Grens keek naar zijn kopje, naar de hand van Sven, hij bleef zwijgen.

'Ik heb het dossier doorgenomen. Ik wist dat er iets niet klopte. Ze had immers een band bij zich, in de plastic tas. Ik kon later op de foto's van de technici zien dat die band daar op de grond lag. Ik heb contact opgenomen met Nils Krantz, hij bevestigde dat hij hem aan jou had gegeven.'

Ewert Grens stak zijn hand uit naar het kopje. Dat kreeg hij, hij dronk zijn koffie op. Hij vroeg nog eens of Sven ook wilde en Sven bedankte nog een keer. Ze stonden weer in de keuken, elk aan een kant van het grote eiland met messen en opscheplepels en plaats voor snijplanken.

'Waar staat de tv?'

'Hoezo?'

Sven verliet de keuken, liep de gang in, naar de voordeur. Hij haalde de tas, die hij naast zijn schoenen had neergezet, kwam weer terug.

'Waar heb je hem staan?'

'Daarbinnen.'

Ewert wees naar de kamer aan de andere kant van de gang. Sven ging erheen, vroeg Ewert mee te komen.

'We gaan naar een videoband kijken.'

'Ik heb geen video.'

'Dat dacht ik al. Ik heb er een bij me, een draagbare.'

Hij pakte hem uit, stopte de kabels erin aan de achterkant van Ewerts tv.

'We gaan dit bekijken. Samen.'

Ze gingen ieder op een hoek van de bank in de kamer zitten. Sven, met de afstandsbediening in zijn hand, startte de cassette die hij er net in had gestopt.

Zwart beeld met witte ruis. Sneeuw.

Sven keek Ewert aan.

'Deze is zeker leeg.'

Grens gaf geen antwoord.

'En dat klopt ook. Aangezien dit niet de band is die jij van Nils Krantz hebt gekregen. Nee toch?'

Die irritante ruis, een geluid dat maar door je hoofd bleef zeuren.

'Dat weet ik, aangezien Nils Krantz heeft bevestigd dat de band die hij jou heeft gegeven, gebruikt was en stoffig, en er zaten vingerafdrukken van twee vrouwen op. Op deze band zitten waarschijnlijk alleen die van jou en van mij.'

Ewert Grens wendde zich nu af, hij kon de collega wiens chef hij was niet aankijken.

'Ik ben benieuwd, Ewert, wat stond er op de oorspronkelijke band?'

De afstandsbediening richting tv, hij zette het opdringerige geluid af.

'Oké. Dan maar op deze manier. Iets duidelijker. Wat stond er op de oorspronkelijke band dat de moeite waard was om er drieëndertig dienstjaren voor op het spel te zetten?'

Sven Sundkvist bukte weer, haalde nog een band uit de tas. Haalde de eerste eruit, stopte de tweede erin.

Twee vrouwen. Onscherp. De filmer die de camera opzij beweegt terwijl hij aan het objectief draait.

De vrouwen lijken nerveus, wachten op het teken dat ze kunnen beginnen.

Een van hen, blond met bange ogen, spreekt eerst Russisch, twee zinnen per keer. Dan kijkt ze naar de andere, de donkere, die het vertaalt in het Zweeds.

Ze zijn ernstig, hun stemmen geforceerd, ze hebben dit nooit eerder gedaan.

Ze spreken ruim twintig minuten.

Hun drie jaar lange verhaal.

Sven keek star voor zich uit. Hij wachtte op Ewerts reactie.

Die liet even op zich wachten, maar kwam toen de twee vrouwen op de band uitgesproken waren.

Hij huilde.

Hij hield zijn gezicht in zijn handen en liet de tranen de vrije loop die hij bijna dertig jaar lang had opgespaard, waarvoor hij zo bang was geweest, hij durfde niet leeg te lopen, niet te verdwijnen.

Sven kon er niet tegen hem zo te zien. Het gevoel van onbehagen en de woede raasden door zijn lichaam. Hij stond op, liep naar de videorecorder, haalde de band eruit en legde hem voor hen op tafel neer.

'Je hebt maar één exemplaar verwisseld.'

Sven duwde erop met een vinger, schoof hem naar Ewert toe.

'Ik heb de verhoren uit het mortuarium doorgenomen. Gustaf Ejder had het over twee banden. En over een kluisje op het centraal station.'

Ewert haalde diep adem, keek naar Sven, maar zei niets, hij huilde nog steeds.

'Daar heb ik deze gevonden.'

Hij duwde weer tegen de band, helemaal over de tafel langs een vaas met bloemen, totdat hij voor Ewert lag. De woede moest eruit.

'Hoe kun je hun verdomme het recht ontnemen dit te vertellen? Om je beste vriend te beschermen tegen de waarheid!'

Ewert keek naar de band voor zich, nam die in zijn hand, zweeg nog steeds.

'En dat niet alleen. Je begaat zelf misdaden! Je houdt bewijsmateriaal achter en vernietigt het, je neemt een misdadiger in bescherming door haar naar huis te sturen, bang als je bent voor haar woorden. Hoe ver was je eigenlijk bereid te gaan? Hoeveel is de leugen waard, Ewert?'

Grens peuterde aan de plastic hoes.

'Hiervoor?'

'Ja.'

'Denk je dat ik het voor mezelf deed?'

'Ja.'

'Wat?'

'Voor jezelf.'

'Dus het is nog niet genoeg dat ze weduwe is geworden? Moet ze dit er ook nog bij hebben? Zijn ellendige leugens!'

Hij gooide de cassette weer op tafel.

'Ze heeft genoeg aan het gemis! Lena hoeft die ellende van hem er niet ook nog bij! Ze hoeft dit nooit te weten!'

Sven Sundkvist wilde niet meer.

Hij was de confrontatie met zijn vriend aangegaan. Hij had

hem zien huilen. Hij kende nu ook zijn levenslange verdriet. Hij wilde alleen maar weg; deze dag was voor hem lang genoeg geweest.

'Alena Sljusareva.'

Hij keek Grens aan.

'Weet je, Ewert, ze had het over haar eigen schaamte. Die ze van zich af probeerde te spoelen, twaalf keer per dag. Maar dit. Maar dit hier!'

Sven gaf een klap tegen het tv-scherm, tegen wat er net te zien was geweest.

'Dit hier, dit was om wat jíj niet wilde voelen. Want Ewert, schuld voel je over wat je anderen hebt aangedaan. Schaamte voel je over wat je jezelf hebt aangedaan. Met schuld valt te leven. Met schaamte niet.'

Ewert zweeg, keek naar de man tegenover hem die aan het woord was.

'Je voelde je schuldig omdat het jouw beslissing was om Bengt het mortuarium binnen te laten gaan, zijn dood tegemoet. Dat is te begrijpen. Schuld is altijd te begrijpen.'

Sven verhief zijn stem, zoals mensen soms doen als ze niet willen laten merken dat hun energie op is.

'Maar schaamte, Ewert. Schaamte is niet te begrijpen. Je schaamde je omdat je je door Bengt had laten misleiden. En je schaamde je omdat je Lena moest vertellen wie Bengt was geworden.'

Hij ging verder, nog harder nu.

'Ewert, je probeerde niet Lena te beschermen. Je probeerde alleen zelf te ontkomen. Aan je éígen schaamte.'

Het was eigenaardig koud buiten.

De maand juni, dan moest het bijna het warmst zijn. Hij stond op Sveavägen bij Ewert Grens voor de deur te wachten voor het rode licht. Het duurde even voordat het versprong.

Hij had net de leugen afgelegd die hij had meegetorst.

Het verhaal van twee jonge mensen. Dat was uitgevlakt om een derde persoon te beschermen tegen de waarheid.

Bengt Nordwall, een klootzak, zo iemand die ook Sven Sundkvist kon haten. Tot in de dood een klootzak. Zelfs in het mortuarium, naakt en met een Russisch pistool tegen zijn hoofd, toonde hij nog niet eens een ander gezicht; hij ontzegde haar de schaamte, zelfs daar. En Ewert ging ermee door, hij maakte er een zwart-wit geruis van, sneeuw.

Het licht sprong op groen. Hij stak Sveavägen over, wandelde naar het noorden, naar ergens ver weg. In het zomeravondverkeer, voorbij het Vanadisbos, hij stak het Wenner-Gren Centrum schuin over, de kant van Haga op.

Lydia Grajauskas was dood. Bengt Nordwall was dood.

Ewert had het goed gezien.

Geen eiser. Geen dader.

Hij hield van het Hagapark, zo dicht bij het asfalt, zo stil. Een hondenbezitter die wanhopig naar een loslopende zwarte herdershond riep, een stelletje dat elkaar even verderop in het gras stevig omhelsde, verder was het leeg, zo leeg als alleen de grote stad maar kan zijn als het leven zich tijdens een paar hectische vakantieweken in andere werelden afspeelt.

Niemand spreekt voor de doden. Anders niet en nu niet. Hij zuchtte diep; als hij de beste politieman aangaf die hij ooit had ontmoet, wat haalde dat dan eigenlijk uit? Wat haalde het uit dat hij van de anderen, de overlevenden, een antwoord had geëist? Ewert Grens die op het politiebureau werkte net als altijd of Ewert Grens die eruit gegooid was en in zijn lege huis rondliep?

Het water, hij was er, de avondzon spiegelde zich zoals die zich altijd zou moeten spiegelen.

Sven Sundkvist hield de tas nog steeds in zijn hand. Een videorecorder, wat papieren, twee cassettes. Hij maakte hem open, haalde de band eruit die ooit in kluis 21 van het centraal station had gezeten, een briefje met cyrillische letters op de achterkant. Hij liet hem op de grond vallen, stampte erop totdat het plastic kapotging, raapte hem weer op en wist met zijn vingers de bruine magnetische strook te pakken. Hij trok hem eruit, meter voor meter als een gekruld koordje om een pas ingepakt cadeautje.

Het water van Brunnsviken lag bijna stil, die rust die soms gewoon is.

Hij deed een paar stappen naar voren, hij wikkelde het sierlijke band om de cassette en hield dat tegen zijn handpalm gedrukt, terwijl hij zijn arm omhoog deed en hem zo ver mogelijk weggooide.

Hij voelde zich zwaar en licht, misschien huilde hij, of misschien huilde Lydia Grajauskas. Hij bekeek zichzelf van een afstand en zag dat hij hetzelfde deed als de mensen die hij net nog had bekritiseerd; hij ontnam haar het recht om te vertellen.

Ågestam zou nooit te weten komen wat Sljusareva eigenlijk had gezegd.

Hij schaamde zich.

DRIE JAAR EERDER

Het is een kleine flat. Twee kamers en een keuken.

Ze wonen er met zijn vijven, haar moeder, grote broer, jonger zusje, oma. Ze heeft er nooit zo bij stilgestaan. Zo is het altijd geweest.

Ze is zeventien jaar.

Ze heet Lydia Grajauskas.

Ze wil graag ergens anders heen.

Ze wil een eigen kamer, een eigen leven. Dit hier, dit is gewoon benauwd. Ze is nu een vrouw. Of bijna. Straks is ze een vrouw, ze is groot, ze heeft ruimte nodig.

Ze mist hem.

Ze denkt vaak aan hem. Haar vader begreep het altijd. Hij was er eigenlijk altijd geweest.

Ze heeft het wel gevraagd, maar ze begrijpt nog steeds niet waarom hij moest sterven.

Het meest mist ze waarschijnlijk hun wandelingen. Zijn hand die de hare vasthield, als ze ver liepen, als ze plannen maakten voor de dag dat ze Klaipėda zouden verlaten. Ze gingen altijd naar de rand van de stad, net zoals zij en Vladi, daar bleven ze staan en draaiden zich om, keken naar de stad, keken er echt naar, haar vader zong dan altijd voor haar, liedjes die hijzelf had geleerd toen hij klein was en die ze nooit iemand anders had horen zingen, ze verlangden altijd, dat was wat ze samen deden: verlangen.

Deze flat. Hij is zo benauwd! Er is hier altijd iemand. Altijd wel iemand.

Ze denkt aan gisteravond. Aan de mannen die naar het café waren gekomen.

Ze had hen nooit eerder gezien. Ze waren aardig. Ze groetten

Vladi, haar Vladi, die ze altijd had gehad, die zelfs naast haar op de bank had gelegen toen de militaire politie de deur had ingeslagen en '*zatknis*' had geschreeuwd terwijl ze vader tegen de grond duwden. De beide mannen glimlachten toen ze bestelden, allebei koffie en een broodje. Ze spraken Russisch, maar de ene, die wat ouder was, zag er niet Russisch uit, meer zoals de mensen uit Zweden of Denemarken.

Ze bleven tamelijk lang zitten. Ze vulde hun kopjes twee keer bij. Vladi ging daarna weg en ze praatten nog wat met haar, eerst alleen 'hoe gaat het' en zo; later, toen er niet zoveel klanten meer waren die wilden bestellen, vroegen ze hoe ze heette, hoe lang ze daar al werkte, wat je verdiende als serveerster in een café. Ze waren aardig, niet zoals zoveel anderen, niet klef, ze probeerden niet te flirten, niets van dat soort dingen. Ze ging even aan hun tafeltje zitten, dat mocht ze niet doen, maar er waren niet veel klanten in de zaak, er was toch niet veel te doen.

Ze praatten over van alles en nog wat. Het was echt zo. Ze kon het niet begrijpen, twee mannen, zo aardig, echt. Ze lachte wat af, dat was lang geleden, thuis lachten ze niet zo vaak.

Ze kwamen terug.

Vandaag, toen ze bijna wilde gaan sluiten, kwamen de beide mannen weer. Ze weet nu dat ze Dimitri en Bengt heten. Dimitri woont in Vilnius en Bengt woont in Zweden. Hij is politieman, Bengt, en is nu met een onderzoek bezig hier in Klaipėda.

Ze schijnen elkaar goed te kennen. Ze komen elkaar al jarenlang zo nu en dan tegen. Ze weet het niet zeker, maar ze denkt dat Dimitri op de een of andere manier verbonden is aan de Litouwse politie.

Ze zijn nog steeds even aardig. En ze waren stomverbaasd toen ze vertelde wat ze verdiende in het café. Ze vergeleken het met wat ze in Zweden zou hebben verdiend. Twintig keer zoveel. Iedere maand! Ze kan het niet begrijpen. Twintig keer zoveel!

Ze sprak met hen over haar verlangen. Over de krappe tweekamerflat, over de wandelingen met Vladi, over Klaipėda, dat niet groot genoeg meer is.

Ze bestelden meer broodjes, vroegen haar om bij hen aan het tafeltje te komen zitten.

Ze lachten weer heel wat af samen, dat was prettig, lachen werkte als het ware zuiverend.

De derde dag op rij.

Ze had bijna op hen gewacht. Ze had koffie en broodjes neergezet nog voordat ze hadden besteld.

Gisteren vroegen ze of ze haar moesten helpen, ze konden al het nodige regelen, als ze wilde dus, werk in Zweden, twintig keer zoveel verdienen.

Toen lachte ze en ze zei dat ze niet wijs waren.

Vandaag vraagt ze het zelf. Hoe het in zijn werk gaat.

Ze heeft een paspoort nodig. Waarop staat dat ze iets ouder is. Daar kunnen ze voor zorgen, dat kost een paar centen, maar dat kunnen ze voorschieten. Ze kan haar schuld afbetalen door te werken, terugbetalen als ze loon krijgt in Zweden.

Ze hebben wel eerder werk geregeld voor Litouwse meisjes. Niemand die Lydia kent, ze vraagt hoe ze heten en ze noemen verscheidene namen. Ze hebben hulp gehad van een vrouw in Zweden, zij zorgt er goed voor dat de meisjes zich welkom voelen.

Ze zitten een hele poos aan het tafeltje, ze biedt koffie aan.

Ze zeggen dat ze geen beslissing hoeft te nemen voordat ze het zeker weet, het is belangrijk dat ze er goed over nadenkt. Maar als ze wil, als ze echt niet langer wil hoeven verlangen naar iets anders, kan ze het paspoort al krijgen voordat er over twee dagen weer een boot naar Stockholm vertrekt, met die boot gaan ze zelf ook.

HET IS WARM als ze bij de haven komt, Vladi houdt haar hand vast, hij lijkt blij te zijn voor haar. De regen, die met bakken uit de hemel kwam, is weg; het is zonnig, bijna windstil. Ze heeft een koffer gepakt, vooral kleren, een paar foto's, een dagboek, zoveel toiletspullen als ze mee durfde te nemen.

Ze heeft niets gezegd.

Haar moeder zou het niet begrijpen.

Zij heeft niet het verlangen ergens heen te gaan.

Ze zal later wel bellen, als ze is aangekomen. Ze zal vanaf haar werk bellen. Ze zal zeggen dat ze geld gaat sturen. Iedere maand. Dan zal haar moeder het misschien begrijpen. Waar het om gaat. Een ander leven.

Ze hebben bij de terminal afgesproken, vooraan bij de ingang.

Ze ziet hen van een afstand. Dimitri, die donker is, die een grijs kostuum draagt. Bengt, die blond is, wat korter, vriendelijke ogen; hij geeft Vladi een envelop, ze ziet het, dat Vladi hem in ontvangst neemt, hij kijkt blij maar ontwijkt haar blik, hij omhelst haar en gaat daarna weg. Op hetzelfde moment is er een jonge vrouw bij hen komen staan. Ongeveer even oud als zijzelf. Donker haar, ze ziet er sympathiek uit.

Ze stellen zich aan elkaar voor, ze heet Alena, zij heeft ook een koffer, ook een vals paspoort.

Het is een mooie boot. De grootste waar ze ooit op geweest is. Tamelijk veel Zweden, een paar mensen uit Litouwen, nog een paar die ze moeilijk kan plaatsen. Ze glimlacht als ze aan boord gaat, als ze haar oude leven verlaat.

Ze delen een hut, Alena en zij.

Ze leert haar snel kennen, ze is sociaal, nieuwsgierig, wil luisteren. Ze lacht vaak en het is makkelijk om mee te lachen, zo is het immers, je voelt het in je lichaam, dat je onderweg bent.

Zo meteen gaan ze eten.

Ze moeten eerst één verdieping omhoog, naar het volgende dek, naar Dimitri en Bengt, dan gaan ze samen naar de eetzaal, met zijn vieren.

ZE KLOPPEN OP de deur van de hut.

Ze wachten, het duurt even.

Bengt doet open, hij glimlacht en geeft met zijn hand aan dat ze binnen moeten komen. Ze kijken elkaar aan, ze zijn wat verlegen, bij twee mannen de hut in stappen is een beetje een raar idee.

Dan gaat alles kapot.

Eén enkele ademhaling.

Meer is niet nodig.

De twee mannen heffen hun handen en slaan hen hard in het gezicht.

Ze slaan totdat ze op de grond vallen.

Ze rukken hun mooie jurken uit, scheuren ze in stukken, stoppen een lap in hun mond.

Ze wrikken hun bovenbenen uit elkaar, dringen binnen in hun geslacht.

Lydia zal zich het geluid altijd blijven herinneren, zijn adem op haar gezicht.

ZE SLAAPT DIE nacht niet. Ze ligt een paar uur op het bed in haar hut en houdt een kussen in haar armen.

Ze hebben tegen haar geschreeuwd. Ze hebben haar geslagen. Ze hebben het koude metaal van een pistool tegen haar hoofd gezet en gezegd dat ze kon kiezen tussen zwijgen en sterven.

Ze begrijpt het niet.

Ze wil gewoon naar huis.

Alena ligt in het bed onder haar. Ze huilt minder. Ze zegt niets. Ze maakt helemaal geen geluid.

Lydia kijkt naar haar koffer, die daar op de vloer staat, bij de wastafel. Ze heeft hem ingepakt zonder het tegen iemand te zeggen. Ze is van huis weggegaan, dat was minder dan vierentwintig uur geleden.

Ze hoort het water tegen de voorplecht slaan. Ze hoort het door het raampje dat open kan, maar dat zo klein is dat ze er niet door naar buiten kunnen.

De reis eindigt 's ochtends.

Ze ligt nog steeds.

Ze durft niet te bewegen.

Ze probeert net te doen of ze de mannen niet hoort die met hun handen op hun deur bonzen, die schreeuwen dat ze hun hut uit moeten komen en aan land gaan.

Dimitri loopt een paar passen voor haar, Bengt vlak achter haar. Ze moet naar de uitgang lopen, door de paspoortcontrole.

Ze wil alleen maar schreeuwen.

Maar ze durft niet.

Ze herinnert zich de slagen in haar gezicht. De pijn in haar onderlichaam toen ze in haar binnen bleven dringen, ook al vroeg ze hun om te stoppen.

Het is een grote terminal, groter dan die in Klaipėda. Mensen ontmoeten elkaar, omhelzen elkaar, hebben elkaar gemist.

Zij voelt niets.

Alleen schaamte.

Waarover weet ze niet.

Ze laat haar pas zien aan een geüniformeerde man in een glazen hokje. *Zwijg.* De man bladert erin, kijkt haar aan, knikt. *Of sterf.* Ze loopt door, Alena overhandigt haar paspoort.

Als Lydia voor het hek staat, draait Dimitri zich om, zegt tegen haar dat hij het paspoort wil hebben, dat ze een schuld heeft, die ze vanaf nu moet gaan afbetalen.

Ze hoort niet wat hij zegt.

De mensen om haar heen verdwijnen, de grote hal van de terminal raakt langzaam leeg. Ze wachten, ze zijn een eindje van de paspoortcontrole af blijven staan, bij een van de kiosken waar kranten worden verkocht.

Ze komt even later. De vrouw op wie ze hebben gewacht. De vrouw met wie Dimitri en Bengt samenwerken.

Ze draagt een trainingspak en heeft een grijze capuchon op. Ze is tamelijk jong, ze glimlacht naar Dimitri, kust hem op zijn wang, glimlacht naar Bengt, kust hem op zijn mond, alsof ze bij elkaar horen. Ze kijkt naar Lydia en Alena, glimlacht nog steeds, zegt iets wat ze niet begrijpen, het zal wel Zweeds zijn.

‘Daar zijn jullie dan. Onze nieuwe Baltische hoertjes.’

Ze loopt naar hen toe, kust Lydia op de wang, kust Alena op de wang, ze glimlacht en ze proberen terug te glimlachen.

Ze zien niet dat Bengt Nordwall zich naar haar toe buigt, dat hij voorzichtig met zijn hand de rand van de capuchon opzijtrekt en fluistert: ‘Ik heb je gemist, Lena.’

Ze horen alleen haar woorden, ze glimlacht nog steeds naar hen, spreekt nu Russisch.

‘Welkom in Zweden. Ik hoop dat jullie je hier thuis zullen voelen.’

Van de auteurs

Kluis 21 beschrijft een werkelijkheid die om ons heen bestaat, vrouwen als producten, investeringen die iets moeten opleveren; een werkelijkheid die bestaat in de flat naast je, zolang een man bereid is ervoor te betalen.

Het beschrijft ook de schaamte, de drijfkracht die naar buiten of naar binnen wordt gericht, waarmee zoveel mensen worstelen, waaraan ze proberen te ontkomen, of die ze in ieder geval proberen te begrijpen.

Wij houden niet van collectieve schaamte, maar toch: mannen die vrouwen proefneuken en bedreigen en een stijve krijgen ook al hebben de vrouwen zich *onder dwang* voor hen uitgekleed, daarover schamen we ons, als man.

Andere dingen zijn natuurlijk niet helemaal waar.

Mortuaria die op de verkeerde plaats staan, verdiepingen van ziekenhuizen die van plaats verwisseld zijn, kamers op het bureau van de Citypolitie die nooit hebben bestaan.

Dat kan gebeuren in een roman, wanneer het verhaal belangrijker is dan de kaart.

Dankwoord

Heel veel dank aan
Damila en Irena, die vertelden van hun vreselijke dagen als prostituee in Vilnius, we hopen dat jullie nog leven, Mia, Sally, Nilla en Viv, die als prostituee werken in gewone appartementen in Zweedse steden en die kunnen vertellen hoe het voelt om gekocht te worden, Lasse Lagergren en Håkan Sandler voor kennis van zowel levende als dode lichamen, rechercheur Jan Stålhamre voor details over het politiewerk, rechercheur Kajsa Wahlberg, chef van het traffickingteam van de rijksrecherche, en rechercheur Karin Svedlund, onderzoeker binnen het traffickingteam, voor jullie kennis van mensenhandel, Anders Göransson, omdat je beter Russisch spreekt dan wij, Rolle Eriksson, voor je beschrijving van hoe het in een cel ruikt, Fia Svensson, omdat je onze eerste lezer bent die het keer op keer kan opbrengen om te lezen en een mening te geven, Eric Thunfors voor het omslag dat we zo mooi vinden, Astrid Sivander, omdat je altijd ziet wat wij niet zien, en onze agent Niclas Salomonsson, omdat jij een van die mensen bent die energie geven.

aan
Mikael Nyman, Ewa Eiman, Vanja Svensson, Anna Nyman en Jan Guillou voor de verstandige opmerkingen die jullie als manuscriptlezers hebben gemaakt.

aan
Anna Borné Minberger, Mattias Boström, Lotta Byqvist Lennartson, Cherie Fusser, Madeleine Lawass, Anna Carin Sigling, Ann-Marie Skarp en Boel Wikberg van uitgeverij Pirat – jee, wat zijn jullie professioneel! In het bijzonder dank aan onze uitgever Sofia Brattselius Thunfors.

Stockholm, mei 2005
Anders Roslund en Börge Hellström

Roslund & Hellström bij De Geus

Vaderwraak

In een kleine stad brengt een vader zijn dochtertje naar de crèche. Een paar uur later blijkt ze het slachtoffer te zijn geworden van een ontsnapte kindermoordenaar. Omdat het politieonderzoek stokt neemt de vader het recht in eigen handen. Hij handelt uit wraaklust, maar wil vooral voorkomen dat de moordenaar opnieuw zal toeslaan. De reacties van het publiek op de daad van de vader krijgen nationale proporties.

De uitlevering

Bij een vechtpartij op een veerboot slaat een dronken man schijnbaar zonder reden iemand bewusteloos. Al snel blijkt dat het paspoort van de vechtjas vervalst is. Het spoor leidt naar Ohio in de Verenigde Staten, waar achttien jaar geleden een jongeman beschuldigd werd van moord op zijn vriendin. Kort voor het voltrekken van het doodvonnis is de man – toen John Meyer Frey geheten – onverwachts gestorven in zijn cel op Death Row.
Nu, zes jaar later, blijkt dat John Meyer Frey nog leeft.

Het meisje onder de straat

Wanneer er plotseling drieënveertig Roemeense straatkinderen op het Zweedse politiebureau staan en er tegelijkertijd in de kelder van een ziekenhuis het verminkte lijk van een vrouw wordt gevonden, worden commissaris Ewert Grens en zijn collega's in een razend tempo een nachtmerrie in gesleurd die hen naar de wereld onder het straatasfalt voert. Een wereld die je je nauwelijks kunt voorstellen, maar waar voormalig psychiatrisch patiënten, verslaafden en zelfs kinderen huizen. Wanneer het putdeksel is gelicht, worden onze zogenaamde welvaartsstaat, verantwoordelijkheid en solidariteit dringend en razend spannend aan de kaak gesteld.

Drie seconden

Ex-crimineel Piet Hoffmann raakt verwikkeld in een levensgevaarlijke zaak. Hij werkt sinds zijn ontslag uit de gevangenis als infiltrant voor de Stockholmse politie, en heeft het vertrouwen gewonnen van een Poolse drugsbende, de meest beruchte misdadigers van Zweden. Wanneer de infiltrant zijn leven niet meer zeker is, heeft hij nog welgeteld drie seconden om zich in veiligheid te brengen.

Twee soldaten

De achttienjarige Leon en Gabriel zijn sinds hun jeugd al vrienden, broeders en criminelen. Ze zijn de leiders van de Råby Warriors, de bende die het straatbeeld in een Stockholmse voorstad bepaalt. Als Leon vastzit voor een overval helpt Gabriel hem te ontsnappen. Tijdens de vlucht vermoordt Leon een gevangenisbewaakster. Hoofdrechercheur Ewert Grens is vastberaden om de jonge crimineel weer achter slot en grendel te krijgen.